CHRISTINE AZIZ

Die Macht des Wassers

CW01651263

Buch

Die Erde ist unter den einstigen Kriegsherren aufgeteilt, die Macht liegt in den Händen weniger so genannter Gesellschaften. Niemand vermag mehr das Land seiner Ahnen zu benennen. Alle Quellen überlieferten Wissens sind versiegt, Bücher bei Todesstrafe verboten. Jephzat, ihre Schwester Hephzibah und ihre Eltern leben in Olea, einer Region, in der Oliven angebaut werden. Das Nachbarland gehört der mächtigen Gesellschaft des Wassers, die immer wieder Übergriffe auf Olea verübt. Aus Not kollaboriert Jephzats Familie mit den verhassten Soldaten, nicht ohne schicksalhafte Folgen: Ein Fischer entdeckt im See eine tote Frau, von der alle annehmen, dass es sich um Hephzibah handelt. Jephzats Eltern werden ins Exil geschickt. Und Jephzat wird von den aufgebrachten Dorfbewohnern als Ausgestoßene verbannt. Nur die alte Medizinfrau Sengita und der Olivenpflücker Homer nehmen sich des einsamen Mädchens an.

Schon bald wird sie von den beiden in ein gefährliches Geheimnis eingeweiht: die Bibliothek von Olea, Hort verbotenen Wissens und Treffpunkt des Geheimbunds der »Lesenden«. Doch erst die Liebe zu Homer gibt Jephzat die Kraft, eine Entscheidung zu treffen, die nicht nur ihr Leben grundlegend verändert, sondern auch die bestehenden Machtverhältnisse erschüttert …

Autorin

Christine Aziz wurde 1953 in Yorkshire geboren. Die ausgebildete Homöopathin und freiberufliche Journalistin lebt mit ihrer Familie in Bournemouth, England. Mit ihren Debüt »Die Macht des Wassers« wurde sie unter 46.000 Einsendungen von der Jury des britischen »Richard & Judy, How to Get Published«-Wettbewerbs zur Siegerin gekürt.

Christine Aziz

Die Macht des Wassers

Roman

Aus dem Englischen
von Andreas Jäger

GOLDMANN

Die Originalausgabe erschien unter dem Titel
»The Olive Readers«
bei Macmillan, an imprint of Pan Macmillan Ltd.

Der Abdruck des Zitats (Kap. 24 und 38) aus William Shakespeares »Wie es euch gefällt« in der Übersetzung von Erich Fried erfolgt mit freundlicher Genehmigung des Verlags Klaus Wagenbach GmbH.

Dieser Roman ist auf Deutsch bereits unter dem Titel
»Die Bibliothek von Olea« bei Page & Turner erschienen.

FSC
Mix
Produktgruppe aus vorbildlich bewirtschafteten Wäldern und anderen kontrollierten Herkünften

Zert.-Nr. SGS-COC-1940
www.fsc.org
© 1996 Forest Stewardship Council

Verlagsgruppe Random House FSC-DEU-0100
Das FSC-zertifizierte Papier *München Super* für dieses Buch liefert Arctic Paper Mochenwangen GmbH.

1. Auflage
Taschenbuchausgabe September 2009
Copyright © der Originalausgabe 2005 by Christine Aziz
Copyright © der deutschsprachigen Ausgabe 2007
by Page & Turner Verlag/Wilhelm Goldmann Verlag, München,
in der Verlagsgruppe Random House GmbH
Umschlaggestaltung: Uno Werbeagentur München
Umschlagfoto:
Collage: getty images/Photonica/Daniel Proctor
und Trevillion/Clayton Bastian
BH · Herstellung: Str.
Druck und Bindung: GGP Media GmbH, Pößneck
Printed in Germany
ISBN: 978-3-442-46851-5

www.goldmann-verlag.de

FÜR DAD, MUM UND MALCOLM

MIT BESONDEREM DANK
AN DIANE MORGAN

Man muss Ja zum Leben sagen und es annehmen, wo immer man es findet – und man findet es an schrecklichen Orten … Denn nichts ist unveränderlich, für immer und immer und immer, es ist nicht unveränderlich; die Erde ist immer in Bewegung, das Licht ist stets im Wechsel begriffen, das Meer wird nicht müde, den Fels abzutragen. Generationen um Generationen werden geboren, und wir tragen für sie Verantwortung, weil sie keine anderen Zeugen haben als uns. Das Meer steigt an, das Licht verlischt, Liebende klammern sich aneinander, und Kinder klammern sich an uns. In dem Augenblick, da wir aufhören, einander zu halten, in dem Augenblick, da wir einander die Treue brechen, verschlingt uns die See, und das Licht erlischt.

James Baldwin

PROLOG

Das Restaurant, in dem ich auf Hephzibah warte, ist im Stil eurer Zeit eingerichtet – Wände mit Terrakotta-Anstrich, schlichte, rustikale Holztische, kunstvoll verzierte Kerzenleuchter, elegant geformte schmiedeeiserne Stühle mit bequemen cremefarbenen Leinenkissen. Ein verhaltener Stil, doch in meinen Augen wirkt das Ganze wie ein Bühnenbild aus einer anderen Epoche – eurer Epoche.

Ich spreche zu euch aus eurer Zukunft. Seltsam, dass diese Ereignisse aus eurer Perspektive noch gar nicht stattgefunden haben, ihr sie aber dennoch in eurer Gegenwart betrachten könnt. Vor euren Augen verwandeln sie sich in die Zukunft. Stellt euch vor, dass ihr zu einem anderen Stern gereist seid, am Rande des Universums. Ihr blickt durch ein Teleskop auf euren Heimatplaneten zurück. Dank der Gleichungen von Zeit, Geschwindigkeit und Licht werdet ihr Zeugen von Ereignissen, die während eurer Abwesenheit bereits stattgefunden haben.

Aber ist das so wichtig? Eine Geschichte, ganz gleich, wie schnell sie durch den Raum rast, bleibt immer eine Geschichte, und das Spiel der Elektronen verwässert nicht die Leidenschaften.

Ich muss mich immer wieder daran erinnern, dass unser Universum sich wahrscheinlich ausdehnt. Heißt das, dass wir nie am Ziel unserer Reise ankommen werden?

Jephzat Q, Olea, im Februar 2295

ERSTES BUCH

Erzähle mir nicht, dass der Mond scheint;
zeige mir das Funkeln des Lichts auf einer Glasscherbe.

Anton Tschechow

EINS

Ich weiß nicht, wie lange es her ist, dass ich Hephzibah das letzte Mal gesehen habe. Es könnte zu der Zeit gewesen sein, als die Grenzen unseres Landes verschoben wurden, oder als die alte Sengita zum ersten Mal in ihrem Leben Schnee sah. Die Erinnerung macht die Zeit unberechenbar, durchsetzt sie mit Irrwegen und Sackgassen. Um mich abzulenken, verwandle ich die Zeit in einen Abakus und versuche, die Tage, die Monate, die Jahre zu zählen, die sich zwischen uns geschoben haben.

Alles begann mit dem Krieg, aber wann war das? Es war kein Krieg, der mit fernem Donnergrollen und Brandgeruch über den Bergen und den Olivenhainen an uns vorüberzog – nein, er drang in unser Haus ein und verführte uns alle, obwohl der Anlass uns im Grunde gleichgültig war. Er ist die Achse, um die sich heute unsere Erinnerungen drehen, und doch brachte er, wie alle Kriege, keine Lösungen, sondern verschob lediglich eine schwer bewachte Grenze dreißig Kilometer nach Süden. Die Dorfbewohner haben aufgehört, die Toten zu beweinen, die von den vorbeiziehenden Soldatenhorden ermordet worden waren. Doch sie trauern noch immer um die uralten Olivenbäume, die aus der Erde gesprengt wurden und deren Holz an der Luft lautlos zerfällt.

Ich lege die Finger auf die Tischplatte, um die Sommertage zu zählen, die vergangen sein mögen, seit ich zuletzt mit Hephzibah gesprochen habe, und stelle fest, dass ich einen leisen Trommelwirbel vollführe, wie das Geräusch von nackten Füßen auf Holz. Einer nach dem anderen heben und senken sich meine Finger, ein ums andere Mal, bis sie schließlich innehalten und ich Hephzibah erblicke, wie sie damals war, und sie den Bootssteg entlanggehen sehe. Sie dreht sich zu mir um, als ich allein in das kleine Boot steige. Ich kann ihn immer noch hören, den gleichmäßigen Rhythmus ihrer Schritte, gedämpft in der Hitze des stillen Nachmittags.

Ich war froh, dass der grelle Schein der Spätnachmittagssonne mich daran hinderte, zu ihr aufzublicken, doch ich wusste, dass sie mich beobachtete, als ich die Leinen losmachte, das Boot abstieß und zu rudern begann, als die Ruderblätter die straff gespannte, glänzende Haut des Wassers durchschnitten. Wir wechselten kein Wort, und ich hörte wieder ihre Schritte, als sie sich von mir entfernte und den Hang oberhalb der Anlegestelle erklomm. Sie blieb stehen und drehte sich um, und ich sah, wie sie die Augen mit der Hand gegen die Sonne abschirmte, als das Boot langsam vorankam, mit seiner Fracht, die den Rumpf tief ins Wasser drückte. Ich zog mit aller Kraft an den Riemen und spürte die tief stehende Sonne, die mir im Nacken brannte. Hephzibah wandte sich ab, um zum Haus zurückzugehen, und sie blickte sich nicht mehr um. Ich versuchte, mich aufs Rudern zu konzentrieren und das Boot aus der Bucht aufs offene Meer hinauszulenken, weg von der Küste, wo sich das Dorf rosa und weiß vor dem gefiederten Silber der Olivenbäume abzeichnete.

Als ich zurückkam und den Weg erreichte, der durch die Zitronenhaine zum Haus meiner Eltern führte, hatten sich Wolken vor die Sonne geschoben, und ein heißer Wind wirbelte den Staub unter meinen Füßen auf. Und als ich vor der hohen, schweren Haustür stand, fand ich die Läden geschlossen. Die Hunde bellten. Hephzibah und die Soldaten waren verschwunden.

ZWEI

Und Lomez – was ist aus Lomez geworden, dem Sohn des Fischers Pesh? Er hätte sein Netz in jener Nacht wieder ins Meer ausleeren sollen. Wo ist er jetzt? Und trägt er diesen Albtraum noch immer mit sich herum, in den Taschen seines Schlafs?

Pesh war von den Soldaten getötet worden, und es war Lomez' Mutter, Tulu, die den Jungen schon ein Jahr früher, als es die Tradition vorgab, mit den Launen der offenen See vertraut machte. Die Hälfte der Fischereiflotte des Dorfes war im Krieg zerstört worden – Boote waren im Wasser gesprengt worden, und viele der Fischer hatte man an die Wand gestellt, erschossen und dann an der Hafenmauer ausgenommen wie Makrelen. Erst ein wütender Sturm konnte die hartnäckigen Blutflecken und den widerlichen Geruch hinwegspülen. Junge Burschen nahmen die Plätze ihrer getöteten Väter ein, und ihre Mütter fuhren mit ihnen hinaus, lehrten sie die Kunst der Navigation und des Fischfangs. Manchmal sah ich ihnen zu. Die Frauen trugen noch Weiß als Zeichen der Trauer, wenn sie mit gerafften Unterröcken in die Boote stiegen, um weiterzugeben, was sie gelernt hatten, wenn ihre Männer von ihren Fahrten erzählten. Als junge Mädchen hatten sie mit ihren eigenen Müttern am Kai gesessen, hatten den frisch eingetroffenen Fang geschuppt und gesäubert und ihren Vätern und Brüdern bei der Arbeit an den Booten zugesehen, beim Knüpfen und Lösen der Seemannsknoten, beim Ausbreiten und Zusammenlegen der Netze. Als kleine Kinder hatten sie an heißen Nachmittagen im kühlen, geschützten Bauch der Boote geschlafen. Später, als Frauen, waren sie nachts in den Armen ihrer Männer eingeschlafen, im Ohr die flüsternden Stimmen, die von der Laune der See an diesem Tag erzählten, ihrer Beschaffenheit, ihren Gezeiten, ihrer Unberechenbarkeit. Auf diese Weise lernten sie den Charakter des Meeres kennen, wie eine Frau manchmal die Geliebte ihres Mannes in allen intimen Details kennt, ohne ihr je begegnet zu sein.

Noch fast ein Kind, aber stark und groß wie ein erwachsener Mann, war Lomez außer sich vor Freude, als er das Gewicht eines reichen Fangs im Netz spürte, das er und Tulu Stunden zuvor ausgeworfen hatten. Es war ein gutes Omen für ihn. Sein Freund Pedro hatte in der Nacht zuvor bei Vollmond sein erstes Netz eingeholt, und es war nichts darin gewesen als ein Knäuel Aale.

Das Gewicht des Netzes riss ihn aus seinen Träumereien. Unter Wasser schlug es gegen den Rumpf des Bootes und sackte tiefer. Lomez' Männerkörper legte sich ins Zeug, wie er es an Land nie getan hatte, doch sein Kinderherz war voller Angst. Was konnte da in dem Netz sein, das seiner Stärke trotzte? Er hatte Geschichten von Seeungeheuern gehört, die sich zu weit in die Küstengewässer vorwagten, wo sie sich in den Netzen verfingen und die Fischer aus ihren Booten in ihr nasses Grab zogen. Die Muskeln in seinen Armen schienen die Haut schier zerreißen zu wollen. Lomez biss sich fest auf die Unterlippe, bis Blut floss. Er hörte seine Mutter den Fischen vorsingen, als sie sich über die Backbordwand des Bootes beugte und sie zu sich heraufzog, immer noch voll Trauer um ihren Mann. Ihre weiten weißen Röcke bauschten sich auf den Planken des Decks, und das Kopftuch rutschte ihr in die Stirn, bis es fast ihre Augen bedeckte, doch sie konnte es nicht hochschieben, aus Angst, das Netz zu verlieren. Die Nacht war warm, und sie spürte, wie Kopftuch und Bluse sich mit

Schweiß vollsogen und an ihrer Haut klebten. Aber sie war glücklich. Pesh war gewiss stolz auf sie. Wenn sie mit seinem Boot ausfuhr und in den Gewässern fischte, die er – so seine eigenen Worte – besser gekannt hatte als seinen eigenen Körper, dann fühlte sie sich ihm näher. Es war, als stünde er neben ihr und führte ihr bei jeder Bewegung die Hand. An Land hatte sie nie seine Nähe gespürt, seit er gestorben war, doch hier in diesem schaukelnden Boot war er bei ihr und erinnerte sie daran, dass sie nicht allein war.

Die tiefe, rhythmische Stimme seiner Mutter, die dann und wann in ein verstörendes Kichern ausbrach, tröstete Lomez, aber dennoch wünschte er, sein Vater wäre da und könnte sehen, wie er zum Mann wurde, wie er seinen ersten Fang einholte. Das dünne, raue Garn des Netzes schnitt ihm in die Handflächen, und der Mond in seinem Rücken fühlte sich kalt, hart und schwer an. Seine Kräfte schwanden. Er spürte, wie das Netz sich seinem Griff entzog, wie es immer schneller sank. Er musste fester ziehen, sonst war es für immer verloren. Er rief Tulu, die gerade damit beschäftigt war, Kisten für die Fische aus dem Laderaum an Deck zu holen. Sie hörte ihren Sohn rufen und lief zu ihm hin. Ihre Finger, dick wie Aale, krallten sich in die Maschen des Netzes, und das Gewicht riss sie nach vorne. »Was zum Teufel ist das?«, rief sie, und hätte sie nicht alle Hände voll zu tun gehabt, sie hätte sich bekreuzigt – ein alter Aberglaube, dessen Sinn längst verloren gegangen war. »Lomez, was hast du gefangen? Das Ding hat ja den halben Meeresboden im Bauch!«

Lomez stellte sich den dicken, fetten Fischleib vor, den sie aus dem Wasser ziehen würden – ein Schwertfisch vielleicht, der auf dem Markt eine Menge Geld bringen würde. Tulu aber wunderte sich, dass ein so schwerer Fang so reglos in ihren Händen hing. Sie rief Peshs Namen, während sie sich zusammen mit ihrem Sohn mühte, das Netz aus dem Wasser zu hieven. Der Mond sank schon auf den Horizont herab, als sie es endlich über die Bordwand auf das Deck wuchteten. Kleine Fische zappelten und wanden sich wie Akrobaten in Paillettenkostümen. Als Lomez das Netz aufband, ergoss sich ein glitschiger Berg aus Seeschlangen, Schnecken und Tang über ihre Füße.

Während sie dastanden und Atem schöpften, brach plötzlich eine Hand aus dem Haufen hervor. Ihre langen weißen Finger zeigten auf Lomez und Tulu, die sich jetzt beide voller Entsetzen bekreuzigten. Tulu bückte sich, um das Wesen näher in Augenschein zu nehmen, wobei sie darauf achtete, es mit ihren Röcken nicht zu berühren, und versuchte, es vom Seetang zu befreien. Blaue Seide kam zum Vorschein, genug, dass man einen Rock und ein Mieder ausmachen konnte. Die Fische hatten das Fleisch schon an vielen Stellen angefressen, und die Knochen schimmerten im ersten Morgenlicht weiß wie Zähne. Verwest und aufgedunsen, wie die Leiche war – es handelte sich eindeutig um die einer Frau –, konnte Lomez doch erkennen, wie schön sie gewesen sein musste. Ihr Haar lag dunkel und schwer auf dem Deck. Das eine verbliebene Auge war offen und schillerte grün und blau wie eine Fischschuppe.

»Das ist keine von uns«, sagte Tulu leise. »Das ist ein böses Omen.«

Lomez flehte seine Mutter an, die Leiche ins Meer zurückzuwerfen, aber Tulu wies ihn zurecht und erklärte, die Tote sei aus einem bestimmten Grund aus ihrem nassen Grab geholt worden – nämlich, damit man ihr die Riten zuteilwerden ließ, die allen Verstorbenen gebührten. Sie richtete sich auf, streifte einen ihrer Unterröcke ab und wickelte den Körper darin ein wie in ein Leichentuch. Normalerweise hätte sie gewartet, bis der Morgenwind auffrischte, oder sie wäre langsam zum Ufer zurückgekreuzt, aber heute mussten sie zusehen, dass sie schnell nach Hause kamen, ehe die Sonne zu hoch stand und es heiß wurde. Sie schaltete den Motor ein, und das Boot preschte voran. Tulu, sonst eine lebhafte Frau, die gerne und viel redete, steuerte das Boot in ungewohntem Schweigen und starrte mit grimmiger Miene stur geradeaus. Lomez beschäftigte sich mit dem Rest des Fangs, packte die Fische in Kisten und verstaute sie unter Deck, wo es kühler war. Dabei ließ er die eingehüllte Leiche nie ganz aus den Augen. Er fragte sich, ob es vielleicht ein Zauberwesen war, das plötzlich wieder lebendig werden konnte. Und dann, als Tulu gerade nicht hinsah, beugte Lomez sich herab und küsste die leicht geöffneten Lippen der ertrunkenen Frau. Er roch die dicke Ursuppe des Meeresbodens und eine widerliche Süße. Den Geschmack im Mund sollte er bis ans Ende seiner Tage nicht mehr loswerden.

DREI

Die Dorfbewohner schickten ein Kind zu uns nach Hause. Das Mädchen wurde von Manos mit heißem, süßem Tee und Mandeln empfangen. Manos war die einzige Hausangestellte, die es gewagt hatte, zu uns zurückzukehren, nachdem die Soldaten abgezogen waren. Sie sprach leise mit dem Kind und hob den Quarzkristall an die Lippen, den sie um die Taille trug, um ihn zu küssen, als sie die Nachricht vernahm. Dann schickte sie das Kind nach oben und machte sich daran, Wasser in riesigen Töpfen zu kochen, um darin Bündel von Kräutern ziehen zu lassen. Den Sud würde sie später als Beruhigungsmittel servieren, um den Kummer zu besänftigen und – wenn meine Mutter nicht hinsah – die vielen Zimmer des Hauses damit zu besprengen, um sie vom bösen Blick zu reinigen.

Ich war dabei, als das Kind meinen Eltern von der Leiche erzählte, von ihren Seidenkleidern und den Verstümmelungen, von ihrer Ähnlichkeit mit meiner Schwester Hephzibah, die schon seit Tagen vermisst wurde. Das Mädchen sprach mit einem starken regionalen Akzent, und immer wieder mussten sie es bitten, einzelne Wörter zu wiederholen, was die Kleine aus der Fassung brachte. Sie begann leise zu weinen und vergrub das Gesicht in den Händen. Als ihr nichts mehr einfallen wollte, was sie noch über die Auffindung der Leiche hätte berichten können, schickte Vater sie nach Hause. Sie sprang eilig die Stufen der kunstvoll gestalteten Treppe hinunter, und ihre Schritte hallten von dem kühlen Marmor wider.

Meine Eltern saßen stumm und reglos nebeneinander. Sie sahen bemitleidenswert aus, eingefallen und leblos. Vater starrte die Uhr an, die schon vor Jahren stehen geblieben war und die seither niemand mehr aufgezogen hatte. Meine Mutter, die von mir immer Dolores genannt werden wollte, schien zu schlafen; das Kinn war ihr auf die Brust gesunken. Ich zog mich in eine dunkle Ecke zurück und beobachtete sie. Vater seufzte und blickte auf. Sein Rücken schien noch stärker gebeugt als sonst, als er sich erhob und schwerfällig zur Uhr schlurfte. Es erschütterte mich, wie alt er aussah; in den paar Stunden, seit ich ihn zuletzt gesehen hatte, schien er zum Greis geworden zu sein. Er stand da und starrte die Uhr an, während meine Mutter die Hände vors Gesicht hob und sich vornüberbeugte, zitternd vor Kummer. Mir fiel auf, wie dünn ihr einst so üppiger Haarschopf geworden war.

Dolores weinte, doch sie machte dabei kein Geräusch, bis auf ein leises, abgehacktes Glucksen. Meine Eltern trauerten auf eine höfliche, gesittete Weise – alle Gefühlsäußerungen bewegten sich im festen Rahmen der Etikette. Ich hatte die beiden noch nie weinen sehen – die unterdrückten Schluchzer meiner Mutter waren das erste Anzeichen für echte Gefühle, seit mein Vater nach Hephzibahs Geburt die Zimmerdecke mit seinem Gewehr durchlöchert hatte. Sie aber blieb selbst in der Trauer nüchtern und diszipliniert. Mit gepresster Stimme sagte sie: »Deine Schwester ist gerade aus dem Meer gezogen worden, wie der Fang irgendeines armen Fischers, und du kannst nur herumstehen wie ein Klotz.« Es war das erste Mal, dass Dolores das Wort an mich gerichtet hatte, seit die Soldaten abgezogen waren. Ich lief vor Zorn rot an, und weder mein Vater noch ich gingen auf sie zu, um sie zu trösten.

»Lass sie in Ruhe«, sagte mein Vater streng. »Es ist alles deine Schuld, Dolores. Du und Hephzibah, ihr seid hier unter diesem Dach um die Soldaten herumscharwenzelt wie zwei Huren. Ich wusste, dass es irgendwann so oder ähnlich enden würde.«

Er konnte den Abscheu in seiner Stimme nicht verhehlen, aber Dolores brachte dennoch ein kleines, trotziges Lächeln zustande. Ich blieb an der Tür stehen, um Vater Zeit zu geben, mich einzuholen; er ging mit quälend langsamen Schritten durchs Zimmer, und er schien kaum Luft zu bekommen. Er bestand darauf, mir die Tür aufzuhalten, obwohl es ihn einige Mühe kostete. Als er sie öffnete, drangen schwach die Rufe der Dorfbewohner an unsere Ohren, die auf den Terrassen hinter unserem Haus Oliven ernteten.

»Du musst ins Dorf gehen und die Leiche identifizieren. Sei vorsichtig«, flüsterte er.

VIER

Ich merkte sehr wohl, dass ich meine Eltern durch meine Anwesenheit aus der Fassung brachte. Hephzibah und ich waren immer zusammen gewesen; jetzt beschränkte sich meine Rolle darauf, die Tragödie des Verschwindens meiner Schwester hervorzuheben. Ich war froh, dass wir uns so wenig ähnlich sahen – ich wollte nicht, dass meine Eltern durch mich ständig an sie erinnert wurden, ich wollte nicht die Quelle ihres Kummers sein. Hephzibah hatte die hohen Wangenknochen und die hohe Stirn unserer Mutter geerbt, während ich die vollen Lippen und den starken, kantigen Unterkiefer des Vaters hatte. Meine Augen sind hellbraun, Hephzibahs Augen aber waren leuchtend grün mit blauen Einsprengseln. Diese Farbe überstrahlte ihr ganzes Gesicht, sogar ihre wundervolle, dichte Mähne, die ihr wie poliertes Kupfer über den Rücken fiel. Mein dunkles Haar war schon früh von grauen Strähnen durchzogen; ich war groß und langgliedrig und hatte wenig Fleisch auf den Knochen. Das ist noch heute so, und schon als Kind war ich immer größer als die anderen Kinder im Dorf. Menschen von meiner Größe und Statur bringt man gewöhnlich mit gazellenhafter Anmut und graziösen Bewegungen in Verbindung, aber in jenen Tagen bewegte ich mich schnell und ungelenk; ständig lief ich gegen Möbel oder verdrehte auf unebenen Wegen die Füße, als wüsste ich nie so recht, in welche Richtung ich gehen wollte. Ich beneidete meine Schwester, und wenn ich auch nicht den Eindruck erwecken möchte, dass ich hässlich war (denn ich bin auf meine eigene Art und Weise attraktiv), so besaß Hephzibah wahre Schönheit. Vielleicht besitzt sie sie noch immer.

Ich kann mir nicht vorstellen, dass sie dieses blühende Lächeln verloren hat, das jeden, der sie ansieht, in die Knie zwingt. Als sie zur Frau heranwuchs, setzte sie es immer sparsamer ein, und die jungen Männer des Dorfes arbeiteten hart daran, es auf ihre Lippen zu zaubern. Sie benutzte ihr Lächeln wie Geld – Geld, das sie nur ausgab, wenn sie etwas wollte; sie benutzte es als langfristige Investition. Fehlte dieses Lächeln, dann verfielen ihre Züge in eine wachsame Unbewegtheit. Ihre Augen blickten scharf, und nur dann und wann verriet eine Bewegung ihres sinnlichen, ausdrucksvollen Mundes die Gefühle, die sich hinter diesen Augen verbargen.

Sie war kleiner und rundlicher als ich, bewegte sich jedoch mit athletischer Anmut. Ihr Gang wirkte entschlossen, selbst wenn sie es nicht war, und sie schien immer ein Ziel zu haben, auch wenn sie keines hatte. Sie sagte, sie ginge gerne mit mir, weil ich mit ihr Schritt halten konnte, wenngleich sie sich gewöhnlich über mich ärgerte, weil ich so oft stehen bleiben und meine Zehen inspizieren musste, die ich mir an irgendeinem im Weg liegenden Gegenstand angestoßen hatte. Manche meinten, ihre Schönheit werde durch die schwach erkennbare Narbe, die sich von ihrer Oberlippe zur Nase zog, beeinträchtigt; ich aber fand, dass sie ihr Gesicht nur bereicherte. Sie zog die Blicke auf sich, wie eine einzelne Tänzerin, die aus den perfekt synchronisierten Bewegungen einer Revue ausschert. Die Narbe war ein Barometer ihrer Emotionen – wenn sie sich aufregte, begann sie zu zucken, auch wenn ihr Gesicht sonst nicht die geringste Gefühlsregung zeigte.

Hephzibah kam mit einer Hasenscharte und einer leichten Gaumenspalte zur Welt. Ich kann mich noch an ihr jämmerliches Wimmern gleich nach der Geburt erinnern. Sengita, die Hebamme des Ortes, bei den Dorfbewohnern als »Hüterin der Geheimnisse« bekannt, war zur Entbindung gerufen worden. Als sie eintraf, schickte Vater mich auf mein Zimmer.

»Komm nicht raus, bis ich dich rufe«, sagte er schroff, als hätte ich etwas angestellt. Damals war ich noch zu jung, um hinter dieser Schroffheit Angst und Bestürzung zu vermuten, wie ich es später tat. Ich war der festen Überzeugung, dass *ich* der Grund dafür war, dass ich irgendwie sein Missfallen erregt hätte. Ich stand da und sah zu ihm auf. Es war doch gewiss nicht meine Schuld, dass ein Baby unterwegs war.

»Warum nicht?«, fragte ich, obwohl ich die Antwort schon kannte.

»Deine Mutter bekommt ein Baby, und wir dürfen sie nicht stören.«

»Darf ich nicht zuschauen?«

Vater schien entsetzt über die Frage. Unmöglich, erwiderte er; kleine Mädchen durften bei so etwas nicht zusehen – es war ein Geheimnis, nur etwas für erwachsene Frauen. Wer war denn aber bei meiner Mutter, um ihr zu helfen?, wollte ich wissen. Plötzlich hörte ich überall Türen schlagen, Wasser laufen, Röcke rascheln, hastige Schritte treppauf und treppab. »Das Baby muss bald da sein«, sagte er als Erklärung für die Unruhe im Haus, die mich so offensichtlich alarmierte. Dann setzte er hinzu: »Sengita wird es holen.«

»Aber Mutter kann Sengita nicht leiden«, sagte ich. »Sie sagt, sie ist eine Hexe.«

»Ich glaube, deine Mutter hat ein wenig Angst vor ihr.« Seine Stimme war jetzt sanft.

»Ich nicht«, erwiderte ich unerschrocken. Sengita kleidete sich nicht wie die anderen Frauen im Dorf. Anstelle des traditionellen einzelnen runden Ohrrings trug sie mehrere in jedem Ohr, und auf ihre Stirn war ein merkwürdiges Zeichen tätowiert. Sie trug ihr Haar lang, während die anderen Frauen es kurz schneiden ließen, damit man die indigofarbenen Muster in ihrem Nacken sehen konnte – eine Stelle, die bei ihren Männern als sinnlich galt, vielleicht, weil der Nacken nie zu altern scheint. Sengitas Taille war dick mit geflochtenen Tüchern umhüllt, und sie trug stets eine rote Weste, die mit Münzen, Muscheln und kleinen Glöckchen geschmückt war. Wenn sie sich bewegte, schlugen sie klingend und klirrend aneinander. Ihre dichten, buschigen Augenbrauen und die Adlernase verliehen ihrem Gesicht ein strenges Aussehen, wovon ich mich jedoch nicht einschüchtern ließ. Mit Kindern war sie anders, und wir sahen oft das freundliche Funkeln in ihren dunklen, tief liegenden Augen, das die Erwachsenen nie bemerkten. Und ich liebte ihr leises, schelmisches Kichern. Erst als ich älter wurde, bemerkte ich, wie ihre Augen als Spiegel wirkten, in denen sich höchst unbehaglich jeder Betrug und jede Unwahrheit spiegelten. Es war ihre Stimme, ruhig, weich und doch lebhaft, die mich beschwichtigte und mir allein durch ihren Tonfall mitteilte, dass sie mich nicht verurteilte, ganz gleich, was sie gesehen hatte.

Vater kniete sich vor mich und sah mir direkt in die Augen. »Du hast vor gar nichts Angst«, sagte er.

FÜNF

Vater machte die Tür hinter sich zu, und ich trat nervös von einem Bein aufs andere und lauschte auf Geräusche, die mir vielleicht verraten würden, wie Babys geboren wurden. Ich beschloss, loszugehen und mir mein neues Geschwisterchen anzusehen. Leise schlich ich mich über den Flur zum Schlafzimmer meiner Eltern. Die Tür war geschlossen. Ich hörte, wie Sengita zu meiner Mutter sagte, sie solle pressen. Aber *was* sollte sie pressen? Ihren Bauch, Sengita oder das Baby? Eine Frau aus dem Dorf kam mit einem Stapel sauberer, heißer Tücher die Treppe heraufgerannt. Rasch versteckte ich mich hinter einer Truhe und sah, wie sie das Zimmer betrat. Gleich darauf ging sie wieder und ließ die Tür angelehnt. Ich spähte hinein und sah meine Mutter nicht auf dem Bett, sondern auf dem Boden liegen. Der Saum ihres Nachthemds war bis über die Schultern hochgezogen, sie hatte die Beine gespreizt und die Knie angezogen, und ihr Kopf ruhte in Manos' Schoß. Ihre Brüste waren riesig, die Brustwarzen dunkel und groß wie Untertassen. Die Läden waren geschlossen, und es war düster im Zimmer. Manos beugte sich über meine Mutter und massierte ihren riesigen Bauch mit warmem Öl, während Sengita auf allen vieren blutgetränkte Tücher unter ihr herauszog, sie durch frische ersetzte und die Oberschenkel meiner Mutter mit nassen Lappen abwischte. Der Anblick der leuchtend weißen Haut schockierte mich (ihr Gesicht und ihre Arme waren stets sonnengebräunt), genau wie das Blut, das sich dunkel auf den Boden ergoss.

Ich hatte meine Mutter noch nie zuvor nackt gesehen, aber ich wusste, wie der Körper einer erwachsenen Frau aussah – ich hatte mit den jungen Frauen in der Bucht gebadet. Doch nun sah ich ihre Vagina klaffen wie eine frische Wunde, und der Anblick erfüllte mich mit Entsetzen und Mitleid. Ich konnte nicht verstehen, wieso alles im Raum sich darauf konzentrierte – das schmerzverzerrte Gesicht meiner Mutter und ihre herzzerreißenden Schreie hätten uns doch viel mehr beschäftigen sollen. Doch dieses pulsierende Stück Fleisch, diese blutige Fratze, schien eine ureigene Kraft zu besitzen.

Dolores presste; ihr Gesicht verfärbte sich, und ihre Vulva weitete sich, leuchtend rot und blutig. Sengita beugte sich weit herab, fast so, als wollte sie ihr Gesicht zwischen die Schenkel meiner Mutter schieben. »Es kommt. Ich kann es sehen«, sagte sie ruhig. Inzwischen hatte sie Schweißperlen auf der Stirn. Meine Mutter sank erschöpft zurück. Manos hörte auf zu massieren und drückte stattdessen mit beiden Händen auf Dolores' Bauch. »Pressen, meine Kleine!«, kommandierte Sengita. Dolores stützte sich auf die Ellbogen und spannte erneut die Muskeln an. Sengita wischte Blut weg und trat zur Seite. Ich erhaschte einen Blick auf ein Stück Haut, das nicht meiner Mutter gehörte. Es war dunkler, bläulichrot; ein Kopf, bedeckt mit einem Flaum wie die Federn eines frisch geschlüpften Vogels.

»Der Kopf kommt raus. Noch mal pressen!«, drängte Sengita voller Ungeduld.

Meine Mutter verzerrte das Gesicht, bis all ihre Züge an ihrer Nasenspitze ineinanderzustürzen schienen, und stieß einen mächtigen Schrei aus. Es war kein Entsetzensschrei, sondern ein Ausdruck der Frustration und zugleich der Erlösung. Er traf uns alle wie eine Ohrfeige. Sie versuchte, über ihren Bauch hinwegzuspähen, doch dann glitt ihr Blick ab, und sie sah mich in der Tür stehen. Die Mutter, die ich kannte, hatte sich davongestohlen, und an ihrer Stelle erblickte ich dieses erbittert kämpfende, urzeitliche Geschöpf.

Ich nutzte die Gelegenheit, um dreist mitten ins Zimmer zu treten. Dolores schien mich schon wieder vergessen zu haben, als Sengita eine Hand unter sie schob. »Noch ein oder zwei Mal pressen, dann ist es geschafft«, sagte sie mit einem besorgten Blick auf meine Mutter. »Ich kann nicht, ich kann nicht!«, schrie Dolores. Manos drückte fester, doch meine Mutter versuchte, sie wegzuschieben.

»Lasst mich in Ruhe! Fort mit euch, ihr alten Hexen!«

Plötzlich verstummte sie, und ihre Schmähungen flossen als Kraft in ihre Beckenmuskeln. Sie spannte sich an, als hinge ihr Leben davon ab, und ich sah voller Entsetzen, wie ein Kopf zwischen ihren Beinen hervorglitt, rot-violett glühend wie vor Zorn. Es war ein Bild, das mich danach noch oft in meinen Träumen verfolgte – der kleine, nasse Kopf, wie eine Zyste, zwischen Dolores' langen, bleichen Schenkeln.

Sengita ließ ihr leises Kichern hören.

»Willkommen, kleine Prinzessin«, sagte sie und packte das Baby an den winzigen Fußgelenken. Dann zuckte sie zusammen, als sie das Gesicht des Neugeborenen sah. Zu meiner Bestürzung hielt sie das Baby mit dem Kopf nach unten und schlug ihm mit der flachen Hand auf den Hintern, bis es einen merkwürdigen, erstickten Schrei ausstieß.

»Es ist ein Mädchen!«, keuchte Dolores und ließ sich mit einem tiefen, gedehnten Stöhnen in Manos' Schoß sinken. Sengita hielt das Baby im Arm und blickte auf ein Gesicht hinunter, das ich nicht sehen konnte. Sie wandte sich an Manos.

»Was ist denn?«, fragte Dolores, als sie Sengitas Miene bemerkte.

»Sie hat eine Hasenscharte. Das ist nicht gut. Sie wird nicht saugen können.«

Dolores schloss die Augen. »Ich will sie nicht sehen.«

Sengita drehte sich zu mir um, als hätte sie die ganze Zeit gewusst, dass ich da war.

»Komm«, sagte sie und hielt mir das Baby hin. »Das ist deine Schwester.« Ich ging auf Sengita zu, und sie legte mir das Kind in den Arm. Es war eine schwere Last für eine Vierjährige, und es zappelte in meinen Armen wie ein Fisch. Die Nabelschnur war noch nicht durchtrennt. Ich sah meine Schwester an, und ihre dunklen Augen blickten mir entgegen, ohne mich wirklich zu sehen, als betrachte sie mich aus einer anderen Welt durch einen dünnen Gazeschleier. Sie war wie eine frisch geprägte Münze, eine Fremde, und doch kam es mir vor, als wäre sie schon immer bei mir gewesen. Ihre kleinen Finger spielten mit der Luft, und mir verschlug es die Sprache. Sie roch nach frischer Butter, und ich wusste von einer Sekunde auf die andere, dass ich sie mehr liebte als irgendeinen Menschen auf der Welt, dass ich alles tun würde, was sie von mir verlangte. In diesem Augenblick wurde mein Herz der Sklaverei ausgeliefert.

SECHS

Plötzlich hörten wir aus der Ferne einen lauten Knall. Ich erkannte das Geräusch: So klang es, wenn Vater eines seiner altmodischen Gewehre abfeuerte. Als wir in das Haus eingezogen waren, hatte er eine ganze Kiste davon gefunden, versteckt unter den Dielen eines ungenutzten Zimmers. Er hatte sie alle gereinigt und geölt, doch er schoss nur selten damit. Das Baby machte einen Satz in meinem Arm, drehte hastig den Kopf und sah mich an, wie um meinen Schutz zu erflehen. Ich strich ihm zärtlich über den Kopf, während mein Herz raste. Nachdem sie die Nabelschnur durchtrennt hatte, half Manos meiner Mutter ins Bett und sagte mir, ich dürfe jetzt nicht hinsehen. Sie nahm das Baby, während Sengita sich über meine Mutter beugte, ihr die Hände flach auf den Bauch legte und drückte. Ich half Manos, eine Schüssel mit warmem Wasser zu füllen, und als ich mich wieder umdrehte, sah ich, wie Sengita etwas in Papier einwickelte. Es sah aus wie rohe Leber.

»Ist das noch ein Baby?«, fragte ich.

Sengita und Manos lachten.

»Das darfst du nicht anfassen«, warnte mich Sengita. »Es muss vergraben werden, wenn deine Schwester im Leben froh werden soll.«

»Hast du für mich auch etwas vergraben?«, fragte ich.

»Ich war nicht dabei, als du auf die Welt kamst, Schätzchen. Du wurdest sehr, sehr weit von hier geboren, in einem Land, wo andere Sitten herrschen. Deshalb weiß ich nicht, was die

Hebamme damit gemacht hat«, sagte sie, indem sie Manos das blutige Paket in die Hand drückte.

»Heißt das, dass ich nicht froh werden kann?«

Sengita beugte sich zu mir herab und legte mir ihre großen Hände auf die Schultern. »Schau dir doch nur dein süßes kleines Schwesterchen an. Was fühlst du, wenn du es so mit seinen winzigen Füßchen strampeln siehst?«

»Ich freue mich«, antwortete ich strahlend.

»Na also, da siehst du's. Das Vergraben der Nachgeburt hilft dem Schicksal nur ein bisschen nach, und die Kleine da wird alle Hilfe brauchen, die sie kriegen kann.«

Sengita nahm das Baby, und Manos trug die Nachgeburt hinaus, von der das Blut bereits auf den Fußboden tropfte. Ich half Sengita, meine Schwester mit feuchten Tüchern zu waschen, und dann bekam meine Mutter sie in den Arm gelegt. Ich blieb am Bett stehen und beobachtete sie neugierig. Zunächst musterte meine Mutter ihre Tochter nur kühl, dann aber war sie wie hypnotisiert und konnte die Augen nicht mehr von ihrem Gesicht wenden. Mutter und Tochter starrten einander lange an, und dann endlich lächelte meine Mutter und begann, mit den winzigen Fingern des Babys zu spielen. Erst nach einer ganzen Weile wandte sie sich an Sengita und bat sie, meinen Vater zu holen.

Sengita fuhrwerkte geschäftig im Zimmer herum und redete auf Manos ein, die atemlos zurückgekehrt war. Sie sprachen einen ausgeprägten regionalen Dialekt des Föderesischen, und während ich ihrer Unterhaltung folgen konnte, verstand Dolores kaum ein Wort.

»Irgendjemand muss sie verhext haben, dass sie eine Tochter mit so einer Oberlippe gekriegt haben. Eigentlich hätte man es ertränken müssen; ein Baby, das nicht bei seiner Mutter trinken kann, das taugt doch nichts. Aber sie sind Fremde, und sie haben einfach merkwürdige Sitten.«

Ich stellte mich schützend vor meine Mutter und meine Schwester.

»Ihr sollt sie nicht ertränken, nein!«, schrie ich und trat nach Sengita.

»Raus hier!«, fuhr Dolores sie wütend an. »Schlimm genug, dass ich mir von dir bei der Entbindung helfen lassen musste, auch ohne dein abergläubisches Gewäsch!«

Sengitas Augen begannen zu funkeln. »Jetzt hör dir die an – hält sich wohl für was Besseres«, sagte sie zu Manos. »Ich werde es sein, die dieses greinende Bündel da am Leben hält, ich mit meinem abergläubischen Gewäsch. Wie willst du sie denn füttern, Madame? Wie willst du verhindern, dass sie sich durch dieses Katzenmäulchen Infektionen einfängt? Sengita hat ihre Mittel und Wege, und an deiner Stelle wäre ich ganz still.« Sie wandte sich um und zwinkerte mir zu.

Meine Mutter ließ sich schmollend in die Kissen sinken und blickte auf meine Schwester hinunter, die zu wimmern und zu prusten begonnen hatte. »Sie hat Hunger«, stellte Sengita fest. »Geh«, sagte sie zu mir, »hol mir einen Füllfederhalter von deinem Vater.«

Voller Stolz, mit so einer wichtigen Aufgabe betraut worden zu sein, lief ich in sein Arbeitszimmer und suchte den schönsten und größten Federhalter heraus.

Wenige Augenblicke nach meiner Rückkehr hörten wir meinen Vater die Treppe heraufkommen. Rasch zog Sengita die Decke über die Brüste meiner Mutter.

Wir hörten ihn begeistert rufen: »Eine Tochter! Eine Tochter! Gut gemacht, Dolores! Zwei Mädchen!«

Er platzte ins Zimmer und schwenkte das Gewehr triumphierend über dem Kopf. »Ist ein doppelter Glückstag heute. Gerade habe ich diese elende Wildkatze endlich erwischt. Die wird sich nicht mehr an den Hühnern vergreifen. Ein gutes Omen, was?«

Alles schwieg, und ich wusste, dass Sengita nach den richtigen Worten suchte, um ihn darauf vorzubereiten, dass etwas nicht in Ordnung war. Sie setzte zum Sprechen an, doch Vater wollte gar nichts hören. Er warf das Gewehr hin, nahm mich in die Arme und wirbelte mich lachend herum.

»Komm, wir schauen uns deine neue Schwester an!«, rief er und beugte sich mit mir auf dem Arm über das Bett.

Ich konnte spüren, wie seine Arme sich fester um meinen Leib schlossen.

»Was ist denn mit ihr?«

»Sie hat eine Hasenscharte und eine leichte Gaumenspalte.« Dolores blickte schwach zu ihm auf. »Sie kann nicht bei mir trinken.«

Vater setzte mich auf dem Bett ab und nahm Hephzibah behutsam in den Arm. Er betrachtete sie eingehend und untersuchte ihren kleinen Mund vorsichtig mit einem Finger.

»Das ist nichts, was Frederick nicht richten könnte«, sagte er zuversichtlich. »Wenn sie ein bisschen kräftiger ist, bringen wir sie zu ihm, und danach wird sie so schön sein, wie sie sein soll. Alle Männer im Dorf werden hinter ihr her sein, nicht wahr, Sengita?«

»Nein«, antwortete Sengita fest. »Sie werden denken, dass es ein Fluch ist, auch wenn eure Scharlatane von Ärzten sie mit ihrem faulen Zauber behandeln und der Makel verschwindet. Sie wurde damit geboren, und damit basta.«

»Du und dein Aberglaube. Willst du wissen, was ich von diesem Unsinn halte?«

Mein Vater gab Hephzibah meiner Mutter zurück, griff nach seinem Gewehr, zielte nach der Decke und drückte ab. Bei dem Knall zuckten wir alle zusammen. Ein Stuckregen ging auf uns nieder, und Sengita und Manos verkrochen sich unter dem Bett und zerrten mich mit. Dolores verschwand mit dem Baby unter der Bettdecke. Es war eine Weile still, und dann kamen wir alle aus unseren Verstecken gekrochen und blickten zur Decke auf. Dicke Stuckfetzen flatterten herab, und der Staub stieg uns in die Nase.

So wurde Hephzibah auf Erden empfangen.

SIEBEN

Hephzibah wuchs und gedieh mit der Milch meiner Mutter, die ihr mit der Schreibfeder meines Vaters eingeflößt wurde, und als sie sechs Monate alt war, erhielten meine Eltern endlich von der Zentrale die Genehmigung für die Reise nach Ferat, einer Schwerindustriegesellschaft im Norden, wo meine Schwester die notwendige Spezialoperation erhalten würde. Damals wusste ich noch nicht, wie ungewöhnlich es war, dass irgendjemand die Genehmigung für eine solche Reise erhielt, und auch nicht, dass das Leben sich für die meisten Einwohner der Föderation in den Grenzen einer kleinen Welt abspielte, die nicht mehr als den Weg von ihrem Haus zu ihrem Arbeitsplatz umfasste.

Es muss um diese Zeit gewesen sein, als meine Eltern mir mit gedämpfter Stimme erzählten, dass Ferat vor langer Zeit Teil eines Imperiums gewesen war. Diese Region war früher die Heimat unserer Vorfahren gewesen, bevor sie von einigen multinationalen Konzernen übernommen worden war, die die Bevölkerung in andere Gegenden des neuen Konzern-Imperiums deportierten. Mein Vater erzählte mir, dass die Vorsitzenden dieser Konzerne über Nacht zu Präsidenten mit diktatorischer Macht geworden waren und das alte Imperium unter sich aufteilten. Die Produktionszentren verwandelten sich in Arbeitslager; später gingen daraus eigenständige Länder hervor, unter der Führung der Konzerne und ihrer Subunternehmen, die wir heute als »Gesellschaften« kennen. Das alte Imperium, sagte er, habe Amerika geheißen.

Riesige Menschenmassen wurden von einem »Lager« ins andere verschoben oder in spezielle Trainingszentren gesteckt, um im Dienst der Gesellschaft, deren Eigentum sie nun praktisch waren, neue Fertigkeiten zu erlernen. Das war natürlich lange vor meiner Geburt, aber manche dieser Gesellschaften existierten schon in eurer Zeit – als Konzerne, die mit ihren Krakenarmen in die Taschen eurer Politiker griffen und euch mit ihrem billigen Technikspielzeug und ihrer Unterhaltungspropaganda in eine tiefe Trance versetzten. Gewiss glaubtet ihr damals, frei zu sein. Doch in Wahrheit war dies nur der erste Schritt.

Die Umsiedlungen fanden weltweit statt, und niemand durfte irgendetwas als Erinnerung an sein früheres Leben behalten. Auch die Einwohner unseres Dorfes stammten von einem bunt zusammengewürfelten Häuflein Überlebender aus sämtlichen Winkeln des alten Imperiums ab, die hierhergebracht worden waren, um auf den Oliventerrassen zu arbeiten. Niemand wusste, aus welchem Stamm, aus welchem Land und welcher Stadt, von welchem Flussufer oder Berg – aus welcher Familie – seine oder ihre Vorfahren verschleppt worden waren.

Alle Dokumentationen von Information und Kunst, mit Ausnahme der Konzern-Propaganda, wurden zerstört. Sämtliche Bücher und CDs, Wort- und Musikaufnahmen, Kunst- und Kartenwerke eurer Zeit verschwanden, vernichtet in riesigen Verbrennungsöfen. Niemand hatte mehr eine Vergangenheit, zu der man zurückkehren konnte, und so wurde die Gegenwart umso kostbarer, während die Zukunft von monotoner Unausweichlichkeit war.

Als ich das hörte, rätselte ich trotz meiner jungen Jahre bereits, wie es meinen Eltern gelungen sein mochte, an diese Informationen über ihre Herkunft zu gelangen, die sonst niemand hatte. Ich versuchte, es durch Fragen herauszubekommen, doch Dolores legte nur den Finger an die Lippen. Sie und mein Vater verpflichteten mich zur Verschwiegenheit. Nicht einmal mit meiner Schwester durfte ich darüber sprechen. Auf solches Wissen, sagten sie, stehe die Todesstrafe.

Meine Eltern hatten Glück gehabt. Meine Mutter war eine bedeutende Physikerin, was ihr gewisse Privilegien eingebracht hatte, darunter auch die Erlaubnis, einige Jahre lang in Ferat zu leben und zu arbeiten. Das Land, in dem wir lebten, war für die Verarbeitung der Olivenernte der ganzen Welt zuständig, einschließlich aller Nebenprodukte. Alle Oliven produzierenden Regionen wurden von der Föderation dazu verpflichtet, ihre Ernte ins Olivenland zu schicken, das selbst mehr Oliven produzierte als irgendein anderes. Mein Vater, ein Biochemiker, erhielt von den Behörden in Ferat die Genehmigung, sich zusammen mit Dolores zur Olivengesellschaft versetzen zu lassen, wo sie gemeinsam an einem Forschungsprojekt über die Nutzung der Olive zu pharmazeutischen Zwecken arbeiteten. Da ich in den Schulen der Gesellschaft, die wir besuchten, eine naturwissenschaftliche Begabung an den Tag legte, wurde mir später erlaubt, meinem Vater bei seinen Forschungen zu assistieren.

So kam es, dass wir uns in diesem Dorf niederließen; an unsere alte Heimat in Ferat jedoch habe ich kaum Erinnerungen, denn ich war noch sehr klein, als wir von dort weggingen. Aber manchmal träume ich von hohen, hell erleuchteten Gebäuden mit glänzenden Türmen und Treppen, die sich in einen offenen Himmel hinaufschwingen.

Noch mehrere Wochen nach ihrer Geburt wusste ich nicht, wie ich meine Schwester nennen sollte, weil meine Eltern sich nicht auf einen Namen einigen konnten. Mein Vater wollte sie nach seiner Mutter nennen, aber Dolores hatte ihre Schwiegermutter nie gemocht und war deshalb dagegen. Schließlich einigten sie sich auf den Namen Hephzibah, nach einer Frau, die sie früher gekannt hatten und die eine wunderschöne Singstimme hatte. Ich wollte wissen, was aus dieser Frau geworden war, aber meine Eltern wussten es nicht so genau. Dolores glaubte sich zu erinnern, dass sie in eines der Umschulungslager geschickt worden war, als sie volljährig wurde. Ihre Gesellschaft hatte keinen großen Bedarf an Sängerinnen.

Jetzt, sechs Monate später, als der Tag ihrer Abreise nach Ferat gekommen war, war ich voller Panik, weil ich von meiner Schwester getrennt werden sollte, und ich flehte meine Eltern an, mich mitzunehmen.

»Die Gesellschaft hat nur für drei von uns eine Reiseerlaubnis erteilt. Sie wissen genau, wenn du zurückbleibst, meine Kleine, werden wir nicht versuchen, irgendwo anders unterzutauchen. Du bist die Garantie, dass wir zurückkehren.« Vater erklärte mir sodann, dass Onkel Jacobius, der noch in Ferat wohnte, einen Freund habe, der Arzt sei und Hephzibahs Lippe heilen könne.

»Früher wären wir nicht gezwungen gewesen, mit einem so kleinen Baby eine so weite Reise zu unternehmen. Aber bei diesen lächerlichen Einschränkungen und der fehlenden medizinischen Versorgung am Ort, was bleibt uns da anderes übrig? Wir müssen wohl dankbar sein, dass wir überhaupt fahren dürfen.«

»Ihr könntet vergessen, dass ihr sie dabeihabt«, sagte ich.

Vater lachte. »Wir kehren nur zu einem kurzen Besuch nach Hause zurück.«

»Nach Hause? Aber sind wir denn nicht hier zu Hause?«

Vater schwieg einen Moment. »Denk immer daran, Kleine, dass wir hier Fremde sind. Du bist in einem anderen Land geboren, in unserem Land. Das darfst du nicht vergessen. Und du darfst nie einem Menschen erzählen, wo wir herkommen. Es ist gefährlich, solche Dinge zu wissen.«

»Wie ist es zu Hause?«

»Es ist wunderschön.« Er flüsterte jetzt. »Wir haben in einer großen Stadt mit riesigen alten Häusern und prächtigen Parks gewohnt. Dort bist du zur Welt gekommen. An dem Tag hat es geregnet. Ich erinnere mich noch genau daran – und es war kalt, sehr kalt, nicht wie hier. Deine Mutter und ich, wir hatten eine riesige Wohnung mit alten Lampen, die Kronleuchter genannt wurden und aus ganz vielen kleinen Glasstückchen gemacht waren; und wir hatten viele Freunde, die uns oft besuchen kamen.«

Das überraschte mich. Heutzutage hatten meine Eltern nur selten Besuch, abgesehen vom Kommissar unseres Ortes, der immer mal wieder das Haus, die Laboratorien und die Gärten durchsuchte. Und ich erinnerte mich an den Besuch eines merkwürdig aussehenden Mannes mit einem schwarzen Anzug, einem breiten, fröhlichen Lächeln und einem lauten Lachen. Er blieb länger bei uns. Vater stellte ihn mir als Onkel Jacobius vor, er selbst aber nannte ihn Frederick. Das war der Mann, den meine Eltern nun aufsuchen wollten.

Onkel Jacobius ließ mich auf seinen Knien reiten, bis ich vor Vergnügen kreischte. Er erzählte mir Geschichten von früher, als alles anders gewesen war, und meine Eltern nickten dazu traurig und schnalzten mit der Zunge. So war unsere Familie von dem Gefühl geprägt, nur auf der Durchreise zu sein; eines Tages würden wir in diese große Stadt zurückkehren, und das Leben würde so weitergehen wie früher, als hätte es nie eine Unterbrechung gegeben. Jedenfalls machten meine Eltern mich das glauben. Ihr Traum ließ mir all die Dinge, die uns von den Dorfbewohnern unterschieden, immer wieder deutlich bewusst werden. Sie waren die Nachkommen von Menschen, die durch die Laune eines Beamten der Föderation nach dem Zusammenbruch des amerikanischen Imperiums im Dorf angesiedelt worden waren. Anders als meine Eltern hatten sie keine Erinnerung an die Heimat ihrer Vorfahren. Alle Aufzeichnungen über ihre geografische Herkunft, ihre Bräuche und ihre Sprache waren gelöscht worden. Sie hatten nur das Dorf und ihre Oliven, sie hatten einander, und sie hatten eine Vergangenheit, die sich nach und nach selbst schuf.

Nachdem meine Eltern mit Hephzibah abgereist waren, wusste ich nicht, was ich mit mir anfangen sollte. Nach dem Unterricht in der Gesellschaftsschule war ich immer sofort ins Babyzimmer zu meiner Schwester gelaufen, und sie wartete immer schon auf mich, ob bei Manos auf dem Arm oder beim Spielen in ihrem Bettchen. Dann versuchte sie immer zu lächeln, soweit es ihre Hasenscharte zuließ. Ich erfand lustige Geschichten, und sie beobachtete mich die ganze Zeit und gluckste, als ob sie jedes Wort verstünde. Ich half Manos, sie mit dem Federhalter zu füttern, indem wir ihr die Milch direkt in den Rachen spritzten. Ihr starker Wille überraschte mich – sie wusste genau, wie sie uns klarmachen konnte, wann sie genug hatte oder wann sie auf den Arm genommen werden wollte, und sie wusste, wie sie uns dazu verführen konnte, mit ihr zu schmusen. Dolores mochte mich nicht in der Nähe haben, wenn sie sich mit ihr beschäftigte. Sie wollte das Baby ganz für sich allein, aber zu meinem Glück war sie ziemlich oft müde und überließ Hephzibah Manos' Obhut.

Der Doktor nähte die gespaltene Lippe zu und machte den kleinen Mund heil, sodass nur ein feiner Saum zurückblieb, und später ein leichtes Lispeln. Die Dorfbewohner glaubten, dass der Doktor ein Wunder vollbracht hatte, aber nicht, dass er mit seinen Künsten den Fluch wegoperiert hatte. Als meine Eltern zurückkehrten, suchte ich nach Anzeichen der Veränderung an Hephzibah – sie war gewachsen und molliger geworden, und anstatt zu wimmern, schrie sie jetzt wie jedes andere Baby. Sie streckte die Arme aus, als sie mich sah, und gurrte und gurgelte und lächelte.

»Ich glaube, sie liebt dich mehr als irgendwen sonst«, sagte Vater.

Sie saugte gierig an der Flasche und nahm auch schon feste Nahrung zu sich, mit der ich sie manchmal fütterte. Auch an Dolores bemerkte ich Veränderungen. Sie hatte abgenommen und redete kaum noch. Mein Vater war auch stiller geworden und verbrachte mehr Zeit auf der Jagd und in seinem Labor. Das war die Zeit, als Dolores mich anwies, sie nicht mehr Mutter zu nennen. Sie gab keine Erklärung, und ich fand es nicht sonderbar, denn solche Bezeichnungen wurden nicht für wichtig erachtet. Aber Hephzibah wurde nie aufgefordert, sie Dolores zu nennen, was ich unfair fand.

Achtzehn Jahre später mussten wir uns mit Hephzibahs Tod auseinandersetzen. Ich merkte, dass es Dolores schmerzte, mich anzusehen. Sie schlug die Augen nieder, aber nicht ohne mir zuvor einen stechenden Blick zugeworfen zu haben, der sagte: »Warum musste es deine Schwester treffen? Warum konnte es nicht dich treffen?« Und ich gab mir selbst das Versprechen, dass ich eines Tages eine andere Antwort auf ihre Frage haben würde als die trotzige Herausforderung, mit der ich damals ihrem Blick eine kurze Weile standhielt.

ACHT

Ich musste Vaters Aufforderung unverzüglich Folge leisten; in der Hitze würde die Leiche sich nicht lange halten. Auf der Hauptstraße, die zum Hafen hinunterführte, kam mir der Kommissar des Dorfes entgegen. Er war irgendwie an die Tracht eines Priesters herangekommen, der, wie es hieß, vor zwei Jahrzehnten hingerichtet worden war, nachdem man in seinem Keller einen alten Computer gefunden hatte. In der ganzen Föderation gab es nur noch wenige Priester, da die alten religiösen Bauwerke alle geschlossen oder in Büros für die Gesellschaften umgewandelt worden waren. Aber zu dieser Zeit hatten die Menschen das Interesse am Glauben schon verloren, nachdem ihnen klar geworden war, dass die Föderation die Reste der alten Religionen nur deshalb unangetastet gelassen hatte, um sich eine weitere Möglichkeit der Kontrolle und Überwachung zu verschaffen.

Die meisten Menschen wollten nichts mit den Kommissaren zu tun haben. Diese Männer und Frauen mit den hohen Kragen wussten nur wenig von den alten religiösen Bräuchen, hatten sich aber in den Gemeinden eine unverhältnismäßige Macht bewahrt. Von meinen Besuchen in den Häusern der Dorfbewohner wusste ich, dass sie zu Hause heimlich eine Frau namens Maya verehrten, die, wie sie glaubten, unseren Planeten vor der Vernichtung gerettet hatte. An winzigen Hausaltären, die sorgfältig in Dachstühlen, in Schränken oder unter Dielen versteckt waren, wurden Opfergaben in Form von Blumen, Salz und Oliven dargebracht.

Maya war vor der Schaffung der Föderation geboren worden und hatte in einer Zeit großer klimatischer Umwälzungen gelebt, die euch, die ihr dies lest, noch bevorstehen. Riesige Landmassen wurden von den anschwellenden Meeresfluten hinweggespült, zahllose Menschen gingen an der Luftverschmutzung zugrunde, und viele starben an Hunger und Durst. Die Mächtigen schlossen sich in uneinnehmbaren Festungen mit sauberer Luft und sämtlichen Privilegien ein und ignorierten die Schreie derer, denen sie angeblich dienten, während sie zugleich ihre fortgesetzten bewaffneten Auseinandersetzungen rechtfertigten. Die meisten Kriege wurden – damals wie heute – um die schwindenden und zunehmend kostbaren natürlichen Ressourcen geführt. Am Ende befanden sich alle diese Ressourcen – alle mit Ausnahme des Wassers – im Besitz von fünf Mega-Konzernen, deren Bosse ausschließlich aus drei Ländern der Alten Welt stammten. In ihrem globalen Einfluss und ihrer Machtfülle standen sie den Imperien der Alten Welt nicht nach, und ihre Werkzeuge der Ausbeutung und der organisierten Knappheit setzten sie ohne Rücksicht auf die Folgen ihrer Gier ein.

Mit ihrem Charisma und ihrer ungeheuren Energie gelang es Maya, auf der ganzen Welt Millionen von Anhängern zu gewinnen, die alle der permanenten politischen und ökologischen Unterdrückung überdrüssig waren. Zunächst arbeitete die Bewegung noch im Untergrund. In allen großen Städten der Welt existierten kleine Zellen von Gleichgesinnten. Doch die Unterstützung für Maya wuchs stetig, und bald schon kritisierte sie offen die Regierungen, die ihre Macht damals bereits ganz dem Wohlwollen der Mega-Konzerne verdankten. Bei Massenkundgebungen hielt Maya flammende Reden gegen die Politiker, die nichts gegen die Ursachen der steigenden globalen Erwärmung unternahmen. Sie beschuldigte sie, sich an den »vergifteten Profiten«, wie sie es nannte, der Unternehmen zu bereichern und ihre eigentliche Aufgabe, nämlich den Dienst an den Menschen, zu vernachlässigen. Sie veröffentlichte die Grüne Charta und schuf eine Armee von Grünen Revolutionären, die Konzernbosse als Geiseln nahmen und Industrien, die stark von alten Treibstoffen abhängig waren, sabotierten. Der Geist der Bewegung breitete sich unaufhaltsam aus. Während des Grünen Zeitalters wurden 100 Milliarden Bäume gepflanzt, und Flugzeuge warfen mit Mineralien angereicherten Steinstaub als Dünger über den regenerierten Wäldern ab. Landwirtschaftliche Arbeiten wurden von satellitengesteuerten Maschinen erledigt. Das Transportwesen wurde revolutioniert, und bald fuhren die Autos mit Magnetkraft oder mit Wasser, wobei als Abfallprodukt Sauerstoff entstand. Auf den Feldern wurden Cannabis und Hanf angebaut, um Produkte aus Erdöl und Holz zu ersetzen. Das Wasser wurde aus den Ozeanen gewonnen und entsalzt.

Wissenschaftler, die mit Mayas Ideen sympathisierten, entwickelten Technologien weiter, die seit Generationen unterdrückt worden waren, weil man darin eine Gefahr für die Unternehmensgewinne und eine Bedrohung des bestehenden globalen Machtgleichgewichts gesehen hatte. Kommt euch das nicht irgendwie bekannt vor? Aber aus Angst vor diesen Entwicklungen und im verzweifelten Bemühen, ihre Positionen zu festigen, schlossen die Konzerne und die Regierungen sich zusammen und bildeten fortan die herrschende Elite.

Mayas Anhänger überwachten die Installation von Fusionsreaktoren, die gefahrlos die Kernreaktionen im Inneren der Sonne simulierten. Ihre Bewegung beaufsichtigte auch die Herstellung von riesigen Sonnenkollektoren von der Fläche einer kleinen Stadt sowie die Errichtung des noch heute existierenden erdumspannenden Gittersystems, über das die saubere Energie mittels Supraleiter-Übertragungskabel verteilt wird.

Manche hielten Mayas Grüne Charta für Öko-Fundamentalismus. Ihre Verhaltensregeln mussten strikt eingehalten werden und beherrschten sämtliche Aspekte des Lebens, vom Stuhlgang bis zum Baden, von den Kleidern, die man trug, bis hin zur Nahrung, die man zu sich nahm, und den Methoden ihrer Zubereitung. Der Flugreiseverkehr war eingeschränkt, alles wurde recycelt, und das Angebot an Nahrungsmitteln war begrenzt. Fleisch wurde schon bald zu einer seltenen Delikatesse. Das hatte zur Folge, dass bei vielen Menschen, hauptsächlich den Privilegierten, der Unmut über den Verlust ihres gewohnten Lebensstils wuchs. Sie wollten nicht so leben wie ihre Ur-Ur-Urgroßeltern in grauer Vorzeit.

Maya starb unter mysteriösen Umständen im Jahr 2170. Die Konzerne behaupteten, sie sei an Altersschwäche gestorben, doch sie war erst etwas über hundert, was zur damaligen Zeit schon nicht mehr als sehr alt galt. Sie hatte die Erde auf einen Kurs gesetzt, der die Meere beruhigte, die Winde zähmte und die Kraft der Sonne nutzbar machte. Durch die Nutzung der natürlichen Energien des Planeten, die weder der Atmosphäre noch den Erdbewohnern schadeten, hatte sie dem Prinzip der Nachhaltigkeit zum Durchbruch verholfen. Aber unter der Oberfläche schwärten noch die alten kapitalistischen Gewohnheiten. Die Konzerne hatten sich gezwungen gesehen, ihre Industrien der Philosophie der Grünen Charta anzupassen, und hatten den Einschränkungen zum Trotz eine neue Blütezeit mit hohen Profiten und Wachstumsraten erlebt. Nach Mayas Tod gelangten sie wieder an die Macht und wuchsen weiter, indem sie neue und noch effizientere Energieformen entwickelten und monopolisierten, die ebenfalls nachhaltig waren. Aber es blieb die Angst, dass die Erde ihre eigene Vernichtung herbeiführen könnte, wie es schon einmal fast geschehen war.

Obwohl Maya selbst die Konzerne verachtet hatte, wurden die Grünen Revolutionäre schließlich zu einem weiteren Element in der Propaganda der Gesellschaften. Ihr Nachfolger, einer ihrer Ex-Geliebten, wurde unter rätselhaften Umständen ermordet, und Mayas Name wurde auf die Liste derer gesetzt, deren Namen man nicht in den Mund nehmen durfte. Die Föderation hatte ihr Erbe beschlagnahmt. Es war, als hätte sie nie gelebt.

Ich bezweifelte, dass der Kommissar von den geheimen Mayaner-Heiligtümern im Dorf wusste; wäre es so gewesen, dann wären die betreffenden Familien längst »verschwunden«, und es hätte öffentliche Ermahnungen gegeben. Doch er war viel zu sehr damit beschäftigt, an seinem eigenen Image zu arbeiten und seine prächtigen Amtsräume zu verschönern. Das schien niemanden sonderlich zu stören, denn es bedeutete, dass er seine eigentliche Arbeit als Kommissar vernachlässigte. Die Kommissare waren bei der Bevölkerung nicht gerade beliebt. Die Gesellschaften beschäftigten sie vorgeblich, um sicherzustellen, dass für alle Bedürfnisse der Arbeiter gesorgt war und die Produktion reibungslos lief. In Wirklichkeit aber waren die Kommissare Spione der Gesellschaften, die darauf achteten, dass kein Gesellschaftseigentum gestohlen wurde und dass die Angestellten keinen Zugang zu verbotenen Kommunikationsmitteln und Informationen hatten. Sie sorgten auch dafür, dass niemand Waren kopierte, für die eine andere Gesellschaft das Exklusivrecht besaß. Gelegentlich hörten wir Geschichten über andere Dorfbewohner, Angestellte einer anderen Gesellschaft irgendwo in weiter Ferne, die aus den dort wachsenden Oliven Öl pressten und es verkauften, anstatt es ins Olivenland zu schicken. Wer dabei erwischt wurde, verschwand kurz darauf und wurde nie wieder gesehen.

Der Kommissar wusste, wohin ich unterwegs war, erwähnte Hephzibah jedoch mit keinem Wort. Er wirkte nervös, und er legte mir seine weiche, sorgfältig manikürte Hand auf den Arm, wie um mich zu trösten.

»Jetzt, nachdem die Soldaten das Dorf verlassen haben, können wir allmählich wieder zur Normalität zurückkehren«, sagte er. »Natürlich wird es für mich wesentlich mehr Arbeit bedeuten. Das ist immer so bei derartigen Konflikten. Die Leute nutzen die chaotischen Zustände aus und verfallen auf alle möglichen Tricks, die der Gesellschaft kaum gefallen dürften.« Seine Augen verengten sich, und er starrte mich argwöhnisch an.

»Ich glaube, die Leute haben Dringenderes zu erledigen, wie zum Beispiel die Vorbereitung der Totenzeremonien für ihre abgeschlachteten Verwandten«, konterte ich und ging rasch weiter, auf das winzige weiße Haus zu, das direkt an die Hafenmauer gebaut war.

Hier war Sengita zu Hause. Nur sie verstand es, totes Fleisch in der Hitze frisch zu halten. In ihrem Leben hatte sie schon viele Dorfbewohner zur Welt gebracht und sie Jahre später für eine andere Reise vorbereitet. Sie wohnte in dem Häuschen an der Hafenmauer mit ihrem verwaisten Enkel Joachim. Joachim, der immer den Körper eines Kindes haben würde, folgte seiner Großmutter auf Schritt und Tritt. Er sprach ein merkwürdiges Kauderwelsch, das nur Sengita verstehen konnte, und verkroch sich gerne unter ihre Röcke, wo er an ihren Beinen kratzte und knabberte, bis sie bluteten. Seine Eltern, Sengitas einziger Sohn und dessen junge Frau, waren von Soldaten, die zu Beginn der Kämpfe durch den Ort gekommen waren, zusammen mit anderen Dorfbewohnern in ein Boot geschafft und aufs Meer hinausgefahren worden. Die Soldaten waren allein zurückgekommen, über und über mit Blut bespritzt. Ein paar Leichen waren später von der Flut angespült worden, aber Sengitas Sohn und ihre Schwiegertochter wurden nie gefunden. Von jenem Tag an stellte sie immer ein Licht in das Fenster, das auf die Bucht hinausging, um ihm und seiner Frau den Weg nach Hause zu weisen. Sie gab die Hoffnung nie auf.

Sengita öffnete die Tür des kleinen Zimmers an der Hafenseite der Mauer, gegen die das Wasser schwappte. Es war eine Weile her, dass ich sie zuletzt gesehen hatte. Ihre Augenbrauen waren grau geworden, doch ihr Haar war immer noch dicht und schwarz, und sie trug dieselbe rote Weste, die sie schon bei Hephzibahs Geburt angehabt hatte.

Sie begrüßte mich herzlich, und ich sah sie lächelnd an.

»Hab keine Angst«, sagte sie und nahm meine Hand. »Es gibt nichts, wovor du dich fürchten müsstest.«

Sie führte mich ins Zimmer. Hier kämpfte Sengita ihren Kampf gegen die Sonne. Die Tür war aus einem speziellen harten Holz gefertigt, das nur an den Nordhängen der Berge wuchs, und es war so zugeschnitten, dass es genau in den Türrahmen passte und nicht den kleinsten Lichtstrahl durchließ. Die Läden des einzigen Fensters waren geschlossen, und die Lücken zwischen den Holzleisten waren mit alten Tuchfetzen verstopft. Der Steinboden war mit Lavendelwasser besprengt, und selbst das Dach, auf das die Sonne gnadenlos herunterbrannte, schien den Raum kühl zu halten. Es war, als habe der Tod selbst sich mit Sengita verschworen und die Wände mit seinem eisigen Atem angehaucht.

Das wenige Licht, das sich zwischen den Dachschindeln hindurchschmuggeln konnte, wurde von den getünchten Wänden reflektiert und fiel auf das weiße Tuch, mit dem die Leiche verhüllt war. Sie lag auf einem grob gezimmerten Tisch in einer Ecke des Raumes. Sengita ließ ihren Enkel draußen warten und schloss die Tür. Sie führte mich zu der Leiche. Als sie das Tuch lüftete, lag ein Lächeln auf ihrem sonnengegerbten Gesicht, als ob sie einen Gast begrüßte. Ich musste würgen, als ein starker, fremdartiger Geruch mir entgegenschlug, und wann immer ich später Weihrauch, Zeder oder Myrrhe roch, musste ich an Menschen denken, die vor ihrer Zeit gestorben waren.

Sengita begann, das lange Haar meiner Schwester mit den Fingern zu kämmen, sodass es in losen Strähnen auf den Boden hing. Das Gesicht, mit seinem Gespinst von zarten weißen Knochen und bleichem Fleisch, war wie eine Maske. Das rechte Auge war immer noch offen, die Iris wie ein in seiner Umlaufbahn erstarrter Planet. Es schien mich direkt anzustarren, wo immer ich stand.

»Kannst du es nicht schließen, Sengita?«, fragte ich entnervt. Meine Stimme hallte von den Wänden wider, während Joachim wild an der Tür zu rütteln begann.

»Manchmal müssen die Toten die Lebenden beobachten«, erwiderte die alte Frau.

Unterhalb der Nase war keine Haut mehr, sodass auch von der Narbe, die sich von Hephzibahs Lippe nach oben gezogen hatte, nichts übrig war. Ich starrte auf das halb zerfressene Gesicht hinunter, und mir wurde ein wenig übel. Ich sah Sengita an. Sie wusste, wonach ich suchte.

»Sie ist nicht da«, sagte sie wissend.

»Natürlich nicht«, entgegnete ich schroff. »Aber das da ist ohne jeden Zweifel meine Schwester.«

Sengita zog das Tuch wieder über den Leichnam und strich es glatt, als ob sie ein Bett machte. Als sie die Tür hinter mir schloss, flüsterte sie: »*Mich* musst du nicht überzeugen.«

Sie führte mich durch eine mit allerhand Gefäßen und getrockneten Kräutern vollgestopfte Küche hinaus auf eine Steinterrasse, die aus der Hafenmauer ins Wasser ragte. Hier stand ein klappriger Tisch mit zwei Stühlen im Schatten eines großen roten Sonnenschirms.

»Jetzt brauchst du bestimmt erst mal etwas zu trinken«, sagte sie und lud mich ein, mich zu setzen.

Ich nickte begeistert. Sie ging wieder in die Küche und kam kurz darauf mit einem Tablett zurück, auf dem eine Schüssel voll fleischiger grüner Oliven, zwei Gläser und eine große Flasche Whisky standen, dazu Zitronenscheiben und eine Schale Eiswürfel.

»Fangen wir mal hiermit an«, sagte sie, indem sie die Flasche aufschraubte und beide Gläser randvoll goss. »Auf die Lebenden!« Sie zwinkerte mir zu, hob das Glas in die Sonne, warf den Kopf in den Nacken und goss sich die bernsteinfarbene Flüssigkeit in die Kehle. Dann ließ sie sich auf den zweiten Stuhl fallen, wobei ihr Kleid und ihre Unterröcke sich um sie bauschten wie ein riesiger Pilz. Joachim schlüpfte sogleich darunter. Das Licht, das durch den Schirm drang, färbte unsere Gesichter rot.

»Das ist eine traurige Geschichte, Jephzat. Ich weiß, wie nahe du deiner Schwester gestanden hast. Ich erinnere mich noch an ihre Geburt. Du hast sie zuerst im Arm gehalten, noch vor deiner Mutter, und später wart ihr zwei unzertrennlich. Das muss für dich sehr schwer sein.«

Sie schenkte sich ein zweites Glas ein, während ich an meinem nur nippte und über die Flussmündung hinweg auf das unbewegte, glitzernde Meer hinausschaute. Eine sanfte Brise trug das schwache Summen der Energiefelder an unsere Ohren, die wie Inseln jenseits des Horizonts im Wasser schwammen.

Sengita trank den zweiten Whisky ein wenig langsamer. Die Terrasse war voll mit Töpfen, in denen Kräuter und Blumen wuchsen, und Gläsern mit getrockneten Schlangenschuppen und Pulvern in allen Farben. Fischernetze hingen über der Mauer.

»Jetzt, nachdem die Soldaten weg sind, wird sich alles wieder normalisieren. Sie werden nicht wiederkommen, denn es wird jetzt eine Art Abkommen ausgehandelt. Das sagt jedenfalls der Kommissar.«

Ich schwieg immer noch.

»Ich weiß, wie schwer es für dich ist, Jephzat, und ich weiß, was sich in eurem Haus abgespielt hat.«

»Das weißt du nicht, Sengita. Du bist genau wie alle anderen; gar nichts weißt du!«, fuhr ich sie heftig an. »Das glaubst du vielleicht, aber niemand weiß, was sich in unserem Haus abgespielt hat. Wer hat uns denn Hilfe angeboten, als die Soldaten kamen? Niemand. Ich bin ins Dorf gegangen und habe um Hilfe gebettelt, aber ich hätte ebenso gut mit Toten reden können. Sie haben uns mit dem Feind alleingelassen, und jetzt werden sie alle sagen, wir hätten kollaboriert, nur weil wir ihnen zu essen gegeben haben. Aber hätten wir das nicht getan, dann hätten sie uns umgebracht. Uns alle. Und dann hätte die Gesellschaft nicht mehr viel von uns gehabt, oder? Wer hier im Dorf hätte anders gehandelt? Was hättest du denn getan?«

»Sie vergiftet«, kreischte sie, klatschte sich auf die Schenkel und brach in ein heiseres Gelächter aus, das die in der Nähe sitzenden Möwen aufflattern ließ. Dann fixierte sie mich mit ihren dunklen, klugen Augen.

»Du und deine Eltern, ihr müsst jetzt vorsichtig sein. Mit dem Frieden werden die Schuldzuweisungen kommen, und ihr bietet euch dafür geradezu an. Ihr geltet hier immer noch als Fremde, anders als die Dorfbewohner, die schon seit mehreren Generationen hier leben und sich ihr eigenes Gemeinwesen geschaffen haben. Sie nehmen es euch übel, dass ihr euch – mit Ausnahme deiner Schwester – immer abgeschottet habt und mit den anderen nichts zu tun haben wolltet. Aber nachdem das Dorf von ihr und den Soldaten erfahren hat, hätte sie kaum noch eine Chance gehabt – selbst wenn sie überlebt hätte. Auch jetzt, da deine Schwester tot ist, musst du noch den Zorn des Dorfes fürchten. Du solltest mit deinen Eltern irgendwo untertauchen, bis die Gemüter sich beruhigt haben.«

»Wie sollen wir denn untertauchen? Die Gesellschaft steht doch auf der Seite der Dorfbewohner und wird uns keine Reiseerlaubnis erteilen. Und außerdem will ich gar nicht weg. Alles, was ich kenne, ist hier.«

Sengitas Röcke raschelten, als Joachim darunter zu zappeln begann. Sie beugte sich zu mir und legte mir den Arm um die Schultern.

»Mein liebes Kind, beruhige dich.« Sie kramte in einer der Taschen ihrer Weste und gab mir zwei winzige Pillen aus einem Glasfläschchen, die ich mir unter die Zunge legen sollte. »Ignatia. Das wird den Schmerz lindern.«

Sie hatte Recht. Ich regte mich nicht länger über die Soldaten auf. Sie interessierten mich nicht mehr. Ich trauerte um Hephzibah. Ich hatte sie verloren – und wie sollte ich ohne sie weiterleben? Ich weinte bitterlich in den Armen der alten Frau.

»Wir leben in schweren Zeiten, Jephzat, in sehr schweren Zeiten. Aber ihr, die ihr so jung seid, könnt das nicht wirklich verstehen, weil ihr euch nicht daran erinnern könnt, wie es früher war. Ihr habt nichts, woraus ihr ersehen könntet, wie es damals war, und wenn ihr versuchen würdet, es herauszufinden, würdet ihr euer Leben riskieren.«

»Ich weiß, wie es früher war. Meine Eltern haben mir davon erzählt und es mir gezeigt.«

Ich wusste, dass es gefährlich sein konnte, solche Dinge preiszugeben. Schließlich war ich mir nicht sicher, ob ich Sengita vertrauen konnte. Sie war für ihre lautstarken Meinungsverschiedenheiten mit dem Kommissar bekannt, aber das allein machte sie noch nicht vertrauenswürdig. Aber sie schien gar nicht registriert zu haben, was ich ihr anvertraut hatte. Sie rieb sich nur die Stirn, und dann zerrte sie mit einer plötzlichen Bewegung, die mich überraschte, an ihrem Haaransatz und riss sich die Perücke herunter. Ihre schönen schwarzen Haare lagen auf dem Tisch. Sengita hatte eine Glatze.

»Diese blöde Perücke nervt mich schon seit Tagen in dieser Hitze«, sagte sie und kratzte sich den kahlen Schädel. »Ich trage sie nur, damit ich nicht zu ungewöhnlich aussehe. Ich bin beim Kommissar ohnehin schon schlecht angeschrieben, und ich will ihm nicht noch mehr Gründe an die Hand liefern, mich als subversiv zu brandmarken.« Sie sah mich an. »Du weißt doch, wovon ich rede, nicht wahr?«

Ich nickte, und nun wusste ich, dass ich mich auf Sengita verlassen konnte. Wie wir hatte auch sie irgendwo im Haus kostbare Bücher versteckt. Wie so viele von uns nahm sie, wenn sie sich in Sicherheit wähnte, eines heraus, blies den Staub weg und begann, die Seiten umzublättern. Wir tauschten wissende Blicke und lachten und lachten, bis Joachim unter den Röcken seiner Großmutter hervorgekrochen kam, um zu schauen, was denn da so lustig war.

»Ich hatte Recht«, sagte Sengita unvermittelt und knallte ihr Glas so heftig auf den Tisch, dass der Whisky überschwappte. »Deine Schwester hatte einen schweren Start mit ihrer Lippenspalte, aber das Schlimmste steht uns noch bevor.« Sie drehte sich zu mir um und fuhr mir mit dem Finger über den Mund. »Gott sei Dank wurdest du nicht mit einem solchen Makel geboren. Bei deiner Halsstarrigkeit und Aufrichtigkeit hätte es noch wesentlich schlimmer kommen können. Deine Schwester war schon schlimm genug.«

Ihre Worte kränkten mich nicht, denn sie sprach zärtlich, als sei ich ihre Tochter. Dennoch fand ich die Vorstellung lächerlich, dass ein bloßer körperlicher Defekt auf einen Fluch schließen ließ, der auf dieser Person lastete.

»Normalerweise fühle ich mich den Kindern, denen ich auf diese Welt geholfen habe, sehr nahe, aber bei deiner Schwester habe ich nichts empfunden. Für *dich* empfinde ich diese Gefühle, obwohl ich bei deiner Geburt nicht dabei war. Schon bei Hephzibahs Geburt wusste ich, dass etwas nicht stimmte, und zwar schon bevor ich ihre Lippe gesehen hatte. Es war, als ob sie alle Energie aus mir heraussaugte. Nach ihrer Geburt war ich ganz schwach und ausgelaugt, und ich spürte nichts von der Freude, die ich sonst immer bei der Ankunft eines neuen Kindes empfinde.«

Sie zuckte mit den Schultern und leerte ihr Glas. Ich hätte Hephzibah gerne verteidigt, doch im Grunde meines Herzens wusste ich, dass Sengitas Beobachtungen der Wahrheit sehr nahe kamen.

Ich trank die letzten Tropfen aus meinem Glas und stand auf, um zu gehen. Sengita begleitete mich zur Haustür. Sie umarmte mich herzlich und wünschte mir Glück. Ich ließ eine Münze auf der Türschwelle liegen, wie man es hier bei den Hütern der Toten tut, und machte mich auf den Heimweg, innerlich gefasst auf die feindseligen Blicke der Menschen, denen ich begegnen würde.

NEUN

Ich ging nicht durchs Dorf zurück. Stattdessen nahm ich einen Weg, der am Rand der Zitrushaine entlangführte und am Pavillon endete. Er stand am Ufer eines kleinen Sees, den die Hitze ausgetrocknet und in eine Staubgrube verwandelt hatte. Wir konnten uns das Wasser nicht mehr leisten, um ihn aufzufüllen. Ich war seit Hephzibahs Verschwinden nicht mehr im Pavillon gewesen und merkte, dass es mir schwerfiel, mich dem kleinen, verfallenen Holzbau zu nähern; so viele Erinnerungen knüpften sich daran. Als kleine Kinder war uns der Pavillon immer wie frisch gestrichen vorgekommen – das weiße Holz seiner Außenwände leuchtete im Sonnenschein, und Dolores hatte Damaszenerrosen und Jasmin gepflanzt, die sich mit ihren grünen Trieben um das Gitterwerk rankten und das Dach überwucherten. Vom Haus aus betrachtet, glich er kaum noch einem Werk von Menschenhand, sondern eher einer mit Laub bewachsenen Anhöhe. Jetzt hing die abblätternde Farbe am Holz wie eingerissene Fingernägel, und Teile des Gitterwerks waren verfault, sodass der Boden mit einem unregelmäßigen Geflecht aus Lichtflecken überzogen war.

Wenn die Hitze unerträglich wurde, aßen wir oft mit der ganzen Familie im Pavillon. Manos breitete ein gebleichtes weißes Tischtuch über einen Gartentisch und brachte uns frisch gebackenes Brot, Käse, Oliven und Tee. Der Pavillon war nach allen Seiten offen, und der Wind, der vom Meer kam, wehte hindurch. Hephzibah und ich legten uns oft in der Nähe der breiten Tür auf den Boden, um uns auch nicht das kleinste Lüftchen entgehen zu lassen. Sie schnappte immer nach Fliegen in der Luft, was mich irritierte. Manchmal schliefen wir dort auf Matratzen ein, und dann wachten wir morgens immer eng umschlungen auf.

Ich schob ein zerschlissenes Kissen mit Flecken, die nach Blut aussahen, zur Seite und setzte mich auf die breite Bank, die sich innen an den sieben abgewinkelten Wänden des Pavillons entlangzog. Jede Wand war über der Bank offen, sodass man immer wieder einen anderen Blick auf das Haus hatte. Von dort, wo ich saß , sah ich den Turm des Ostflügels, der sich über die Bäume erhob, und dahinter konnte ich schemenhaft die Dorfbewohner erkennen, wie sie die Olivenbäume schüttelten und die Früchte in Netzen auffingen, die sie über die Terrassen gespannt hatten. Niemand kannte die genaue Geschichte des Hauses. Wie alles andere aus der Vergangenheit hatte es seine eigene Legende, die inzwischen als Wahrheit akzeptiert wurde.

Die Ursprünge des Dorfes lagen ebenfalls im Dunkeln, doch ist es wahrscheinlich, dass es anfangs eine kleine Siedlung von Fischerfamilien war. Als die Gesellschaften das Imperium ablösten, wurden die ursprünglichen Bewohner aus dem Dorf vertrieben. Niemand weiß, wo ihre Nachkommen heute leben. Die neuen Bewohner wurden von der Olivengesellschaft in das verlassene Dorf gebracht, um die Ölbäume zu pflegen, Oliven zu ernten und Olivenöl zu produzieren.

Als diese Vertriebenen ihre neuen Häuser betraten, fanden sie halb ausgetrunkene Kaffeetassen vor, Maden in Schüsseln mit fertig zubereitetem Essen, nicht aufgeräumtes Geschirr und Kinderbetten mit zerwühlten Decken, aus denen die schlafenden Babys dem Anschein nach hastig herausgerissen worden waren. Kleine zusammengefaltete Zettel mit unleserlichem Gekritzel wurden hinter Regalen und in Mauerritzen gefunden. Die Neuankömmlinge packten die Habseligkeiten der früheren Bewohner in Kisten und verstauten sie auf dem Dachboden, wo sie für den Fall ihrer Rückkehr bereitstanden. Es war weniger ein Akt der Menschenfreundlichkeit als vielmehr ein Ausdruck ihrer Hoffnung, dass auch sie eines Tages in ihre verlassenen Häuser würden zurückkehren können.

Es war der Ölbaum, der diese Menschen miteinander verband, deren Vorfahren verschiedene Sprachen gesprochen hatten und deren Aussehen ihre ungleichen Wurzeln verriet. Eine neue Mischsprache – eine Art Dialekt – entstand aus ihrem Bedürfnis, sich untereinander zu verständigen, und sie benutzten sie neben dem offiziellen Föderesisch. Bald begannen sie, durch die Olivenhaine zu streifen, zunächst noch ziellos. Sie strichen mit den Händen über die uralten, knorrigen Stämme und verbrachten Stunden damit, zu den dicken, weit ausladenden Ästen hinaufzustarren, den Blättern, die vor dem Blau des Himmels grün und grau schillerten. Für sie war der Ölbaum in seiner Beständigkeit und Robustheit eine Quelle des Trosts. Diese Neuankömmlinge waren entwurzelt und als Eigentum der Gesellschaft in ein fremdes Land geschafft worden, doch um sie herum standen die alten Wächter der Zeit, Zeugen einer vergangenen Epoche, in der die Menschen Geborgenheit in ihren Traditionen gefunden hatten.

Die Bäume wuchsen ihnen ans Herz, und bald hatte jeder Dorfbewohner seinen Lieblingsbaum. Durch die lange Vernachlässigung waren die Ölbäume von Gestrüpp überwuchert; viele hatten hässliche Geschwüre, andere waren von Jahren der Krankheit geschwächt, und ihre von Olivenfliege und Schimmelpilz befallenen Blätter rollten sich ein. Die Neuankömmlinge, die es zwar gut meinten, aber nichts von der Sache verstanden, stellten sich beim Beschneiden sehr ungeschickt an und machten sich daran, mannsdicke Äste abzuhacken. Die Gesellschaft hatte das Dorf anfangs völlig vergessen, mit der Folge, dass die ersten Ernten sehr bescheiden ausfielen. Schließlich trafen von der Gesellschaft entsandte Berater ein, die den Boden untersuchten und Anweisungen gaben, wie das Meer von silberblättrigen Bäumen, das die Hügel und Terrassen des Umlandes bedeckte, zu pflegen und zu bewirtschaften sei. Sie unterrichteten die Bewohner in den Techniken des Vermehrens und Beschneidens, gaben Ernteziele vor und überwachten die Ölproduktion so lange, bis die Dorfbewohner allein zurechtkamen.

Anfangs kannten die Dorfbewohner die Namen der verschiedenen Baumsorten nicht, und so gaben sie ihnen eigene Familiennamen. Bald darauf wurde auf der Rückseite einer Schranktür in dem kleinen Haus eines jungen Paares ein wunderschönes geschnitztes Bild eines Ölbaums entdeckt. Worte in einer fremdartigen, eleganten Schrift waren in die Äste und den Stamm des Baumes geritzt. Unter jedem Wort fand sich eine Übersetzung auf Föderesisch. Von früh bis spät drängten sich die Menschen in der engen Stube, diskutierten eifrig über die Bedeutung des Holzschnitts und bestaunten sein Geheimnis. Wie konnte es sein, dass der Baum einerseits ganz offensichtlich vor der Schaffung der Föderation geschnitzt worden war, andererseits aber Worte in föderesischer Sprache darauf zu finden waren? Manche vermuteten dahinter eine List der Gesellschaft oder eine rätselhafte Verschiebung in der Zeit, einen Trick. Andere faszinierte eher die Bedeutung der geheimnisvollen Worte, denn auch auf Föderesisch ergaben sie wenig Sinn. Waren es die Namen der Familien, die früher im Dorf gewohnt hatten? Handelte es sich um Anweisungen zum Ernten und Pressen der Oliven? Die Schranktür wurde aus den Angeln gehoben und auf dem Dorfplatz aufgestellt. Jeden Morgen, nach der täglichen Begrüßung der Gesellschaft, ihres Präsidenten und ihrer Direktoren durch die Dorfbewohner, scharten sich die Leute um die Tür und nahmen sie sorgfältig in Augenschein. Sie rezitierten die Worte wie Beschwörungsformeln, spürten den Atem, der von ihrem Zwerchfell aufstieg, um von ihren Zungen zu Lauten geformt zu werden, die sie beruhigten und ihnen Trost spendeten: Santa Caterina, Mortatele, Kosino. Eines Morgens, als ein Kommissar der Gesellschaft ihnen bei einer der täglichen Begrüßungen eine Strafpredigt wegen des Verfehlens der vorgegebenen Erntequoten hielt, standen sie näher als sonst neben der Schnitzerei. Die Dorfbewohner, die um ihr Leben fürchteten, flehten allesamt das Bildnis an, ihr Dorf im nächsten Jahr mit einer guten Ernte zu segnen. Vereint in ihrer Meditation, hörten sie nicht den Ausruf des kleinen Kindes, das am Rock seiner Mutter hing. »Warum haben Bäume Namen? Sind sie wie Menschen?«, fragte das Mädchen. Seine Mutter versuchte, sie zum Schweigen zu bringen, doch das kleine Mädchen ließ nicht locker, bis jemand aus der Menge plötzlich aufschrie: »Das ist es! Das sind die Namen der Baumfamilien.« Und so gab man den Bäumen, die um das Dorf herum wuchsen, die Namen aus dem geschnitzten Bild – und wenn man auch zugeben musste, dass die Zuordnung der Namen zu den Bäumen wahrscheinlich nicht die ursprüngliche war, bereitete es den Dorfbewohnern doch Freude, den Ölbäumen zurückzugeben, was ihnen der allgemeinen Überzeugung nach gehörte.

Manche der neuen Bewohner reparierten die Boote, die ihre Vorgänger zurückgelassen hatten, und widmeten sich dem Fischfang, um den Speisezettel der Dorfbewohner zu erweitern. Wenn sie mehr fingen, als sie brauchten, musste der überschüssige Fisch getrocknet und an die Gesellschaft geschickt werden, die das Monopol auf den Handel mit sämtlichen Fischprodukten hatte. Es war verboten, irgendetwas an private Kunden zu verkaufen, doch das wurde natürlich gemacht, trotz der vielen Spione, die im Auftrag des Fischlandes am Hafen herumlungerten und allein schon durch ihre Untätigkeit auffielen.

Da über ihre Vergangenheit nichts bekannt war, begannen die Dorfbewohner zudem, Geschichten zu erfinden, die ihnen eine Art eingebildete Tradition verschafften. Ich schmückte diese Geschichten weiter aus, hauptsächlich für Hephzibah. Sie ließ sich gerne von mir erzählen und konnte nie genug bekommen. Manche Geschichten dachte ich mir selbst aus, oder ich besuchte Pesh, einen Fischer, der zugleich der beste Geschichtenerzähler des Dorfes war – bis er von den Soldaten umgebracht wurde.

Vor vielen hundert Jahren, wann genau, weiß niemand, bekam ein Troubadour von seinem König, der ihn über alles liebte, ein riesiges Stück Land oberhalb der Bucht geschenkt. Es heißt, der junge Mann sei schöner gewesen als irgendeine Dame am Hof, und der König liebte ihn mehr als alle seine Frauen. Der Gesang des Troubadours war zaubermächtig, und ganze Festtafeln sollen sich in die Luft erhoben haben, wenn er sang, bis das Wildbret, die großen Obstschalen und die juwelenbesetzten Weinpokale über den Köpfen der Gäste schwebten, die schließlich, allein von der Musik gesättigt, nach Hause gingen.

Leider vernachlässigte der Troubadour sein Land und widmete sich stattdessen lieber seinen Tändeleien mit diversen Hofdamen. Als er starb, beanspruchte ein entfernter Verwandter mütterlicherseits das Land und pflanzte die Olivenhaine an. Er baute ein Haus, wie es einem Grundbesitzer geziemte, abseits des Dorfes und mit Blick über die Bucht. Es war ein prächtiges Bauwerk, überladen mit fantastischem Zierrat. Der Hausherr machte sich nun daran, landauf und landab alle Frauen zu verführen, deren er habhaft werden konnte, gleich welchen Alters, ob verheiratet oder nicht. Binnen weniger Jahre hatte er sechsundzwanzig Söhne und Töchter gezeugt, die alle als Säuglinge auf seiner Schwelle ausgesetzt wurden. Er brachte es nicht übers Herz, sie zu verstoßen, und übergab sie Frauen aus dem Ort zum Stillen. Später engagierte er ein ganzes Heer von Hauslehrern, Köchinnen und Gouvernanten, die sich um seine immer zahlreichere Nachkommenschaft kümmern sollten. Nach seinem Tod verließen die Kinder, die sich nicht auf einen Alleinerben hatten einigen können, das Haus, das daraufhin nacheinander von einer Reihe wohlhabender Familien bewohnt wurde, deren jede den ursprünglichen Gebäuden Anbauten in ihrem jeweils eigenen Stil hinzufügte. Das Anwesen war dann eine Zeit lang die Zentrale der Olivengesellschaft, doch bevor diese wieder auszog, riss sie sämtliche technischen Installationen heraus und ließ das Haus leer zurück. Als sie es meinen Eltern übergab, geschah dies unter der Bedingung, dass sie nur einen kleinen Teil des Hauses bewohnen sollten. Der Rest wurde bedenkenlos dem Staub und den Spinnweben überlassen.

Der Turm des Ostflügels erhob sich in gotischer Pracht über den Pinien. Hephzibah und ich nannten ihn den »Turm des roten Schals«, wegen einer Geschichte, die Manos uns erzählt hatte, als wir klein waren. Ein früherer Besitzer des Hauses, so sagte sie, hatte sein ganzes Leben in dem Bemühen verbracht, demselben ein Ende zu setzen. Er schloss sich in seinem Arbeitszimmer ein, besessen von der Idee, den perfekten Selbstmord zu inszenieren. Bei vielen seiner Versuche spielten seltsame Apparaturen eine Rolle, konstruiert aus Flaschenzügen und Zeitsteuerungsmechanismen, die seinen Körper in sämtliche Himmelsrichtungen zogen, oder Maschinen, die an das Innenleben einer Uhr erinnerten, mit Zahnrädern, die einen Menschen mit der Präzision eines Skalpells sezieren konnten. Ganz beiläufig machte er während der Ökologischen Revolution ein Vermögen mit den Patenten auf diese tödlichen Erfindungen, als sich herausstellte, dass sie in Küche und Bad zu weit sinnvolleren Zwecken eingesetzt werden konnten, da sie nur wenig Energie verbrauchten. Doch seine Selbstmordversuche scheiterten immer wieder, obgleich sein Körper bald mit einem grotesken Narbenmuster überzogen war.

Trotz ihres Reichtums wurde die Frau des Erfinders seiner absonderlichen Manie bald überdrüssig. Je länger er sich in seinem Arbeitszimmer einschloss, desto mehr hasste sie ihn, und desto mehr sann sie auf Rache. Eines Tages brach er die Arbeit an seinen komplizierten mechanischen Erfindungen ab und bat seine Frau, ihm einen roten Schal zu stricken. Er nannte ihr die genauen Abmessungen. Der Schal sollte eine Handspanne breit sein und einen Fuß kürzer, als der Turm des Ostflügels hoch war. Das Baumwollgarn wurde in großen Strängen per Schiff angeliefert, und bald war das Haus vom rhythmischen Klicken der Stricknadeln erfüllt. Die Finger der Frau waren wund bis auf die Knochen und bluteten heftig, und das Blut färbte das Garn noch tiefer rot. Endlich brachte sie ihrem Mann den fertigen Schal. Er stieg auf die Spitze des Turmes, band ein Ende des Schals an einer steinernen Statue fest und schlang sich das andere um den Hals. Dann sprang er. Während er durch die Luft flog, merkte er, dass seine Frau seine Anweisungen nicht exakt befolgt hatte, sondern den Schal so gestrickt hatte, dass nur ein paar Zoll an der vollen Höhe des Turmes fehlten. Das fehlende Stück wurde dadurch wettgemacht, dass sein Körper den Schal dehnte. Er schlug auf dem Boden auf und wurde zusammengestaucht, und seine Frau fand seinen zerschmetterten Körper. Er lebte noch, aber jetzt war er ihr ausgeliefert – genau so, wie sie es geplant hatte.

Er verbrachte den Rest seiner Tage gelähmt in einem Bett in dem alten Schulzimmer im Westflügel, während seine Frau sein Geld verschleuderte und ihre jugendlichen Liebhaber verwöhnte.

Das war Hephzibahs Lieblingsgeschichte, und sie schleppte mich immer wieder in die verbotenen Flügel des Hauses, um nach dem Schal zu suchen. »Sei nicht albern, das ist doch bloß eine Geschichte«, schalt ich sie. Mir war noch nicht einmal klar, was sie eigentlich bedeuten sollte. Es dauerte Tage, bis wir einen Flügel erkundet hatten und uns dem nächsten zuwandten. Die Schritte unserer kleinen Füße hallten in den langen, gewölbten Gängen wider. Schließlich erreichten wir den Ostflügel und betraten das ehemalige Schulzimmer. Und dort, über unseren Köpfen, um die Dachbalken geschlungen, hing ein langer, rostroter Schal.

Ich sagte Hephzibah nichts davon, aber ich war überzeugt, dass Manos den Schal selbst dort aufgehängt hatte. Später jedoch war ich mir nicht mehr so sicher. Wer im Dorf würde so einen langen Schal stricken, nur um zwei vorwitzige kleine Mädchen zu verblüffen?

Nach dieser aufregenden Entdeckung verbrachten wir noch mehr Zeit mit unseren Erkundungsgängen. Die Zimmer in diesem Haus schienen kein Ende zu nehmen. Kaum hatten wir eines entdeckt, da führte auch schon eine Tür ins nächste. Manche hatten hohe, gewölbte Decken mit Dachbalken, wie in einer Scheune, andere wiederum kunstvoll gearbeitete Stuckdecken, hohe, schwere Türen und Wände mit wurmstichigen Holzpaneelen, die eine düstere, verstaubte Atmosphäre schufen. Keines der Zimmer, die wir entdeckten, war verschlossen – bis auf eines. Einmal glaubten wir zu hören, wie sich drinnen etwas bewegte, was unsere Entschlossenheit, die Tür zu knacken, nur verstärkte. Wir stocherten mit allen möglichen Gegenständen im Schloss herum, bis die Tür sich schließlich knarrend öffnete, immer noch gehemmt durch ihr Eigengewicht.

Wir erblickten Hunderte übereinandergestapelter Kisten, die den Raum fast ganz ausfüllten. Sogleich machten wir uns daran, eine zu öffnen, in der Hoffnung, darin einen verborgenen Schatz zu finden, Gold und Juwelen, Spielsachen. Aber nein – die Kiste war randvoll mit frisch geernteten, schwarzvioletten Maraiolo-Oliven. Die Bedeutung dieser Entdeckung war Hephzibah nicht klar. Sie war enttäuscht und verlor augenblicklich jegliches Interesse. Maraiolo-Oliven waren nichts Besonderes – die Bäume wuchsen um das Dorf herum in großer Zahl, weil sie den Wind und die salzige Luft besonders gut vertrugen. Aber ich kannte schon damals die Strafe, die auf das Abzweigen von Gesellschafts-Produkten stand, und ich wollte nicht, dass meine Familie dafür verantwortlich gemacht wurde. An meiner Reaktion erkannte Hephzibah, dass etwas nicht stimmte, und sie bohrte so lange, bis ich ihr den Grund verriet.

»Dann müssen wir eben denjenigen finden, der diese Oliven gestohlen hat.«

Während sie das sagte, hörten wir hinter einem Kistenstapel ein leises Rascheln. Hephzibah lief hin, um einen Blick dahinter zu werfen, und stieß einen Schrei aus. Als ich zu ihr trat, sah ich einen Mann hinter den Kisten kauern. Er hob den Kopf und starrte mich unverwandt an. Ich zuckte zusammen, als mich der Blick aus seinen auffallend blauen Augen traf.

»Zeigt mich nicht beim Kommissar an.« Er richtete sich zu voller Größe auf und blickte finster auf uns herab.

Ich wollte ihm gerade versichern, dass er nichts zu befürchten habe, als Hephzibah sich plötzlich auf ihn stürzte. Er fiel nach hinten, schlug mit dem Kopf auf die Kante einer Kiste und blieb benommen liegen, während sie sich auf ihn warf und seine Brust mit den Fäusten bearbeitete. Er versuchte, ihre Schläge so abzuwehren, dass er ihr dabei nicht wehtat, und ich sprang herbei, um sie von ihm loszureißen.

»Lass mich!«, schrie sie. »Er ist ein Dieb! Er bringt unser Leben in Gefahr, nur damit er ein paar gestohlene Oliven verkaufen kann!«

Ich wusste, wie schwer es für die meisten Dorfbewohner war, ihr tägliches Brot zu verdienen, und nahm es ihnen nicht übel, wenn sie ein paar Oliven für den Eigenbedarf beiseiteschafften. Im Olivenland gab es Millionen von Ölbäumen. Vater sagte einmal, wir hätten mehr Oliven als Kakerlaken. Was waren da schon ein paar Oliven mehr oder weniger? Ich sah zu dem jungen Mann hin, der sich gerade den Staub aus den Kleidern klopfte und dabei leicht zitterte. Er stand in würdevollem Schweigen da, während ich meine Schwester drängte, mit mir zu kommen.

»Hephzibah, wir müssen vergessen, dass wir diesen Menschen je gesehen haben. Wer wird es denn jemals erfahren? Dolores und Vater kommen nie in diesen Teil des Hauses, und Manos auch nicht.«

Ich legte ihr den Arm um die Schultern und sah den Eindringling mitleidig an.

»Ich glaube, das Beste, was wir tun können, ist, dich hier allein zu lassen«, schlug ich vor und forderte ihn auf, mir den Schlüssel zu geben. Dabei warf ich einen raschen Blick auf die hohen Fenster, die er mühelos erreichen konnte, indem er auf die Kisten stieg. Er zögerte einen Moment, dann drückte er mir mit einem angedeuteten Lächeln einen großen Messingschlüssel in die Hand. Hephzibah schnappte ihn und stürmte aus dem Zimmer. Ich wandte mich zu dem Mann um. »Ich werde mein Bestes tun«, flüsterte ich. »Verschwinde, sobald wir weg sind.«

Wir schlossen die Tür hinter uns ab und rannten hastig durch das Labyrinth von Gängen. Hephzibah kam als Erste bei unseren Eltern an. Sie saßen zusammen auf einer der Veranden. Beide dösten vor sich hin und genossen die kühle Luft, denn es hatte leicht zu regnen begonnen. Hephzibah rüttelte sie wach und platzte gleich mit der ganzen Geschichte heraus.

Dolores sprang sofort auf, sichtlich beunruhigt, während Vater nur langsam aufwachte und die Situation zu erfassen suchte.

»Ist das wahr?«, fragte er mich.

Von mir als der älteren Schwester wurde erwartet, dass ich alles, was Hephzibah erzählte, bestätigte, und bisher hatte ich das immer getan, ob sie nun die Wahrheit sagte oder nicht, aber das Bild seiner auffallend blauen Augen wollte mir nicht aus dem Kopf gehen.

»Nein. Sie lügt.« Ich wagte es nicht, Hephzibah anzusehen.

»Was soll das heißen, ich lüge? Wie kannst du es wagen? *Du* bist hier die Lügnerin!«

Plötzlich fiel sie über mich her, fast so, wie sie vorher den Mann angegriffen hatte. Mit vereinten Kräften rissen meine Eltern sie von mir los.

»Da sind Kisten voller Oliven in dem Zimmer, bis unter die Decke sind sie gestapelt. Sie verstecken sie dort und verkaufen sie aus unserem Haus. Jephzat hat gesagt, wir werden alle getötet, wenn die Gesellschaft dahinterkommt. Ich will nicht hingerichtet werden! Wenn sie so wild darauf ist – bitte! Ich habe den Dieb erkannt. Sie haben schon mit dem Beschneiden der Bäume angefangen, und ich bin mir sicher, dass er einer der Arbeiter ist. Wir können morgen früh zu den Terrassen rausgehen und ihn schnappen.«

Vater blickte mich eindringlich an, und als er sah, wie ich den Kopf schüttelte, ließ er sich wieder in seinen Stuhl sinken.

»Wisst ihr was, jetzt essen wir erst einmal etwas, und dann gehen wir und suchen die Zimmer nach Kisten ab.«

Meine Mutter, die immer den Weg des geringsten Widerstands ging, läutete ein kleines Glöckchen, um Manos zu rufen.

Ich trödelte am Abendbrottisch, kaute mein Essen ganz langsam und schwatzte in einem fort über irgendwelche Belanglosigkeiten –, alles nur, um möglichst viel Zeit zu schinden, während Hephzibah nervös auf ihrem Stuhl herumrutschte und mir über den Tisch böse Blicke zuwarf.

»Wir müssen sofort zum Kommissar gehen und es ihm sagen, bevor es zu spät ist«, drängte sie. »Er könnte es selbst herausfinden; ihr wisst doch, wie oft er kommt und hier im Haus herumschnüffelt.«

»Sobald wir fertig gegessen haben«, sagte Vater und zwinkerte mir zu.

Das brachte Hephzibah nur noch mehr auf die Palme. Ehe wir anderen noch etwas sagen konnten, sprang sie auf, stieß ihren Stuhl heftig zurück und rannte los. Dolores sah mich an.

»Bist du sicher, dass das alles erfunden ist?«

»Ja. Du kennst doch Hephzibah; sie liebt nun mal Geschichten. Und das war eine von meinen Geschichten, die ich ihr vor ein paar Tagen erzählt habe. Ich muss sie so gut erzählt haben, dass sie es geglaubt hat.«

Das schien Dolores zufrieden zu stellen, doch mein Vater erhob sich von seinem Platz, ließ sich von mir den Schlüssel geben und schlug vor, dass ich ihm das Zimmer zeigen sollte.

Eine Stunde später suchten wir noch immer, und mein armer Vater wurde allmählich ärgerlich. Ich hatte ihm gesagt, das Zimmer sei im Ostflügel, dabei war es in Wahrheit im Westflügel.

Am nächsten Tag setzte er zusammen mit mir die Suche fort. Als wir schließlich zum Westflügel kamen und vor dem Zimmer standen, drehte Vater den Schlüssel im Schloss um, und mein Herz schlug wild, als er die Tür öffnete. Ich hatte Mühe, einen Seufzer der Erleichterung zu unterdrücken, als das Sonnenlicht, das durch die hohen Fenster fiel, uns ein leeres Zimmer zeigte.

ZEHN

Im Pavillon spürte ich, wie mir ein kalter Schauer über die Schultern lief, obwohl die Abendsonne noch wärmte. Ein schwerer, süßlicher Geruch nach gärenden Früchten hing in der Luft, und es roch nach Schwefel, als wäre gerade irgendwo ein Streichholz erloschen.

Ich wollte meinen Eltern nicht erzählen, was ich bei Sengita gesehen hatte; ich musste den Moment so lange wie möglich hinauszögern, also legte ich mich auf die Bank, schloss die Augen und versuchte angestrengt, mir die Stimme meiner Schwester ins Gedächtnis zu rufen und die Ereignisse, die ihrem Verschwinden vorausgegangen waren.

Dieser Krieg war kaum mehr als ein Geplänkel gewesen im Vergleich zu denjenigen, die in der Frühzeit der Föderation gewütet hatten. Aber das Olivenland hätte nicht den Fehler begehen sollen, sich mit einem so mächtigen Nachbarn anzulegen. Es war so, als schnappte ein kleiner Hund nach den Fersen eines Ungeheuers. Das »Ungeheuer« war in diesem Fall die mächtigste der in der Föderation zusammengeschlossenen Gesellschaften, die das Gesicht der Region, die sie sich einverleibt hatte, bis zur Unkenntlichkeit verändert hatte. Ihr würdet sie sicher nicht als die karge Buschlandschaft wiedererkennen, die sich hier im letzten Jahrtausend ausgedehnt hat. In ihren einst trockenen Savannen reiht sich jetzt ein abgedecktes Reservoir ans andere, und das Land ist fruchtbarer, als ihr es euch vorstellen könnt. Die Fläche, die diese Gesellschaft einnimmt, ist vergleichsweise gering, doch ihre Macht beruht auf ihrer Fähigkeit, Trinkwasser zu produzieren. Früher nannte die Gesellschaft sich Aqua, aber wir sprechen heute vom Wasserland. Wie bei anderen Produkten, die unbegrenzte Profite garantieren, ist die Methode der Herstellung ein streng gehütetes Geheimnis.

Die Entdeckung der Formel zu Herstellung von Wasser veränderte die bestehenden Machtverhältnisse nachhaltig, zumal, da sie eine Folge von Mayas Grüner Revolution war, die den Gebrauch fossiler und nuklearer Energien verboten und sich unwiderruflich auf Energiegewinnung aus den natürlichen Elementen festgelegt hatte. Nach allem, was ich gehört habe, gab es kaum eine Wahl. Die alten Treibstoffe vergifteten den Planeten, und es blieb nur noch wenig Zeit, ihn zu retten. Nach den furchtbaren Überflutungen wurde das Wasser knapp, trotz der Entsalzungsanlagen, und erbarmungslose Kriege wurden um den Zugang zu den Quellen geführt. Die Geheimformel ermöglichte die Herstellung von Wasser in großen Mengen, was damals als Segen betrachtet wurde. Die Menschen waren die Kriege und die Wasserknappheit leid und begrüßten daher die gerechte Verteilung des industriell hergestellten Wassers, wenngleich sie sich beklagten, dass es nicht so frisch schmecke wie natürliches Quellwasser. Riesige Landstriche wurden in Reservoire verwandelt, und längst umgekippte Seen wimmelten wieder von Leben, worauf auch die Menschen wieder zurückkehrten. Dann starb Maya, und für eine Weile blieben ihre Regeln für die gerechte Verteilung des Wassers in Kraft. Diejenigen, die im Besitz der Formel waren, stritten untereinander um die Gründung einer Gesellschaft – wohl wissend, dass die Fähigkeit, eine so wertvolle Ressource herzustellen, sie zum mächtigsten Mitglied der Föderation und zur führenden Kraft bei der künftigen Besiedlung des Weltraums machen könnte.

Nach ihrer Gründung hielt die Wassergesellschaft ihre Vorräte zunächst zurück, um den Preis in die Höhe zu treiben, und ignorierte das Murren der anderen Mitglieder der Föderation, die wohl oder übel zahlen mussten. Es kam zu einem unspektakulären Scharmützel, als das Olivenland, das unter den hohen Preisen ächzte, einen Teil des von seinem übermächtigen Nachbarn produzierten Wassers abzuzweigen versuchte. Ungeachtet der Mahnungen der Föderation, die zur Zurückhaltung aufrief, sandte das Wasserland seine Soldaten aus, um ein Stück Olivenland in der Grenzregion zu erobern. Der Wasserdiebstahl war ein seltener Akt des Ungehorsams in der Föderation und beunruhigte die Privilegierten, die davon erfuhren. Selbstverständlich setzten wir uns zur Wehr.

Aber ich wusste genug über die Vergangenheit, um den Kämpfen nur wenig Bedeutung zuzumessen …

Im Lauf der letzten Gefechte waren die Wassersoldaten in unser Haus eingedrungen und hatten verlangt, dass wir ihnen Unterkunft gewährten. Es waren vierzehn Mann, und sie waren auf dem Weg zur Eroberung des Haupthafens der Bucht, vierzig Kilometer von unserem Dorf entfernt. Sie mussten auf Verstärkung warten, ehe sie weiterziehen konnten, nachdem sie bereits andere Siedlungen auf dem Weg niedergebrannt und in die Luft gesprengt hatten. Nun hielten sie uns ihre Waffen an den Kopf. Meinen Eltern blieb kaum etwas anderes übrig, als sich zu fügen, wenngleich mein Vater darauf bestand, dass sie allein aßen. Es waren einfache Leute, die wussten, wo ihr Platz war, und sie verzogen sich mit ihrer Kriegstechnologie in die Küche. Die beiden Offiziere bestanden darauf, oben an dem riesigen Mahagonitisch zu essen, mit Silberbesteck und Kristallpokalen, aber auch sie aßen allein.

Manos und die anderen weigerten sich, ins Haus zu kommen, nachdem die Soldaten sich dort breitgemacht hatten, also kochten Dolores und Hephzibah für sie. Vater verbrachte die meiste Zeit in den Zitrushainen und im Labor und kam nur zu den Mahlzeiten ins Haus. Ich schloss mich in meinem Zimmer ein, um ihnen aus dem Weg zu gehen, und kam nur heraus, wenn der Hunger mich dazu zwang.

Ich hasste die Soldaten und das, wofür sie standen. Ihr Geruch war mir zuwider, genau wie das Öl, das sie sich auf die kahl geschorenen Schädel schmierten, und der grobe Stoff ihrer Uniformen. Ihre blassen, feuchten Augen stießen mich ab, und auch ihre aufgedunsene Haut, die sie aussehen ließ, als wären sie lange unter Wasser gewesen.

Ich erinnerte mich, wie ich einmal zum Pavillon gegangen war, um allein zu sein, und dort auf Hephzibah gestoßen war. Sie schien erschrocken. Es war, als hätte sie jemand anderen erwartet und sei enttäuscht, mich zu sehen. Ich sehe sie noch auf den Stufen des Pavillons sitzen, den Kopf an den Pfosten des Torbogens gelehnt, die Knie bis unters Kinn angezogen. Sie aß gerade Pralinen, die einer der Soldaten ihr geschenkt hatte.

Ich setzte mich neben sie und schwieg lange. Sie wusste, dass mir ihr Umgang mit den Soldaten missfiel, und wir waren uns schon seit ein paar Tagen aus dem Weg gegangen. Sie fehlte mir, aber die Ankunft der Männer hatte die Allianzen innerhalb unserer Familie verschoben. Ich war zur Verbündeten meines Vaters in seinem stummen Widerstand geworden. Wir zwei hatten uns vom Rest des Hauses abgeschottet, während Hephzibah sich meiner Mutter anschloss, die Soldaten bediente und ihnen jeden Wunsch erfüllte. Ich hielt mir immer die Ohren zu, wenn aus der Küche Hephzibahs träges, schläfriges Lachen zu mir hinaufdrang, und ich fühlte mich verraten, als ich bemerkte, dass Dolores wieder begonnen hatte, sich die Lippen zu schminken.

Ich hatte keine Wahl; ich musste im selben Haus wohnen wie die Soldaten. Anderswo wäre es für mich zu gefährlich gewesen, und außerdem liebte ich Hephzibah und konnte mir kein Leben ohne sie vorstellen. Als ich dort im schützenden Schatten des Pavillons ihren langen, schlanken Rücken betrachtete, schien sie mir schöner denn je. Ich wollte ihren Verrat mit ihr teilen, sehnte mich nach der Intimität, die sich daraus ergeben hätte, doch ich konnte es nicht. Stattdessen versuchte ich, uns durch meinen Hass auf diese Fremden zu vereinen. Aber was sie mir dann sagte, trieb uns noch weiter auseinander. Sie erzählte stolz, dass sie ein Spiel mit den Männern spiele. Sie habe jedem, so erklärte sie, eine Nummer gegeben, und im Laufe des Tages versuche sie, jeweils die Nummer des Soldaten, den sie begehrte, ins Gespräch einzuflechten. Plötzlich fielen mir die merkwürdigen Fragen wieder ein, die sie mir bei meinen seltenen Besuchen in der Küche gestellt hatte und die ich ignoriert hatte. »Ist Joachim schon *zwölf*?« »Glaubst du wirklich, dass die *Dreizehn* eine Unglückszahl ist?« Manchmal kam es vor, dass zwei Soldaten im Pavillon auf sie warteten, da sie aus Versehen zwei Zahlen erwähnt hatte. »Du hast nur *fünf* Knöpfe an deiner Uniform. Hast du *einen* verloren?« Eigentlich hatte sie an diesem Abend Nummer fünf gewollt, aber Nummer eins war auch erschienen.

Ich vergrub meinen Kopf zwischen den Knien, während sie mir alles erzählte. Mit einem Mal schien sie so erwachsen. Zwar konnte ich die vertraute Wärme ihres Körpers neben mir spüren, doch ich roch den Wein in ihrem Atem, und sie schien mir so fern, als dehnte sich eine weite, dürre Ebene zwischen uns aus. Ihre Stimme klang schwach, als käme sie aus einem anderen Zimmer. Einer ihrer Liebhaber, sagte sie, hatte einen kleinen Penis, aber seine wunderbar sensiblen Hände glitten über ihren Körper wie Wasser, erforschten seine Geheimnisse mit der sanften Sicherheit dessen, der weiß, wo sein Schatz zu finden ist. Ein anderer lag weinend und zitternd in ihren Armen, nachdem er gekommen war, und rief den Namen seiner Geliebten, die er zurückgelassen hatte. Hephzibah störte sich nicht daran.

»Die Liebe hat ihre eigenen Täuschungen, und wenn es Trost bringt, den Namen der verlorenen Geliebten zu rufen und damit der Tragödie des Krieges zu entfliehen – warum nicht?«

Einer der Offiziere hatte eine Verwundung erlitten; die Kugel hatte ihm die Leiste und einen Teil der Innenseite des linken Oberschenkels weggerissen. Sie hatte sich vor seinen Narben nicht gefürchtet und hatte das, was ihm dort unten geblieben war, geküsst. »Niemand zieht mich so aus wie er«, murmelte sie. »Er nimmt sich sehr lange Zeit, und selbst an den kühlsten Abenden friere ich nie. Meine Sandalen hebt er sich bis ganz zuletzt auf, und wenn er sie mir auszieht, komme ich.«

Ich lachte verächtlich auf. »Komische Vorstellung, dass du dir die Füße ablecken lässt. Wenn sie dich streicheln und betatschen, denkst du dann nicht an die, die sie umgebracht haben – Pesh und seine Freunde, Menschen, die wir gekannt und geliebt haben? Siehst du da hinten den Rauch? Das ist das Werk ihrer Kameraden. Und bald sind wir dran.«

Zuerst dachte ich, sie hätte mir nicht zugehört, doch dann antwortete sie leise.

»Ja, ich habe an diese Dinge gedacht. Das ändert nichts. Dieser Krieg wird nicht lange dauern. Ihr Land wird unseres überfluten, wenn wir nicht kapitulieren. Für die Wasserleute ist das alles nur ein Spiel. Sie wissen, wie mächtig sie sind. Stell dir vor, du hast die Macht, diesen Planeten zu überfluten, und kannst damit die ganze Welt erpressen. Wir stehen auf der falschen Seite, Jephzat. Aber du und Vater, ihr werdet immer auf der falschen Seite stehen.«

Mir war plötzlich sehr heiß, und mein Magen schmerzte. Es war ein Gefühl, als ob alle Flüssigkeit in meinem Körper plötzlich versickerte. Ich dachte an den Mann mit dem roten Schal, den er sich um den Hals gebunden hatte, bevor er vom Turm gesprungen war. So musste er sich gefühlt haben, als er sprang – ein fürchterliches Schlingern im Magen, der Sturz in die Tiefe, das Stillstehen der Zeit, dann das schreckliche Geräusch der brechenden Knochen.

»Hinterher essen wir Orangen«, fuhr Hephzibah verträumt fort, wie in Trance. Sie befeuchtete ihre Lippen mit der Zunge. Mir fiel keine Erwiderung mehr ein. Ich warf einen Blick auf die Orangenschalen, die den Boden des Pavillons bedeckten wie ein goldener Teppich, und ging rasch zum Haus zurück. Als ich in meinem Zimmer ankam, rochen meine Hände nach Orangen, als hätte auch ich mit den Soldaten geschlafen.

ELF

Danach kam ich lange Zeit nicht mehr aus meinem Zimmer heraus. Eines Abends, als ich auf meinem Bett lag und aus dem Fenster über die dicken Äste der Ölbäume hinwegblickte, stand plötzlich Hephzibah vor meiner Tür. Ihre Stimme war leise und eindringlich, und sie weigerte sich, wieder zu gehen. Ich öffnete die Tür einen Spalt breit.

»Was ist, sind dir die Zahlen ausgegangen?«, fragte ich sarkastisch.

Sie hielt einen Teller mit geschälten Orangen, Oliven und dick geschnittenem Schinken hoch. »Tut mir leid, das ist alles, was ich bekommen konnte.«

Ich ignorierte ihr Angebot. Sie schlüpfte durch die Tür und stellte den Teller neben mein Bett, dann trat sie wieder ein paar Schritte zurück.

»Du musst mir helfen. Ich bin in furchtbaren Schwierigkeiten.«

Ihre Augen funkelten mich nervös aus der Zimmerecke an, in die sie sich zurückgezogen hatte. »Ich muss so schnell wie möglich weg von hier. Aber ich muss so verschwinden, dass es niemandem auffällt – die Gesellschaft, unsere Eltern, niemand darf etwas merken. Ich muss aus diesem Gefängnis ausbrechen.«

»Wie meinst du das?«

Sie legte einen Finger an die Lippen, und als ich hilflos zu zittern begann, lief sie auf mich zu und drückte mich an sich.

»Sengitas Junge, Joachim, hat mich mit einem der Soldaten

im Pavillon gesehen. Er hat uns beobachtet. Als er merkte, dass wir ihn gesehen hatten, lief er weg, aber wer weiß, wie lange er mir schon nachspioniert hat. Er wird es todsicher Sengita erzählen, und dann wird das ganze Dorf es erfahren. Sie werden kommen, um mich zu holen. Sie werden sich gegen uns alle wenden. Ich muss schleunigst verschwinden. Ich kann nicht hierbleiben, Jephzat, ich kann nicht.«

Ein eisiger Schauer der Panik überlief mich.

Sie hatte Recht, sie musste verschwinden. Aber wohin?

»Im Moment ist es unmöglich, das Land zu verlassen – die Grenzen sind zu schwer bewacht«, sagte ich. »Aber du könntest dich irgendwo weiter flussaufwärts verstecken und dort warten, bis der Krieg aus ist, und dann könnten wir zusammen weggehen.«

Ich weiß nicht, warum ich diesen Vorschlag machte. Ich wollte mich nicht so abrupt entwurzeln lassen und das Leben eines Flüchtlings führen, aber genau so wäre es gekommen. Solange wir keine Reisegenehmigung von der Gesellschaft hatten, hätten wir gegen das Gesetz verstoßen, wenn wir uns anderswo niedergelassen hätten. Ich hatte von Leuten gehört, die weggelaufen waren und den Rest ihres Lebens auf der Flucht verbracht hatten, die wie gehetzte Tiere von einem Versteck zum nächsten geeilt waren, hungrig und ohne einen Menschen, dem sie vertrauen konnten.

»Ich kann sie nicht verlassen«, sagte sie verzweifelt. Zuerst glaubte ich, dass sie unsere Eltern meinte, aber dann wurde mir klar, dass sie von den Soldaten sprach. »Ich kann es nicht ertragen, von ihnen getrennt zu sein. Ich liebe sie alle. Was soll ich nur tun, wenn sie weg sind? Soll ich warten, bis die Leute aus dem Dorf kommen und mich töten? Wenn ich untertauche, bringe ich das ganze Dorf in Gefahr. Die einzige Lösung ist, mit ihnen zu gehen.«

Ich war verwirrt. Hephzibah machte sich doch sonst nicht

so viele Gedanken über die Folgen ihres Tuns für andere. Es musste noch einen anderen Grund für ihre Fluchtpläne geben. Sie hielt mich immer noch im Arm, als sie flüsterte: »Was auch geschieht, ich muss weg von hier. Ich bin schwanger, und ich will dieses Kind haben. Es ist meins. Es ist das Einzige, was ich je gehabt habe, das wirklich mir gehört, und niemand wird es mir wegnehmen. Ich will es auf die alte Art und Weise bekommen; es soll in mir wachsen. Ich will nicht, dass es in einem Geburtszentrum heranwächst, zusammen mit unzähligen anderen Föten in kleinen, nummerierten Glaskästen, wo ihm Zellen entnommen werden, um Gliedmaßen und Organe für völlig Fremde zu züchten. Ich will es so bekommen, wie die Frauen früher ihre Kinder bekommen haben – weißt du, so wie Mutter, so wie wir es gelesen haben in dem …«

Sie beherrschte sich noch rechtzeitig und brach ab. Dann erklärte sie, einer der Offiziere habe ihr erzählt, dass die Verstärkung morgen eintreffen würde, und er habe vorgeschlagen, dass sie mitkommen solle.

»Irgendwie muss ich es so aussehen lassen, als ob ich gestorben bin«, sagte Hephzibah mit trotzig gerecktem Kinn, »und dann bin ich für immer frei. Aber ich muss es so tun, dass es keine Anschuldigungen gegen irgendwen gibt, wenn ich weg bin …«

Ihre Stimme wurde wieder leiser und verstummte schließlich, doch ich hatte eine Entschlossenheit aus ihr herausgehört, die ich noch nicht kannte. Sie erfüllte mich mit Stolz und Angst zugleich: Hephzibah plante das Unmögliche.

ZWÖLF

Die Verstärkung traf früh ein. Ich hörte das Geräusch von Rädern auf dem Kies vor unserem Haus. Stimmen von Männern, die einander begrüßten. Dann vernahm ich eine Frauenstimme mit einem Akzent, den ich nicht erkannte. Ich lief rasch zum anderen Ende des Hauses und spähte aus dem Fenster von Vaters Zimmer, das auf die Gärten vor dem Haus hinausging. Ich sah mehrere gepanzerte Fahrzeuge, die hintereinander in der Auffahrt standen. Weitere Soldaten kletterten aus den Luken. Sie sahen müde aus und waren über und über mit einer dünnen Schicht feinen grauen Staubs bedeckt.

Hephzibah war bei ihnen. Ihr Gesicht konnte ich nicht sehen, da sie mir den Rücken zuwandte. Sie trug einen langen Rock aus einem groben braunen Material und hatte sich einen weißen Schal um den Kopf gebunden, in einem Stil, den ich noch nie gesehen hatte. Sie muss gespürt haben, dass sie beobachtet wurde, denn sie drehte sich um und spähte zu mir hinauf – und ich erblickte eine fremde Frau. Ihr Gesicht war länger als das Hephzibahs, und auch ihre Haut war dunkler, von der Sonne gebräunt, doch ihr Haar hatte die gleiche Länge und den gleichen Kupferglanz.

Als ich an der Küche vorbeikam, sah Dolores mich überrascht an, sagte aber nichts. Sie war damit beschäftigt, für die Neuankömmlinge zu kochen, von denen ein paar es sich schon um den Küchentisch herum bequem gemacht hatten und Kaffee tranken. Meine Schritte hallten auf den Marmorfliesen, als ich zur Tür ging. Auf der Veranda schlug mir die

Hitze mit solcher Wucht entgegen, dass mir einen Moment lang schwindlig war und ich leicht schwankte, als ich die Stufen zum Garten hinunterging.

»Ist alles in Ordnung?«

Ein kühles Händepaar stützte mich, und eine Frauenstimme sprach sanft und freundlich zu mir. Ein leiser Rosenduft hing in der Luft.

»Es geht schon. Das ist nur die Hitze. Ich muss mich erst dran gewöhnen; ich war zu lange im kühlen Haus«, murmelte ich. Dann hob sich der Schleier von meinen Augen, und ich sah die Frau, die ich vom Fenster aus beobachtet hatte, neben mir stehen. Bei genauerem Hinsehen war ihre Ähnlichkeit mit Hephzibah nicht ganz so groß, aber immer noch bemerkenswert. Sie hatte keine Narbe zwischen Nase und Oberlippe, doch ihre Augen schillerten in den gleichen Farben. Ihr Lächeln hatte nicht die gleiche verheerende Wirkung wie das von Hephzibah, aber dafür war es bezaubernd und warm.

»Möchtest du einen Kaffee?«, fragte ich.

Sie nickte und blickte sich nervös zu den Soldaten um, als wir hineingingen, doch sie nahmen keine Notiz von ihr. Als wir dann mit unserem Kaffee in den Garten gingen, schien sie sich ein wenig zu entspannen, und ich lud sie ein, sich in den Schatten eines Eukalyptusbaums zu setzen, während ich ihr etwas zu essen holte. Sie schien dankbar und schleppte sich müde zu dem Baum, wo sie sich mit einem Seufzer niederließ. Ich wandte mich wieder zum Haus um und sah Hephzibah mit einem der Offiziere, deren sie sich »angenommen« hatte, im Eingang stehen. Sie hatte ein Tablett mit Brot und Oliven in der Hand und wirkte äußerst verblüfft. Die beiden Frauen starrten einander an, als wäre ihnen plötzlich ihr eigenes Spiegelbild begegnet. Die wenigen Soldaten, die noch bei den Fahrzeugen herumlungerten, machten Bemerkungen über die Ähnlichkeit der beiden Frauen, während ich nur verlegen dastand. Hephzibah sagte etwas zu dem Offizier, dann kam sie mit festen Schritten auf uns zu. Sie setzte das Tablett vor uns ab und machte gleich wieder kehrt, um zum Haus zurückzugehen. Mich ignorierte sie dabei völlig.

Einen Moment lang blieb sie auf der Veranda stehen, dann rief sie mich zu sich. Der Offizier war verschwunden. Ich entschuldigte mich bei unserem Gast und ging zu Hephzibah.

Meine Schwester konnte ihre Erregung nicht verbergen. »Riffa sagt, ich kann mich ihm und den Soldaten anschließen, wenn sie weiterziehen.« Sie schlang eine Strähne meines Haars um ihren Finger und deutete mit einer Kopfbewegung auf die Frau. »Er sagt, ich kann ihren Platz einnehmen. Niemand wird den Unterschied bemerken – und wenn es ihnen irgendwann auffällt, ist es zu spät, um noch etwas zu unternehmen. Er ist der ranghöchste Offizier und steht weit oben in der Hierarchie seines Landes. Er sagt, er kann alles mit der Wassergesellschaft klären. Jeder wird glauben, dass ich sie bin, wenn ich ihre Kleider trage.«

»Aber du wirst eine Kriegsgefangene sein! Du kannst sie nicht hier zurücklassen. Was soll sie denn hier tun? Die Gesellschaft wird das nicht zulassen. Man wird sie hinrichten.«

Hephzibah starrte mich an und zerrte an meinen Haaren, bis ich vor Schmerzen zusammenzuckte.

Voll banger Ahnungen ging ich zu der Frau zurück, die uns die ganze Zeit beobachtet hatte. »Wer ist das?«, fragte sie.

»Meine Schwester.«

»Sie könnte auch meine Schwester sein«, erwiderte die Frau mit einem angedeuteten Lächeln. »Aber es heißt ja, dass jeder Mensch irgendwo auf der Welt einen Doppelgänger hat. Wenn das stimmt, bin ich gerade meiner Doppelgängerin begegnet. Ich frage mich, ob das ein gutes Omen ist.«

»Hast du denn eines nötig?«

»Allerdings. Ich hoffe, dass ich bald zu meiner Familie zurückkehren kann.«

Sie lehnte sich an den Baumstamm und betrachtete mich, während ich Olivenöl über den Salat goss und auch etwas davon auf mein Brot träufelte. Die frische Schärfe des Öls – beinahe wie Medizin – war eine Wohltat.

»Es tut so gut, sich auszuruhen. Wir haben einen sehr langen Weg hinter uns, und wir wurden angegriffen. Ich kann von Glück sagen, dass ich noch lebe«, sagte sie und lächelte wieder, wobei sie mich ihr makelloses Gebiss sehen ließ. Wir waren beide hungrig – ich hatte lange nichts mehr gegessen, und sie offenbar auch nicht. Das Essen lieferte uns einen willkommenen Grund, nicht zu reden.

Als sie fertig war, wischte sie sich die Krümel vom Rock, und um keine Konversation machen zu müssen, räumte ich rasch das Geschirr zusammen und bot ihr noch eine Tasse Kaffee an. Sie sagte, sie wolle lieber Wasser, worauf ich das Tablett in die Küche trug. Dort sah ich Hephzibah mit den Soldaten zusammenstehen. Sie sah strahlend schön aus in ihrem blauen Seidenkleid, das ihre Brüste und Hüften umschmiegte. Einer der Soldaten hatte ihr den Arm um die Taille gelegt, und ich funkelte ihn böse an, während ich nach einem Krug griff und ihn unter den Wasserhahn hielt.

»Vergiss nicht, dass ihr es nur uns zu verdanken habt, dass ihr das Zeug trinken könnt«, sagte er zu mir, als das Wasser klar und glitzernd hervorströmte.

»Nicht alles Wasser, das wir verbrauchen, stammt aus eurer Produktion. Ein Teil davon ist zum Glück natürlichen Ursprungs. Euer Zeug schmeckt wie Gift.«

Er löste sich von meiner Schwester, trat zu mir ans Spülbecken und hielt eine Hand unter das fließende Wasser.

»Das will eure Gesellschaft euch weismachen. Aber die Wahrheit ist: Wenn ihr darauf angewiesen wärt, das Wasser aus natürlichen Quellen zu beziehen, dann wärst du genau wie alle anderen in diesem armseligen kleinen Land längst verdurstet, und eure miesen kleinen Oliven wären noch runzliger, als sie es ohnehin schon sind.«

Seine Kameraden lachten.

»Der größte Teil dieses Planeten ist mit Wasser bedeckt«, erwiderte ich scharf, »und es gibt immer noch die Möglichkeit, Salzwasser in Süßwasser umzuwandeln. Wir sind nicht so abhängig von euch, wie ihr euch einbildet.«

»Salzwasser? In Süßwasser? Bist du so blöd, oder tust du nur so? Welche Gesellschaft gibt denn einen Haufen Geld aus, um Salzwasser trinkbar zu machen, wo es doch viel billiger ist, das Trinkwasser bei uns zu kaufen?«

»Warum stellt ihr die Formel nicht allen zur Verfügung, sodass jedes Land sein eigenes Wasser produzieren kann?«

Es wurde plötzlich ganz still in der Küche; das einzige Geräusch war das Plätschern des Wassers, das schon über den Rand des Kruges lief. Hephzibah senkte den Kopf und wandte sich von mir ab.

»Es ist ja wohl offensichtlich, warum ihr das nicht tut, oder? Weil ihr ohne die Formel keine Macht mehr hättet. Man muss sich ja nur anschauen, wie es euch gelungen ist, euch diese Gesellschaft zu unterwerfen, allein durch die Drohung, uns zu überfluten. Es ist ganz einfach, nicht wahr? Man schickt die Soldaten, lässt sie ein paar Leute abknallen und ein paar Häuser und Olivenhaine abfackeln und droht uns dann an, die Schleusentore zu öffnen und uns zu ersäufen. Ihr habt diesen Krieg nur angezettelt, um ein bisschen die Muskeln spielen zu lassen und der Föderation zu demonstrieren, wer der Boss ist.«

Ich bin sicher, dass der Offizier auf mich losgegangen wäre, wenn er von meiner Kühnheit nicht so überrascht gewesen wäre. Er hatte die Hände zu Fäusten geballt, und ölige Schweißperlen traten ihm auf die Stirn.

Dolores bahnte sich einen Weg durch die Soldaten und zerrte mich wütend vom Spülbecken fort. »Nimm deinen Krug und sei endlich still! Du bringst uns noch alle in Gefahr mit deinem Geschwätz«, zischte sie. »Geh auf dein Zimmer.«

»Ich habe schon genug Zeit in meinem Zimmer verbracht – dank *euch*«, entgegnete ich kalt und stürmte hinaus in den Garten, verärgert, weil Hephzibah mich nicht verteidigt hatte. Ich konnte noch hören, wie Dolores sich für mein Verhalten entschuldigte; in ihrer Stimme schwang Angst. »Es geht ihr nicht gut. Die Hitze und der Krieg – das war alles zu viel für sie.«

Jemand packte mich grob am Arm, und ich fuhr herum. Ich rechnete damit, den Soldaten zu erblicken, doch es war Hephzibah.

»Hör nicht auf die da drin. Die wollen nur nach Hause«, sagte sie. Dann sah sie zu der Frau hinüber. »Bring sie so bald wie möglich in den Pavillon. Ich komme später nach.«

»Was hast du vor?«, fragte ich, immer noch außer mir.

»Die Kleider tauschen.«

Die Frau hatte sich ins Gras gelegt. »Gehen wir doch in den Pavillon«, schlug ich vor. »Da ist es schön kühl und sehr ruhig. Du kannst dich noch eine Weile ausruhen, bevor ihr aufbrecht.«

Ich setzte mich auf die Bank und lud sie ein, sich auf die Kissen zu legen, die am Boden verstreut lagen. Ich hoffte, sie würde einschlafen, doch sie wollte offenbar lieber reden, und sie erzählte mir, wie die Soldaten sie während eines genehmigten Besuchs in der Zentrale der Olivengesellschaft gefangen genommen hatten.

»Sie haben einfach das Gebäude gestürmt, alle darin getötet und mich mitgenommen. Sie schienen zu wissen, dass ich von einer anderen Gesellschaft weiter im Norden komme, und ich nehme an, dass sie es nicht wagten, mich ohne Befehl von oben zu töten. Ich weiß auch nicht, warum. Vielleicht ist der Befehl nie gekommen – oder sie hatten das ständige Morden einfach satt. Sie schienen nicht zu wissen, was sie mit mir machen sollten, also bin ich einfach als ihre Gefangene mitgefahren und habe verschiedene Arbeiten erledigt, die niemand sonst übernehmen wollte. Einer der Offiziere hat mir versprochen, dass ich freigelassen werde, wenn wir den Hafen erreichen. Ich glaube es ihm erst, wenn es so weit ist. Sie könnten jeden Moment über mich herfallen.«

Dann erzählte sie mir, dass sie sich sehr bemühte, nicht an ihre Familie zu denken, weil es sie zu traurig machte. Ihre Eltern wussten nicht, wo sie war, und sie fürchtete, dass sie schon das Schlimmste annahmen. Ich spürte ein Prickeln im Nacken von der Hitze, und mir war plötzlich schlecht. Mir fiel auf, wie lang ihre Finger waren, und dass sie goldene Ringe trug. Sie muss bei ihrer Gesellschaft hoch angesehen sein, dachte ich, und ich sagte: »Du hast schöne Hände.«

Sie legte sie flach auf ihre Oberschenkel. »Ich bin Musikerin«, sagte sie stolz. »Ich spiele für die Präsidenten der Gesellschaft und ihre Freunde bei ihren Partys.« Die Präsidenten waren die mächtigsten Leute in der Föderation und ließen sich im Allgemeinen nicht in der Öffentlichkeit sehen. »Als ich damit anfing, dachte ich, ich müsste das übliche Gesellschaftszeug spielen – patriotische Hymnen und Loblieder auf die Produkte –, aber sie bitten mich immer, neue Stücke eigens für sie zu schreiben, die nichts mit der Gesellschaft zu tun haben. Ich spiele auf einem Keyboard und singe meine eigenen Lieder – Musik, die aus meinem Herzen kommt. Man muss allerdings vorsichtig sein; man darf nichts singen, was einen in Schwierigkeiten bringen könnte.«

Sie hielt inne und räusperte sich, als mache sie sich bereit zum Singen. »Das öffnet einem wirklich die Augen. Man bekommt zu sehen, wie sie leben – der Präsident und seine Freunde, die Direktoren. Ganz anders als wir. Sie essen von goldenen Tellern, und es gibt immer so viel, dass eine Armee davon satt werden könnte. Eigentlich ist es widerlich, wenn man bedenkt, dass die meisten Menschen Hunger leiden. Und trinken tun sie auch, bis sie nicht mehr stehen können.«

Dann lachte sie, bis ich dachte, sie würde jeden Moment in Tränen ausbrechen. Verlegen wandte ich mich ab und sah zu einem der Fenster hinaus. Hephzibah stand regungslos unter den Zitronenbäumen und starrte zum Pavillon herüber.

»Was produziert euer Land?«, fragte ich nervös. Ich hoffte, Hephzibah würde uns allein lassen.

»Weizen. Felder über Felder davon – man kann gehen, so weit man will, und sieht doch immer nur Weizen. Im Frühling, wenn alles grün ist, ist es sehr schön, und auch im Sommer, wenn alles ein Meer von Gold ist. Genau wie die Teller der Gesellschaftsdirektoren«, fügte sie verbittert hinzu.

Wir verfielen in Schweigen, bis sie plötzlich seufzte und ich ihrem Blick auf die Bucht hinaus folgte. »Überall ist Musik – kannst du sie hören?«

Ich schüttelte den Kopf.

»Lausche den Bäumen, dem leisen Trommeln der Rosenzweige auf dem Dach, dem Gesang der Vögel. Das ist alles Musik.«

»Du hast wohl Recht. Ich wäre nie auf die Idee gekommen, diese Naturgeräusche als Musik zu bezeichnen.«

»So entstehen meine Lieder. Ich gehe spazieren und horche auf alle Geräusche – die Insekten, den Wind, der durch die Weizenfelder weht. Manchmal glaube ich, dass ich hören kann, wie die Wolken am Himmel vorbeiziehen.«

»So, wie du es schilderst, klingt es sehr romantisch.«

»Das hat mit Romantik nichts zu tun, das ist Arbeit«, erwiderte sie. Sie klang plötzlich müde. »Ich wünschte nur, der Rest der Welt könnte meine Musik auch hören. Aber ich darf sie ja nur diesen Ungeheuern vorspielen.«

Ihre Freimütigkeit überraschte mich, und ich erkannte, dass es ein Zeichen für das Vertrauen war, das sie jetzt schon in mich setzte.

»Stehst du deiner Schwester sehr nahe?«, fragte sie plötzlich.

»Ja. Wir sind sehr verschieden, aber ich liebe sie über alles.«

»Du hast es gut. Ich habe keine Geschwister. Meine Mutter hatte noch mehr Kinder, aber sie wurden ihr alle weggenommen, manche direkt aus der Gebärmutter. Ich weiß nicht, wo sie heute sind – wahrscheinlich in irgendeinem Lager, oder in einem Labor, wo man Experimente mit ihnen anstellt. Manchmal, wenn ich auf einer dieser Partys bin, spiele ich mit dem Gedanken, auf den Präsidenten zuzugehen und ihn zu bitten, sie für mich ausfindig zu machen, aber meine Mutter bekniet mich immer, es nicht zu tun. Sie sagt, dann würde ich am Ende auch noch verschwinden. Sie muss inzwischen krank sein vor Sorge, weil ich nicht zurückgekommen bin. Ich bekam die Erlaubnis, hierherzureisen, weil euer Präsident eigens angefragt hatte, ob ich bei einem seiner Empfänge spielen könne.«

»Warum hältst du nicht noch ein kleines Nickerchen?«, schlug ich so freundlich, wie ich nur konnte, vor. »Bis zum Hafen ist es noch weit, und du musst dich für die Reise erfrischen.«

Sie nickte zustimmend und starrte auf die Bucht hinaus. Ihre Augen wanderten über den Himmel und den Horizont, und sie lächelte.

»Vielleicht ist ja doch nicht alles so schlecht.«

Mit diesen Worten schloss sie die Augen, und ich sah zu, wie ihr Atem sich verlangsamte und sie in die Bewusstlosigkeit des Schlafs hinüberglitt. Sie lag auf dem Rücken und hatte die Arme locker ausgestreckt. Plötzlich sah ich aus dem Augenwinkel etwas Blaues und Kupferfarbenes aufblitzen, und dann stand Hephzibah in der Türöffnung. Sie sah mich nicht an, sondern starrte nur auf die schlafende Frau hinunter und summte vor sich hin wie in Trance. Es war, als wäre ich gar nicht da. Mit langsamen, bedächtigen Bewegungen legte sie das Laken ab, das sie mitgebracht hatte, und nahm ein großes Kissen vom Boden. Sie drückte es an ihre Brust und blickte einen Moment lang nur auf das vollkommene Gesicht und die langen, entspannten Gliedmaßen der Frau hinab. Ich dachte, sie würde das Kissen auf die Bank legen und sich zu mir setzen, und rückte zur Seite, um ihr Platz zu machen. Ich war nicht vorbereitet auf das, was nun passierte. Ein Ruck ging durch Hephzibahs Körper, als hätte ein Schuss sie getroffen, und sie stürzte zu Boden, hielt die Arme der Frau mit den Knien nieder und drückte ihr mit Gewalt das Kissen ins Gesicht. Die Frau begann sich sofort zu wehren, sie drehte und wand sich und versuchte, Hephzibahs Knie wegzustoßen, und zwar mit solcher Kraft, dass ich schon glaubte, es könnte ihr gelingen. Ich hörte ihre erstickten Schreie, während sie wild in die Luft trat und ihre wunderschönen, beringten Hände flatterten wie die Flügel eines gefangenen Vogels.

Ich sprang rasch auf und zerrte an dem Kissen, um es vom Gesicht der Frau wegzuziehen, doch Hephzibah drückte noch fester zu; ihre Fäuste waren wie Steine. Sie sah mich an. Schweißperlen säumten ihre Narbe, und die Lippen hatte sie in ihrer gnadenlosen Raserei aufeinandergepresst. Ich zerrte an ihren Händen und Armen, doch sie gab keinen Zentimeter nach.

»Lass sie los, Hephzibah!«, schrie ich. »Lass sie los!«

Ich bearbeitete ihren Rücken mit Faustschlägen, während ich ihr einen Arm fest um den Hals schlang und sie wegzuziehen versuchte. Sie nahm eine Hand von dem Kissen und rammte mir den Ellbogen so fest in die Rippen, dass mir die

Luft wegblieb. Ich lockerte meinen Griff, und sie biss mich in den Arm.

Unter uns kämpfte die Frau um ihr Leben. Sie trat mit beiden Beinen aus und stemmte sich vom Boden ab, sodass Hephzibah auf und ab geschleudert wurde wie ein Boot im Sturm. Sie versuchte, ihre Arme unter Hephzibahs Knien herauszuziehen, doch es gelang ihr nicht. Ich versuchte, ihr zu helfen, und stellte mich hinter Hephzibah, um an ihren Beinen zu ziehen, aber es war, als sei sie mit ihrem Opfer eins geworden, sodass nichts sie trennen konnte. Ich rollte auf die Seite und sah ihr ins Gesicht.

Ihr Haar hing wie ein Vorhang zwischen uns. »Hephzibah, bitte, hör auf damit!«, schrie ich und zerrte an dem Kissen, obgleich ich wusste, dass ich gegen ihre von der Raserei verdoppelten Kräfte nichts ausrichten konnte.

»Sei still!«, kreischte Hephzibah und warf mir einen derart hasserfüllten Blick zu, dass ich plötzlich wie gelähmt war. Der Körper der Frau begann zu zucken, und Hephzibah vergrub ihre Hände noch tiefer in dem Kissen.

Nach einer Weile – es kam mir vor wie eine Ewigkeit – rührte die Frau sich nicht mehr. Einen Augenblick lang glaubte ich, sie sei wieder eingeschlafen, doch ich konnte sehen, dass sie nicht mehr atmete. Hephzibah drückte immer noch auf das Kissen und stieß dabei seltsame, animalische Laute aus. Ich wollte aufstehen, aber ich war zu schwach, als hätte mir jemand alle Energie abgezapft. Meine Beine fühlten sich taub an, und ich sah, dass meine Hände zitterten. Ich starrte meine Schwester an, doch ich fühlte nichts.

»Hör auf. Sie ist tot«, flüsterte ich, und unter Aufbietung meiner letzten Kräfte zog ich sie von der Leiche herunter. Hephzibah nahm das Kissen weg, und beide starrten wir das grässlich verzerrte Gesicht an, das sich unseren Blicken darbot. Die Züge der Frau waren von ihrem verzweifelten

Kampf ums Überleben gezeichnet, und das Entsetzen stand noch in ihren weit aufgerissenen Augen. Das Kissen hatte ihr die Nase eingedrückt, und die von den Zähnen aufgeschnittenen Lippen sahen aus wie geplatzte Trauben, aufgequollen mit dunklem Blut. Hephzibah zog ein Messer aus der Tasche.

»Was hast du vor?«, fragte ich heiser.

»Das wirst du schon sehen – aber sag kein Wort.«

Sie hob die Oberlippe der Frau von den Schneidezähnen ab und schnitt das Fleisch unterhalb der Nase heraus wie eine routinierte Jägerin, die das erbeutete Wild zerlegt. »Die Aale werden den Rest erledigen«, sagte sie.

Das Blut rann links und rechts an den Wangen der toten Frau herab und sammelte sich in Lachen auf dem lila Kissen, auf das sie sich gebettet hatte.

»Schnell«, kommandierte Hephzibah. »Die Soldaten werden bald aufbrechen, und du musst die Gezeitenströmung ausnutzen.«

Ich weiß nicht, ob es die Erschöpfung war, die mich am Sprechen hinderte, oder der Schock; jedenfalls schwieg ich die ganze Zeit, während wir die Frau entkleideten. Der leise Rosenduft stieg von ihrem Körper auf und erinnerte mich daran, wie sie im Leben gewesen war.

»Sieh mal, sie hat schon mal ein Kind bekommen«, sagte Hephzibah, als sie der Frau die Unterwäsche auszog und eine winzige Narbe oberhalb des Venushügels zum Vorschein kam.

Während ich der Toten Hephzibahs blaues Seidenkleid anzog, musste ich das Bild eines kleinen, hübschen Kindes verdrängen, das mit ausgestreckten Armen auf eine Frau in einem Weizenfeld zulief. Mit Sentimentalität würde ich das hier nicht durchstehen, sagte ich mir so brutal wie nur möglich.

Hephzibah nahm die Ringe der Frau und steckte sie in ihre

Rocktasche. »Die brauche ich vielleicht noch«, sagte sie und bückte sich, um mir zu helfen, die Leiche in das Laken einzurollen, das sie mitgebracht hatte.

Dann trugen wir sie den Pfad zur Anlegestelle hinunter und legten sie ins Boot. Am Ufer sammelten wir ein paar schwere Steine und steckten sie unter das Laken, das wir anschließend mit einem Seil sorgfältig verschnürten.

»Wirst du es schaffen, sie über Bord zu werfen?«, fragte Hephzibah mich, während sie sich den weißen Schal der Frau um den Kopf band.

»Ja«, brachte ich mit erstickter Stimme hervor. Ich konnte kaum glauben, dass dies vielleicht das letzte Mal war, dass ich meine Schwester sah. Ich hätte sie gerne umarmt, aber die lähmende Dunkelheit, die sich dort im Pavillon zwischen uns geschoben hatte, hinderte mich daran. Sie stand vor mir, und dann trat sie an den Rand des Stegs und ging in die Hocke, um sich das Blut von den Händen zu waschen.

»Lass das Messer verschwinden«, waren ihre letzten Worte an mich.

Ich stieg ins Boot und fragte mich, woher ich die Kraft nehmen sollte, so weit hinauszurudern. Hinter dem Haus erhoben sich Stimmen.

»Mariam, Mariam!«, riefen sie. »Wir fahren jetzt!«

Ich blickte auf das mit Steinen beschwerte Leichentuch zu meinen Füßen hinunter und wünschte mir von ganzem Herzen, ich hätte den Namen der toten Frau nie erfahren.

ZWEITES BUCH

In dem Augenblick,
da wir aufhören, einander zu halten,
in dem Augenblick,
da wir einander die Treue brechen,
verschlingt uns die See,
und das Licht erlischt.

James Baldwin

DREIZEHN

Und jetzt war Mariam aus dem Wasser gezogen worden wie ein Fisch. Sie hatte sich aus ihrem Leichentuch gelöst und war in Tulus Netze getrieben worden. Wie von Hephzibah vorhergesagt, hatten die fleißigen Kreaturen des Meeres ihr Werk getan, und niemand, der die Leiche zu sehen bekam, würde leugnen können, dass es sich um meine Schwester handelte. Es hatte nicht in unserer Absicht gelegen, dass ihre Leiche gefunden wurde, aber ihre Entdeckung konnte sich auch als Vorteil erweisen. Angesichts der Nachricht von Hephzibahs Tod – vermutlich ermordet von Soldaten – waren die Dorfbewohner vielleicht weniger geneigt, Rache an meinen Eltern zu nehmen.

Was aus mir wurde, war mir gleich. Ich hatte das Schlimmste verdient. Was ich getan hatte, war unverzeihlich, und in meinen stillsten Momenten hörte ich das Wehklagen Tausender von Müttern.

Es begann zu regnen, in trägen, schweren Tropfen. Ich dachte an Hephzibah, wie sie glücklich und zufrieden inmitten ihres Gefolges von ihr treu ergebenen Männern saß und nur nach vorne schaute, in Vorfreude auf ein neues Leben. Ich wusste, dass sie nichts bereuen würde. Aber ich beneidete sie nicht. Ich hatte vom Wasserland gehört, von seinen parfümierten, uniformierten Arbeiterinnen und Arbeitern, seinen gläsernen Wassertürmen und Städten mit hohen, schlanken Gebäuden, alles streng bewacht und von einem Netz von Wasserwegen durchzogen.

Ich beschleunigte meinen Schritt nicht, als der Regen stärker wurde, durch die Äste der Bäume herabprasselte und Büsche und Blumen zu Boden drückte. Ich genoss die Kühle, die mich umfing, und ließ das Wasser meine Kleider tränken. Vor der Haustür hielt ich inne, schloss die Augen und stellte mir vor, wie der Regen alle Spuren der Frau, die zu töten ich mitgeholfen hatte, von mir abwusch. Der Regen durchnässte mich bis auf die Haut und machte meine Kleider schwer. Ich wusste, dass ich nicht weinen konnte, so sehr ich es mir auch wünschte. Die Trauer legte sich auf meine Kehle wie kalte Asche.

Ein gewaltiger Donnerschlag rollte durch den dunkler werdenden Himmel und die windstille Luft, als ich die Steinstufen zum Haus hinauflief. Ich suchte meine Eltern, um ihnen zu sagen, dass die Leiche, die aus den Fluten des Meeres gefischt worden war, die ihrer Tochter war. Meiner Mutter eine solche Notlüge aufzutischen, würde mir nicht allzu schwer fallen, aber Vater gegenüberzutreten und ihm eine Nachricht zu überbringen, von der ich wusste, dass sie ihm das Herz brechen würde, das war etwas ganz anderes.

In dem langen Flur, der zur Küche führte, kam er auf mich zu, ein Glas Brandy in jeder Hand. Er sah mich an, und mein Gesichtsausdruck verriet ihm, dass seine schlimmsten Befürchtungen wahr geworden waren. Schweigend nahm ich ihm beide Gläser ab und ging voran in das Zimmer, in dem ich ihn mit Dolores zurückgelassen hatte. Sie war noch dort, und als sie aufblickte, erkannte ich an ihrer ernsten, fast schon resignierten Miene, dass auch sie mit dem Schlimmsten rechnete.

»Es gibt keinen Zweifel, dass es Hephzibah ist«, sagte ich leise.

Ihr Gesichtsausdruck blieb unverändert, als sie den Brandy in einem Zug hinunterkippte. Sie hustete. Ihre ruhige Stimme und ihre gefasste Haltung überraschten mich, als sie fragte: »Gab es irgendwelche Anzeichen dafür, dass ihr Gewalt angetan wurde?«

»Nein. Wie es aussieht, ist sie ertrunken.«

»Aber wie kann das sein? Sie war eben noch in der Küche, und im nächsten Moment war sie verschwunden.«

»Vielleicht hat sie im Meer gebadet und ist zu weit hinausgeschwommen. Du weißt doch, wie gefährlich die Strömungen hier sind.«

»Es ergibt einfach keinen Sinn. Sie ist ja immer wieder verschwunden, ohne Bescheid zu sagen, aber ich hatte angenommen, dass sie Freunde im Dorf besuchen wollte«, sagte Dolores. Ihr Lippenstift war verschmiert, es sah aus wie ein verblassender Bluterguss.

»Sie hatte im Dorf keine Freunde – ganz bestimmt nicht seit der Ankunft der Soldaten. Ich glaube nicht, dass wir je herausfinden werden, was mit ihr passiert ist«, sagte Vater so sanft, wie er nur konnte. »Und irgendwie spielt das auch keine Rolle. Sie ist tot, und das ist das Einzige, was zählt.«

»Es deutete zwar nichts darauf hin, aber ich glaube trotzdem, dass sie von einem der Soldaten getötet worden ist.« Ich sprach schnell, weil ich die Lüge möglichst rasch hinter mich bringen wollte. »Ich habe es ja gewusst – ihr hättet die Soldaten nie ins Haus lassen dürfen.«

»Was hatten wir denn für eine Wahl?«, gab Dolores erregt zurück.

Nach einer langen Pause fragte Vater mich, ob ich schon Vorbereitungen für die Totenzeremonie getroffen hätte. »Ich glaube nicht, dass irgendjemand von uns sich zurzeit im Dorf sehen lassen sollte, Jephzat«, sagte Dolores. »Du weißt, wie die Dorfbewohner über uns denken. Manos hat mir erzählt, dass die Stimmung sich von Tag zu Tag mehr gegen uns wendet, nachdem den Menschen allmählich das ganze Ausmaß dessen bewusst wird, was die Wassersoldaten diesem Teil des Olivenlandes angetan haben.«

Ich hätte ihr gerne gesagt, dass sie selbst zum Teil dafür verantwortlich war und dass sie Manos nach Hause schicken sollte, anstatt sie auch noch zu ermuntern, zu uns zu kommen, und sie dadurch in Gefahr zu bringen. Stattdessen wandte ich ein, dass es besser wäre, wenn ich zu Sengita ginge und mit ihr bespräche, was mit dem Leichnam geschehen sollte. Das war etwas, was wir nicht selbst übernehmen konnten, auch wenn Dolores das vielleicht glaubte.

Sie erhob sich wankend. Wir wussten, dass sie sich in den Bunker im Garten zurückziehen würde. Sie würde in die dunkle Kammer hinuntersteigen, ihren Computer einschalten und sich hinlegen, um Bilder des Kindes zu betrachten, das sie verloren hatte.

Ein resignierter Ausdruck lag in Vaters Gesicht, als Dolores die Tür hinter sich schloss.

»Nun, deine Mutter werden wir so bald nicht wiedersehen«, sagte er leise.

»Wehe, du machst es ihr nach und verkriechst dich in deinem Labor.«

Er lächelte und nahm mich in die Arme. »Wie könnte ich dich einfach so alleinlassen? Du musst einsam sein ohne deine Schwester«, sagte er mit brechender Stimme. Ich hielt ihn fest umschlungen, als er sich in meinen Armen ausweinte. Ich war überrascht, wie zerbrechlich er sich anfühlte und wie sein heftiges Schluchzen dem Rhythmus des Gewitters folgte, das jetzt genau über uns tobte.

Mir war elend zumute. »Hephzibah«, stöhnte ich insgeheim, »wie konntest du deiner Familie das antun?«

Ein lautes Geräusch schreckte uns beide auf. Zuerst hielt ich es für einen erneuten Donnerschlag. Da die Läden geschlossen waren, konnte ich nicht aus dem Fenster schauen, und so lief ich zur Haustür, wobei ich über Kisten und Abfall stolperte, den die Soldaten zurückgelassen hatten.

Ich spähte durch eine Ritze in der Tür und erhaschte einen Blick auf etwas, das nach einem Holzkreuz auf rotem Stoff aussah. Der Besucher hämmerte an die Tür. Ich lief zu Vater zurück.

»Es ist der Kommissar. Was sollen wir tun?«

»Wozu die Aufregung? Er ist wahrscheinlich nur gekommen, um uns zu kondolieren. Sicher hat die Nachricht inzwischen die Runde gemacht. Lass ihn herein.«

Nachdem er das Haus betreten hatte, setzte der Kommissar eine angemessen mitfühlende Miene auf. »Sehr schlechte Nachrichten. In der Tat, sehr schlechte Nachrichten«, sagte er gewichtig. »Ein weiteres Opfer dieses schrecklichen Krieges. Wir müssen allen Beteiligten dankbar sein, dass er endlich vorbei ist.«

Vater und ich starrten ihn finster aus der anderen Zimmerecke an und wünschten beide, er würde seinen zu einem krampfhaften Lächeln verzerrten Mund endlich zumachen und gehen. Ich fragte mich, ob Hephzibah jetzt zurückkommen könnte, da der Krieg so gut wie beendet war – sie musste inzwischen den Hafen erreicht haben –, doch im Grunde meines Herzens wusste ich, dass sie nie mehr nach Hause kommen würde.

VIERZEHN

»Jephzat! Jephzat!« Die Stimme meines Vaters riss mich aus meinen Gedanken. »Hörst du dem Kommissar überhaupt zu?«

Ich musste zugeben, dass das nicht der Fall war. Ich entschuldigte mich, versuchte mich aber nicht zu rechtfertigen.

»Ich habe deinem Vater gerade gesagt, dass Sengita mich vor kurzem aufgesucht hat, weil sie sich Sorgen um dein Wohlergehen und das deiner Eltern machte. Sie sagt, dass sich der ganze Zorn der Dorfbewohner gegen dieses Haus richtet, hauptsächlich, weil ihr die Soldaten aufgenommen habt, und weil sie sonst niemanden haben, dem sie die Schuld an ihrer Lage in die Schuhe schieben können. Manche von ihnen reden sogar davon, euer Haus niederzubrennen – mit euch allen darin.«

»Ist den Leuten denn nicht klar, dass wir schon genug gelitten haben? Wir haben die Soldaten nicht im Haus haben wollen. Sie haben sich uns aufgedrängt, und sie haben wahrscheinlich meine Tochter ermordet …« Vater klang mutlos.

»Im Dorf erzählt man sich, dass Hephzibah mit den Soldaten geschlafen hätte«, sagte der Kommissar und kniff die Augen zusammen.

Wir saßen reglos da, während er uns beobachtete. Vielleicht deutete er unser Schweigen als Bestätigung. Ich ging zum Fenster, um die Läden zu öffnen und Licht hereinzulassen. Während ich über den regennassen Garten zum Pavillon blickte, beschloss ich widerstrebend, das Wort zu ergreifen.

»Herr Kommissar, dafür gibt es keinerlei Beweise. Wir waren bei Androhung der Todesstrafe gezwungen, diese Männer in unser Haus aufzunehmen. Es ist nicht ausgeschlossen, dass meine Schwester zum Sex mit ihnen genötigt wurde, aber davon hatten gewiss weder ich noch meine Eltern die geringste Ahnung. Hephzibah hat sie ebenso sehr gehasst wie wir.«

»Das tut nichts zur Sache. Deine Schwester ist tot, und was die Gesellschaft angeht, so gibt es im Moment wichtigere Probleme im Zusammenhang mit deiner Familie.« Der Kommissar sprach herablassend; im Licht, das von draußen hereinfiel, wirkte seine fahle Haut noch gelblicher. »Worum es geht, ist, dass die Arbeit deines Vaters für die Gesellschaft von großer Wichtigkeit ist und wir ihn nicht durch einen Haufen ungebildeter Randalierer verlieren möchten. Auch deine Mutter ist für uns wertvoll, allerdings – nun, sagen wir, aus anderen Gründen. Ich habe die Gesellschaft laufend über die aktuelle Situation informiert, und die letzte Instruktion, die ich von oben erhalten habe, lautet, dass deine Eltern den Ort verlassen müssen. Sie werden vorübergehend in einer anderen Region des Landes angesiedelt.«

»Und was ist mit Jephzat?«, fragte Vater sichtlich beunruhigt. »Sie muss auch mitkommen.«

Der Kommissar befingerte nervös sein Kruzifix. »Jephzat hat Anweisung, hier im Haus zu bleiben. Sie wird sich um das Labor kümmern, denn es wird vielleicht eine Zeit kommen, da Sie beide zurückkehren können.

Es wird von Ihnen erwartet, dass Sie noch heute Abend abreisen«, fuhr er fort, indem er die Stimme senkte. »Es ist alles vorbereitet. Ein Fahrzeug wird Sie um acht Uhr abholen. Halten Sie sich bereit. Nehmen Sie nur wenig mit. Es ist für alle Ihre Bedürfnisse gesorgt.«

»Ich habe schon eine Tochter verloren. Muss ich jetzt auch noch die zweite verlieren?«, sagte mein Vater nur.

FÜNFZEHN

Nachdem ich die Küche geputzt hatte, ging es mir schon wesentlich besser. Ich war wie neu geboren. Sämtliche Spuren der Soldaten hatte ich beseitigt, hatte ihre Haare aufgelesen, den Schmutz aufgewischt, den sie an ihren Stiefeln ins Haus getragen hatten, und die Krümel, die ihnen aus dem Mund gefallen waren. Ich entfernte die Kaffeeflecken auf dem Tisch und um die Spüle herum. An der Tür waren schmutzige Fingerabdrücke, die ich mit dem Putzlappen kräftig abwischte. Wenn ich schon keine Kontrolle über die Ereignisse um mich herum hatte, konnte ich doch wenigstens meine unmittelbare Umgebung vom Schmutz befreien und die Küchenutensilien in Reih und Glied ordnen wie ein Gesellschaftsbeamter seine Angestellten.

Bald nachdem der Kommissar gegangen war, schlief Vater auf dem Sofa ein. Ich wollte ihn eine Weile in Ruhe lassen, und so machte ich mich nach meiner Putzorgie auf den Weg zum Bunker. Ich hatte Mühe, die Einstiegsklappe anzuheben; wie Dolores es ohne Hilfe geschafft hatte, war mir ein Rätsel. Sie hatte sich hingelegt. Ich stieg die Sprossen hinunter und zwängte mich neben sie. Sie lächelte, und ohne mich anzusehen, streckte sie die Arme aus, als ob sie nach etwas greifen wollte.

»Komm zu Mami, mein Schatz«, säuselte sie. »Du bist ja so ein süßes kleines Mäuschen. Und was für kleine Füßchen du hast. Lass doch mal sehen, wie schnell die laufen können. Na, komm schon.«

Sie sprach mit Hephzibah. So hatte sie mit ihr geredet, als meine Schwester ein kleines Kind gewesen war.

Ich stieß ihre Schulter an. »Dolores!«, rief ich. Die warme Luft im Bunker verursachte mir bereits Atemnot.

»Was ist?«, fragte sie und berührte dabei leicht die Wand. Mit einem leisen Knacken verschwand eine Konsole in der festgestampften Erde. Diese Vorrichtung war das einzig sichtbare Anzeichen dafür, dass der Bunker mit elektronischen Kommunikationsmedien ausgestattet war; ich wusste jedoch, dass solche energiegesteuerten Konsolen in den Bunkerwänden verborgen waren, zugänglich nur durch unsichtbare Impulse.

Ich erzählte ihr vom Besuch des Kommissars, und dass sie sich zum Aufbruch bereit machen müsse. Die Nachricht schien sie keineswegs zu beunruhigen; sie wirkte sogar erleichtert.

»Hat der Kommissar sonst noch etwas gesagt?«, fragte sie.

»Ja, und zwar etwas ziemlich Merkwürdiges. Er sagte, ihr würdet umgesiedelt, weil deine und Vaters Forschungen für die Gesellschaft sehr wertvoll seien. Ich habe mit euch zusammengearbeitet – habt ihr mich etwa die ganze Zeit getäuscht und an irgendetwas gearbeitet, wovon ich nichts weiß? Was ist das für ein Projekt, das für die Gesellschaft von so entscheidender Bedeutung ist, dass sie um eure Sicherheit besorgt ist?«

Sie sah mich mit ernster Miene an. »Hör zu, Jephzat. Du darfst mit keinem Menschen darüber sprechen. Ich hatte vor, es dir und Hephzibah demnächst zu erzählen, aber jetzt ist alles plötzlich ganz anders.« Sie senkte die Stimme zu einem Flüstern. Ich sah sie überrascht an und nickte. »Ich kann dir nicht alles sagen, dafür reicht die Zeit nicht. Aber der Grund, weshalb dein Vater und ich in dieses Dorf versetzt wurden, ist der, dass die Föderation die Wasserformel für sich selbst entdecken will. Sie fürchtet, dass das Wasserland die Macht in der Föderation übernehmen könnte, und sie traut deren Absichten nicht. Dein Vater und ich haben an der Entdeckung der Formel gearbeitet.«

Vor Staunen blieb mir der Mund offen stehen. Ich wusste nicht, ob ich mich betrogen fühlen oder angesichts der Gefährlichkeit dieses Geheimprojektes in Panik geraten sollte. Nichts, was meine Mutter je gesagt hatte, hatte mich auf diese Enthüllung vorbereitet.

»Das ist unmöglich. Das ist doch gar nicht euer Gebiet.«

»Hör mir genau zu. Das ist alles, was ich dir im Augenblick sagen kann. Die Entdeckung der künstlichen Produktion von Wasser war der Beginn einer revolutionären Entwicklung. Die Entsalzungsanlagen hatten sich in den Kriegen als verwundbar erwiesen und wurden ineffizient. Die Natur lag im Sterben, doch dank dieser Entdeckung verwandelte sich das Land, das seiner Flora und Fauna beraubt worden war, wieder in Wald und wimmelte von Leben. Niemand musste mehr verdursten, und alle hatten wieder Zugang zu Transportmitteln, angetrieben durch Wasserstoffzellen. Bis zur Entdeckung der Technik der Wasserproduktion waren die Umweltschutzgesetze so streng, dass auf Verstöße die Todesstrafe stand. All dies fand durch die Entdeckung der Formel ein Ende.«

»Aber wie kam es dazu?«

»Ein Team von Wissenschaftlern auf einem Weltraum-Erkundungsflug wollte gerade seine Schicht beenden, als sie zufällig ein Phänomen im All entdeckten, bei dem Wasser entstand und sich selbsttätig replizierte. Was aus den Wissenschaftlern wurde, die diese Formel entdeckten, wissen wir nicht – wir können nur vermuten, dass sie von denjenigen, die das Potenzial der Entdeckung erkannten, liquidiert wurden. Die Föderation wollte in den Besitz der Formel kommen und bot denjenigen, die sie an sich gebracht hatten, einen sehr hohen Preis, doch die Gegenseite weigerte sich und gründete nach längerem Hin und Her eine eigene Gesellschaft, die in die Föderation aufgenommen wurde. Die Föderation war der Ansicht, dass die Wassergesellschaft als integriertes Mitglied nicht so gefährlich wäre wie als abtrünniger Außenseiter. Die neue Gesellschaft durfte sich ein riesiges Gebiet einverleiben, das zum Teil von der Olivengesellschaft für ihren Anbau kultiviert worden war. Der Rest war Ödland. Arbeiter des Wasserlandes entwurzelten Tausende von Ölbäumen und nutzten das Land zur Wasserspeicherung. Sie bauten ganze Städte auf dem Wasser, und von überall wurden Menschen hergeholt, zum Nachteil der anderen Gesellschaften. Das hat die Olivengesellschaft der Föderation nie verziehen, und der Wassergesellschaft auch nicht. Das ist der Grund für unsere ständigen kriegerischen Auseinandersetzungen.«

»Und wo bekam die Wassergesellschaft ihre Arbeiter her?«

»Manche kamen aus den Umschulungslagern, andere wurden eigens von anderen Gesellschaften abgestellt. Die Arbeit war der Föderation enorm wichtig; der unbegrenzte Zugang zu Trinkwasser würde allen Nutzen bringen. Es wurde auch viel gemauschelt, und die Wasserleute zahlten Unsummen an Angestellte anderer Gesellschaften, um sie für sich zu gewinnen. Und nun plant die Wassergesellschaft, den Weltraum zu kolonisieren. Dann werden sie wirklich die Herrscher des Universums sein.«

»Seid ihr denn der Entdeckung der Formel schon nähergekommen?«, fragte ich neugierig.

Dolores schwieg lange, dann antwortete sie: »In der ganzen Föderation arbeiten viele Wissenschaftler aus verschiedenen Disziplinen unter strenger Geheimhaltung an diesem Projekt. Aber ich glaube nicht, dass irgendeiner von uns der Entdeckung auch nur einen Schritt nähergekommen ist.« Sie schnalzte ungeduldig mit der Zunge. »Ich weiß nur, dass dieses Raumschiff, von dem ich sprach, die *Olympia*, zu einem intergalaktischen Erkundungsprogramm gehörte und dass die Besatzung zufällig ganz bestimmte Bedingungen entdeckte, unter denen Wasser sich selbst zu replizieren begann. Ein Manko in der Frühphase war jedoch, dass Menschen, die der Quelle zu nahe kamen, während sie Wasser produzierte, schlicht und einfach explodierten – weil das Wasser in ihrem eigenen Körper sich zu replizieren begann.«

Sie hatte meine Frage noch immer nicht beantwortet.

»Wasser hat nämlich ein Gedächtnis«, fügte sie ungehalten hinzu, als hätte ich eine dumme Frage gestellt.

Wir verfielen in Schweigen, beide in Gedanken über die Folgerungen dessen versunken, was sie gesagt hatte, da begann der Bunker plötzlich zu vibrieren. Oben ging jemand über den Rasen.

»Das ist dein Vater«, sagte Dolores, die ihn gleich an seinem Gang erkannt hatte.

Wir warfen einen Blick auf den Monitor und sahen Vater langsam zwischen den Bäumen entlanggehen. Ich begann hinaufzuklettern, und Dolores folgte mir. Als wir aus der Luke stiegen, mussten wir die Augen zusammenkneifen, geblendet von den grellen Lichtsplittern, die nach dem Gewitter zwischen den Wolken hervorschossen. Dann gingen wir ins Haus zurück, um die Abreise meiner Eltern vorzubereiten.

Sie lehnten jede Hilfe ab und packten nur das Allernötigste ein. Ich machte ihnen Proviantpakete, und als sie in die Diele kamen, standen die zwei kleinen Tüten schon für sie bereit. Vater war ins Labor gegangen, um in aller Eile seine wichtigsten Notizen zu kopieren und eine Liste mit Anweisungen für mich zu schreiben.

Dolores hatte ein paar kleine Geschenke und etwas Geld für Manos herausgelegt. Dann hörte ich sie oben in Hephzibahs Zimmer umhergehen und wusste, dass sie irgendetwas suchte, was meiner Schwester gehörte. Sie kam mit einem langen, fließenden Schal in der Hand die Treppe herunter; Hephzibah hatte ihn sich oft abends um die Schultern gelegt. Sofort sah ich meine Schwester wieder vor mir, wie sie auf der Veranda saß und in den Garten hinausschaute, während der dünne hellgrüne Stoff ihr über die Schultern glitt und sich an ihren Ellenbogen faltete, sodass das Grün dunkel wie Gras wurde. Dolores hielt sich den Schal vors Gesicht und atmete tief ein.

»Er riecht immer noch nach ihr«, sagte sie nur.

SECHZEHN

Die Atmosphäre im Dorf hatte sich gewandelt, seit ich Sengita zuletzt gesehen hatte. Es war jetzt geradezu unheimlich still, bis auf das Lärmen der Möwen. Normalerweise rannten die Kinder an der Hafenmauer entlang, um sie zu verjagen, aber heute hinderte niemand die Vögel daran, weit ins Land hineinzufliegen. Eine stürzte sich auf mich, den gelben Schnabel zu einem gellenden Schrei aufgerissen.

Als ich die Dorfstraße entlangging, kamen Frauen aus ihren Häusern, blieben in den Vorgärten stehen und starrten mich an. Ich blickte stur geradeaus auf das kleine weiße Haus an der Hafenmauer, da sah ich schon eine Gestalt herauskommen und auf mich zulaufen. Es war Joachim, und zum ersten Mal war ich froh, ihn zu sehen. Mit seinen verkrüppelten Beinchen schleppte er sich auf mich zu, als fehlte ihm der Antrieb von Sengitas Röcken. Er nahm meine Hand und drängte mich, schneller zu gehen. Manche der Frauen begannen drohend zu zischeln, und dann schlossen ihre Männer sich ihnen an. Das Zischeln wurde immer aggressiver. Joachim trieb mich an, aber ich wollte ihnen nicht zeigen, dass ich Angst hatte, und ich verlangsamte meinen Schritt, um die Blicke der Dorfbewohner zu erwidern. Aber sie ließen sich nicht beirren und starrten mich weiter unverwandt an.

Als wir am Haus ankamen, zog Sengita mich hinein und schlug die Tür hinter uns mit einem Knall zu. Sie legte die Riegel vor, und erst, nachdem sie sich vergewissert hatte, dass die Tür fest verschlossen war, führte sie mich in ihre Küche.

Ich ließ mich erleichtert auf einen Stuhl fallen; erst jetzt merkte ich plötzlich, wie erschöpft ich war. Joachim flitzte hinauf ins Obergeschoss, wo er unbemerkt hinter einem Fenster Wache halten würde.

»Warum bist du hierhergekommen?« Sengitas Gesicht war gerötet, und ihre Perücke saß ein wenig schief. »Ich wollte mich gerade auf den Weg zu dir machen. Ich habe gehört, dass deine Eltern abreisen, und ich wollte nicht, dass du allein hierherkommst. Du siehst ja, wie die Leute sind. Die Emotionen kochen schnell über.«

»Ich wollte mit dir über Hephzibah sprechen und dir erklären, wie meine Eltern sie bestattet haben wollen. Sie soll eingeäschert werden, nicht beerdigt.« Das Wort »einäschern« wurde immer noch benutzt, obwohl diese Form der Beisetzung nicht mehr praktiziert wurde. Traditionell waren die meisten Leichen verbrannt worden, bis dies aus Gründen des Umweltschutzes verboten wurde. Danach gingen die Menschen außerhalb der Städte dazu über, ihre Toten zu begraben, aber für die Mehrheit der Einwohner der Föderation war dies nicht möglich. Glücklicherweise entdeckte man gewisse Pflanzen, die das kostbare Wasser speicherten. Wenn man sie aufbrach, kam das poröse Innere zum Vorschein, das die trinkbare Flüssigkeit festhielt. In unserer Zeit aber wurden diese Pflanzen getrocknet und zu einem anderen Zweck eingesetzt: Wenn man sie auf einem Leichnam verteilte, entzogen sie ihm alle Flüssigkeit und trockneten das Fleisch aus, bis es zu Pulver zerfiel. Bei diesem Vorgang nahmen die Pflanzen das Aussehen von feuerroten Kristallen an, wovon sie auch ihren Namen hatten. Das Pulver wurde anschließend zusammen mit den Feuerkristallen den Verwandten oder Freunden des Verstorbenen übergeben. Manche fertigten aus den Kristallen Halsketten und konnten so die Überreste ihrer verstorbenen Lieben immer bei sich tragen.

»Dann muss ich jetzt mal die Feuerkristalle suchen.«

Ich blickte mich in der Küche um, als Sengita in einem Wandschrank zu kramen begann. Die Regale standen voll mit Glasgefäßen in verschiedenen Farben. Ein reiches Spektrum von natürlichen Heilmitteln – Samen, Knollen, Blätter, Wurzeln und Pulver – war dort aufgereiht. Alle Gläser waren sorgfältig etikettiert, mit genauen Angaben zur Dosierung und dem Datum der Anschaffung. Wenn es stimmte, was Sengita behauptete, dann konnte jedes einzelne Mittel in ihrer Küche eine bestimmte Krankheit heilen – oder sie verschlimmern. Die Medikamente, die man von den Ärzten der Gesellschaft verschrieben bekam, ließen die Menschen lediglich ihre Beschwerden vergessen, sodass sie nur noch schlimmer wurden. Die Folge war, dass die Menschen sich an Frauen wie Sengita wandten, die ihre Heilkunst heimlich ausübten und sich dabei auf natürliche Arzneimittel und die einmaligen Selbstheilungskräfte des Körpers verließen.

Ich betrachtete sie zärtlich. Ihr breiter Hintern füllte den Schrank fast ganz aus, als sie die Töpfe und Säcke durchstöberte. Aus dem Dunkel drang ihre gedämpfte Stimme. »Hier gibt es kaum Nachfrage nach Feuerkristallen. Die Leute im Dorf begraben ihre Toten lieber. Sie denken wohl, das ist gut für den Boden. Ich weiß, dass ich sie irgendwo hingetan habe, aber wo?«

Ich bot an, ihr beim Suchen zu helfen, doch sie hörte mich nicht. Plötzlich rief sie ganz aufgeregt: »Ich hab sie! Wusste ich's doch, dass sie hier irgendwo sind.«

Ich half ihr, den Sack aus dem untersten Fach des Schranks zu zerren. Sie band ihn auf, begann, darin herumzuwühlen, und zeigte mir schließlich mehrere milchige Pflanzen mit dicken Stängeln.

Wir zogen den Sack in den Raum, wo der Leichnam lag. Irgendwann nach meinem letzten Besuch hatte sie ihn in ein dickes blaues Tuch gehüllt und einen kleinen Strauß frischer Blumen daraufgelegt. Es roch stärker als zuvor nach scharfen Essenzen und Kräutern, was jedoch den widerlich süßen Geruch des verwesenden Fleischs nicht überdecken konnte.

»Wir müssen uns sehr beeilen«, sagte Sengita. Sie drückte mir einen Lappen in die Hand, den ich mir vor Nase und Mund binden sollte, bevor sie das Tuch lockerte und wir die Pflanzen hineinlegten. Wir arbeiteten schweigend, bis wir den Leichnam ganz bedeckt hatten. Arme Mariam, dachte ich. Das war vielleicht nicht die Art der Bestattung, die ihre Familie für sie gewählt hätte. Und dann dachte ich an ihr kleines Kind.

»Du musst nicht so bekümmert dreinschauen, Jephzat. Du erweist deiner Schwester einen Dienst, und du solltest dich geehrt fühlen.«

Sie zog das Tuch fest um den Leichnam.

»Wir müssen die Pflanzen jetzt einige Stunden lang ihr Werk tun lassen, aber du musst hierbleiben, bis der Prozess abgeschlossen ist. Ich werde dir etwas zu essen machen, und dann musst du schlafen. Du siehst erschöpft aus.«

Wir gingen in die Küche zurück, und ich sah Sengita zu, wie sie drei Makrelen ausnahm und Gemüse putzte. Sie lehnte mein Angebot ab, ihr beim Kochen zu helfen, und stellte mir eine Flasche Wein hin.

»Feiern wir das Ende des Krieges«, sagte sie munter.

Ich schenkte den Wein ein und lehnte mich entspannt auf dem Stuhl zurück. Kochdüfte begannen, die Küche zu erfüllen, und ich merkte, wie meine Lider schwer wurden, als der Alkohol in meine Blutbahn sickerte. Könnte ich doch nur in einen tiefen Schlaf sinken, dachte ich – und wenn ich aufwachte, wäre alles wieder so, wie es war, bevor die Soldaten kamen …

»Ich denke, du solltest vielleicht kommen und bei mir wohnen.« Sengitas Angebot überraschte mich. »Der Kommissar wäre bestimmt damit einverstanden. Hier wärest du sicher, und später, wenn die Lage sich beruhigt hat, könntest du zum Haus gehen und dort nach dem Rechten sehen.«

Ich wusste, dass meine Eltern mir fehlen würden, besonders mein Vater, aber ich wusste auch, dass ich das Angebot nicht annehmen konnte, so schutzlos ich mich auch fühlte.

»Das ist sehr freundlich von dir, Sengita, aber ich muss im Haus bleiben. Ich muss eine Weile allein sein, und ich muss auch noch einige von Vaters Arbeiten im Labor abschließen.«

»Ausreden«, schnappte Sengita.

»Nein, das stimmt nicht.« Ich ging auf sie zu und legte zärtlich den Arm um sie, sodass ihre Weste klimperte wie kleine Glocken im Wind.

»Ich habe die Leute im Dorf über Lomez reden hören«, wechselte sie das Thema. »Sie sagen, er hat den Verstand verloren, nachdem er deine Schwester aus dem Meer gefischt hat.«

Ich registrierte mit Unbehagen Sengitas forschenden Blick. Aber dies war doch gewiss nicht das erste Mal, dass sich eine Leiche in den Netzen der Fischer verfangen hatte.

»Ich habe deiner Mutter gesagt, dass das Gebrechen deiner Schwester ein Fluch war, der auf uns allen lastete«, fuhr sie mit einer gewissen Befriedigung fort.

»Das ist Unsinn. Glaubst du wirklich, dass ein Menschenleben durch die zufällige Entwicklung von ein paar abtrünnigen Zellen im Fötus verflucht wird?«

»Natürlich nicht«, schalt Sengita mich. »Deine Schwester war nicht wegen ihres Geburtsfehlers so, wie sie war; das war nur ein Indiz. Es kann ein Hinweis auf eine besondere Eigenschaft sein, aber dieses Mädchen hatte nichts Besonderes an sich. Entschuldige, dass ich es so geradeheraus sage, Jephzat, aber es ist die Wahrheit. Wir sind vielleicht alle Heimatlose, die ihre Vergangenheit vergessen haben, aber das heißt nicht, dass nicht tief in uns drin noch so manche Wahrheit verborgen ist. Die Gesellschaften mögen versucht haben, unsere Geschichte auszulöschen, aber vielleicht lebt die Erinnerung außerhalb von uns fort, in Relikten aus alter Zeit, die in unseren Träumen zu uns sprechen, und in den kostbaren Momenten, die wir nicht der Gesellschaft schenken.«

»Wovon redest du überhaupt, Sengita? So was solltest du lieber nicht in Gegenwart des Kommissars von dir geben.«

Sie ignorierte mich und fuhr fort: »Lomez sagt, es war nicht deine Schwester. Er sagt, es war eine andere Frau.«

Mein Lachen war Ausdruck meiner Panik und Verblüffung.

»Wie kann das sein? Ich werde doch wohl noch meine Schwester erkennen, ob tot oder lebendig.«

»Er sagt, er hat deine Schwester oft im Dorf gesehen und als Kind mit ihr gespielt. Viele seiner Freunde verliebten sich in sie, als sie zu einer schönen Frau heranwuchs, nicht aber er. Er sagt, sie hatte irgendetwas an sich, das ihn abstieß. Als sie die Frau, die er aus dem Meer gefischt hat, auf das Deck ihres Bootes legten, hat er sie angesehen und sich, wie er sagt, augenblicklich in sie verliebt. Er schwört, wenn es Hephzibah gewesen wäre, dann wäre das niemals passiert.«

Ich war fest entschlossen, nicht wieder in Panik zu geraten, und blieb äußerlich so gelassen, wie ich nur konnte. Der Duft der gebackenen Makrelen erfüllte die Küche, und ich versuchte, das Thema zu wechseln, indem ich sagte, wie hungrig ich sei. Aber Sengita konnte ich nichts vormachen.

»Der Tod kann die Lebenden nicht verschwinden lassen«, sagte sie geheimnisvoll, und ich wagte nicht zu fragen, wie sie das meinte.

»Was wird aus Lomez werden?«, fragte ich mit tonloser Stimme.

»Ich habe ein paar Mittel für ihn, aber wer weiß, wie seine Langzeitprognose aussieht? Er sagt, er hat die Leiche geküsst und hat ihren Geschmack noch immer im Mund. Ich habe ihm Eukalyptus zum Kauen gegeben, und Kardamom und Gewürznelken, aber der Geschmack geht nicht weg. Tulu ist außer sich vor Kummer.«

Ich begann, eifrig nach Tellern und Besteck zu suchen, aus Furcht, mich mit meiner Antwort zu verraten.

»Ich wünschte, du würdest mir zuhören«, schimpfte Sengita.

»Tut mir leid. Meine Gedanken schweifen immer wieder ab. Ich kann mich gar nicht richtig konzentrieren.«

»Das liegt daran, dass du müde bist.« Sie stellte die Schüssel mit dem dampfenden Fisch auf den Tisch und rief Joachim. Wir hörten ihn die Treppe hinunterpoltern. Sengita lauschte aufmerksam seinem sonderbaren Gebrabbel, während sie das Essen servierte.

»Er sagt, die Dorfbewohner sind in ihre Häuser zurückgegangen, aber er glaubt, sie warten nur darauf, dass du herauskommst. Er sagt, sie würden es nicht wagen, dieses Haus anzugreifen.«

»Was weiß er denn schon? Er ist doch bloß ein Kind«, gab ich gereizt zurück.

Joachim trat gegen seinen Stuhl; offensichtlich hatte er mich sehr wohl verstanden.

Wir aßen schweigend und in gespannter Atmosphäre. Nach dem Essen zog Sengita mir die Schuhe aus und nahm meine Füße, um mir zerdrückten Knoblauch in die Sohlen zu massieren.

»Das wird dir helfen, Schlaf zu finden«, sagte sie und schickte mich nach oben in ihr Bett.

Ich sank auf die weiche Matratze und schloss dankbar die Augen. Der Geruch des Meeres wehte durch das offene Fenster herein, und ein tiefer, traumloser Schlaf kam über mich wie eine Erlösung. Nicht einmal die heiseren Schreie der Möwen konnten mich wecken.

SIEBZEHN

Am nächsten Tag erwachte ich in aller Frühe. Zuerst dachte ich, es sei noch Abend und ich hätte nur ein paar Stunden geschlafen. Aber es war das klare Licht des Morgens, das ins Zimmer fiel, nicht der matte rötliche Schein der Abenddämmerung. Von Sengita war nichts zu sehen, und es war still im Haus. Ich streckte mich träge und trat ans Fenster, um die kühle Seeluft einzuatmen.

Unten in der Küche öffnete ich die Läden und suchte Brot und Eier. Ich dachte mir, dass ich für uns alle Frühstück machen würde, das wir dann draußen auf der Terrasse essen könnten. Ich wollte Sengita eine Freude machen, aber während ich das Brot schnitt und die Eier aufschlug, begann ich mich zu fragen, ob sie vielleicht schon aus dem Haus gegangen war. Ich schlich auf leisen Sohlen nach oben, um nachzusehen, ob sie dort vielleicht eingeschlafen war. Aber da war nur Joachim; er schlief auf dem Fußboden und schnarchte laut.

Endlich fand ich Sengita auf einer Matte auf dem duftenden Steinboden in der Leichenkammer. Sie lag auf der Seite, die Knie angezogen, ihre Perücke an die Brust geschmiegt wie ein Kuscheltier. Sie rührte sich nicht, als ich die Kammer betrat. Ein langer, schmaler Staubhaufen, durchsetzt mit Feuerkristallen, bedeckte den Tisch, auf dem gestern noch Mariams Leichnam gelegen hatte.

Ohne sich zu bewegen oder die Augen aufzuschlagen, murmelte Sengita: »In der Nacht hat es ein Gewitter gegeben. Hast du gut geschlafen?«

»Wie eine Tote«, sagte ich, worauf sie sich lachend aufrichtete.

»Du meinst, wie diese hier. Sie hat sich nicht bewegt, während die Kristalle ihr Werk getan haben.«

»Hättest du das denn erwartet?«

»Man kann es nie so genau sagen. Ich bleibe immer bei ihnen, wenn sie die Feuerkristalle bekommen. Ich habe das Gefühl, dass jemand dabei sein sollte. Es ist nicht gut, in dieser Zeit allein zu sein. Manche von ihnen bewegen sich und knacken und knirschen, wenn die Feuchtigkeit den Körper verlässt. Es ist so ähnlich wie bei trocknendem Holz, wenn die ganzen Insekten herausgekrabbelt kommen.«

»Wie meinst du das?«

»All die Parasiten; die Würmer, die Larven – sie alle verlassen den Körper, als wäre er ein sinkendes Schiff. Man kann sie kaum sehen, aber ich weiß, dass sie da sind. Deshalb putze ich die Kammer hinterher immer ganz gründlich und räuchere sie aus.«

Ich wollte nicht länger bleiben, also sagte ich ihr, dass das Frühstück bald fertig wäre. Dann ging ich schnell ins Bad und wusch mich mehrmals von Kopf bis Fuß, um jede Spur des Leichenstaubs zu entfernen. Auch beschloss ich, meine Kleider zu verbrennen, sobald ich nach Hause kam.

Sengita saß mit ihrem Enkel auf der Terrasse, während ich ihnen das Frühstück servierte. Sie hatte die Feuerkristalle in einem Glas auf den Tisch gestellt, was ich störend fand.

»Du musst die Feuerkristalle immer so aufstellen, dass du sie sehen kannst, aber die Asche muss vergraben werden.«

Ich sagte, sie könne die Asche vergraben, wo sie wolle, und sie antwortete, dass sie es Lomez geben würde. Es schien sie nicht zu überraschen, dass ich keine Einwände erhob, und sie schien es auch nicht verdächtig zu finden. Ihr kahler Kopf glänzte im Morgenlicht. Die Schädelknochen schimmerten durch die Haut, und nur über dem Nacken war ein leichter grauer Flaum zu sehen. Sie begann zu planen, wie ich das Haus gefahrlos wieder verlassen könnte.

»Wir warten bis zur Siesta. Dann sind weniger Leute auf der Straße, und ich werde dich mit Joachim über die Dorfstraße bis zu eurem Haus begleiten. Und ich werde noch ein paar Tage bei dir bleiben, um mich zu vergewissern, dass alles in Ordnung ist. Hier, nimm noch etwas Ignatia.« Sie steckte mir zwei winzige Pillen in den Mund, und ich ließ sie auf der Zunge zergehen. »Gleich werde ich Lomez die Asche bringen und mich ein bisschen umhören. Vielleicht hat sich die Lage seit gestern wieder beruhigt.«

Die Sonne brannte schon vom Himmel. Ich hätte mir gewünscht, dass es kühler wäre, dann hätten sich die Gemüter auch nicht so leicht erhitzt.

Sengita widmete sich ihrer morgendlichen Routine, während ich die Terrasse kehrte und den Küchenboden wischte. Dabei ignorierte ich bewusst das helle Leuchten der Feuerkristalle. Sengita sang traurige Lieder, die ihrem Sohn gewidmet waren, während sie Päckchen mit Kräutern und Pulvern durchsah. Ab und zu schickte sie Joachim etwas holen, und dann flitzte er durch das Haus, wobei er unentwegt brabbelte und mit seinen kleinen Ärmchen salutierte, als schreite er durch eine jubelnde Menge. Wenn ich ihn um etwas bat, ignorierte er mich grundsätzlich, sei es, weil er mich nicht verstand oder weil er keine Lust hatte.

Später machte Sengita sich auf den Weg zu Tulu, um Lomez die Asche zu bringen. Sie dachte, das würde ihm vielleicht helfen, seine Trauer zu überwinden. Ich wollte die Kristalle auch nicht, aber ich musste sie für meine Eltern aufbewahren. Meine Mutter hatte mir von der Seele erzählt und erklärt, was man sich früher darunter vorgestellt hatte, obwohl es im Föderesischen gar kein Wort dafür gibt.

Ich setzte mich auf die Terrasse und starrte die Kristalle an. Trotz ihres feurigen Glimmens fühlten sie sich nicht warm, sondern kalt an, und sie fingen das Licht nicht so ein wie Edelsteine. Im Sonnenlicht schienen die Farben sich zu bewegen und zu flackern, was den Eindruck von lodernden Flammen erweckte. Ich fragte mich, ob der Feuereffekt anders gewesen wäre, wenn es Hephzibahs Körper gewesen wäre, den die Kristalle verzehrt hatten – wäre er schwächer oder noch intensiver gewesen?

Sengita kam zurück und fand mich über das Glas gebeugt.

»Ich würde nicht zu nahe herangehen. Man kann nie wissen, was passiert«, scherzte sie.

Ich sah zu ihr auf. »Ich habe mich gerade gefragt, ob die Seele, wenn sie wirklich existierte, von den Feuerkristallen aufgesogen werden könnte.«

»Und mir wirfst du vor, dass ich Unsinn erzähle?«, lachte Sengita.

Ich senkte die Stimme. »Ich hätte gedacht, dass gerade du noch an manchen Traditionen der Alten Welt festhältst.«

Sengita antwortete im Flüsterton: »Der Sinn und Zweck des Todes ist Freiheit. Aber in eine Hand voll bunter Steinchen gesogen und ewig dort festgehalten zu werden, ist nicht gerade das, was *ich* mir unter Freiheit vorstelle.«

»Glaubst du an die Existenz der Seele?«

»Wer hat dir von der Seele erzählt?«, fragte Sengita streng.

»Mutter – ein einziges Mal. Sie ist nicht weiter ins Detail gegangen.«

»Ha. Ich bezweifle, dass sie eine Seele hat«, fauchte Sengita und ignorierte meinen betretenen Blick. »Lomez sagt, es wäre besser, wenn du dich in der nächsten Zeit noch nicht im Dorf blicken lassen würdest. Die Leute sind immer noch wütend. Sie sind überzeugt, dass Hephzibah für die Soldaten spioniert hat, und jetzt heißt es, dass vielleicht jemand aus dem Dorf sie ermordet hat und dass man auch mit dir kurzen Prozess machen sollte. Er denkt aber, dass das alles vergessen sein wird, bis deine Eltern zurückkommen.«

»Hat er sich über die Asche gefreut?«

»Natürlich. Er hat das Päckchen geküsst, als ich es ihm gab. Er sagt, er wird es im Garten vergraben und die Stelle mit einem blühenden Oleander markieren.«

Ich starrte die Kristalle an und wünschte, ich könnte sie auch loswerden. Wenigstens war Mariams Asche in den Händen eines Menschen, dem sie am Ende noch etwas bedeutet hatte.

»Ich werde nicht noch tagelang hier ausharren. Ich gehe jetzt gleich nach Hause.«

Sengitas Protesten zum Trotz bestand ich darauf, allein zurückzugehen. Ich wollte sie keiner Gefahr aussetzen. Wenn ich jetzt ginge, während die Dorfbewohner sich vor der Sonne versteckten, hätte ich gute Chancen, unbehelligt nach Hause zu kommen.

Sengita schüttelte den Kopf. »Ich respektiere deinen Wunsch, jetzt gleich zu gehen, aber ich komme mit dir. Du musst neben mir gehen.«

ACHTZEHN

Wir traten hinaus in das grelle Licht der Mittagssonne. Vor uns erstreckte sich die Dorfstraße, brütend heiß und leer. Wo das Dorf allmählich in beschattete Gemüsegärten auslief, machte sie eine scharfe Biegung nach Osten und stieß auf die Hauptstraße, die zum Hafen führte. Von diesem Punkt zweigten mehrere Wege ab, die in die Olivenhaine und Pinienwälder oder zum Strand führten. Einer dieser Pfade endete direkt an unserem Haus, das ich schon über einem kleinen Wäldchen aus uralten, von der Gesellschaft nicht mehr bewirtschafteten Ölbäumen erblicken konnte. Der Pavillon war von hier aus nicht zu sehen, dafür aber die Minarette des Hauses, seine Kuppeln und Türme, die den Eindruck erweckten, als habe man nicht eines, sondern viele Gebäude vor sich.

Die Feuerkristalle waren schwer. Die Sonne stand jetzt am höchsten Punkt ihrer Bahn und ließ alle Farben um uns herum verblassen. Ich wartete, bis Sengita die Tür leise geschlossen hatte, und ging dann neben ihr her, während Joachim hinterdreinwackelte. Schon nach ein paar Schritten kamen wir ins Schwitzen. Das Gewicht ihrer Röcke und Unterröcke bremste Sengita. Ich war froh um meinen dünnen Baumwoll-Sarong, aber die Kristalle hätte ich liebend gerne dagelassen und sie später abgeholt, wenn es kühler war. Aber Sengita hatte darauf bestanden, dass ich sie mitnahm, aus dem lächerlichen Glauben heraus, dass sie mich beschützen würden.

Wir waren schon ein Stück Wegs gegangen und kämpften uns durch die Hitze voran wie durch einen schweren Vorhang, als uns plötzlich eine Gruppe von Dorfbewohnern entgegentrat. Gleich darauf waren wir von Menschen umringt, die sich immer näher an uns herandrängten. Sengita nahm meinen Arm, als die Leute uns den Weg versperrten und wir gezwungen waren, stehen zu bleiben.

»Gib sie uns heraus!«, ertönte eine wütende Frauenstimme vom Rand der Menge, durch die nun ein Gemurmel wie fernes Donnergrollen lief. Sengita packte meinen Arm noch fester, und ich zuckte zusammen.

Sie wandte sich an die Menge. »Was hat sie euch denn getan? Sie hat schon ihre Schwester verloren, und jetzt sind ihre Eltern auch weg. Sie ist eine von uns.«

»Sie gehört nicht zum Dorf«, rief jemand. »Seit ihre Familie hierhergezogen ist, hat es nichts als Ärger gegeben. Die Gesellschaft überwacht uns viel genauer, und sie haben uns den Kommissar geschickt. Bevor sie kamen, konnten wir tun und lassen, was wir wollten. Offensichtlich traut die Gesellschaft diesen Leuten nicht, genauso wenig wie wir.«

»Ihre Schwester hat vielleicht mit unseren Kindern gespielt und versucht, eine von uns zu sein, aber ihre gespaltene Lippe hat uns alle mit einem Fluch belegt. Sie hat es mit den Männern getrieben, die *unsere* Männer getötet haben. Sie hat uns verraten, und ihre ganze Familie hat mitgemacht.«

Ein Mann hatte sich durch die Menge nach vorne gedrängt.

»Joab, du weißt, dass das nicht wahr ist«, sagte Sengita. »Was immer ihre Schwester getan hat, ist mit ihrem Tod vorbei und erledigt. Sie wurde wahrscheinlich von denselben Soldaten getötet, die unsere Leute auf dem Gewissen haben. Ist das nicht Vergeltung genug?«

Tulu stand jetzt neben Sengita; ihre weißen Unterröcke wallten wie Schaum um ihre Füße. »Seht meinen Sohn an«, rief sie mit klagender Stimme und zerrte Lomez vor uns. Sein hübsches Gesicht war ausdruckslos, seine Augen glasig, als stünde er unter Drogen. Er schien nicht zu wissen, wo er war. Tulu begann zu schluchzen und zog ihn an ihre Brust. »Er ist wahnsinnig geworden, nachdem er deine Schwester aus dem Meer gefischt hat. Er putzt sich unentwegt die Zähne und spült sich den Mund aus. Die ganze Haut ist schon weg, und er kann nicht mehr essen. Sogar im Tod ist sie noch böse.«

»Was hat sie zu ihrer Verteidigung vorzubringen?«, fragte eine alte Frau und musterte mich mit scheelen Blicken.

»Was immer ich sage, ihr werdet eure Meinung doch nicht ändern«, erwiderte ich und war überrascht, wie selbstbewusst ich klang. »Meine Familie hat sich immer für das Dorf eingesetzt. Meine Eltern sind genauso wenig freiwillig hierhergekommen wie ihr alle, sondern auf Anweisung der Gesellschaft. Wir haben euch in keiner Weise verraten. Die Soldaten haben uns mit der Waffe bedroht, und wir hatten keine andere Wahl, als sie bei uns wohnen zu lassen.«

»Hat sie es auch mit ihren Waffen getrieben?«, rief ein junger Mann. Sengita fuhr herum, und ihre Faust landete genau auf seinem Kinn. Er taumelte rückwärts, und die Menge stöhnte im Chor wie ein verwundetes Tier.

»Jeder, der sie auch nur anrührt, kriegt es mit mir zu tun«, brüllte Sengita mit wutverzerrtem Gesicht. »Wie viele von euch habe ich dem Tod von der Schippe gerissen? Wie vielen von euch habe ich auf diese Welt geholfen? Denkt ihr, dass meine Medizin euch immer noch zur Verfügung stehen wird, wenn ihr diesem Mädchen irgendetwas antut? O nein – dann werde ich meine Sachen packen und euch auf Gedeih und Verderb den Ärzten der Gesellschaft und ihren tödlichen Experimenten ausliefern.«

Sengita wollte schon zum nächsten Schwinger ansetzen, als wir bemerkten, wie sich jemand einen Weg durch die Menge zu uns bahnte. Die Umstehenden machten sogleich Platz, und ein Mann in mittleren Jahren stand vor uns, der nur mit einem Sarong bekleidet war. Er roch stark nach Olivenöl, und seine Arme glänzten. Sein langes Gesicht mit dem stoppligen Kinn kam mir bekannt vor, aber mir wollte nicht einfallen, wo ich ihn schon einmal gesehen hatte.

»Geht nach Hause, alle miteinander«, rief er mit einer volltönenden Baritonstimme. Die Menge wich zurück. »Dieses Mädchen hat nichts getan. Sie zu töten, kann das Unrecht, das in diesem Dorf geschehen ist, nicht ungeschehen machen.«

Seine strahlenden saphirblauen Augen blickten direkt in meine, und da erkannte ich plötzlich den Mann, den Hephzibah und ich vor so vielen Jahren in dem leer stehenden Zimmer mit den Stapeln von Olivenkisten angetroffen hatten.

»Sie ist es gewesen, die mir vor vielen Jahren einmal zur Flucht verhalf. Sie hätte mich beim Kommissar anzeigen können, und dann hätte das ganze Dorf große Probleme bekommen. Ihr haben wir es zu verdanken, dass wir alle heute noch hier sind.«

Er hatte wohl eine kollektive Erinnerung wachgerufen. Offensichtlich war das ganze Dorf an der Unterschlagung der Oliven beteiligt gewesen, die in unserem Haus gelagert worden waren.

»Ich glaube, wir sind ihr etwas schuldig. Es war ihre Schwester, die mich verraten wollte, aber Jephzat hat sie daran gehindert. Jetzt ist ihre Schwester tot, und ihre Eltern sind auf Befehl der Gesellschaft fortgeschafft worden. Wer weiß, was mit ihnen geschehen wird? Glaubt ihr nicht, dass das Strafe genug ist?«

Die Leute steckten die Köpfe zusammen und unterhielten sich im Flüsterton. Einige begannen zu nicken.

»Geht nach Hause!«, rief er, und langsam begannen die Menschen, sich von uns zu entfernen.

»Es ist vorbei«, sagte Sengita, worauf Joachim unter ihren Röcken hervorgekrochen kam. Ich war klatschnass, als ob ich im strömenden Regen gestanden hätte. Sengita zog ein Tuch aus der Tasche und gab es dem Mann, der sich damit das Öl von den Armen wischte.

»Ich weiß nicht, was ich sagen soll«, wandte ich mich an ihn. »›Danke‹ ist nicht genug.«

»Dann sag gar nichts«, erwiderte er lächelnd.

»Wie heißt du?«

»Homer.«

»Danke, Homer. Du und Sengita, ihr habt mir das Leben gerettet.«

»Ts, ts«, machte Sengita missbilligend und setzte sich in Bewegung. Die Straße hatte sich inzwischen geleert. »Komm schon«, sagte sie. »Ich habe nicht den ganzen Tag Zeit.«

Ich ließ Homer mitten auf der Straße stehen. Er starrte uns nach. Als wir die Biegung erreicht hatten, drehte ich mich um und wollte ihm zuwinken, doch er war schon verschwunden.

Ich empfand keine Vorfreude bei dem Gedanken, das Haus wiederzusehen, und ich fragte mich, ob ich Sengitas Angebot, bei ihr zu wohnen, nicht doch hätte annehmen sollen. Aber nachdem sie mich aufgefordert hatte, es mir auf der Veranda bequem zu machen, und kurz darauf mit Bechern voll dampfendem, süßem Tee auftauchte, war ich doch froh, zurückgekommen zu sein. Ich wusste nicht, wie ich meine Tage so ganz allein zubringen sollte, aber ich wusste, dass ich hier sein musste, wenn meine Eltern irgendwann heimkehrten.

Sengita stand zwischendurch immer wieder auf, während ich nur dasaß, auf den Garten hinausblickte und staunte, wie rasch alle Spuren des Gewitters verschwunden waren. Einer der Verandapfosten war dicht von Jasmin umrankt, und die heiße Luft war schwer von seinem Duft. Die Kristalle waren wieder zu ihrem feurigen Zustand zurückgekehrt und glommen auf dem Boden vor mir. Sie erinnerten mich an Mariam und an das, was ihr angetan worden war. Ich schob sie unter meinen Stuhl.

Sengita wuselte geschäftig um mich herum.

»Warum haben die ganzen Leute Homer gleich gehorcht?«, fragte ich sie.

»Dachte ich mir's doch, dass du an ihn denkst.« Sie lächelte.

»Ich habe nicht ›an ihn gedacht‹, wie du es ausdrückst. Ich habe mich nur gefragt, wie ein Olivenpflücker sich so mühelos gegen alle anderen durchsetzen kann«, verteidigte ich mich.

Sengita setzte sich neben mich. Ich konnte Joachim im Haus umherlaufen hören.

»Er weiß sehr viel. Vielleicht mehr, als gut für ihn ist.«

»Was denn zum Beispiel?«

»Ach, dies und das.«

»Das ist doch keine Antwort, Sengita.«

Sie lehnte sich zu mir herüber, bis sie mir direkt in die Augen sah, und ergriff meine Hände. Ihre Berührung war warm und beruhigend.

»Homer kann an deiner Kopfform, an deiner Größe, an deiner Hautfarbe und manchmal auch an deinen Träumen erkennen, wo deine Vorfahren herkamen.«

»Das ist nicht möglich«, stieß ich hervor.

Sie rückte noch näher und flüsterte mir ins Ohr: »Er hat sich sehr intensiv mit diesen Dingen beschäftigt.«

»Wie kann er es erkennen? Das ist nicht möglich. Es hat doch so viele Eingriffe in das Erbgut gegeben – mit Designer-Genen, die sich Eltern vor vielen Generationen ausgesucht haben, um klügere, gesündere und schönere Kinder zu bekommen, oder mit denen die Gesellschaft gefügige Arbeitstiere heranzüchten wollte. Und was ist mit den Genen, die vor

Jahren irgendwelchen wildfremden Menschen entnommen wurden und die wir nun geerbt haben? Ich bestreite nicht, dass in uns allen noch etwas von unseren Vorfahren fortlebt, aber wie können wir unterscheiden, was nur geborgt ist, was die Folge von Manipulationen und was original?«

»Homer kann so etwas spüren. Er sagt, deine Leute waren ursprünglich Wüstennomaden. Meine Vorfahren waren Reiterkrieger in den westlichen Savannen.« Der Gedanke schien sie zu amüsieren, und sie lachte. »Stell dir das mal vor – ich auf einem Pferd!«

»Das kommt mir ein bisschen weit hergeholt vor. Und ist es denn wirklich so wichtig? Ich meine, diese Information ist doch nutzlos. Meine Vorfahren sind also vor vielen hundert Jahren mal durch die Wüste gezogen – na und? Das hat doch keinen Einfluss darauf, was ich heute für ein Mensch bin. Ich habe noch nie eine Wüste gesehen. Ich wüsste nicht einmal, wo ich danach suchen sollte – obwohl ich gehört habe, dass es irgendwo noch eine geben soll.«

»Fühlst du denn nicht den Verlust, Jephzat?« Sengitas Stimme klang ernst. »Jahrtausendelang hatte dein Volk – wenn Homer Recht hat – die Wüste als ihr Reich. Alles, womit sie täglich zu tun hatten, war davon geprägt, und dieses Wissen lebt in dir weiter. Nicht in deinen Genen, sondern irgendwo tief in dir drin; es ist ein Teil von dir, der niemals Ruhe finden wird, solange du dir nicht von den Gesellschaften das zurückgeholt hast, was dir gehört.«

»Das ist Ketzerei, Sengita.« Ich hörte mich an wie der Kommissar. »Ich bin also zum Unglücklichsein verdammt, weil ich nirgendwo einen Flecken Land mit heißem Sand finden kann, den ich durchstreifen könnte, und du bist frustriert, weil du nicht hoch zu Ross in die Schlacht ziehen kannst? Lass uns doch gleich einen neuen Krieg anzetteln, Sengita! Die Vorstellung einer Urheimat, in der unsere Vorfahren lebten, ist heutzutage nicht mehr als das – eine bloße Vorstellung. Wie können wir es wagen, überhaupt davon zu sprechen, nachdem so viel unternommen wurde, um uns von unserer Heimat und unseren Familien zu entfremden – von allem, was unseren Ahnen noch vertraut war? Unsere Geschichte wurde ausgelöscht. Sieh dir doch die Dorfbewohner an! Keiner von ihnen weiß, wer seine unmittelbaren Vorfahren waren, geschweige denn, woher sie ursprünglich stammten. Manche wissen noch nicht einmal, wo ihre Reise begann und wie sie hierhergekommen sind, und dennoch haben sie das Beste aus ihrer Lage gemacht.«

»Du begreifst gar nicht, was das alles bedeutet, nicht wahr?«, entgegnete Sengita ungehalten und kratzte sich die Stirn, wobei ihre Tätowierung sich verdunkelte. Sie zog mich näher zu sich. »Hör zu: Es ist subversiv, von einer Heimat zu reden – und noch viel mehr, zu behaupten, dass man eine hat. Denk nur an die Scharen von Menschen, die alle gerne in ihre Heimat zurückkehren würden, und den Aufruhr, den das auslösen würde. Das können die Gesellschaften doch nicht zulassen, oder?« Ein kleiner, leuchtend bunter Vogel glitt dicht über den Rasen hinweg und lenkte uns einen Moment lang ab. Sengita lächelte.

»Macht das Homer nun zu einem Revolutionär?«, dachte ich laut nach.

Aber Sengita ignorierte meine Frage bewusst. Wir waren in diesem Gespräch schon weit genug gegangen. Sie hatte mir alle Informationen gegeben, die sie mir zu geben wagte.

NEUNZEHN

Sengita wollte unbedingt noch bei mir bleiben, aber ich scheuchte sie weg. Die Hunde kamen unter der Veranda hervorgeschossen und bellten, als sie den Pfad hinunter zum Dorf einschlug. Joachim stolperte hinterdrein. Es tat mir leid, sie gehen zu sehen, doch mein Wunsch, allein zu sein, war stärker.

Ich stand auf, nahm die Kristalle und ging ins Haus. Die Stille war ungewohnt. Sonst hatte man immer wenigstens Manos in der Küche hantieren gehört, doch als ich jetzt durch die Tür trat, war das einzige Geräusch das Trippeln der davonhuschenden Mäuse.

Ich ging nach oben und öffnete die Tür zu Hephzibahs Zimmer. Es war noch so, wie sie es verlassen hatte: achtlos hingeworfene Kleider auf dem ungemachten Bett. Offenbar hatte sie nichts mitgenommen. Ihre Bürste lag auf der Frisierkommode, mit ihren langen Haaren zwischen den Borsten. Aus einer offenen Parfumflasche strömte der vertraute Mimosenduft, so intensiv, dass ich glaubte, sie müsse direkt neben mir stehen. Die Blumen in der Vase an ihrem Bett waren vertrocknet und ließen die Köpfe hängen, und auf dem Teppich lagen mehrere Paar Sandalen umher. Unterwäsche und Umhängetücher quollen aus offenen Schubladen. Jeder, der nicht wusste, wie unordentlich Hephzibah war, musste annehmen, dass Einbrecher im Zimmer gewütet hatten. Es war heiß und stickig, aber ich öffnete das Fenster nicht, weil ich ihren Geruch nicht verlieren wollte. Ich stellte die Kristalle auf die Kommode und rollte mich auf dem Bett zusammen. Es war warm von der Sonne, die auf die Laken schien, und ich vergrub das Gesicht in Hephzibahs Kleidern und weinte, bis die Sonne vom Fenster weiterwanderte und es kalt wurde. Ich weinte nicht nur um sie, sondern auch um Mariam. Ihre Kristalle ließ ich am Fenster stehen, wo sie das Hereinbrechen der Nacht erwarteten.

Mit steifen und schweren Gliedern stieg ich die Treppe zu meinem eigenen Zimmer hinauf. Dort zog ich mich aus und rollte sie mit denen, die ich am Tag von Hephzibahs Abreise getragen hatte, in ein Bündel. Im Bad wusch ich mich mit dem warmen Regenwasser, das sich bei dem Gewitter in den Krügen gesammelt hatte, und zog mir wärmere Sachen an.

Unten im Garten entfachte ich ein kleines Feuer und warf das Bündel in die Flammen. Eine dünne Rauchsäule stieg auf und legte sich als dunkler Schleier über den Garten. Ich wusste, dass die Dorfbewohner die Rauchwolke sehen würden, aber ich bezweifelte, dass einer von ihnen sich die Mühe machen würde, zu kommen und nachzusehen, ob ich vielleicht gerade mitsamt dem Haus verbrannte. Deshalb war ich überrascht, als ich plötzlich Schritte hörte und eine Gestalt aus der Abenddämmerung auf mich zutreten sah. Der Mann balancierte eine Kiste auf dem Kopf. Es war Homer.

Ich grüßte ihn nicht, und er stellte die Kiste auf der Erde ab und hockte sich neben mich.

»Ich habe dir etwas zu essen gebracht«, sagte er. »Es ist nicht viel, aber ich dachte mir, dass du vielleicht im Moment keine große Lust hast, zum Einkaufen ins Dorf zu gehen. Manos sagt, sie wird herkommen, aber erst, wenn die Lage sich wieder etwas beruhigt hat.«

»Ich brauche Manos nicht«, entgegnete ich knapp. »Ich komme auch allein zurecht.«

Wir starrten schweigend ins Feuer, das die Kleider bereits

in einen Haufen Asche verwandelt hatte. Ich sah ihn unsicher von der Seite an. Die verlöschenden Flammen verliehen seinem Gesicht einen goldenen Schimmer, und ich bemerkte eine kleine Narbe über seiner linken Augenbraue.

»Das Essen war nur ein Vorwand, um bei dir vorbeischauen zu können«, sagte er leise. »Ich habe den Rauch gesehen und gedacht, du hättest vielleicht etwas Unüberlegtes angestellt.«

»Ich glaube nicht, dass meine Eltern sehr begeistert wären, wenn ich das täte.«

Ich mochte sein Lachen. Es war warm und leise und kam von ganz tief drinnen, und ich war erstaunt, wie schnell ich meine Befangenheit in seiner Nähe ablegte.

Normalerweise war ich in Gegenwart von Männern gehemmt und fühlte mich nicht sehr wohl in meiner Haut. Hephzibah hatte schon immer viel lockerer mit ihnen umgehen können. Ich konnte nicht so lächeln wie sie und dabei den Kopf in den Nacken werfen. Sie sagte immer Dinge, von denen sie wusste, dass sie den Männern gefallen würden, die ihr aber nichts bedeuteten. Sogar mit dem Kommissar redete sie wie mit einem alten Freund, und ich wusste, dass ihm das gefiel. Ich dagegen hatte mich in Gegenwart von Männern nie frei gefühlt; die einzige Ausnahme war mein Vater. Der Blick eines Mannes beraubte mich unweigerlich meiner Identität. Ich hatte das in den Augen der Soldaten beobachtet, und ich wusste, wie gefährlich es war, wenn eine Frau in solchen Blicken ihr Selbst gespiegelt sah. Ich hatte erlebt, was das mit Hephzibah angerichtet hatte, und auch, wie es meine Mutter für kurze Zeit in eine Fremde verwandelt hatte.

Ich stocherte mit einem Stecken im Feuer, bis die Funken aufstoben. Einer davon blitzte kurz in Homers Schnauzbart auf und verblasste dann zu einem glimmenden Aschepünktchen. Ich überraschte mich selbst, indem ich es spontan wegschnippte. Er zeigte keine Reaktion auf meine Geste, sondern stand auf und reckte seinen langen Körper vor mir in die Höhe, sodass ich den Kopf in den Nacken legen musste, um ihn ganz sehen zu können. Er hielt mir die Hand hin und zog mich hoch.

»Was wirst du in diesem riesigen Haus anfangen, jetzt, wo deine Eltern fort sind? Hat die Gesellschaft dir gesagt, was sie von dir erwartet?«

»Ich soll mich um das Labor meines Vaters kümmern, bis er wieder da ist. Vielleicht werde ich einen Teil seiner Arbeiten fortführen. Er hat mir Anweisungen dagelassen. Und es muss schließlich jemand nach dem Garten, den Zitrushainen und dem Haus selbst sehen. Ich bin sicher, dass die Gesellschaft von mir erwartet, dass ich alles instand halte, allerdings habe ich noch keine ausdrücklichen Anweisungen bekommen.« Ich zuckte beiläufig mit den Schultern, als wäre meine Zukunft nicht die einsame Bürde, als die ich sie schon zu empfinden begann.

»Die Dorfbewohner werden bald vergessen haben, was geschehen ist, und dann werden sie in Scharen kommen, um dir ihre Hilfe anzubieten. Nicht alle sind dir feindlich gesinnt«, sagte Homer, wie um mich zu trösten. Er schien meine Wut zu spüren.

»Das haben sie noch nie getan, also sehe ich keinen Grund, weshalb sie es jetzt plötzlich tun sollten«, entgegnete ich steif.

»Aber du bist jetzt allein, und das ist eine neue Situation. Deine Eltern haben sich vom Dorf abgeschottet und den Menschen nicht das Gefühl gegeben, willkommen zu sein. Du kannst das ändern.«

»Wirke ich etwa besonders kontaktfreudig auf dich?«

»Nein.« Er wirkte besorgt und scharrte mit einer Sandale in der Erde herum.

»Ich vermisse Hephzibah sehr«, sagte ich leise, »und ich

werde noch lange nicht in der Stimmung sein, Besucher zu empfangen.«

Er erwiderte nichts. Das Feuer war bis auf ein Häufchen Glut heruntergebrannt. Es wurde allmählich Zeit für ihn zu gehen. Ich roch frisch gepresste Oliven, als er mich leicht auf die Wange küsste und mich im Schein des hoch am Himmel stehenden Mondes stehen ließ. Dunkle Wolken zogen vor der bleichen Scheibe vorüber. Ich hörte ihn pfeifen, während ich mit dem Fuß Asche über die Glut schob und mich fragte, warum ich ihn nie im Dorf gesehen hatte, seit Hephzibah und ich ihn vor so vielen Jahren überrascht hatten.

ZWANZIG

Ich blieb lange – viele Tage, wie mir schien – in meinem Zimmer, das ich nur verließ, um zu essen, Wasser zu holen und zur Toilette zu gehen. Homers Kiste stand unberührt in der Ecke, und ich ignorierte das gelegentliche Klopfen an der Haustür und das Geräusch der Schritte unter meinem Fenster.

In meinem Zimmer tat ich nichts weiter, als das Licht zu beobachten, wie es im Laufe des Tages an Intensität zunahm, sich ausbreitete wie das Quecksilber im Thermometer, bis es nach und nach wieder schwächer wurde und von der heranrückenden Nacht aufgesogen wurde. Nichts konnte mich von meiner Wache ablenken. Das Haus dehnte sich um mich herum aus, beseelt von einem Eigenleben, das mit mir nichts zu tun hatte. Mein Zimmer war zu einem Panzer geworden, und nachts, wenn ich wach lag, konnte ich meinen Herzschlag in den Fluren pulsieren hören wie Blut in geweiteten Adern.

Die Nächte waren so unterschiedlich wie bunte Stoffballen in einem Basar. Manche fühlten sich spröde und metallisch an wie bestickte Seide und machten mich ganz kribbelig; andere legten sich leicht wie Musselin auf den Körper, warm und schützend. Aber am liebsten waren mir die, die sich wie Baldachine aus schwerem Samt herabsenkten und die Welt fernhielten. Es gab Nächte, die so bedrückend waren, dass ich noch lange nach dem Aufwachen das überwältigende Gefühl eines drohenden Verhängnisses nicht abschütteln konnte. Wenn ich die Augen schloss, übernahmen meine Ohren die

Wache. Nichts entging ihnen, nicht einmal das Geräusch einer Fliege, die auf der Fensterscheibe landete, das Flattern und Gurren der Tauben in der Dachrinne oder das Wedeln eines Mäuseschwanzes auf dem Dielenboden mehrere Zimmer weiter. Ich hörte die Fledermäuse auf dem Dachboden ihre Flügel spannen und die Dämmerung heraufbeschwören. Sie flatterten in Schwärmen ums Haus wie schwarze Wolken aus Vampiren, glänzend im Mondschein. Armeen von Kakerlaken rückten mit einer Serie klickender Geräusche ihre Rüstungen zurecht, und ich hörte, wie die Termiten sich über die Dachbalken hermachten, mit Kiefern, die wie Uhren tickten. Puppen regten sich in ihren Kokons, und Spinnen ließen ihre Netze rascheln und knistern wie feine Damen ihre Seidenkleider. Gedämpft drang aus den Zimmern über und unter mir das Trappeln winziger Pfoten.

Je länger ich die Augen geschlossen hatte, desto mehr hörte ich, bis ich schließlich glaubte, die kleinen Lebewesen seien eins nach dem anderen in meinen Schädel eingedrungen. Meine Exkursionen in die Küche wurden immer seltener. Mir war heiß, als hätte ich Fieber, und stets erwachte ich schweißgebadet. Das Licht tat meinen Augen weh, aber ich war zu schwach, um die Vorhänge zuzuziehen. Die Geräusche wurden lauter, und vor meinem geistigen Auge sah ich die Spinnen Netze weben, so groß wie Hängematten. Im verzweifelten Bemühen, Ruhe zu finden, verkroch ich mich unter den Kissen, doch die Kanonade Tausender verpuppter Raupen, die aus ihren Kokons platzten, dröhnte in meinem Kopf. Riesige Kreaturen mit glänzenden Flügeln, fein wie Gaze, schwirrten auf mich zu.

Eine Stimme rief »Jephzat, Jephzat«, die Kissen wurden weggenommen, und ich spürte, wie eine kühle Hand sich auf meine Stirn legte. Meine Zunge steckte schwer und dick in meinem Mund, und ich konnte nicht antworten.

Ich hörte, wie ein Lappen ausgewrungen wurde, und dann wusch mich jemand von Kopf bis Fuß. Ich roch Zitronenduft und fragte mich, ob es Sengita war, die sich um mich kümmerte. Erst nach einer Weile gelang es mir, die Augen aufzuschlagen, und da sah ich Manos an meinem Bett sitzen. Mein Kopf schmerzte, als ich mich aufzurichten versuchte.

»Manos, warum bist du hier? Du bringst dich in Gefahr!«

»Die Gemüter im Dorf haben sich wieder beruhigt, nachdem Abgesandte der Gesellschaft hier gesehen wurden. Sie haben nichts gesagt; sind einfach gekommen und wieder gegangen.«

»Aber wieso?«, fragte ich gespannt.

»Offenbar sollte es eine Warnung sein. Sie wollen natürlich keinen Ärger im Dorf. Sie haben kurz mit dem Kommissar gesprochen, und dann sind sie wieder davongedüst in ihren Weltraumbuggys, aber nicht, ohne sich vorher mit frisch gefangenem Fisch einzudecken. Uns haben sie nichts gelassen. Die Boote sind wieder ausgefahren.«

Ich fragte sie, wie lange ich in meinem Zimmer gelegen habe. Sie sagte, sie wisse es nicht, aber Sengita habe sie geschickt. Als ich fragte, wieso Sengita nicht selbst gekommen sei, zuckte Manos nur mit den Achseln.

»Woher soll ich wissen, was im Kopf von dieser Frau vorgeht? Es grassiert gerade eine merkwürdige Krankheit, die Hautausschläge und Kopfschmerzen verursacht und noch alle möglichen anderen Beschwerden. Sie hat da irgendein neuartiges Mittel, und das muss man ihr lassen – es scheint den Bazillus in Schach zu halten. Ich weiß nicht, wie sie sich das erlauben kann. Die Gesellschaft muss panische Angst vor ihr haben. Entweder das – oder sie steht auf ihrer Gehaltsliste.« Manos senkte die Stimme. »Hast du gewusst, dass sie den Direktor der Gesellschaft einmal von Bakterien geheilt hat, die schon begonnen hatten, ihn von den Füßen aufwärts aufzufressen? Es heißt, er hätte jetzt neue Zehen. Die besten Ärzte der Gesellschaft haben ihn behandelt, aber keiner konnte ihm helfen. Sie war seine letzte Anlaufstelle, wenn man so will.«

»Ich glaube nicht, dass Sengita auf irgendeiner Gehaltsliste außer ihrer eigenen steht. Offenbar lässt man sie gewähren, weil sie dem Direktor das Leben gerettet hat. Hier im Dorf dürfen wir uns viel mehr erlauben als die Leute anderswo, und das haben wir nur ihr zu verdanken. Sieh dir doch den Kommissar an, den die Gesellschaft uns geschickt hat. Er vernachlässigt seine Pflichten, und es scheint ihm mehr oder weniger egal zu sein, was hier läuft. Manchmal denke ich, er ist nur ein Lockvogel, und irgendjemand anderes aus unseren Reihen schickt als Kommissar Berichte an die Gesellschaft.«

Manos seufzte und stand auf. Sie strich den dunkelbraunen Kittel glatt, den sie immer trug. Ihr dünnes schwarzes Haar war zu einem struppigen Knoten zusammengerafft; ein paar lose Strähnen hingen ihr ins Gesicht. Ihre Haut war gerötet, und sie sah angegriffen aus. So blasse Haut wie ihre sah man nur selten – die meisten Menschen wählten lieber einen dunkleren Teint, weil er besser vor der Sonne schützte und als attraktiver galt. Aber bei Manos war irgendetwas schiefgelaufen, wahrscheinlich schon im Embryonalstadium, und niemand hatte es für nötig befunden, den Mangel zu beheben. Folglich mied sie die Sonne und hielt sich, wann immer sie konnte, im Schatten auf.

»Homer ist in der Küche und macht dir etwas zu essen.«

Ich war zu geschwächt, um überrascht zu sein, aber ich weiß noch, dass mich ein freudiger Schauer durchfuhr.

»Der Kommissar wird dich bald besuchen, also solltest du lieber etwas essen, damit du zu Kräften kommst. Dieser Mann stellt schon die Nerven eines gesunden Menschen auf eine harte Probe.«

Sie ging hinaus, wobei sie sich mit der Ungezwungenheit

und Vertrautheit eines Menschen bewegte, der sich absolut zu Hause fühlt. Mir wurde mit einem Mal bewusst, wie wenig ich über ihre Familie wusste. Immerhin war mir bekannt, dass sie Söhne und Töchter hatte.

Ich ließ mich entspannt auf die Kissen sinken, doch dann merkte ich plötzlich, dass ich furchtbar durstig war. Ich versuchte, aus dem Bett zu steigen, doch meine Beine fühlten sich an, als wären sie mit Bleigewichten beschwert.

»Bleib liegen.« Die Stimme war ruhig und doch voller Autorität. Es war Homer, der mit einem großen Krug voll Wasser und einem Glas ins Zimmer trat. Ich hielt mich gar nicht erst mit dem Glas auf, sondern nahm ihm den Krug ab und hob ihn an die Lippen. Homer sah mir mit verschränkten Armen zu und lächelte amüsiert.

»Noch mehr?«

Ich lehnte dankend ab. »Vor einer Minute hätte ich noch alles für einen Schluck Wasser gegeben. Jetzt verstehe ich, wie man vor lauter Durst den Verstand verlieren kann. Wie sind die Menschen eigentlich in der Zeit vor der industriellen Wasserproduktion zurechtgekommen?«

»Gar nicht, denke ich. Millionen sind an Austrocknung gestorben; du kannst aber davon ausgehen, dass die Direktoren und ihre Manager keinen Mangel gelitten haben.«

Seine unverhohlene Kritik an der Gesellschaft schockierte mich. Selbst außerhalb des Dorfes musste man aufpassen, was man sagte, ganz besonders im Gespräch mit Fremden. Ich beschloss, nichts zu erwidern, und sah ihm nur schweigend zu, als er mir eine dampfende Schüssel mit Suppe hinstellte und mich aufforderte, zu essen. Aber ich war schon von der Anstrengung des Trinkens so geschwächt, dass ich kaum den Löffel halten konnte, und es war mir peinlich, wie mir die Suppe übers Kinn rann. Doch Homer wischte die Tropfen behutsam ab. Seine Geste schien auf eine neue Stufe der Vertrautheit zwischen uns hinzudeuten, die ich geflissentlich zu ignorieren suchte. Bewusst bemühte ich mich, seine kräftigen Schultern nicht zu bemerken, sein dunkles Haar, das ihm in Locken über den Hemdkragen fiel.

»Wer ist Mariam?«, fragte Homer mit ruhiger Stimme.

Seine Frage riss mich jäh aus meinen müßigen Gedanken.

»Wer? Ich kenne keine Frau, die Mariam heißt. Das ist doch kein Name von hier, oder?«

»Ich weiß es nicht. Aber du hast dauernd nach ihr gerufen, als du im Delirium lagst. Ich dachte, es ist vielleicht eine Freundin von dir. Oder vielleicht war es ein Ruf deiner Vorfahren.«

Homer hatte also an meinem Bett gewacht. Warum?

EINUNDZWANZIG

Der Kommissar saß am Fußende meines Bettes. Seine Wangen waren gerötet, und statt der gewohnten Soutane trug er einen frisch gewaschenen weißen Kittel über einem schwarz-goldenen Sarong. Das parfümierte Haar war sorgfältig über die Ohren zurückgekämmt und in der Stirn gekräuselt – eine eher unvorteilhafte Frisur, aber die Art, wie er sich stolz in Positur warf, um sein Profil im Spiegel bewundern zu können, ließ darauf schließen, dass er das ganz anders sah. Ich war begierig auf Neuigkeiten, doch der Kommissar wirkte zerstreut. Er begann, meinen Fuß unter der Decke zu streicheln. Ich kickte seine Hand weg.

Dann hielt ich es nicht länger aus und fragte ihn nach meinen Eltern. Er sagte, er habe sie zum Hauptbüro der Gesellschaft am Hafen begleitet, wo sie zwei Nächte verbracht hätten, bevor man sie nach Olin im Südosten des Landes gebracht hatte. Von dort wurden die meisten der hier angebauten Oliven exportiert.

»Ich weiß, dass deinem Vater ein Labor zur Verfügung gestellt wurde, wo er seine Arbeit fortsetzen kann. Es ist viel besser ausgestattet als sein eigenes. Deine Mutter ist mit mehreren Projekten betraut worden – alle viel zu einfach für eine Frau von ihrer Intelligenz, wie die Gesellschaft selbst zugibt. Aber ich kann mir vorstellen, dass sie auch für die schlichteste Aufgabe dankbar ist, solange sie nur etwas hat, das sie auf andere Gedanken bringt. Natürlich trauern sie noch um deine Schwester, und auf der Fahrt zum Hafen haben sie von nichts anderem gesprochen. Aber es war ein großer Trost für sie, als der Präsident der Gesellschaft ihnen kondolierte.«

Ich schnappte nach Luft. »Aber das ist unmöglich! Niemand wird zum Präsidenten vorgelassen!«

»Du unterschätzt sowohl den Präsidenten als auch deine Eltern, Jephzat. Er trifft sich gelegentlich durchaus gerne mit Menschen, die einen wertvollen Beitrag zum Wohlergehen der Gesellschaft leisten. Die Forschungen deines Vaters zum Anbau von Oliven in artfremder Umgebung hat er aufmerksam verfolgt. Das Projekt ist für ihn von besonderem Interesse, genau wie die Arbeit deiner Mutter auf dem Gebiet der Genetik.«

Er griff in die Tasche seines Kittels und reichte mir ein kleines Päckchen, das ich rasch öffnete. Es war ein Audiotransmitter, kaum größer als ein Knopf, den man sich ins Ohr steckte.

»Es ist eine Nachricht von deinen Eltern. Du kannst sie dir nachher anhören, wenn ich weg bin.«

Der Transmitter war transparent und umschloss eine winzige Scheibe, die in meiner Hand zu vibrieren begann. Ich steckte mir das Gerät ins Ohr und hörte die aufgezeichnete Stimme meines Vaters. Sie klang gestelzt und förmlich.

»Hallo, Jephzat. Deine Mutter und ich sind beide in Sicherheit und wohlauf. Die Reise war ein wenig beschwerlich – so viel Staub auf der Straße. Die Wassersoldaten waren schon abgezogen, aber als wir im Hafen ankamen, sagte man uns, dass einige von ihnen sich noch in den Bergen versteckt halten, wo sie Reisenden ohne Begleitung auflauern. Wir können von Glück sagen, dass wir noch einmal davongekommen sind.

Wir sind jetzt in einer der Wohneinheiten im Zentrum von Olin. Sie ist modern und komfortabel eingerichtet, und dank der Arbeit, die die Gesellschaft uns gibt, sind wir immer beschäftigt. Mein Labor ist auf dem allerneuesten Stand, und nachdem meine Unterlagen nun eingetroffen sind, kann ich mich endlich ernsthaft an die Arbeit machen. Und was macht meine kleine Werkstatt?

Ihr fehlt uns mehr, als du dir vorstellen kannst, du und deine Schwester. Wir ertappen uns immer wieder bei dem Gedanken, dass sie auf uns warten wird, wenn wir zurückkommen. Hast du Sengita das mit den Feuerkristallen erledigen lassen? Ich hoffe, es war nicht zu schlimm für dich. Deine Mutter ist sehr niedergeschlagen und will so bald wie möglich zurück. Sie möchte auch mit dir sprechen, deshalb sage ich jetzt auf Wiedersehen, Jephzat. Mach dir keine Sorgen um uns. Es geht uns gut. Sieh zu, dass du ordentlich isst. Auf Wiedersehen, mein Engel, auf Wiedersehen.«

Es folgten Kussgeräusche, und dann hörte ich Dolores husten. »Hallo, Jephzat. Hallo.« Ihre Stimme klang müde, und sie redete so, als ob sie ihren Text gründlich eingeübt hätte. »Es ist sehr heiß hier. Die Wohnung ist schön, und wir haben beide reichlich Platz. Es ist eine richtige Stadt, nicht zu vergleichen mit unserem Dorf, und es herrscht reger Verkehr – ständig ziehen Luftbuggys über uns weg. Stellst du die Feuerkristalle in ein Fenster mit Blick aufs Meer? Ich weiß nicht, wann wir zurückkommen. Ich hoffe, dass die Lage im Dorf sich ein wenig beruhigt hat und du in Sicherheit bist.«

Sie verstummte, und ich hörte schlurfende Geräusche im Hintergrund, ehe der Transmitter verstummte. Ich war frustriert, weil sie im Grunde gar nichts gesagt hatten. Sie hatten mir nur sehr wenig verraten und lediglich die wenigen Details bestätigt, die der Kommissar mir schon anvertraut hatte. Wütend und enttäuscht feuerte ich den Audiotransmitter quer durchs Zimmer. Ich bezweifelte, dass sie in absehbarer Zeit zurückkommen würden, und mich beschlich die dumpfe Ahnung, dass sie im Grunde genommen Gefangene der Gesellschaft waren.

Das Fenster war offen; eine Brise wehte herein und zerzauste mein Haar. Ich konnte das Meer riechen. Rasch sprang ich aus dem Bett, mit einem Mal hellwach. Es gab so viel zu tun, und jetzt, da ich wieder bei Kräften war, musste ich mich unverzüglich an die Arbeit machen.

Ich zog mich in aller Eile an und schlich die Treppe hinunter. Manos und Homer waren in der Küche, aber ich wollte nicht von ihnen gesehen werden. Sie würden doch nur auf mich einreden, dass ich mich wieder hinlegen sollte. Ich wollte in den Bunker gehen, aber ich wusste, ich würde damit warten müssen, bis sie weg waren. Stattdessen schlug ich den Weg zu Vaters Labor ein, das etwas abseits vom Haus lag, versteckt hinter einer Gruppe dicht stehender Pinien und einem langen Steinwall. Es war ein einstöckiger Kuppelbau mit runden Fenstern, ganz mit Bougainvillea überwuchert. Das Labor war immer sehr sorgfältig gesichert gewesen, und so war ich überrascht, die Tür offen vorzufinden. Der Sensor reagierte nur auf den Atem meiner Eltern und auf meinen. Vielleicht hatte Vater vor seiner überstürzten Reise vergessen, ihn zu aktivieren. Ich trat ein und merkte sofort, dass irgendetwas nicht stimmte. Der Geruch von verfaulender Vegetation stieg mir in die Nase, und dichte Rauchschwaden nahmen mir den Atem. Ein leises, aber durchdringendes Brummen erfüllte das Labor, und ich musste mir die Ohren zuhalten.

Ich ließ die Tür weit offen stehen und hielt mir mein Umhängetuch vor Mund und Nase; dann lief ich rasch durch den kleinen Vorraum in das eigentliche Labor. Die Bänke waren umgekippt, Gefäße lagen zerbrochen am Boden. Die fünf an der Decke befestigten Zylinder, geschützt durch spezielle Trommeln, die sowohl Explosionen als auch Implosionen standhalten sollten, waren heruntergefallen und am Boden zerschellt. In diesen Zylindern hatte Vater die lebensfeindlichen Atmosphären von Planeten außerhalb unserer Galaxis nachzubilden versucht. Die Trommeln, die diese Zylinder schützten, waren so konstruiert, dass sie jeden beliebigen Druck aushielten, aber irgendetwas hatte sie alle mit großer Gewalt zerdrückt, sodass der Zylinder darin zum Vorschein kam, wie der Kern einer Frucht. Die Siegel der Zylinder waren aufgebrochen, der Inhalt entwichen. Die wenigen elektronischen Apparate, die mein Vater hatte benutzen dürfen, waren verschwunden. Nur sein Audiotransmitter lag unversehrt am Boden.

Ich suchte nach irgendwelchen Unterlagen meines Vaters, fand aber nichts. Entweder waren sie gestohlen worden, oder die zähe, klebrige Flüssigkeit, die alle Arbeitsflächen bedeckte und in dünnen Fäden zu Boden tropfte, hatte sie vernichtet. Da ich nicht wusste, wie viel von seiner Arbeit im Labor der Erforschung der Wasserformel gewidmet war, wollte ich so viel wie möglich retten, doch der Rauch brannte mir schon in den Augen und verätzte meine Lungen. Als ich zur Tür eilte, sah ich aus dem Augenwinkel, dass zwei der Zylinder schon vor extremer Hitze zu glühen begannen, während die übrigen drei in sich zusammenfielen. Das empfindliche Gleichgewicht der Elemente, durch das in diesen Miniaturwelten die Atmosphäre von Planeten nachgebildet und erhalten worden war, welche Millionen Lichtjahre von uns entfernt waren, hatte sich in ein chaotisches Gemisch giftiger und ätzender Substanzen verwandelt.

Draußen lief ich durch die Pinien hindurch, kletterte über den Steinwall und drehte mich nicht ein Mal um, auch nicht, als ich die Explosion hörte. Der heiße Luftstoß traf mich von hinten mit solcher Wucht, dass ich zu Boden geworfen wurde. Die Hitze ließ die Nadeln an den Pinien verglühen, versengte die Erde und erfüllte die Luft mit Rauch, der mir im Hals und in den Augen brannte und mich den Weg nicht mehr erkennen ließ. Ich taumelte durch das Gestrüpp und verließ mich auf meinen Instinkt, um zum Haus zurückzufinden. Durch die wallenden Rauchschwaden erkannte ich schemenhaft Gestalten, die auf mich zuliefen, und ich hörte Stimmen. Jemand packte meine Hand und lief mit mir zum Haus. Ich riss mich los und wollte umkehren, um die Menschen zurückzuhalten, die auf das Labor zuliefen.

»Geht da nicht rein! Kommt zurück! Es ist zu gefährlich! Ihr könnt nichts mehr tun«, schrie ich.

Zum Glück gab es gleich darauf noch weitere Explosionen. Die Leute blieben abrupt stehen und liefen dann mit mir zum Haus zurück, wo wir alle hustend und nach Luft ringend stehen blieben und uns die Hände vors Gesicht hielten. Wir blickten zu den Flammen auf, die den Himmel rot färbten. Rauchschwaden trieben über die Bucht, und das Feuer verbreitete einen unheimlichen grünen Schein. Homer zog mich an sich, als ich schluchzend zusammenbrach. Das Lebenswerk meines Vaters war unrettbar verloren.

ZWEIUNDZWANZIG

An den steilen Hängen, die vom Ufer der Bucht zu unserem Haus anstiegen, kletterten Gestalten hinauf. Wer die Hände frei hatte, hielt sich die Ohren zu, um sich vor dem unheimlichen, irritierenden Geräusch zu schützen, das die Luft noch immer erzittern ließ. Andere schienen sich an einem Seil festzuhalten, das aber in Wirklichkeit ein dünner Schlauch war. Die Ersten, die oben ankamen, richteten die Spritze auf das brennende Gebäude und versuchten, das Feuer mit einem scharfen Wasserstrahl zu löschen.

Vorsichtig traten wir alle ein paar Schritte näher, um besser sehen zu können.

»Das ist ein bisschen so, als wollte man eine Pestepidemie mit einem Löffel Zucker bekämpfen«, bemerkte ein alter Mann mit roten, tränenden Augen.

»Ich glaube, wir sollten ihnen helfen«, meldete sich ein anderer und schlug den Pfad zum Labor ein, wobei er sich ein Tuch fest vor Mund und Nase hielt.

Andere folgten ihm rasch, und ich überlegte, ob ich mich ihnen anschließen sollte. Nur ich wusste vom Verwendungszweck der Zylinder und den schädlichen Substanzen, die sie enthalten hatten. Ich versuchte, die Freiwilligen zurückzurufen, doch eine weitere Explosion übertönte meine Worte und ließ die Leute mit dem Schlauch taumelnd zurückprallen. Ich rannte auf das Feuer zu, um die Helfer vor weiteren, möglicherweise noch heftigeren Explosionen zu warnen.

»Scheint nicht viel zu nützen«, rief die Frau, die die Löschaktion leitete. Ich riet ihr, ihre Bemühungen einzustellen; es seien keine Menschen im Gebäude und auch sonst nichts, was noch gerettet werden könnte. Das Feuer würde irgendwann von selbst herunterbrennen. Beide starrten wir auf die verkohlten Trümmer an der Stelle, wo einst das Labor gestanden hatte. Es war kaum noch etwas zu sehen, was dem Feuer hätte Nahrung geben können, aber die Flammen loderten noch immer meterhoch in den Himmel. Die Frau bedeutete mir mit einem Nicken, den Wasserstrahl zu beobachten. Dann wandte sie sich an die Helfer, die das Wasser aus der Bucht hochpumpten, und rief ihnen zu, sie sollten das Ventil voll aufdrehen. Als sie den Strahl in das Herz des Feuers richtete, zischte das Wasser nur, dann knisterte es wie trocknendes Holz und verdampfte zu einem dünnen, schillernden Dunst, der noch einige Sekunden lang in der Luft hing und schließlich verflog.

Das Feuer wütete sechs Stunden lang, und es war schon dunkel, als es endlich vollständig niedergebrannt war. Die meisten Dorfbewohner waren inzwischen heraufgekommen, um das Schauspiel zu verfolgen. Manos und ich liefen die ganze Zeit mit Tabletts voller Getränke zwischen dem Haus und der Brandstelle hin und her, während Sengita, die erst später eingetroffen war, allen ihre Elixiere, Pillen und Sprays aufdrängte. Joachim blieb im Haus; das seltsame grüne Licht, das wie ein Gazeschleier über dem Horizont hing, machte ihm Angst. Homer saß schweigend mit den alten Männern auf der Veranda.

Im Dorf wurde viel über die Ursache des Brandes gerätselt. So etwas Spektakuläres hatte man nicht mehr erlebt, seit einmal ein Verwaltungsgebäude der Gesellschaft im Hafen in die Luft geflogen war. Auf dem Höhepunkt der Feuersbrunst waren die Flammen achtzig Kilometer weit zu sehen gewesen.

Die Gesellschaft ließ hinterher verlauten, die Brandursache sei »überschüssige Solarenergie« gewesen, aber das erklärte nichts und nährte nur Gerüchte, dass es ein Sabotageakt gewesen sei.

Wir hatten damit gerechnet, dass die Gesellschaft einen Trupp Arbeiter schicken würde und dazu ein Team von Wissenschaftlern, um noch während des Brandes mit den Ermittlungen zu beginnen, doch nicht einmal der Kommissar hatte sich blicken lassen.

Die Dorfbewohner hatten es nicht eilig, in ihre Häuser zurückzugehen; sie lagen im Gras oder nahmen abwechselnd auf den Stufen vor dem Haus Platz. Andere saßen hustend in der Küche, überzeugt, dass sie im Haus vor der kontaminierten Luft geschützt wären. Mir gegenüber waren sie freundlich, doch mir fiel auf, dass sie stets die Augen niederschlugen, wenn sie mit mir sprachen, eine Sitte, die normalerweise auf den Umgang mit Fremden beschränkt war.

Sengita ließ sich schwer auf den Platz neben mir fallen. Mit einem Seufzer der Erleichterung legte sie die Arme auf die abgenutzte alte Medizintasche, die sie auf dem Schoß hielt. Ihre Füße waren geschwollen, und sie leckte sich die Schweißperlen von der Oberlippe. Wir starrten hinaus auf die verkohlten Stümpfe der Bäume und Sträucher rings um das Labor.

»Normalerweise würde ich empfehlen, die Asche zusammenzuschaufeln und im Garten auszustreuen – Pottasche ist ein wunderbarer Dünger, besonders für die Tomaten. Aber das Zeug da sollte man abtragen und irgendwo abladen, wo es im Umkreis von vielen Kilometern nichts Lebendiges gibt. Der Himmel weiß, was das mit uns machen wird«, murmelte sie.

Ich seufzte, und dann musste ich husten und spuckte eine schwarze, teerartige Flüssigkeit aus. Sengita legte mir rasch den Kopf in den Nacken und sprühte mir etwas Kühlendes in

Mund und Nase. Ich begann heftig zu zittern, als die eisige Substanz sich in meinem Rachen ausbreitete und bis in die Lungen vordrang. Sengita legte mir ihre großen Hände flach auf die Schultern und ließ sie eine Weile dort, um sie mir anschließend auf den Hals und die Brust zu legen. Sie forderte mich auf, tief durchzuatmen. Ich tat es, und diesmal musste ich nicht husten.

»Weiß dein Vater es schon?«, fragte sie, den Blick starr auf den grünen Dunstschleier gerichtet.

»Ich weiß es nicht. Ich habe keine Möglichkeit, ihn zu erreichen«, log ich. Sengita wusste nichts vom Bunker meiner Mutter. »Ich gehe davon aus, dass die Gesellschaft mit ihm Kontakt aufnehmen wird, aber das Labor war ein bedeutender Teil seines Lebens, und er wird es irgendwie spüren, dass etwas passiert ist. Vater hat dieses Talent.«

Durch die Scharen von Dorfbewohnern, die sich ungeniert auf dem Grundstück breitmachten, bahnte sich Manos geduldig einen Weg zu uns. Ihre Miene war streng, als sie sagte: »Das Feuer ist jetzt niedergebrannt, und die Leute sollten gehen.«

Ich erwiderte nichts. Eigentlich genoss ich den ganzen Trubel, das Gefühl, wieder unter Menschen zu sein. Sengita richtete sich mühsam auf; wir mussten ihr helfen.

»Sagen wir ihnen, dass sie gehen sollen, Manos. Das Mädchen hier ist müde und braucht seinen Schlaf. Die Gesellschaft wird garantiert morgen früh hier aufkreuzen, um sie zu wecken.« Manos nahm Sengitas Tasche, und die Frauen setzten sich langsam in Bewegung, um die Versammlung aufzulösen. Ich wusste, dass Manos nicht hier sein wollte, wenn die Gesellschaft ihre unvermeidlichen Ermittlungen aufnahm.

Ich hatte gerade beschlossen, in den Bunker zu gehen, als ich hinter mir ein Geräusch hörte. Ich fuhr herum und blickte in Homers Augen.

»Warum bist du immer noch hier?«

»Weil sich irgendjemand um dich kümmern muss.«

»Ich brauche niemanden.«

»Doch, das glaube ich schon. Ich bleibe jedenfalls hier.«

Ich war so müde, dass ich gar nicht erst den Versuch unternahm, ihn zum Gehen zu überreden. Er führte mich ins Haus.

»Mach dir keine Gedanken wegen des Besuchs von der Gesellschaft morgen früh. Ich kümmere mich schon darum.«

»Aber sie werden mich zu dem Vorfall befragen wollen. Irgendjemand ist in das Labor eingebrochen und hat vermutlich die Explosion ausgelöst.«

»Darüber reden wir morgen – jetzt ist nicht der richtige Zeitpunkt, Jephzat.«

Er sah mir nach, als ich langsam die Treppe zu meinem Zimmer hinaufstieg. Ich wusste, dass er irgendwo einen bequemen Schlafplatz finden würde – schließlich kannte er das Haus besser als irgendwer sonst.

DREIUNDZWANZIG

Es war dunkel, als ich mich in den Garten hinausschlich und den Pfad zum Bunker einschlug. Der Geruch von verbranntem Gras und Laub, vermischt mit stechenden Chemiedünsten, hing noch immer in der Luft, aber zum Glück hatte das Feuer den Bereich um den Bunker herum nicht erfasst. Nachdem ich mich vergewissert hatte, dass ich nicht beobachtet wurde, hob ich die Klappe an und schlüpfte durch die enge Luke. Erst nachdem ich sie sorgfältig wieder verschlossen hatte, schaltete ich eine Minimalbeleuchtung ein, um die winzigen Druckpunkte in der Wand finden zu können. Die Konsole glitt aus der Wand heraus. Ich wusste, was ich zu tun hatte, und beobachtete mein Spiegelbild im Monitor, während ich mit dem Daumen auf eine Stelle an der Bunkerwand drückte, um die Anlage zu aktivieren. Es war so totenstill im Bunker, dass ich meinen eigenen Atem hören konnte.

Es gab ein schwaches Geräusch wie von Kieselsteinen, die auf Sand fallen, und dann vernahm ich Dolores' Stimme.

»Es geht uns gut«, flüsterte sie, den Blick auf ihre Hände gesenkt, die sie mit den Handflächen nach oben in den Schoß gelegt hatte. Ich konnte nicht erkennen, ob sie irgendetwas darin hielt. »Mach dir keine Sorgen um uns. Die Gesellschaft sorgt gut für uns. Es heißt, sobald sich die Lage beruhigt hat, dürfen wir wieder nach Hause, aber ich habe den Eindruck, dass nicht alles so klar ist, wie die Gesellschaft uns glauben machen will.«

Mein Vater erschien auf dem Bildschirm neben Dolores; er saß in einem Drahtsessel mit dicken roten Kissen. Seine Haut reflektierte das Gelb der Wand hinter ihm, was ihm ein kränkliches Aussehen verlieh. Er warf einen verstohlenen Blick auf die nach oben gekehrten Handflächen meiner Mutter.

»Geht es dir gut? Was gibt es Neues? Niemand erzählt uns irgendetwas von zu Hause. Hast du dich auch um das Labor gekümmert?«

Ich konnte es nicht länger vor mir herschieben. Ich erzählte ihm von dem Feuer, und selbst im schwachen Schein der Bunkerbeleuchtung konnte ich die Bestürzung in seiner Miene erkennen.

»Konnte nichts gerettet werden?«, fragte er betrübt.

Ich schüttelte den Kopf. »Die Zylinder sind aufgeplatzt.«

Er wirkte überrascht. »Sie waren darauf angelegt, auch extremer Hitze standzuhalten. Das hätte eigentlich nicht passieren dürfen.«

»Der Inhalt ist entwichen. Es roch sehr merkwürdig, und ein seltsamer grüner Dunst hat sich über das Wasser gelegt. Er leuchtete im Dunkeln, und die Menschen, die ihn einatmeten, wurden davon krank. Ich wüsste gerne, was die langfristigen Folgen sein könnten. Und da war auch ein komisches Geräusch, ein sehr tiefes Brummen, das einem in den Ohren wehtat.«

Vater schüttelte den Kopf.

»Ich weiß es nicht. Es ist schwierig, mit Materialien zu arbeiten, die dem Planeten fremd sind. Manche meiner Experimente beschäftigten sich mit der Messung des Grades der Toxizität. Auf diese Fragen werden wir jetzt nie eine Antwort bekommen.«

Er fragte mich, wie das Feuer entstanden sei, und ich antwortete, dass ich glaubte, jemand sei in das Labor eingebrochen und habe den Brand gelegt. Die Gesellschaft würde morgen ein Team schicken, um die Überreste nach Spuren zu durchsuchen, berichtete ich ihm.

»Was soll ich ihnen erzählen?«

»Sie dürften schon Bescheid wissen. Sag ihnen einfach nur, was du entdeckt hast, aber nimm vorher die Zylinder weg und verstecke sie im Haus. Sag ihnen, sie seien vom Feuer vernichtet worden. Versuche, alles zu bergen, was den Brand möglicherweise überstanden hat«, drängte er. »Mit etwas Glück sind wir bald wieder zu Hause. Die Gesellschaft hält uns beide auf Trab mit Daten, die bei der letzten Weltraummission der Föderation gesammelt wurden. Das hilft uns, die Tage ohne dich zu überstehen. Aber wir machen uns Sorgen um dich, so ganz allein in dem großen Haus.«

Ich erzählte ihnen, dass Sengita regelmäßig vorbeischaute und dass auch Manos wieder ins Haus kam. Aber Homer erwähnte ich nicht.

Das Bild begann, sich aufzulösen, und ich fragte mich, ob das wohl die Gesellschaft war, die dazwischenfunkte. Die Gesichter meiner Eltern verblassten, und ich blieb im Halbdunkel zurück. Ich fühlte mich einsamer denn je. Eine Weile blieb ich noch sitzen und lauschte, ob nicht irgendein Geräusch mir verriet, dass sich jemand dem Bunkereingang näherte, und stieg dann hinaus. Nachdem ich die Luke wieder fest verschlossen hatte, ging ich hinüber zur Ruine des Labors, um die Zylinder zu holen. Sie waren schwer, aber es gelang mir, sie einen nach dem anderen wegzutragen und im Bunker zu verstauen. Sobald der letzte Zylinder versteckt war, schob ich die Abdeckung wieder über die Luke und rückte die Tarnung zurecht. Da hörte ich plötzlich im Gebüsch direkt hinter mir ein Geräusch. Ich drehte mich um und wollte rasch davonlaufen, da hörte ich es wieder: das Knacken trockener Zweige und das Rascheln von Laub – und es kam eindeutig auf mich zu.

Ich lief los in Richtung Haus, da legte sich eine Hand auf meinen Mund und zog mich zurück. Ohne das Gesicht gesehen zu haben, wusste ich sofort, dass es Homer war.

»Still!«, befahl er und nahm seine Hand weg.

Ich wirbelte herum und starrte ihn wütend an. »Was fällt dir ein, mir so nachzuspionieren?«

Er schlug verlegen die Augen nieder. »Ich musste mich vergewissern, dass du in Sicherheit bist. Wir leben in gefährlichen Zeiten.«

»Was meinst du mit gefährlich? Was geht hier eigentlich vor sich, Homer? Ich konnte nicht schlafen und wollte mir hier draußen nur ein bisschen die Beine vertreten. Du gibst mir das Gefühl, eine Gefangene in meinem eigenen Haus zu sein.«

Er packte mich an den Armen und schüttelte mich, als wollte er mich aufwecken. »Du *bist* eine Gefangene, Jephzat. Wir sind alle Gefangene. Wir können uns nicht frei bewegen, und wenn wir es versuchen, folgt die Gesellschaft uns auf Schritt und Tritt. Es könnte sogar sein, dass sie in diesem Moment unser Gespräch belauscht. Wer ist schon frei, Jephzat? Wer ist frei?«

Eine Million Fragen schossen mir durch den Kopf. »Sag mir, wer du bist, Homer. Sag mir, was hier geschieht.«

Er schwieg lange und drängte mich dann sanft in Richtung Pavillon. Der Mond ergoss sein geborgtes Licht über die Bucht, und das Wasser schimmerte. Homer legte den Arm um meine Taille, eine beruhigende Geste, und ich ließ ihn gewähren.

Ein leiser Orangenduft hing noch in der Luft, als wir uns dicht nebeneinander auf die Bank setzten. Ich zitterte.

»Ist dir kalt?«, murmelte er und zog mich näher an sich heran. So saßen wir lange und lauschten den Geräuschen der Nacht.

Ich sträubte mich nicht, als er mich auf die Wange küsste, und dann konnte ich mich nicht mehr zurückhalten, ich musste ihm meinen Mund darbieten. Ein Hunger ergriff von meinem Körper Besitz, und seine forschende Zunge konnte diesen Hunger nicht stillen – im Gegenteil. Unwillkürlich klammerte ich mich an ihn, als könne sein Kuss mir das Leben retten.

Er begann, mich ganz langsam auszuziehen, und bedeckte jeden Quadratzentimeter meiner entblößten Haut mit einer Flut köstlicher Küsse, bis ich nackt vor ihm lag und meine Haut von seiner Zunge ganz feucht war.

Wir verloren uns in einer langen, leidenschaftlichen Umarmung, gewiegt vom Rhythmus unserer Lust. Seine Zunge und sein Atem verbrannten und kühlten abwechselnd meine Haut, mit einer wilden Intensität, die bisweilen unerträglich schien. Ich ritt ihn, getrieben von einer Kraft, die aus seiner Zunge und seinen Fingern in meinen Körper zu strömen schien. Er folgte meinen Bewegungen in einem verzückten Wahn, der sein Gesicht in das eines Fremden verwandelte, eines Mannes, der mich nicht zu kennen schien, bis er schließlich meinen Namen schrie und sich in meinem Hals verbiss, als wollte er für immer mit mir verschmelzen.

Die Sonne glitt träge über den Horizont, als wir zum Haus zurückgingen. Ich nahm ganz bewusst wahr, wie meine Hüften sich unter seiner Hand wiegten, wie meine vollen Brüste sich an meinem Kleid rieben. Die Luft schien strahlender, klarer, und ich fühlte mich erneuert wie von einer Krankheit genesen, voll wilder Lebenslust.

Im Haus angelangt, wollte ich mich gleich wieder ins Bett legen und war enttäuscht, dass Homer nicht mitkommen wollte.

»Sag nur meinen Namen, wenn du aufwachst, und ich werde da sein«, versprach er.

VIERUNDZWANZIG

Ich musste Homers Namen nicht rufen, als ich erwachte, denn da stand er schon an meinem Bett, und ein breites Lächeln erhellte seine Züge. Er drückte mir einen Kuss auf die Lippen, und ich zog ihn an mich, begierig nach mehr. Doch er machte sich los und zerrte mich lachend aus dem Bett. Widerwillig folgte ich ihm auf den Flur.

»Wohin bringst du mich?«, fragte ich, während ich mit ihm Schritt zu halten versuchte. »In diesem Haus gibt es keinen Winkel, den ich nicht kenne; ich glaube also kaum, dass es dir gelingen wird, mich zu überraschen.«

Wir nahmen den Korridor, der vom Südflügel wegführte. Ich merkte, dass er mich verstohlen aus dem Augenwinkel beobachtete, den Kopf gerade so weit gedreht, dass er meine Reaktion auf seine plötzliche Reserviertheit abschätzen konnte, die meinem Bedürfnis nach seiner Nähe nur neue Nahrung gab. Ich weigerte mich, ihn spüren zu lassen, wie sehr ich ihn begehrte – das hätte mich nur noch verletzlicher gemacht –, und so setzte ich einfach nur mein freundlichstes Lächeln auf. Er zog mich an sich und legte mir den Arm um die Schultern, während wir die endlosen, verschlungenen Flure entlanggingen. Ich versuchte, mein Gefühl der Dankbarkeit für seine Berührung zu unterdrücken.

Wir näherten uns der Mitte des Hauses, einem hohen fensterlosen, achteckigen Raum, dessen Betonwände mit Leuchttafeln verkleidet waren, die aktiviert wurden, wenn Schritte sich näherten. Ich kannte den Raum gut. Hephzibah und ich hatten uns oft hierher zurückgezogen, um die angenehme Kühle zu genießen und auf dem kunstvoll gestalteten Mosaikboden zu tanzen. Wir liebten die prachtvolle Atmosphäre des Saales und seine feine Akustik – die hohe Decke hatte nämlich die Form einer großen Kuppel. Manchmal öffneten wir die Tür auf der anderen Seite des Raumes und stiegen die Stufen zu dem angrenzenden hohen Turm hinauf. Von einem schmalen Balkon aus, der hoch über der Kuppel vorsprang, genossen wir das Panorama der fernen Hügel und des Flusses, der sich wie eine riesige Arterie in die Bucht ergoss …

Ich war verwirrt, als wir nun an der schweren Holztür des hohen Raumes vorbeigingen. Ich rechnete damit, dass Homer an einem der angrenzenden Zimmer stehen bleiben würde, doch er ging immer weiter um das Achteck herum, die Augen starr geradeaus gerichtet, geleitet nur von den dünnen Lichtstiften, die wie von einem Sternenzelt von der Decke herabfielen. An einer der Ecken der achteckigen Kammer blieb er unvermittelt stehen. Er blies auf die Wand, die sich daraufhin wie eine Tür in den Korridor hinein öffnete und den Blick auf einen Eisenträger freigab, der einen Teil des Turmes stützte. Kaum war die Öffnung groß genug, schlüpfte er hindurch und zog mich hinein. Die Schachttür schloss sich hinter uns.

Ein altvertrauter Geruch stieg mir in die Nase. Freudig überrascht sog ich das intensive, würzige Aroma in meine Lungen. Wir standen in einem zweiten, schmalen Korridor, den man weder vom äußeren Gang noch vom Inneren der achteckigen Kammer aus sehen konnte. Staunend blickte ich mich um. Im schwachen Lichtschein waren die Rücken Tausender von Büchern zu erkennen – dicht an dicht standen sie in schier endlosen Reihen in hohen Holzregalen. Wie der gerippte Rücken einer Schlange zogen sie sich um die runden Wände des Korridors, auf beiden Seiten und vom Boden bis hinauf unter die Kuppel.

Es war so unglaublich, dass es mir die Sprache verschlug. Ich fuhr mit der Hand über eine Reihe in Leder gebundener Bücher, als seien es die Tasten eines Instruments, und ich erschauerte. Jedes dieser Bücher war ein Todesurteil. Aber das war mir in diesem Moment egal.

»Willkommen in der Bibliothek«, sagte Homer, und seine Stimme hatte einen triumphierenden Klang.

Ich löste mich von ihm, wortlos in einem Meer von Wörtern. Mein Blick wanderte an den Regalen entlang, und ein ungekannter Hunger überwältigte mich, erwachsen aus Entbehrungen, von denen mir nicht einmal bewusst gewesen war, dass ich sie erlitten hatte. Ich fuhr mit dem Finger an den Regalen entlang und wusste nicht, welches Buch ich zuerst aufschlagen sollte, gepackt von dem unbändigen Verlangen, mich an allen zugleich zu weiden. Ich wollte mich mit Syntax vollstopfen, die Wörter von den Seiten lecken und verschlingen, genüsslich an Alphabeten knabbern wie an köstlichen Süßigkeiten.

Wahllos zog ich ein Buch heraus; es war handgroß, die Kanten des Einbands abgestoßen. Behutsam blätterte ich die hauchfeinen Seiten um. Die Druckzeilen auf der Rückseite schimmerten durch, wie Knochen unter dünner Haut. Die Schrift war mir fremd, sie schien auf der Seite Amok zu laufen, ein wildes Getümmel von Punkten, Strichen und Kringeln. Unfähig, auch nur ein einziges Wort zu entziffern, ließ ich mich mit dem Rücken gegen das Regal sinken, niedergedrückt von der Last der Worte, deren Bedeutung mir verschlossen war.

Ich stellte das Buch zurück und legte den Kopf schief, um die Titel seiner Nachbarn zu lesen – die meisten ebenfalls in Schriften der Alten Welt abgefasst. Meine Augen schwelgten in den Formen der verschiedenen Lettern. Manche waren kantig und solide wie Möbel, andere ganz verdreht, mit bizarren Schnörkeln und Wirbeln. Manche kippten nach links oder nach rechts, als müssten sie sich gegen den Wind stemmen, und andere waren so dicht gesetzt, dass ich sie am liebsten entwirrt hätte. Ich schloss die Augen, um mich vor dem Ansturm zu schützen. Es war, als ob sämtliche Bücher in der Bibliothek plötzlich auf mich einschrien: »Lies mich!, Lies mich!« – weil nur ein Blick, der auf ihre Seiten fiel, sie zum Leben erwecken konnte.

»Viele der Bücher, die du hier siehst, sind auf Englisch, der alten Sprache des amerikanischen Imperiums«, erklärte Homer, indem er ein paar Bände aus dem Regal zog. »Manche Leute haben heimlich die Kunst des Buchbindens erlernt und exakte Kopien in föderesischer Sprache hergestellt. Aber zu den meisten Büchern gibt es handgeschriebene Übersetzungen in Notizbüchern, die alle in einem anderen Teil der Bibliothek aufbewahrt werden. Bei kleineren Büchern steht die Übersetzung in der Regel auf losen Blättern zwischen den Buchseiten. Bislang wurden Bücher aus über achtzig Sprachen übersetzt, aber es gibt immer noch so viel zu tun.«

Er schüttelte den Kopf. Ich sah ihn nur an und fragte mich, wieso alles, was er tat, bedeutungsvoll wie ein Wunder schien.

Erregt und voll banger Erwartung, wie eine Reisende, die in unbekannte Regionen aufbricht, zog ich aufs Geratewohl ein weiteres Buch aus dem Regal und schlug es vorsichtig auf. Ich senkte den Kopf, um den Duft von Druckfarbe und schwerem, altem Papier zu inhalieren. Ich blickte zu Homer auf und fragte ihn: »Wissen meine Eltern von der Bibliothek?«

»Wir haben beschlossen, ihnen nichts zu sagen, für den Fall, dass die Gesellschaft sie unter Druck setzt. Die Bibliothek gibt es schon sehr lange. Schon bevor die Gesellschaft dieses Haus bezog, wurden hier Bücher aufbewahrt.«

»Aber meine Eltern besitzen selbst Bücher. Sie sind immer gut versteckt, und als ich ein kleines Mädchen war, wurden sie an besonderen Tagen hervorgeholt, wie etwa am Tag der Föderation. Und jedes Mal, wenn meine Eltern mir daraus vorlasen, war ich hinterher aufgewühlt und voller Unruhe. Jetzt ist mir klar, dass die Bücher in mir Türen geöffnet haben – aber die Türen führten nur in leere Räume, die ich nicht füllen konnte.

Uns wurde eingeschärft, nie irgendeinem Menschen davon zu erzählen, sonst würden unsere Eltern eingesperrt. Im Nachhinein erscheint mir das als eine ungeheuerliche Verantwortung, die da zwei kleinen Kindern aufgebürdet wurde.«

»Wir leben auch in ungeheuerlichen Zeiten«, flüsterte Homer. Er nahm meine Hand und führte mich an den hoch aufragenden Regalen entlang. Vor einigen Reihen von Büchern in abgegriffenen Einbänden aus verblasstem rotbraunem Leder blieb er stehen.

Wieder konnte ich die Schrift nicht lesen. Die Buchstaben waren mir fremd, mit ihren verdrehten und verschlungenen Formen, die an Seemannsknoten erinnerten. Ich vergrub mein Gesicht in Homers Halsbeuge, und dann flüsterte ich ihm ins Ohr: »Lies mir die Titel vor. Lass mich hören, wie du liest. Lass mich hören, wie du Blasphemie begehst.«

Ich wollte ein Buch in seinen Händen sein, gebunden in so zartes Leder, dass er darauf schlafen könnte, die cremefarbenen Pergamentseiten angefüllt mit Geschichten, die allein zu seiner Freude existierten.

»Belletristik«, sagte er unvermittelt und entfernte sich ein paar Schritte von mir, als fürchte er, ich könnte ihn wieder erregen. »Ich glaube, wir sind hier beim Buchstaben S, und da haben wir zum Beispiel ein Buch auf Englisch, *Pygmalion* von George Bernard Shaw, einem echten Visionär seiner Epoche. Ein Verfechter der Gleichheit. Stell dir vor!« Er sah mir in die

Augen und ließ mich ein Lächeln sehen. »Und schau dir das hier an. Wir haben eine ansehnliche Sammlung von Dramen, wahrscheinlich eine der besten in der gesamten Föderation. William Shakespeare«, erklärte er, während er vorsichtig eines der in Leder gebundenen Bücher aus dem Regal zog. »Er war – ist – einer der größten Dichter der Welt. Einer meiner Lieblingsautoren. Am Anfang fand ich ihn schwierig, aber die Mühe lohnt sich allemal. Er lebte vor fast siebenhundert Jahren, aber seine Stücke wurden in den letzten Tagen des Imperiums verboten und waren seither verschollen. Seine Werke sind absolut nicht zu vergleichen mit den schwülstigen Stücken und Inszenierungen, mit denen die Gesellschaft uns beglückt.«

Er strich sanft mit der Hand über die Seiten. »Dieser Mann spricht Dinge an, die wirklich wichtig sind – die Humanität des Menschen und ihr Gegenteil davon, die Möglichkeiten und Grenzen unseres Geistes – Ideen und Begriffe, die uns so vollkommen fremd sind, dass du wahrscheinlich gar nicht weißt, wovon ich spreche.«

»Ich kann diese Schrift nicht lesen«, murmelte ich, beschämt über meine Unwissenheit.

»Es gibt Übersetzungen«, erwiderte er, indem er den Band ins Regal zurückstellte. Dann griff er nach einem zerlesenen, verblassten Exemplar. Auf dem Einband stand auf Föderesisch der Titel: *Wie es euch gefällt*, von William Shakespeare. Er erklärte mir, wie in Jahren und Jahrzehnten mühevoller Geheimarbeit sämtliche Werke Shakespeares von Menschen übersetzt worden waren, die ihr Leben dem Erlernen der Sprachen der Alten Welt gewidmet hatten.

»Anfangs war es sehr schwer – wie das Entziffern eines komplizierten Codes –, aber zum Glück gab es unter den Beamten, die mit der Auslöschung der alten Sprachen beauftragt waren, einige Abweichler, die so viele Bücher versteckten, wie sie nur konnten. Jahre später wurden alte Wörterbücher und Grammatiken gefunden, die den Übersetzern bei ihrer Arbeit halfen. Das Problem bei Shakespeare und anderen Autoren ist natürlich, dass das Englisch seiner Zeit sich stark von dem unterscheidet, das zum Zeitpunkt der Schaffung der neuen Sprache der Föderation gesprochen wurde.«

Ich nahm ihm das Buch ab und schlug irgendeine Seite auf.

Süß ist der Nutzen eines widrigen Schicksals,
Der Kröte gleich, die giftig ist und hässlich,
Trägt's doch im Kopf ein kostbares Juwel;
Dies unser Leben, frei vom Weltgetriebe,
Findet im Baum sein Wort, im Bach sein Buch,
In seinen Steinen Predigten, in allem Gutes.

»Im Bach sein Buch«, wiederholte ich. »Wie wunderbar, und wie seltsam.«

Homer beobachtete mich aufmerksam, während ich sprach, und strich mir übers Haar. Lange Zeit standen wir schweigend da. Ich schloss die Augen und stellte mir einen jungen Mann vor, der seine Feder in die Tinte tauchte und auf Strahlen gleißenden Lichts schrieb, die zu seinen Boten wurden, die seine Worte in die Münder von Schauspielern trugen, um von diesen einem gebannt lauschenden Publikum vorgetragen zu werden.

»Es kommen immer mehr Bücher dazu. Die Leute finden sie überall. Ein Mann war drei Tage lang unterwegs, um uns zwei Bücher zu bringen, die er in einer Höhle entdeckt hatte. Er hatte sich eine Route zurechtgelegt, die durch unterirdische Geheimgänge führte, von denen manche nicht mehr betreten worden waren, seit die Menschen in den Tagen des alten Imperiums vor der Umweltverschmutzung unter die Erde geflüchtet waren. Als er hier ankam, wollte er sich gar nicht von ihnen trennen, und er weinte, als er sie uns übergab. Auf dem Rückweg wurde er gefasst, und seine Asche wurde später auf der Schwelle seines Hauses abgestellt. Er hat sein Leben riskiert, weil er wusste, wie selten die Bücher waren, und dafür sorgen wollte, dass sie an einem sicheren Ort verwahrt wurden.«

Homer ging zu einem großen Schreibtisch aus Metall, der eine Nische in der Wand ausfüllte. Er zog eine Schublade auf, nahm ein großes Buch heraus und schlug es auf. Ich sah Seiten über Seiten voller Namen. »Märtyrer«, sagte er grimmig. »Alle diese Menschen wurden hingerichtet, weil in ihrem Besitz Bücher gefunden wurden. Sie werden nie vergessen werden.«

Er legte das Namensbuch in die Schublade zurück und stieß sie zu. »Uns geht allmählich der Platz aus; wir werden irgendwo anders eine neue Bibliothek einrichten müssen. Es sind ja nicht nur die Bücher. Wir haben Tausende von Texten, die auf veralteten technischen Medien gespeichert sind und die wir zu entschlüsseln versuchen. Manche von uns haben mit dem Gedanken gespielt, eine weitere, unterirdische Bibliothek zu bauen. Aber wenn alles nach Plan läuft, wird das vielleicht nicht nötig sein.«

Ich ließ den Blick über die Regale links und rechts des Schreibtisches schweifen. Eine lange Reihe etwas schmuddelig aussehender gebundener Bücher, in denen zahllose Zettel steckten, weckte mein Interesse. Neugierig griff ich nach einem, dessen Einband mit Kinderzeichnungen bedeckt war. Es war eine Fotodokumentation über das erste Lebensjahr eines Babys. Jemand hatte eine Übersetzung auf das Cover gekritzelt: »Jaimin Patel, geliebter Sohn von Arjun und Vaishali Patel, geboren am 2. Juli 1952. Familie Patel, wohnhaft in New Jersey, Vereinigte Staaten von Amerika.«

Der kleine Jaimin war mit sämtlichen Mitgliedern der Familie Patel abgelichtet worden; fröhlich hielt er sein kleines, rundliches Gesicht in die Kamera. Die Patels wirkten glücklich und zufrieden, bis gegen Ende des Albums, als ich dunkle Ringe unter Arjuns Augen bemerkte und Vaishali so dünn geworden war, dass ihre Armbänder bis auf die Fingerknöchel rutschten. Betrübt klappte ich das Album zu und fragte mich, was wohl geschehen war.

»Schau dir die hier mal an«, fuhr Homer voller Begeisterung fort und deutete auf die oberen Regale. »Ich glaube, das ist eine der interessantesten Abteilungen der ganzen Bibliothek.«

Er stellte sich auf die Zehenspitzen und reckte sich, um ein dickes, handgefertigtes Notizbuch herauszuziehen, mit dünnen Deckeln aus Olivenholz und Seiten aus grobem Papier. Die Druckschrift war unbeholfen, aber leserlich, und die Seiten waren dicht beschrieben, manchmal bis über die Ränder hinaus. Der Titel des Buches, *Die Trennungen*, war auf Föderesisch in den Holzdeckel geritzt.

»Das ist unsere Literatur, aus unserer Zeit«, erklärte Homer stolz. »Die Geschichte einer Familie, die von der Gesellschaft auseinandergerissen wurde. Die Eltern starben beide in Arbeitslagern.«

Ich blickte auf, und mir wurde schwindlig. Die Regale schienen endlos in die Höhe zu wachsen, und ich hatte das Gefühl, dass sie sich nach vorne neigten und jeden Moment auf mich herabstürzen könnten. Ich sah Bücher aus den Regalen fliegen, die Seiten wie Vogelschwingen ausgebreitet, und in dunklen, krächzenden Schwärmen auf mich niederstoßen. Wörter rieselten von den Seiten und regneten wie die Funken einer Explosion auf mich herab. Ich schloss die Augen und glaubte in einer Wolke umherfliegender Schriftfragmente zu verschwinden, die meinen Mund verstopften wie Federn. Geisterhafte Wörter, die ich nicht entziffern konnte, glühten feuerrot und blieben auf meiner Haut kleben, als sollte ich gebrandmarkt werden. Ich verwandelte mich in ein Buch, das ich selbst nicht lesen konnte. Die Geschichte war unmöglich zu entziffern, und ich kannte nicht das Ende. Irgendetwas sagte mir, dass ich nicht die Erzählerin war – ich war die Erzählung.

FÜNFUNDZWANZIG

Nur Minuten, nachdem wir die geheime Bibliothek verlassen hatten, trafen die Beamten der Gesellschaft ein. Sechs Gestalten sprangen aus ihren stromlinienförmigen Fahrzeugen und ignorierten uns völlig, während sie diverse etikettierte Fläschchen mit Flüssigkeiten und Pulvern sowie winzige Apparaturen auspackten, die sie wie Bausteine zusammensetzten. Sie trugen Schutzkleidung; ihre Gesichter waren zusätzlich mit feinmaschigen Netzen bedeckt, die Augen hinter eng anliegenden Brillen verborgen. Als eine der Gestalten auf uns zukam, um uns zu begrüßen, rechnete ich damit, dass die Stimme gedämpft klingen würde, doch sie kam klar und deutlich von einer Stelle unterhalb des Halses der Frau.

»Zeigen Sie uns, wo das Feuer ausgebrochen ist«, verlangte sie, ohne sich vorgestellt zu haben.

Ich führte sie zu der Stelle, wo das Labor gestanden hatte. Jetzt war hier nur noch eine kreisförmige schwarze Fläche zu sehen, bedeckt mit verkohlten Trümmern.

»Was ist aus den Projekten Ihres Vaters geworden?«, fragte sie streng.

»Ich weiß es nicht. Die Behälter, in denen ein Teil der Experimente durchgeführt wurde, sind spurlos verschwunden.« Ich sprach zögerlich; ich fürchtete plötzlich, sie könnten die kleinen Zylinder finden, die mein Vater mich zu verstecken gebeten hatte.

Dann berichtete ich, was geschehen war. Ich erwähnte auch den merkwürdigen Geruch und das grüne Licht, das sich in der Folge des Brandes ausgebreitet hatte. Ich wusste, dass meine Worte aufgezeichnet und später abgespielt würden.

Als ich geendet hatte, wandte die Frau sich an Homer.

»Warum sind Sie hier?«

»Ich habe Jephzat etwas zu essen gebracht, weil sie krank war. Aber als ich hier ankam, war das Feuer bereits ausgebrochen. Ich blieb, um ihr zu helfen, und die Leute aus dem Dorf kamen auch. Sie hatten den Rauch gesehen und waren neugierig.«

Ich spürte, wie sie uns durch ihr Gesichtsnetz argwöhnisch musterte.

»Er ist bei mir geblieben, weil es mir immer schlechter ging, nachdem ich den Rauch eingeatmet hatte. Er hat sich Sorgen gemacht.«

Ohne irgendetwas zu erwidern, gab sie ihren Kollegen ein Zeichen, und sie machten sich daran, die Trümmer zu durchsuchen. Mit behandschuhten Händen sammelten sie vorsichtig Proben ein, die sie in kleine Behälter legten. Die füllten sie dann mit den mitgebrachten Flüssigkeiten auf und verschlossen sie sorgfältig. Ich bot ihnen Erfrischungen an, doch sie lehnten ab.

»Wir wollen so schnell wie möglich von hier wegkommen«, sagte einer von ihnen.

Da war plötzlich von jenseits der Hügel ein schwaches Summen zu vernehmen. Wir drehten uns um und sahen, wie sich in der Ferne, direkt unterhalb einer kleinen Wolkengruppe, ein winziger schwarzer Punkt am Himmel abzeichnete. Das Summen wurde lauter, und als das Objekt näher kam, sah ich, dass es ein Luftbuggy der Gesellschaft war. So weit weg von den wichtigsten Städten bekam man diese Miniflugzeuge nur selten zu sehen. Sie waren schnell und manövrierten in der Luft präzise wie Raubvögel, was ihnen etwas Bedrohliches und Unberechenbares verlieh. Plötzlich kreiste der Buggy direkt über unseren Köpfen, gleißend hell wie eine kleine, harte Sonne. Einen Moment lang schwebte er über dem Haus und flog dann so dicht über uns hinweg, dass wir uns ducken mussten. Eine Sekunde lang fürchtete ich, er würde auf uns stürzen.

Stattdessen landete er weich neben dem Pavillon, wobei die Vegetation stark in Mitleidenschaft gezogen wurde. Der Ermittlungstrupp hatte inzwischen seine Arbeit wieder aufgenommen, aber Homer und ich standen vor Schreck wie angewurzelt da. Wir rechneten mit dem Schlimmsten: Luftbuggys standen nur den allerwichtigsten Repräsentanten der Gesellschaft zur Verfügung.

Wir sahen, wie die Tür sich öffnete und eine Gestalt in Schutzkleidung ausstieg. Kurz darauf kletterte eine zweite Person mühsam aus dem Buggy und blickte sofort in meine Richtung. Mein Herz begann, schneller zu schlagen, und meine Hände waren kalt und verschwitzt. Ich konnte das Gesicht hinter dem Netz nicht erkennen, aber der gebeugte Rücken und der langsame, raumgreifende Gang der Gestalt, die auf mich zukam, waren mir vertraut. Jetzt stand er vor mir, und seine Stimme, die durch das Netz drang, hallte merkwürdig.

»Jephzat. Ich bin's. Dein Vater.«

Ich zog ihn an mich und hielt ihn fest umschlungen, und ich verkniff mir die Fragen, die ich ihm so gerne gestellt hätte. Unter seinem dicken Schutzanzug fühlte er sich dünn und gebrechlich an, und ich starrte ihn lange und eingehend an, um seine Züge hinter dem Gesichtsschutz ausmachen zu können.

Widerstrebend überließ ich ihn einem Gesellschaftsbeamten und sah zu, wie er zu der Stelle geführt wurde, an der das Labor gestanden hatte. Lange starrte er das Bild der Verwüstung an, ehe er sich zu einem der Beamten umdrehte und eine ganze Weile mit ihm sprach. Dann wurde er zu dem Luftbuggy zurückgeführt. Bevor er einstieg, drehte er sich um und winkte mir zu. Mit Mühe gelang es mir, meine Gefühle im Zaum zu halten. Vor diesen Fremden wollte ich mir keine Blöße geben.

»Werde ich meinen Vater wiedersehen?«, fragte ich die Frau.

Ich konnte ihren Gesichtsausdruck nicht erkennen, und ihre Stimme verriet nichts.

»Wenn die Gesellschaft sagt, dass es so sein soll, dann wird es so sein. Das Wohlergehen ihrer Angestellten liegt ihr stets sehr am Herzen.«

Der Buggy schoss in die Luft und verharrte einen Augenblick lang auf der Stelle, eher er über die Bucht in Richtung Hafen davonglitt. Ich sah die Fischer in ihren Booten zum Himmel aufblicken und hörte ihre bangen Rufe.

»Wir sind jetzt fertig«, sagte ein Beamter zehn Minuten später. Sie hatten schon damit begonnen, ihre Kisten und Taschen zusammenzupacken. Dann begaben sie sich zu ihren Fahrzeugen, ohne uns noch eines Blickes zu würdigen. Ich war überrascht, dass sie mich nicht eingehender befragt oder das Haus durchsucht hatten. Ich wandte mich an Homer, doch sein Blick ließ mich verstummen.

»Sei froh, dass sie nichts gefunden haben«, sagte er nur, als sie weg waren.

Homer schien es nicht sehr eilig zu haben, ins Dorf zurückzugehen, und so blieb er noch ein paar Tage bei mir. Aufzuwachen und ihn schlafend an meiner Seite zu finden, war noch besser, als von der Sonne geweckt zu werden, die durch mein Fenster schien. Einmal platzte Manos herein, ohne anzuklopfen, doch sie schien nicht überrascht, ihn hier zu sehen. Sie lächelte nur verschmitzt und gab mir einen Kräutertee, den Sengita bereitet hatte und der gegen die Nachwirkungen des Feuers helfen sollte. Aber ich verzehrte mich so nach Homer, dass ich das Trinken vergaß, und ich fragte mich nur, ob Hephzibah mit ihren Soldaten wohl das Gleiche empfunden hatte.

Als könne er meine Gedanken lesen, fragte er mich eines Morgens, was ich an ihr am meisten vermisste.

»Ihr Lächeln. Von ihr gebraucht zu werden. Ihr Geschichten zu erzählen. Ihr Lachen und ihren boshaften Humor, ihre unberechenbare Großzügigkeit. Ich glaube, ich vermisse sogar ihren Egoismus.«

»Wie kann man Egoismus vermissen?«

»Wenn du einen Menschen liebst, der ein Egoist ist, und wenn du diesem Menschen nahe bleiben willst, dann wirst du immer versuchen, ihm alles recht zu machen, und das bestimmt irgendwann weitgehend, wie du deinen Tag verbringst – oder gar dein ganzes Leben. Das ist jetzt alles vorbei, und ohne ihre ständigen Forderungen komme ich mir verloren vor. Mit dem Labor ist es ähnlich. Ich wusste jeden Morgen, dass ich einen Teil des Tages dort verbringen und meinem Vater bei der Arbeit helfen würde. Jetzt ist er weg, das Labor gibt es nicht mehr, und ich weiß nicht mehr, was ich tun soll. Ich hoffe immer noch, dass die Gesellschaft mir neue Aufgaben zuteilen wird, die mich beschäftigen und auf andere Gedanken bringen. Aber ich möchte nicht irgendwo anders hingeschickt werden. Ich will hier sein, wenn meine Eltern irgendwann zurückkommen.«

Was ich ihm nicht sagte, war, dass ich auch hier sein wollte, falls Hephzibah mit ihrem Kind zurückkäme. Ich wusste, dass es unwahrscheinlich war, aber die Hoffnung ist wie das Licht; sie findet immer eine Ritze, um auch in das dunkelste Zimmer zu scheinen.

Später in der Küche fragte mich Manos, ob ich auch ordentlich äße.

»Homer ist mir Nahrung genug«, antwortete ich unbekümmert.

»Das bezweifle ich nicht, aber er füttert dich nur mit Liebe, und mit Liebe allein kann man den Magen nicht füllen. Das Herz schon, aber nicht den Magen.« Und sie führte die Finger an den geöffneten Mund und machte die Geste des Essens, als ob ich noch ein kleines Kind wäre.

Homer kam herein. Er hatte sich Öl ins Haar gerieben, und sein Sarong schmiegte sich an seine Oberschenkel. Er streichelte meinen Arm und küsste mich zärtlich auf die Wange. Manos sah mit unverhohlenem Interesse zu.

»Es ist gut, dass du hier bist und dich um Jephzat kümmerst. Der Himmel weiß, was aus ihr geworden wäre, wenn sie dich nicht gehabt hätte. Sie hätte wohl längst den Verstand verloren.«

Ich tat so, als hätte ich sie nicht gehört, aber ich errötete dennoch, weil ich wusste, dass sie die Wahrheit gesagt hatte.

Wir setzten uns auf die Veranda. Ich hatte Manos selten so entspannt gesehen, und ich dachte, wie sehr sie sich doch verändert hatte, seit meine Eltern weg waren. Sie war nicht mehr so unterwürfig wie früher, nicht mehr so rastlos, und sie schien es weniger eilig zu haben, nach Hause zu kommen. Sie war schon immer groß gewesen, aber jetzt schien sie noch gewachsen zu sein.

Keiner von uns sagte etwas. Mit unseren Blicken folgten wir einem Sittichpärchen, das in der Bougainvillea spielte, aber in Gedanken waren wir alle woanders. Es war Homer, der das lange Schweigen brach.

»Die Gesellschaft strebt für das nächste Jahr eine große Steigerung der Olivenernte an. Warum, das will sie nicht sagen, aber sie hat schon geplant, mehr Arbeiter ins Land zu bringen. Ich weiß nicht, wie sie die Bäume dazu bringen wollen, noch mehr abzuwerfen als bisher. Die jungen Bäume sind noch nicht voll entwickelt und werden so bald noch keine Früchte tragen.«

»Irgendetwas führen sie im Schilde«, meinte Manos.

»Ja, aber was? Und warum wollen sie noch mehr Menschen ins Land bringen? Das ist beunruhigend.«

»Vielleicht haben sie eine neue Verwendung für die Oliven entdeckt, obwohl ich mir nicht vorstellen kann, was das sein könnte. Wir sind ja jetzt schon voll ausgelastet und haben große Mühe, die gewaltige Nachfrage aus den anderen Teilen der Föderation zu befriedigen. Selbst mit den ganzen wissenschaftlichen Erkenntnissen, die die Gesellschaft zur Verfügung hat, kann sie doch einen Ölbaum nicht dazu bringen, mehr zu produzieren, als er leisten kann. Oder etwa doch?«

Manos seufzte schwer und stand auf, um zu gehen.

»Ich habe für euch gekocht und ein wenig aufgeräumt. Vergiss nicht, Sengitas Tee zu trinken. Homer, du solltest auch etwas davon trinken.« Wir küssten sie zärtlich, und sie ging mit großen Schritten die Auffahrt hinunter. Ein Sittich flatterte hinter ihr her wie ein kleines, bunt schillerndes Juwel.

Ein unstillbares Verlangen überkam mich, als Manos gegangen war. Aber es war nicht das Verlangen nach Homers Nähe – es zog mich zurück in die Bibliothek. Schon konnte ich das moschusartige Aroma der Bücher wittern, und im Geiste blätterte ich Seiten um, so verschieden in ihrer Beschaffenheit wie das Laub in einem Wald; mal waren sie spröde und brüchig, und man musste ihnen gut zureden, damit sie sich umblättern ließen; ein anderes Mal waren sie weich und duftig und boten ihre Worte dar wie ein Geschenk; wieder andere waren so schwer, dass sie sich von selbst aufklappten, als ob die Bedeutsamkeit ihrer Botschaft sie niederdrückte. Aber mehr als alles andere schlug mich ihr Geheimnis in seinen Bann, all die Geschichten, die sie mir noch erzählen sollten.

»Ich muss in die Bibliothek gehen, Homer. Ich muss bei den Büchern sein.«

Er verstand und begleitete mich, um mir noch einmal den geheimen Eingang zu zeigen. Dann ließ er mich allein. Er versprach, am Abend wiederzukommen, und küsste mich sanft auf die Stirn. Ich sah ihm nach, als er wie ein Schatten durch die Wand glitt, und dann stand ich allein zwischen den hoch aufragenden Regalen. Ich genoss jede Sekunde des Alleinseins, und Schauer der Vorfreude durchliefen mich beim Gedanken an das, was die Bücher mir schon bald enthüllen würden.

Ich starrte die Regale an und wartete. Wo sollte ich anfangen? Langsam schlenderte ich an den Reihen von Büchern entlang, und mein Blick glitt über die Titel und die Namen der Autoren. Vor einer großen Enzyklopädie blieb ich stehen und zog wahllos einen Band heraus. Den Text konnte ich nicht entziffern, aber ich betrachtete neugierig die schwarzweißen Abbildungen. Ganz versunken in das Studium einer Karte der Alten Welt, lehnte ich mich mit dem Rücken an das Regal. Plötzlich hörte ich ein Geräusch – und ich wusste sofort, was es war: das Seufzen der Tür, die sich automatisch öffnete. Ich wusste instinktiv, dass es nicht Homer war. Hastig stellte ich das Buch zurück und sah mich voller Panik nach einem Versteck um. Mit pochendem Herzen schlich ich weiter an den Regalen entlang, bis ich auf einen großen Schrank neben einem Schreibtisch stieß, hinter dem ich mich versteckte. Dann wurde mir zu meiner Bestürzung klar, dass der Neuankömmling schon an dem brennenden Licht erkennen würde, dass jemand in der Bibliothek war. Ich hörte Schritte; sie kamen auf mich zu. Als ich unter dem Schrank hindurchspähte, sah ich den Saum eines Rocks vorbeihuschen. Irgendwie kam mir der Rock bekannt vor. Ich veränderte meine Position, um besser sehen zu können. Die Frau war stehen geblieben und stieg nun eine Leiter zu einem hohen Regal hinauf. Oben griff sie nach einem Buch, steckte es in eine der Taschen ihrer Weste und begann wieder hinabzusteigen. Ich wartete am Fuße der Leiter auf sie. Sengita schien gar nicht überrascht, mich hier zu sehen, und begrüßte mich, als wären die Umstände keineswegs ungewöhnlich.

»Ich habe mich schon gefragt, wie lange es dauern würde, bis du sie entdeckst«, sagte sie, und dann beglückwünschte sie mich. »Der Tag, an dem du zum ersten Mal hierherkommst, ist der wundervollste und wichtigste Tag in deinem Leben. Feiern müssen wir ein andermal, denn jetzt, da du die Bücher entdeckt hast, wirst du wenig Gelegenheit haben, irgendetwas anderes zu tun außer zu lesen. Du wirst kaum an etwas anderes denken können. Du wirst sein wie eine Frau, die während ihrer besten Jahre ihr Bett mit einem mittelmäßigen Liebhaber geteilt hat und als reife Frau zum ersten Mal wahre Leidenschaft entdeckt.«

»Ich hätte es eher mit einem Verdurstenden verglichen, der auf einen Brunnen stößt«, sagte ich.

»Aber wenn du zu viel trinkst, kannst du sterben«, sagte Sengita. »An zu viel Liebe oder zu viel Wissen ist noch nie ein Mensch gestorben.«

Ich war mir plötzlich nicht mehr so sicher. »Du übertreibst, was die Bedeutung dieser Bücher betrifft, Sengita. Es ist ganz bestimmt gefährlich, so großen Wert darauf zu legen. Sie sind wahrscheinlich genauso voller Lügen wie die Botschaften der Gesellschaft an uns. Es könnte sogar sein, dass die Gesellschaft sie selbst hier aufgestellt hat – dass es nur einer ihrer Tricks ist.«

»Und wieso bist du dann hier?«, fauchte sie.

»Ich konnte nicht anders – ich musste einfach kommen. Ich weiß nicht, wieso.«

Sengita packte meine Schultern und schüttelte mich wutentbrannt. »Nichts, Jephzat, nichts in deinem Leben wird je wieder so sein wie vorher. Mit dem heutigen Tag wird dein Leben sich so verändern, wie du es dir in deinen kühnsten Träumen nicht hast vorstellen können. Du hast gerade zum ersten Mal mit einem Mann geschlafen, und jetzt glaubst du, dass dir dieses Erlebnis die Augen geöffnet hat für alles, was das Leben zu bieten hat. Es war so herrlich, etwas Herrlicheres kannst du dir einfach nicht vorstellen.«

Ich wollte sie wegstoßen, aber sie ließ mich einfach nicht los, und das Lodern in ihren Augen war von einer beängstigenden Intensität.

»Hör zu, kleines Mädchen! Eine Nacht, die du mit diesen Büchern verbringst, eine Nacht nur wird dein Leben so auf den Kopf stellen, wie es ein Liebhaber niemals fertigbringen wird. Das verspreche ich dir.«

Wir zitterten beide heftig, als sie endlich von mir abließ. Dann wurden ihre Züge milder.

»Es tut mir leid, Jephzat, aber diese Bücher sind alles, was wir noch haben, um zu erfahren, wer wir sind und was uns genommen wurde. Manchmal musst du nur in ihrer Nähe sein, um von den Worten angerührt zu werden. Du musst die Seiten nicht umblättern, sie sprechen zu dir von den Regalen herab, und manchmal erschüttert es mich so, dass es mir schwer wird, vernünftig zu bleiben. Ich will dich nur warnen: Es gibt Dinge, die haben eine Macht, die all unsere Vorstellungskraft übersteigt. Das ist der Grund, weshalb die Föderation das alles hier schon immer vernichten wollte.« Sie deutete mit einer ausladenden Geste auf die Reihen von Buchrücken. »Worte können Macht verleihen, Worte können zerstören, und Worte können Totes wiederbeleben.«

»Aber ich weiß nicht, wo ich anfangen soll«, sagte ich unglücklich.

»Ich werde es dir zeigen. Alle, die hierherkommen, fangen

damit an herauszufinden, was seit dem Anbruch der dunklen Tage geschehen ist. Nicht in der Version, die uns die Föderation auftischt, sondern so, wie es damals aufgezeichnet wurde. Es wird dich schockieren und verstören, aber hör nicht auf zu lesen, bis du begriffen hast, wie es wirklich war.«

Sengita verschwand und kam gleich darauf mit einem Arm voller Bücher wieder. Sie legte sie auf den Schreibtisch und zog einen Stuhl für mich heran. Ich fing an zu lesen. Und mein neues Leben begann.

DRITTES BUCH

Ich weiß nicht, wohin ich gehe.
Du bist der Weg, und du kennst alle Wege,
besser als alle Karten, besser als Liebe.

Rumi

SECHSUNDZWANZIG

Die Sonne verdrängte bereits den Mond vom Himmel, als ich in mein Zimmer zurückkam. Homer lag schlafend im Bett, die Arme über die Kissen geworfen. Ich atmete die Wärme und den Duft seines Körpers ein, doch ich fand keinen Schlaf. Mein Kopf war angefüllt mit einem neuartigen, beunruhigenden Wissen. Konnte das alles wirklich wahr sein? Und wenn ja, wie konnten wir so weiterleben wie bisher, wissend, dass die Föderation uns alles weggenommen hatte, was unserem Leben Sinn gab, einschließlich unserer Vergangenheit? Sie hatte eine Lebenslüge für uns geschaffen und uns dafür unser eigenes Leben geraubt, hatte uns in völliger Dunkelheit zurückgelassen, orientierungslos, allein auf unseren Überlebensinstinkt angewiesen. Für die Gesellschaft zu arbeiten, bedeutete, niemals auch nur die Möglichkeit eines anderen Lebens in Betracht zu ziehen. Ich versuchte, die Ungeheuerlichkeit meiner Entdeckung zu begreifen: Endlich, zum ersten Mal in meinem Leben, hatte ich eine Wahl.

Ich war nicht die Einzige, die wusste, dass die alten Landkarten vernichtet worden waren. Nicht mit Absicht, so machte man uns weis; die Techniken zu ihrer Erhaltung waren einfach »verloren gegangen«. Ich wusste auch von meinen Eltern, dass alle Grenzen unter den Gesichtspunkten des Eigentums an natürlichen Ressourcen und der zentralisierten Produktion neu gezogen worden waren. Aber bevor ich anfing, die Bücher zu lesen, hatte ich nicht gewusst, dass weite Landstriche völlig »verschwunden« waren, ignoriert von der Regierung. Die Kartografie war binnen kurzer Zeit zu einer Kunst der Täuschung geworden.

Die »alten« Länder waren schon vor langer Zeit verschwunden, ihre Namen ausgelöscht, ihre Sprachen verboten. Von einem Tag auf den anderen war es, als hätten diese Völker und ihre Geschichte nie existiert. Tausende von Männern, Frauen und Kindern waren heimlich ins Weltall verschickt worden, um neue Kolonien zu gründen, doch niemand überlebte. Zahllose andere verschwanden, ohne dass man je etwas über ihren Verbleib erfahren hätte; Gerüchte besagten jedoch, sie seien in Arbeitslager gebracht worden, wo sie für die im Entstehen begriffene neue Welt umgeschult werden sollten. Nationalitäten schwanden dahin; nur vereinzelt gelang es Menschen, winzige Bruchteile ihrer alten Sprachen und Bräuche zu erhalten. Vage Erinnerungen an mündliche Überlieferungen halfen ihnen dabei, aber auch die Bücher, die sie sich verbotenerweise aneigneten. Jegliches Gefühl der Zugehörigkeit zu einer Gemeinschaft wurde den Menschen genommen; willkürlich wurden sie ihrem sozialen Umfeld und ihren Familien entrissen. In Massentransporten brachte man sie in Lager, wo sie einer Gehirnwäsche unterzogen, ihrer Erinnerung beraubt und zu gehorsamen Arbeitstieren gedrillt wurden.

Die Glücklichen waren die wenigen, die bleiben durften, wo sie waren, oder die Menschen um sich hatten, die keine Angst hatten, sich zu erinnern. Menschen, die vergessen hatten, wo die Berge waren, fanden sie wieder, indem sie dem Wasser folgten. Aber viele verstanden es nicht, zu überleben. Manche wussten nicht, dass es so etwas wie Wüsten gab, bis ihnen Fremde, die sich verirrt hatten, von extremer Hitze und Ozeanen von Sand berichteten, und von Tieren mit Höckern auf dem Rücken, die tagelang ohne Wasser auskommen konnten. Menschen, die in dichten Wäldern ihren Lebensunterhalt gefunden hatten, mussten sich plötzlich an weite Savannen anpassen. Staunend fragten sie sich, was es wohl noch alles zu entdecken gab. Aber es war bereits zu spät.

Und was war der wahre Grund für all dies? Als das Klima sich wandelte, veränderte sich unsere Erde für immer: Die Blumen blühten den ganzen unnatürlich milden Winter hindurch; ganze Städte wurden durch Überflutungen unbewohnbar; der ansteigende Meeresspiegel verschlang nach und nach breite Küstenstriche; die Ozonschicht, die uns vor der Sonneneinstrahlung schützte, begann zu schwinden. Die Anfänge dieser Geschichte sind euch schon vertraut. Wie ein implodierender Stern konnte das Imperium sich nicht länger selbst erhalten. Dann wurde es durch die zunehmende Trinkwasserknappheit in den meisten Regionen der Erde noch weiter destabilisiert. Die Regierungen, zunehmend abhängig von den Megakonzernen, erkannten die Warnzeichen nicht …

Homer erwachte und zog mich leidenschaftlich an sich. Doch ich war mit den Gedanken woanders.

»Was hat du, meine kleine Göttin?«

»Ich habe in dieser Nacht Dinge gelesen, die ich vielleicht nicht hätte lesen sollen. Sengita hat mir Bücher gegeben. Es gibt nichts, was diese Frau nicht weiß. Es ist, als wäre sie überall gleichzeitig.«

Homer setzte sich auf und blickte auf mich herab. Ich streichelte seinen Schnurrbart und fuhr mit den Fingerspitzen die Konturen seiner Lippen nach, doch er schob mich sanft von sich.

»Sengita liebt dich. Sie würde dir nie wehtun. Wenn sie in die Bibliothek gekommen ist, während du dort warst, dann nur, um dir zu helfen. Du musst ihr vertrauen.«

»Ich vertraue Sengita mehr als irgendeinem Menschen außerhalb meiner Familie. Aber dank der Föderation ist Vertrauen zu einem gefährlichen Glücksspiel geworden. Wenn du einmal dem Falschen vertraust, bist du tot. Es gibt keine Bücher, die uns lehren, wie das geht – einem Menschen zu vertrauen.«

»Du hast erst einen winzigen Bruchteil der Wahrheit gelesen. Und vergiss nicht, dass auch in der alten Zeit die Fakten manchmal verfälscht wurden.«

»Aber manche Dinge kann man nicht für immer unterdrücken. Das Leid, das mit der Entstehung dieser Föderation verbunden war, muss ungeheuer gewesen sein. All die Menschen, die damals verschwunden sind – was ist aus ihnen geworden? Wurden sie niedergemetzelt? Aber warum? Weil die Föderation sie nicht brauchen konnte? Oder weil sie mit Mängeln zur Welt gekommen waren, die zu beheben der Föderation zu mühsam war? Ganze Sprachen und Länder mitsamt ihrer Geschichte – einfach ausgelöscht. Kein Wunder, dass die Föderation solche Anstrengungen unternommen hat, alle Erinnerungen zu tilgen, eine neue Welt zu schaffen und die Menschen massenhaft umzusiedeln, bis niemand mehr wusste, wohin er gehörte. Anders hätte sie nicht überleben können. Es macht mich traurig und wütend zugleich.«

»Wie wütend?«

»So wütend, dass ich unbedingt etwas ändern will.«

Homer zog mein Gesicht nahe an das seine.

»Du meinst, so wütend, dass du mithelfen würdest, die Föderation zu stürzen?«

Ich gab keine Antwort. Ich hatte schon mehr als genug gesagt in Gegenwart eines Mannes, den ich im Grunde kaum kannte. Wenn Homer ein Agent der Föderation wäre, dann könnte eine positive Antwort das sofortige Todesurteil bedeuten – sie würden kurzen Prozess mit mir machen. Ich blieb stumm.

»Du kannst mir vertrauen«, sagte er, als hätte er meine Gedanken gelesen.

»Ich kann dieses Risiko nicht eingehen. Du könntest alles Mögliche sein. Du bist einfach so aus dem Nichts aufgetaucht. Vielleicht benutzt du mich nur, um andere, die auch die Bibliothek benutzen, in die Falle zu locken.«

»Komm mit nach draußen«, sagte er. »Dann erkläre ich dir alles.«

Wir packten Kaffee, Brot und Obst ein und gingen hinunter an den Strand. Dort setzten wir uns auf einen großen, von Wellen umspülten Felsen. Die aufgehende Sonne wärmte bereits, und eine leichte Brise kräuselte das Wasser. Hätte mich das, was Homer mir erzählte, überraschen sollen? Das tat es jedenfalls nicht. Es war, als hätte ich es schon immer gewusst …

Er erklärte, ich könne die Bibliothek benutzen, wann immer ich das Bedürfnis verspürte, und je mehr ich läse, desto besser sei es für mich. Wissen ist Macht, sagte er, und ich hing gebannt an seinen Lippen. Wenn ich es wünschte, würde mich Sengita bei der Auswahl meiner Lektüre beraten, aber es stand mir auch frei, einfach alles zu lesen, was ich wollte, und sooft ich es wollte. Ich müsse aber auch darauf achten, meine körperliche Gesundheit nicht zu vernachlässigen, sagte er und warnte mich vor den Gefahren des so genannten »Lesefiebers«. Die Bücherleidenschaft konnte sich zu einer Besessenheit entwickeln, und das war gefährlich, weil man so die Aufmerksamkeit der Gesellschaft auf sich lenkte. Es gab so genannte Buchwächter, erklärte er – Freiwillige, die in regelmäßigen Abständen die Bibliothek kontrollierten, um sicherzustellen, dass die Besucher sich nie länger als drei oder vier Stunden dort aufhielten, und auch niemals während der Zeit, die der Gesellschaft gewidmet war. Mir hatte man wegen meines Sonderstatus erlaubt, länger zu bleiben. Das verwirrte mich, aber ehe ich nachfragen konnte, legte er mir den Finger auf die Lippen.

Er sagte, ich müsse damit rechnen, noch anderen Bekannten in der Bibliothek zu begegnen; es sei jedoch besser, wenn wir uns gegenseitig ignorierten.

Dann erzählte er mir von den Lesenden, einer Organisation von Menschen, die sich nicht nur der Wiederbeschaffung, Restaurierung und Erhaltung von Büchern und anderen Informationsträgern aus den Ländern der Alten Welt verschrieben hatten, sondern auch der Vernichtung der Föderation. Anschließend schwieg er und beobachtete mich eine Zeit lang aufmerksam.

»Du wirkst gar nicht überrascht«, sagte er schließlich.

»Es klingt alles einleuchtend«, erwiderte ich. »Ich kann verstehen, dass Lesen allein nicht genügt. Man will doch etwas anfangen mit seinem Wissen, man muss irgendwohin mit der Wut, die es auslöst. Aber es ist sinnlos. Nichts kann die Föderation zerstören. Über die Gesellschaft hat sie uns fest in ihrer Gewalt. Es überrascht mich, dass ihr mit dem, was ihr bis jetzt unternommen habt, ungestraft davongekommen seid.«

»Es gibt Leute in führenden Positionen, die unserer Organisation angehören und denen es gelingt – wie soll ich es ausdrücken? –, durch Akte schleichender Sabotage unseren Interessen zu nützen. Vergiss nicht, dass die Föderation selbst korrupt und ineffizient ist, gelähmt von ihrem eigenen kopflastigen bürokratischen Apparat. Sie begeht viele Fehler, die sich zu unserem Vorteil auswirken. Das macht unsere Arbeit nicht weniger gefährlich, aber wir brauchen neue Mitglieder wie dich. Du würdest unsere Organisation wirklich bereichern.«

Eine Welle klatschte an den Felsen, und feine, kalte Wassertröpfchen spritzten uns ins Gesicht. Sofort musste ich an meine Eltern denken. Wie konnte ich ihr Leben gefährden, indem ich einer Geheimorganisation beitrat?

»Ich kann es nicht tun, Homer«, sagte ich. »Es ist zu gefährlich. Ich kann mir nicht vorstellen, dass das funktioniert. Kleine Gruppen von Leuten, die ein paar Bücher zu retten versuchen und zugleich darauf abzielen, eine Föderation zu stürzen, die die ganze Welt beherrscht. Das ist verrückt.«

Er redete beschwörend auf mich ein. »Es geht nicht ohne Opfer, aber stell dir doch nur vor, wie es sein wird, wenn die Föderation nicht mehr ist. Die Bibliotheken werden ihre Tore für alle öffnen, und die Menschen werden sich daranmachen, ihre eigene Vergangenheit zurückzuerobern. Sie werden wieder in der Lage sein, ihren Planeten zu vermessen und zu kartieren, sie werden die Freiheit haben, alles zu erforschen, und die Ressourcen werden der Allgemeinheit zur Verfügung stehen, anstatt im Besitz einer korrupten Minderheit zu sein. Die Arbeiterinnen und Arbeiter werden sich aussuchen können, wo sie arbeiten wollen. Die Gesellschaften haben uns vor Jahrhunderten unserer Grundrechte beraubt, und dann haben sie uns auch noch unsere Identität genommen. Jetzt ist es an der Zeit, unsere Rechte zurückzufordern, unser Ich, das uns gestohlen wurde. Die Erziehung unserer Kinder wird nicht länger im Auswendiglernen der Regeln der Gesellschaft und einer gefälschten Version der Geschichte bestehen, sondern im Vermitteln der Wahrheit. Es wird Diskussionen und Meinungsverschiedenheiten geben, ohne dass irgendjemand wegen seiner kritischen Haltung verschwindet oder hingerichtet wird. Wir werden uns alle schöpferisch betätigen können.« Er ergriff meine Hände. »Jephzat, wir werden frei sein!«

Ich hatte Mühe, manche der Wörter zu verstehen, die er benutzt hatte. »Das klingt alles sehr gut«, sagte ich seufzend, »aber auch so fremd; wie diese Sprachen in der Bibliothek. Die Dinge werden sich nicht über Nacht ändern. Wir leben schon so lange in diesem System, dass die meisten von uns es längst akzeptiert haben. Wir können uns nichts anderes mehr vorstellen.«

»Aber wenn du einmal anfängst, Bücher zu lesen, beginnst du, andere Möglichkeiten zu sehen. Das weißt du bereits. Du wirst erkennen, dass es Zeiten gab, als unsere Vorfahren noch die Freiheit der Wahl hatten, und dass unsere Rechte schon immer etwas waren, wofür man kämpfen musste. Die Mächtigen werden uns diese Rechte immer vorenthalten und sie nach und nach unterhöhlen, bis nichts mehr übrig ist. Es sei denn, wir kämpfen darum. Sieh dir nur an, was Maya für die Welt getan hat. Von ihrem Vorbild inspiriert, konnten die Menschen die katastrophalen Klimaveränderungen noch einmal umkehren. Wie war das möglich? Weil sie die Menschen zu kollektiven Anstrengungen ermutigt hat. Die Föderation weiß, was passieren kann, wenn die Menschen durch Wissen zu Macht gelangen; deswegen hält sie uns getrennt, verbietet den Zusammenschluss in kleinen Gruppen und reißt uns auseinander, sobald wir zu oft zusammen gesehen werden; sie schießt uns gar mit Raketen auf unfruchtbare Planeten, wo wir keine Überlebenschance haben. Maya war nicht vollkommen, und sie hat Fehler gemacht. Aber die Menschheit war reif für sie. Die Föderation hält noch immer an Mayas Grünem Testament fest, doch sie hat ihren Namen aus den Annalen gelöscht, *damit die Menschen nicht erkennen, dass sie die Macht haben, die Dinge zu ändern.*«

»Ich weiß nicht viel über Maya, Homer. Es tut mir leid. Ich weiß auch nicht, ob es mich wirklich interessiert. Die Dinge sind, wie sie sind, und das ist alles. Mehr weiß ich nicht.«

»Du enttäuschst mich, Jephzat. Du und Millionen andere wie du, ihr seid der lebende Beweis dafür, welch gründliche Arbeit die Gesellschaft geleistet hat.«

Als ich Anstalten machte zu gehen, legte er mir die Hand auf die Schulter und hielt mich zurück.

»Ich flehe dich an, Jephzat. Die Lesenden brauchen dich. Wir brauchen dich schon lange, aber es war nie der richtige Moment. Jetzt ist er gekommen, und du bist bereit. Du musst dich uns anschließen.«

»Und wenn ich es nicht tue?«

»Dann sind wir alle verloren.«

SIEBENUNDZWANZIG

Die Sonne war heiß, als wir uns auf dem Felsen ausstreckten und in den wolkenlosen Himmel starrten. Ich spürte das Kratzen des warmen, rauen Steins auf meiner Haut, als ich mich zu Homer umdrehte und ihn in die Arme schloss. Er blickte zur Sonne auf.

»Es gab Zeiten, da konnten die Menschen nicht tun, was wir gerade tun. Sie mussten sich von Kopf bis Fuß bedecken«, sagte er und drehte sich so, dass er auf mir lag. »Wegen der Umweltverschmutzung gab es keinen Schutz vor den Strahlen der Sonne.«

»Das ist nichts Neues. Das gehört zu den wenigen Dingen, die uns die Föderation über die Vergangenheit erzählt.«

»Es gehört zu den wenigen *wahren* Dingen, die sie uns erzählt. Sie weiß, dass wir es uns nicht leisten können, in Selbstzufriedenheit zu verfallen, und deshalb jagt sie uns gerade so viel Angst ein, dass wir uns an die Umweltschutzregeln halten. Aber ich habe auch in den alten Büchern davon gelesen. Wir müssen permanent daran erinnert werden, wie der Planet sich gegen uns wenden kann, wenn wir nicht auf ihn Acht geben. Nicht alles an den alten Ländern war gut. Wir müssen aus ihren Fehlern lernen und nach vorne schauen.«

»Du hörst dich allmählich schon an wie der Kommissar.«

Wir lachten beide.

Auf dem Felsen konnten wir uns nicht lieben; es hätte uns jemand sehen können. Ich warf nervöse Blicke in Richtung Haus.

»Ich habe die ganze Zeit das Gefühl, dass uns jemand nachspioniert«, sagte ich.

»Die Gesellschaft versucht immer, uns zu beobachten. Du musst schlauer sein als sie, das ist alles.«

Wir gingen hinauf zum Pavillon und versteckten uns in seinem Schatten. Wir legten uns auf den kühlen Boden, und ich schlang die Beine um Homers Körper und packte ihn wie eine Raubkatze ihre Beute. Er befriedigte mich mit den Fingern, und ich kam in seine Handfläche. Dann streichelte er meine Brüste und meinen Hals mit seiner feuchten Hand. »Wasch es nicht ab«, sagte er. »Ich will dich heute Nacht riechen können.«

Der Kommissar wartete auf der Veranda auf uns; nachdenklich starrte er aufs Meer hinaus. Ich hatte ihn noch nie so entspannt gesehen, doch als er uns kommen sah, trat er sofort in Aktion.

»Sie haben schon genug Zeit hier verbracht«, wandte er sich ohne Begrüßung barsch an Homer.

»Jephzat ist von dem Brand sehr mitgenommen. Jemand muss sich um sie kümmern, nachdem ihre Eltern nicht mehr hier sind.«

»Das kann die Gesellschaft übernehmen. Es wird Zeit, dass Sie wieder nach Hause gehen. Es wartet Arbeit auf Sie. Einige der Fässer müssen ausgebessert werden. Sie hätten im Büro sein sollen, als ich dort vorbeigeschaut habe. Ich muss dort die neuesten Produktionszahlen einholen.«

Homer sagte nichts, sondern nickte nur knapp und verschwand im Haus, um seine Sachen einzusammeln.

»Manos und Sengita können kommen und nach dir sehen«, sagte der Kommissar, als wir allein waren. Sein Gesicht war röter als sonst. »Die Gesellschaft hat Arbeit für dich. Dein Vater glaubt, dass einige seiner Forschungsunterlagen fehlen, und er möchte, dass du danach suchst.«

»Ist es dringend?«

»Du weißt am besten, wie weit er mit seinen Experimenten war, als das Unglück passierte …«

In diesem Moment kam Homer wieder heraus. Er war nicht mehr der entspannte Liebhaber mit den weichen Zügen, der noch vor wenigen Minuten in meinen Armen gelegen hatte.

»Bist du sicher, dass du allein zurechtkommen wirst?«, fragte er leise, bevor er sich abwandte, um mit dem Kommissar aufzubrechen. Jetzt würden wir keine Gelegenheit mehr bekommen, uns ungestört voneinander zu verabschieden.

Ich lächelte nur schwach und sagte nichts, aus Furcht, meine Stimme könnte versagen und mich verraten. Von meinem Hals stieg der Geruch nach Sex auf, und ich spürte noch Homers Berührung zwischen den Beinen. Traurigkeit erfasste mich, als ich Homer nachsah, bis er mit dem Kommissar hinter der Wegbiegung verschwunden war. Ich fühlte mich schutzlos und allein. Doch ich zwang mich, noch einige Minuten stehen zu bleiben und den leeren Horizont zu beobachten, obwohl ich es kaum erwarten konnte, in die Bibliothek zurückzukehren.

ACHTUNDZWANZIG

Ich lief den ganzen Weg. Sengita war schon dort, als ich ankam; sie hatte es sich auf einem Diwan gemütlich gemacht und las in einem großen Buch. Obwohl sie sich Mühe gab, überrascht zu wirken, wusste ich doch, dass sie auf mich gewartet hatte. Sie begrüßte mich mit einem Lächeln.

»Ich wusste, dass du kommen würdest, sobald du kannst. Wie könnte es anders sein?«

Ich setzte mich zu ihr und schielte neugierig nach ihrem Buch. Sie strich mir die Haare aus der Stirn.

»Du siehst fantastisch aus«, staunte sie. »Du strahlst wie eine kleine Sonne. Ist das Homers Werk?«

»Das weißt du doch«, murmelte ich verlegen.

Ihre Brust hob sich, und die Glöckchen an ihrer Weste klingelten, als sie einen tiefen Seufzer ausstieß. »Verliebt sein ist wunderbar. Es gibt keine bessere Medizin. Aber nutze die Zeit, Jephzat. Es wird nicht ewig dauern. Wenn es so wäre, würde es uns alle in den Wahnsinn treiben.«

Ich wusste nicht, wie viel ich Sengita von Homer erzählen sollte, so sehr es mich auch verlangte, mein neu gefundenes Glück mit ihr zu teilen. Ich hätte sie gerne gefragt, ob es normal war, so viel Zeit mit einem einzigen Menschen verbringen zu wollen, dass er meine Gedanken so ganz und gar beherrschte, dass ich mich immer und immer wieder an jedes seiner Worte, an jede seiner Gesten erinnerte, bis mir der Kopf schwirrte.

Aber bevor ich etwas sagen konnte, führte sie mich in einen

abgelegenen Winkel der Bibliothek, den ich noch nicht gesehen hatte. Hier waren die Bücherregale mit Blumenvasen und bunten Dreieckstüchern geschmückt.

»Diese Regale sind alle Maya gewidmet und der Zeit, in der sie lebte. In anderen Geheimbibliotheken gibt es noch viel mehr Bücher über sie, und es wäre unmöglich, sie alle zu lesen, selbst wenn man ein Leben lang nichts anderes täte.«

Sie machte mir Platz auf dem Diwan, und ich legte mich neben sie. Dann drückte sie mir ein Buch in die Hand, und ich begann zu lesen.

Ich war so in meine Lektüre versunken, dass ich gar nicht bemerkte, wie Sengita ging, und ebenso wenig hörte ich den Buchwächter kommen, bis ich plötzlich merkte, dass jemand neben mir stand. Ich blickte auf und erkannte Miran, einen der alten Männer aus dem Dorf. Ich hielt mich an Homers Anweisung und begrüßte ihn nicht, doch ich lächelte, als er nach einem der Bücher griff und es küsste.

»Maya, Maya«, flüsterte er ehrfurchtsvoll, und dann stellte er sich einen Stuhl neben den Diwan. Er begann sehr langsam zu lesen, wobei er mit dem Zeigefinger die Zeilen nachfuhr.

»Ist es nicht wunderbar?«, sagte er nach einiger Zeit und nahm meine Hand, als begrüßte er eine alte Freundin. Seine Handflächen und Finger waren von Jahren des Erntens und Auspressens der Oliven ganz verfärbt, und die Haut fühlte sich an wie Schuhleder.

Miran hatte schon immer im Dorf gelebt, und seine Frau schimpfte ihn ständig aus, weil er nie zu Hause war. Er verbrachte den größten Teil seiner Zeit mit den Ölbäumen, die auf den Terrassen zwei Kilometer außerhalb des Dorfes wuchsen. Er war geradezu eifersüchtig besorgt um sie, und die anderen Dorfbewohner, die um seine Liebe zu dieser Baumfamilie wussten, ließen ihn gewähren. Er sprach nicht mit seiner Frau, nur mit seinen Bäumen. Hephzibah und ich hatten ihn oft gehört, wenn wir durch die Olivenhaine gestreift waren. Einmal, als wir noch klein waren, versteckten wir uns hinter einem Gebüsch und sahen zu, wie er nacheinander jeden einzelnen Stamm umarmte und sich dann zwischen die Bäume stellte und zu ihnen sang. Er pries ihre Schönheit, ihre Großzügigkeit und ihre Freundschaft.

»Er hat keine Kinder«, hatte uns Manos erklärt, als wir nach Hause gekommen waren und ihr erzählt hatten, was wir gesehen hatten. »Die Bäume sind seine Familie, und er liebt sie wie seine Söhne und Töchter. Ihr mögt ihn auslachen, aber er züchtet die besten Oliven im Land, und ihr Öl ist das einzige, das bei den Banketten der Gesellschaft auf den Tisch kommt; überall in der Föderation bezahlt man ein Vermögen dafür. Nur dass der arme Miran von dem Geld nie etwas zu sehen kriegt.«

Jetzt hielt er mir das Buch hin. Auf dem Rücken las ich: *Die Geschichte der Olive.*

»Meine Bäume sind vielleicht an die tausend Jahre alt«, sagte er aufgeregt. »Was für Geschichten sie wohl erzählen würden, wenn sie sprechen könnten! Sie haben Weltreiche kommen und gehen sehen, haben Flut und Verwüstung überlebt. Die Menschen, die sie gepflanzt haben, sind längst verschwunden, und es muss ihnen das Herz gebrochen haben, als sie ihre Bäume zurücklassen mussten. Es muss für sie wie ein kleiner Tod gewesen sein.« Seine feuchten Augen blinzelten.

»Sicher hat man für sie andere Ölbäume gefunden, die sie pflegen konnten«, versuchte ich, ihn zu trösten.

»Das wäre nicht dasselbe gewesen. Jeder Baum hat seinen eigenen Charakter. Manche mögen es, wenn man sie beschneidet, andere nicht. Manche haben es gern, wenn man ihre Äste schüttelt, andere nicht. Manche lieben den Frühling, wenn sie Dünger um die Wurzeln gestreut bekommen, andere lieben die heiße, strahlende Sommersonne, und wieder andere leiden sehr unter dem Frost, und man muss ihnen gut zureden, damit sie wieder Früchte tragen.«

Jetzt fiel mir auf, wie sehr Miran den Bäumen glich, die er sein ganzes Leben lang gepflegt hatte: Die Adern auf seinen Handrücken waren erhaben und knotig wie die verschlungenen Wurzeln eines Ölbaums; seine gichtigen Finger waren dick und knorrig wie Stämme, und seine freundlichen Augen glichen den reifen schwarzen Früchten. Und selbst wenn er sich räusperte, was er oft tat, erinnerte mich das Geräusch an das Rascheln des Laubs.

Miran wandte sich wieder seinem Buch zu, und als ich aufstand, um zu gehen, streifte ich leicht seinen Arm.

»Ich komme nicht mehr so oft einfach nur zum Lesen hierher«, sagte er unvermittelt. »Nur wenn ich etwas für meine Bäume nachschlagen muss. Früher war ich so oft hier, wie es meine Arbeit zuließ, aber ich habe mir nur die Bilder und die Karten angesehen, denn ich konnte nicht lesen. Ich interessierte mich für Geschichte, Erzählungen aus der Alten Welt und dergleichen, aber ich musste mir die Texte vorlesen lassen, solange ich die alten Schriften noch nicht beherrschte. Es gibt nämlich geheime Kurse – falls du lernen möchtest, in den Originalsprachen zu lesen.«

»Wie lange hast du gebraucht, bis du die Originale lesen konntest?«

»Ein paar Jahre. Ich wollte all die alten Bücher über Oliven und die Produktion von Olivenöl lesen. Ich wollte so viel wie möglich lernen. Ich wollte ein Meister der Olive werden.«

»Und bist du einer?«

Ich wartete, bis er mit Lachen fertig war.

»Frag meine Bäume, und sie würden sagen: Ja. Frag die Gesellschaft, und sie würde sagen, es gibt keine Meister – nur Arbeiter, die nach ihrer Pfeife tanzen.«

Ich hielt mich nicht an Homers Anweisungen und fragte Miran geradeheraus, ob er ein Lesender sei. Zu meiner Überraschung antwortete er mir ohne Zögern.

»Das bin ich, und ich bin stolz darauf. Wir werden darum kämpfen, zu den alten Sitten zurückkehren zu können. Jeder wird darüber mitbestimmen dürfen, wie er sein Leben lebt. Alle werden frei wählen können. Wir werden in unsere Heimatländer zurückkehren, und das Wissen, das in Jahrhunderten von Generation zu Generation weitergegeben wurde, wird wieder allen zur Verfügung stehen. Wir werden nach Lust und Laune die Welt bereisen können. Die Terrassen werden dem Dorf gehören, nicht der Gesellschaft, und das Dorf wird sich aussuchen können, an wen es die Oliven verkauft. Aber zuerst müssen wir die Föderation schwächen und ihren Zusammenbruch herbeiführen. Du musst uns dabei helfen.

Du bist schon eine von uns, nur weißt du es noch nicht«, fuhr er fort. »Komm zu unserem nächsten Treffen. Homer wird dich einführen. Komm, und ich werde dir die erste Flasche von meinem Öl schenken, die aus der Presse kommt!«

Miran hatte mich inspiriert. Ich lächelte, als ich mich wieder meinem Buch zuwandte. Es klappte bei einer Seite mit Fotografien auf. Eine zeigte eine junge Frau, die vor einer dunkelblauen Holztür mit farbigem Glaseinsatz stand. Sie hatte die Arme ausgebreitet und umfasste mit beiden Händen den Türrahmen. Ihr kurzer gelber Glockenrock ließ lange Beine sehen, die ebenso nackt und sonnengebräunt waren wie ihre Arme. Sie war barfuß und hatte den rechten Fuß vor den linken Knöchel gestellt. Das Haar trug sie zurückgebunden, was ihre dunklen, dichten Augenbrauen betonte. Sie verliehen ihrem Gesicht einen wild entschlossenen Ausdruck, mit dem ihr breites, fröhliches Lächeln auffallend kontrastierte. Sie konnte kaum älter als achtzehn Jahre sein. Ein anderes

Foto zeigte dieselbe Frau, nur einige Jahre älter. Sie saß mit mehreren anderen Frauen und Männern an einem großen Tisch – offensichtlich eine Art Konferenz. Diesmal war ihre Miene streng und angespannt, und ihre Augenbrauen stießen über ihrer langen, geraden Nase zusammen wie zwei Krummsäbel. Ihre Augen, die hellbraun oder haselnussfarben sein mochten, blickten aufmerksam in die Kamera, was sie von den anderen Teilnehmern abhob, die in ihre Debatten vertieft schienen. Ihre Lippen waren voll, wirkten aber angespannt, und es hatte den Anschein, als bisse sie die Zähne zusammen. Ihr dunkles Haar, frisiert nach der – in meinen Augen lächerlichen – Mode der Zeit, hing ihr in großen, kunstvoll modellierten Locken über die Schultern und in die Stirn. Die Hände hatte sie vor sich auf einem Gerät verschränkt, bei dem es sich um einen tragbaren Computer zu handeln schien. Ihre auffallend ruhige Haltung in einem Raum voll hektischer Bewegung unterstrich ihre Autorität. Die Bildunterschrift lautete: *Maya bei der Ratifizierung der Grünen Charta durch die erste Globale Umweltmission, Helsinki, Mai 2102.*

So also hatte Maya ausgesehen. Irgendetwas an ihr kam mir bekannt vor, aber ich konnte nicht genau sagen, was es war. Es kam mir vor, als hätte ich sie schon einmal gesehen, doch ich konnte mich nicht erinnern, wo. Als ich die Bibliothek verließ, und auch später, als ich in meinem dunklen Zimmer lag, wich ihr Bild nicht mehr aus meinem Kopf: Sie war mir auf merkwürdige Weise vertraut – es war, als kennte ich sie schon lange.

NEUNUNDZWANZIG

Die Tage und Wochen begannen, sich in einen eigenen Rhythmus zu fügen. Ich wachte mit Homer auf, und dann liebten wir uns, oder wir lagen einfach nur da und lauschten den Geräuschen des Morgens. Wir warteten immer, bis wir draußen beim Frühstück saßen, ehe wir uns über das unterhielten, was wir zuletzt gelesen hatten. Manchmal kamen uns unsere Gespräche im Haus selbst gekünstelt vor, so schwer fiel es uns, unsere Erregung über die neuen Ideen und Einsichten zu unterdrücken.

Nach dem Frühstück ging Homer meist zurück ins Dorf, und ich arbeitete an der Behebung der Schäden, die das Feuer angerichtet hatte. Die Dorfbewohner hatten mir mehrere junge Ölbäume gebracht, und dazu einen Schössling, den ich später in der Bibliothek als Zypresse identifizierte. Sie pflanzten die Bäume für mich, wobei sie wenig sprachen; die angebotenen Speisen und den Wein jedoch nahmen sie dankbar an. Eine der Frauen, die mich sehr aggressiv beschimpft hatte, als die Menge mir nach Hephzibahs Verschwinden auf der Dorfstraße aufgelauert hatte, klopfte eines Tages an die Tür. In der Hand hielt sie einen kleinen Rosenstrauch. Sie sagte nichts, lächelte aber, als sie mir die Pflanze überreichte. So wurden die Dorfbewohner nach und nach wieder meine Freunde.

Mehrere Tage lang beschäftigte ich mich damit, das Schlafzimmer meiner Eltern aufzuräumen. Ich wollte es wenigstens einigermaßen in Ordnung bringen, bevor sie zurückkamen. Dolores war genauso unordentlich wie Hephzibah, und ich begann damit, dass ich ihre Cremes und Parfums in Reih und Glied auf dem Frisiertisch aufstellte. Dann wechselte ich die Bettwäsche, wischte den Boden und verstaute Vaters Schuhe im Schrank. Ich sah die leichten Baumwolloberteile, die er so gerne trug, in einer Prozession lebhafter Farben nebeneinanderhängen, seine Sarongs ordentlich gefaltet auf Kleiderbügeln, und seine schweren Leinenanzüge, dicht zusammengeschoben, als ob sie sich umarmten. Ich vergrub das Gesicht in ihrem Stoff und sog den vertrauten Duft nach Gewürznelken und Zitronen ein.

Ich suchte die Sachen heraus, die er am Tag von Hephzibahs Geburt getragen hatte, und nahm sie aus dem Schrank. Kleine Alabasterkrümel hingen noch daran. Als ich sie abbürsten wollte, ertastete ich etwas in einer der Jackentaschen. Ich zog ein zerknittertes Stück Papier hervor und entfaltete es neugierig. Es war eine Fotografie, herausgerissen aus einem Buch, auf der eine Gruppe Menschen zu sehen war, die sich offensichtlich wunderbar amüsierten. Ich erkannte die Frau, die in der Mitte saß – es war Maya. Sie machte einen heiteren und selbstsicheren Eindruck und prostete dem Fotografen mit ihrem Weinglas lächelnd zu.

Um sie herum standen mehrere Männer. Sie beugten sich leicht über sie, und es sah ein wenig so aus, als balgten sie sich darum, ins Bild zu kommen. Ich betrachtete die Gesichter eingehend und stutzte, als ich den Mann bemerkte, der neben Maya saß und ihr die Hand auf die linke Schulter gelegt hatte. Überrascht stellte ich fest, dass er mir bekannt vorkam.

Ich schaute genauer hin – und war perplex. Kein Zweifel, sagte ich mir ungläubig – das war Vater als junger Mann. Oder jemand, der die gleichen Gene hatte wie er. War Vater denn damals überhaupt schon auf der Welt gewesen? Er schien etwa neunzehn Jahre alt zu sein, aber so genau konnte man das nicht sagen, zumal auch damals schon manche Menschen Zugang zu lebensverlängernden Technologien hatten. Wenn das Vater war, dann musste er viel älter sein, als er zu sein behauptete.

Ich kannte ihn vor allem als einen ernsten Mann, einen Wissenschaftler, der seine ganze Kraft der Arbeit in seinem Labor widmete. Das Foto zeigte mir einen Mann, den ich noch nicht kannte: übermütig, mit einem lässigen Lächeln und großen, strahlenden Augen. Er schien mit der Kamera zu flirten, und die Geste, mit der er die Hand auf Mayas Schulter legte, wirkte vertraut und zärtlich.

Ich ließ mich auf das Bett sinken, tief erschüttert und verstört, und je mehr ich darüber nachdachte, desto mehr kam ich mir betrogen vor. Mayas Name war in unserem Haus nie gefallen. Das war ein Teil von Vaters Leben, den er vor uns geheim gehalten hatte. Aber wieso? Er hatte uns weisgemacht, dass er in Ferat gelebt hätte, bis er meine Mutter kennen lernte und mit ihr ins Olivenland zog. Ich wäre nie auf den Gedanken gekommen, dass er davor mit einer anderen Frau zusammen gewesen sein könnte.

Natürlich gab es keinen Grund, weshalb er uns alles über seine Vergangenheit hätte erzählen sollen. Aber diese Entdeckung bedeutete, dass er wesentlich älter war, als ich geglaubt hatte, und dass er wahrscheinlich nicht mehr sehr viele Jahre zu leben hatte. Es gab mir einen Stich ins Herz, als ich daran dachte, wie gebrechlich er von einem Tag auf den anderen geworden war, nachdem ich ihm von Hephzibahs Tod erzählt hatte, und wie dünn er sich angefühlt hatte, als ich ihn das letzte Mal umarmt hatte. Und ich empfand auch Wut: Vater war ein großes Risiko eingegangen, indem er dieses Foto aufgehoben hatte. Wäre es entdeckt worden, dann hätte das für ihn den sicheren Tod bedeutet, und möglicherweise auch für seine ganze Familie. Es war ein egoistisches Geheimnis, wie es Geheimnisse oft sind, aber was immer ihm dieses Foto auch noch nach all den Jahren bedeuten mochte, es war stärker als jede Angst vor Entdeckung und Hinrichtung.

Ich war so verwirrt, dass ich nicht wusste, was ich tun sollte; meine Stimmung passte so ganz und gar nicht zu der dieser ausgelassenen Menschen aus der fernen Vergangenheit, die mir von dem Foto entgegenblickten. Eindringlich starrte ich Mayas Gesicht an, in der Hoffnung, dass sie mir einen Ausweg aus meinem Dilemma zeigen würde. Ich hätte das Foto gerne behalten, doch ich wusste, dass das gefährlich wäre. Plötzlich sprang ich auf und zerriss das Papier in kleine Fetzen, um sie ins Feuer zu werfen. Bevor ich die Tür hinter mir schloss, warf ich noch einmal einen Blick ins Zimmer. Es sah jetzt leer und verlassen aus, als ob es nur auf den vertrauten Zustand der Unordnung wartete.

Ich beschloss, Homer vorläufig nichts zu erzählen. Eine immer dichter werdende Wolke aus Fakten und konfusen Emotionen schien mich einzuhüllen. Ich musste mir selbst erst über die Dinge klar werden. Bisweilen setzte ich mich in den Bunker in der Hoffnung, Verbindung mit meinen Eltern aufnehmen zu können, aber es tat sich nichts. Ein paar Mal suchte ich sogar den Kommissar auf, um ihn zu fragen, ob er Nachrichten von ihnen habe. Auch versuchte ich, von ihm zu erfahren, ob die Gesellschaft irgendwelche Aufgaben für mich hätte, die meinen gegenwärtigen Schwebezustand ausfüllen könnten. Doch jedes Mal schickte er mich mit der knappen Auskunft, dass er keine Nachrichten habe und ich mir keine Sorgen machen solle, wieder nach Hause. Dass es keine Arbeit für mich gab, empfand ich eher als Erleichterung – ich hatte absolut nichts dagegen, so viel Zeit wie möglich mit Homer oder allein in der Bibliothek über meinen Büchern zu verbringen.

Einmal kam Sengita völlig aufgelöst zu mir: Joachim war verschwunden. Es sah ihm so ganz und gar nicht ähnlich, sagte sie, wobei sie ihre Röcke schüttelte und hochzog, als könne er plötzlich aus irgendeiner Falte herauspurzeln.

Wir gingen zusammen die zweieinhalb Kilometer vom Haus zum Dorf und suchten die Gräben entlang der Straße und der Wege ab, die zu den Olivenhainen führten. Auch die Parzellen am Dorfrand durchstreiften wir, sahen in Schuppen nach und liefen durch die Obstgärten. Da wir befürchteten, er könne ertrunken sein, gingen wir den Strand der Bucht ab, bis wir auf das Flussufer stießen. Dabei riefen wir nicht seinen Namen, weil wir den Kommissar nicht auf uns aufmerksam machen wollten, aber Sengita läutete mit ihren Glöckchen und blies ab und zu in eine Pfeife, die sie um den Hals trug. Wir durchkämmten die Terrassen um das Dorf herum und fragten jeden, dem wir begegneten, ob er einen kleinen Kindmann gesehen habe. Eine Frau deutete hinter sich und sagte, sie glaubte gesehen zu haben, wie ein kleines Wesen den Hang hinter den letzten Oliventerrassen hinaufkletterte.

»Gehen wir zurück und suchen das Grundstück ab«, schlug Sengita vor, zum einen, weil sie in der zunehmenden Hitze nicht so weit gehen konnte, aber auch, weil sie nicht glaubte, dass Joachim die Konstitution und die Ausdauer besaß, um einen Berg zu erklimmen.

Ich durchkämmte jeden Busch und Strauch im Garten und sah in den Zitrushainen nach, während Sengita sich auf der Veranda ausruhte und mir Anweisungen zurief. Schließlich fanden wir ihn im Pavillon, wo er sich wie eine kleine Maus auf dem Boden zusammengerollt hatte und das blutbefleckte Kissen an sich drückte. Sengita kniete sich neben ihn, schloss seinen kleinen Körper in die Arme und bedeckte ihn mit Küssen. Joachim wachte auf, grinste und plapperte drauflos, ohne zu ahnen, welche Sorgen er seiner Großmutter bereitet hatte. Ich bückte mich, um ihm das Kissen wegzunehmen, doch Joachim wollte es nicht hergeben und fauchte mich an wie eine Wildkatze, die ihre Jungen verteidigt.

DREISSIG

In jenen Tagen träumte ich oft von Hephzibah. Die Träume waren so klar, als wäre sie plötzlich wieder in mein Leben getreten. Manchmal war sie kokett und manchmal niedergeschlagen, dann wieder sagte sie, dass sie mich vermisste. Jedes Mal, wenn sie aufs Neue in meinem Traum auftauchte, bemerkte ich eine weitere Veränderung an ihr; eine gewisse Hochnäsigkeit, eine ungewohnt kultivierte Ausdrucksweise. Sie benutzte Wörter, die auf eine breitere Bildung schließen ließen, als die Gesellschaft sie uns jemals zugestanden hätte, und manchmal ließ sie Bemerkungen über eine Vergangenheit fallen, die nur in den Bibliotheken der Lesenden zu finden war. Aber ihre Erscheinungen in meinen Träumen waren immer nur kurz und flüchtig. Es war, als ob sie mir nur einen Besuch abstattete, als ob sie die Tür aufmachte, durch den Spalt lugte und fragte: »Erinnerst du dich an mich?«

Ich war gerade mitten in einem dieser kostbaren Träume, als Homer mich plötzlich wachrüttelte.

»Was tust du da?« Ich war verärgert. »Du hast mich geweckt. Ich war gerade mit Hephzibah zusammen.«

»Mach dir keine Sorgen um sie; sie wird wiederkommen. Das hier ist viel wichtiger. Wir müssen sofort aufbrechen.«

Es dauerte eine Weile, bis wir den höchsten Punkt der Anhöhe erreicht hatten, von deren Rücken man über das Dorf und die Bucht hinweg bis zum fernen Meereshorizont blicken konnte. Wir mussten uns langsam und lautlos fortbewegen, hinter Büschen Deckung suchen oder dicht über den Boden kriechen, um nicht gesehen zu werden. Nach der Hälfte des Anstiegs stieß die Frau zu uns, die mir den Rosenstrauch geschenkt hatte. Homer stellte sie mir als Lilith vor. Sie nickte mir zu, lächelte aber nicht. Dann wandte sie sich ab, um uns an der felsigen, dem Dorf abgewandten Flanke des Hügels hinaufzuführen. Sie und Homer verscheuchten eine Ziegenfamilie.

»Schade, dass es hier keine Höhlen gibt«, sagte sie.

»Wo kommst du her?«, fragte ich, während wir uns einen Weg durch das Dornengestrüpp bahnten.

»Ich weiß nicht, wo die Wurzeln meiner Familie sind, aber aufgewachsen bin ich an einem Ort nicht weit vom Überwachungsland. Als Kind wurde ich meinen Eltern weggenommen und dort in Quantenmechanik und Überwachungstechniken ausgebildet.«

Sie bemerkte, dass ich ihre Kleidung anstarrte, ein weites, unifarbenes Hemdkleid, das zusammen mit einer langen Hose ihren Körper ganz bedeckte. »Ich trage immer Kleider wie die, die ich anhatte, als ich damals als Kind entführt wurde. Ich habe mir immer wieder neue Versionen des gleichen Kostüms geschneidert, die mit mir wuchsen. Das erinnert mich daran, wo ich herkomme, und zeigt den Leuten, dass ich nicht zu diesen Idioten der Gesellschaft mit ihren extravaganten Outfits gehöre.«

»Aber darfst du das denn?«, fragte ich mit einem ungläubigen Blick auf ihre Zöpfe.

»Warum nicht? Meine Fähigkeiten werden hoch geschätzt. Ich bin eine gute, loyale Arbeiterin. Ich tue, was die Gesellschaft sagt, und ich widerspreche nie. Und das gefällt ihnen.«

Homer zwinkerte mir zu. »Da sieht man mal wieder, wie leicht man denen etwas vormachen kann.«

»Ja, aber wenn Lilith im Überwachungsland arbeitet, wie

kommt es dann, dass sie hier im Dorf wohnt? Das verstehe ich nicht.«

Instinktiv hatte ich die Frage an Homer gerichtet, doch es war Lilith, die mir antwortete. Ihre Stimme senkte sie dabei zu einem heiseren Flüstern.

»Ich bin eine Geheimagentin der Gesellschaft … oder soll es zumindest sein. Man hat mich in euer Dorf geschickt, um euch zu überwachen, besonders deine Familie, Jephzat, und den Kommissar. Übrigens hält die Gesellschaft nicht viel von ihm. Ich könnte mir vorstellen, dass sie ihn bald ›verschwinden‹ lässt. Mich hält sie für loyal, und sie vertraut mir. Aber in meinen Berichten lüge ich nur insofern, als ich gewisse Dinge weglasse, und ich hinterlasse keine Spuren. Ich bin schlauer als die meisten dieser hirnlosen Gesellschaftsbeamten in ihrem hypermodernen Operationszentrum. Und keine Sorge, ich habe euch nicht in eurem Haus ausspioniert. Ich weiß nichts über eure Privatangelegenheiten. Die Gesellschaft hat sich immer nur für das Labor interessiert.«

Ihre Worte waren kaum überraschend, aber dennoch empfand ich sie wie einen Schlag ins Gesicht. »Wie sollen wir wissen, ob wir dir vertrauen können?«, fragte ich und sah Homer dabei Hilfe suchend an.

»Sie ist eine Lesende, und es war nicht einfach für sie, Jephzat.« Homers Stimme klang plötzlich streng. »Um die Gesellschaft davon zu überzeugen, dass sie ihr vertrauen konnte, musste sie mehrere unserer Mitglieder verraten, darunter auch jemanden aus ihrer eigenen Familie.«

Ich betrachtete Liliths Hände. Sie waren blass und zart, nicht schwielig und mit Hornhaut überzogen wie die der Dorfbewohner. An der unbeholfenen Art, wie sie sich ihren Weg durch das Dickicht bahnte, konnte ich erkennen, dass sie es nicht gewohnt war, im Freien zu arbeiten. Es ärgerte mich, dass Homer ihr oft über unwegsame Stellen hinwegzuhelfen versuchte, während ich mehrere Schritte hinter ihnen zusehen musste, wie ich vorankam. Unwillkürlich fragte ich mich, ob Homer sie wohl attraktiv fand. Die Antwort gab ich mir selbst: Sie hatte eine Nase wie ein Papageienschnabel, und ihre Zähne waren zu klein. Das einzig Schöne an ihr war die Form ihres Gesichts – wie ein Herz, mit einem Grübchen in der Mitte des energischen Kinns.

Als ich endlich die Kuppe erreichte, hatten die beiden schon begonnen, die Grasnarbe zurückzuklappen und einen kleinen runden Holzdeckel anzuheben. Ich war noch nicht oft hier oben auf dem Berg gewesen, da es mir am Wasser besser gefiel, aber ein paar Mal war ich mit Vater hier spazieren gegangen. Wir mussten genau an dieser Stelle gestanden haben. Lilith stieg als Erste ein, gefolgt von Homer. Wir kletterten eine lange Stahlleiter hinunter, bis wir einen dunklen Stollen erreichten. Kaum hatten Liliths Füße den Boden berührt, da wurde es plötzlich hell. Sie ging voran, und während wir ihr folgten, gingen hinter uns die Lichter wieder aus, sodass ich nur ein schwarzes Loch sah, wenn ich mich umdrehte.

Einige Minuten lang folgten wir dem Stollen, bis er sich zu einem großen Saal weitete, der sofort hell erleuchtet wurde, als Lilith eintrat. An den Wänden reihten sich Metallschubladen vom Boden bis zur Decke.

Lilith blieb in dem Saal, während Homer mich in einen Nebenraum mit runden Wänden und einer niedrigen, gewölbten Decke führte. Vor einer großen Leinwand standen mehrere Reihen von Holzstühlen. Homer führte mich zu einem Platz in der ersten Reihe. Zu meiner Erleichterung kam Lilith nicht nach.

Es wurde dunkel, und dann setzte die Musik ein. Sie hüllte uns ein wie Nebel, und ich drehte den Kopf, um die Musiker zu suchen. Doch außer uns war niemand im Raum. Ich war unerklärlich berührt, und als dann die Bilder erschienen, konnte ich den Blick nicht mehr von der Leinwand wenden. Homer nahm meine Hand.

Über die Bildfläche schritten Gestalten aus einer anderen Zeit, vielleicht aus eurer. Sie strömten über lange Straßen, die im Schatten hoher, schlanker Gebäude lagen und mit Rauch speienden Fahrzeugen vollgestopft waren. Die Menschen verschwanden in Eingängen und wurden von beweglichen Treppen unter die Erde befördert, wo sie in lange, schmale Züge stiegen. Dort saßen sie dicht an dicht, aber sie redeten nicht miteinander, sondern beugten sich über Bücher oder hantierten mit Papieren. Ich sah Homer an. Wo hatten sie nur die ganzen Bücher her? Manche Frauen hatten helles Haar, wie Gold, und sie trugen kurze Röcke. Manche hatten auch lange schwarze Hosen an, die an Hüfte und Taille eng anlagen, dazu Schuhe mit hohen, dünnen Absätzen. Sie sahen aus wie die Vögel, die in der Bucht auf ihren langen Stelzenbeinen durch den Schlick wateten. Die Männer trugen Anzüge, ähnlich denen in Vaters Schrank, nur steifer, aus einem dicken Stoff, der wie wattiert wirkte.

»Das war, bevor die Multis das Imperium übernahmen«, flüsterte Homer mir ins Ohr. »So haben sich die Arbeiter in den großen Städten fortbewegt. Aber es war nicht überall so.«

Ich drückte seine Hand. »Ich weiß«, sagte ich. »Ich habe darüber gelesen.«

Die nächsten Bilder zeigten, wie diese Menschen wohnten – in kleinen Häusern mit winzigen Gärten oder in Zimmern, die übereinandergestapelt waren. Schon damals waren die Unterschiede zwischen den Arbeitern und den Konzerneliten nicht zu übersehen. In diesen großen Häusern mit den prächtigen Inneneinrichtungen und den protzigen Fahrzeugen vor der Tür wohnten gewiss keine gewöhnlichen Arbeiter. Ein plötzlicher Schnitt, und wir sahen junge Leute in einer Bibliothek an Regalen mit Büchern und Musikaufnahmen vorbeischlendern, mit der Nonchalance von Menschen, die in ihrem Leben noch keine Entbehrung gekannt hatten.

In unserer Zeit war Literatur jeglicher Art standardisiert und musste immer einen Bezug zur Föderation haben. Die formelhaften, grob gewirkten Geschichten über die Gesellschaften dienten nur den Idealen des Profits, der Unterwerfung unter die Gesellschaft und der Markentreue. Erfundene Geschichten waren verboten, ebenso wie alle, die im Verdacht standen, in irgendeiner Weise von der Vergangenheit inspiriert zu sein. Diejenigen unter uns, die noch das Glück hatten, so etwas wie Fantasie zu besitzen, schufen ihre geheimen inneren Welten, die sie nur mit denen teilten, denen sie vertrauten. Wir waren alle mehr oder weniger allein.

»Die Clips werden jetzt sehr schnell durchlaufen, also halte die Augen offen!« Homers Stimme riss mich aus meinem Tagtraum. Ich blickte wieder zur Leinwand auf, und ich fürchtete mich vor dem, was ich nun zu sehen bekommen würde. Ich legte den Kopf in den Nacken, und mit einem Mal flog ich über hohe, felsige Hügel, bedeckt von einer weißen Masse, von der ich wusste, dass es sich um Schnee handelte. Er war von einem harschen, strahlend reinen Weiß, und die Gipfel waren kahl und öde.

»Berge«, flüsterte Homer.

Wo waren diese Berge, so kalt, so rau und so schön?

Kilometer um Kilometer, wie es schien, flog ich über hoch aufragende Gipfel hinweg, die wie Krallen nach dem blauen Himmel griffen, und wirbelte dann in eisige Schluchten hinab. Ich glitt dicht über gezackte Grate, begleitete die Vögel im Flug und schoss über hohe Wälder, glitzernde Wasserfälle und Gletscher hinweg. Von meinem rasenden Flug drehte sich mir der Kopf, und so war ich vollkommen unvorbereitet auf den jähen Wechsel zu einem anderen Bild, der Schwarz-Weiß-Aufnahme einer engen Straße. Die Menschen gingen sehr schnell, mit komischen, zuckenden Bewegungen. Ich fing an zu lachen. Abgesehen von ihrer merkwürdigen Fortbewegung glichen diese Leute uns mehr als die Menschen in den ersten Szenen; die Frauen trugen Kleider, die ihnen bis an die Knöchel reichten, und ihre Haare waren zwar lang, aber so frisiert, dass man ihren Nacken sehen konnte. Tätowierungen konnte ich allerdings keine erkennen. Die Kinder trugen lange Kittel oder, wenn sie auf der Straße spielten, nur irgendwelche Lumpen. Ich sah eine Frau aus einer zierlichen, wunderschönen Tasse trinken, und ein Mann in einem verglasten Raum, der wie ein Garten war, drehte sich ein paar Mal zu uns um und lächelte, als wollte er uns an einem Witz teilhaben lassen.

Dann sah ich viele Dinge, die mich mit Entsetzen erfüllten. Doch die Bilder waren flüchtig, und ich konnte nur entsetzt zusehen und die Collage der Ereignisse auf mich einprasseln lassen wie einen Hagel aus kleinen Steinen.

Es können kaum mehr als drei Minuten gewesen sein, doch in dieser Zeit zogen fast dreihundert Jahre Weltgeschichte an mir vorüber, und ich sah Gebiete unseres Planeten und deren Bewohner, von deren Existenz ich bisher nichts gewusst hatte. Ich wurde Zeugin von Gräueltaten, die aus der Wahrheit, wie sie uns verkauft wurde, eliminiert worden waren. Ich sah die Kriege eurer Zeit, und was mir auffiel, waren die primitiven Waffen – wie kann man einen Menschen töten, während man ihm in die Augen sieht?

Soldaten marschierten vor mir auf und ließen einen Bus mit Frauen und Kindern darin in Flammen aufgehen; schwarz verkohlte Leichen lagen mit aufgerissenen Mündern in ausgebrannten Fahrzeugen; eine Explosion ließ abgerissene Gliedmaßen in hohem Bogen auf mich zufliegen; Männer und Frauen, die Armbinden mit einem merkwürdigen Symbol trugen, verbrannten Berge von Büchern auf der Straße.

Hilflos sah ich zu: ausgezehrte Gesichter, die auf weite, verwüstete Felder hinausblickten; bis auf die Knochen abgemagerte Kinder, die mich mit verschwollenen, verkrusteten Augen anstarrten und um Wasser bettelten; riesige Wellen, die wie die Pranken eines Monsters auf Städte niederfuhren und die Bewohner mit sich ins Meer rissen; ausgedehnte Waldflächen, die sich in kürzester Zeit in Staubwüsten verwandelten; außer Kontrolle geratene, alles verschlingende Brände. Tausende Menschen standen vor den Regierungsgebäuden um Nahrungsmittel an und fielen schließlich übereinander her, bis am Ende einige ihren Hunger an den Leichen stillten und deren Gliedmaßen über Kohlenbecken rösteten.

Die Häuser, die ich auf den ersten Bildern gesehen hatte, verwandelten sich in hermetisch abgeschlossene unterirdische Wohnkomplexe, in denen die Menschen Schutz vor der Sonne und der Umweltverschmutzung suchten. Eine Frau mit kahlem Schädel und abrasierten Augenbrauen erläuterte ein Programm zur genetischen Modifikation von Embryos, das den Kindern ein Überleben in der vergifteten Atmosphäre ermöglichen sollte.

Dann erkannte ich Maya: Sie redete vor Tausenden, die sich in einer gewaltigen, luftdichten, dehnbaren Struktur über der Erde versammelt hatten. Mit leiser, aber fester Stimme sprach sie über die Möglichkeit, die Folgen von zwei Jahrhunderten der Umweltverschmutzung rückgängig zu machen.

Wie Maya erläuterte, war die neue toxische Umgebung gut fürs Geschäft – je schlimmer die Umweltbedingungen, denen die Menschen täglich ausgesetzt waren, desto mehr technische Apparate mussten sie kaufen, um sich davor zu schützen. Die großen Konzerne zitterten vor Maya, und die Gegenbewegung hatte begonnen. Ganze Völker kamen nach und nach aus ihren unterirdischen Labyrinthen ans Tageslicht und setzten ihre ungeschützte Haut der Atmosphäre aus. Die Menschen schwammen in Flüssen und Seen und eroberten die längst verlassenen Straßen zurück. Überall hingen Plakate, die Maya als ihre Retterin priesen.

Meine Augen begannen zu brennen, und ich bekam Kopfschmerzen. Ich reckte den Hals, um die föderesischen Texte entziffern zu können, die vor meinen Augen flimmerten. Den Rest der Geschichte kannte ich bereits: Mayas Verschwinden und das Massaker an ihren Anhängern. Das Ende des Imperiums, wie ihr es kanntet.

Ich sah Männer, Frauen und Kinder aus ihren Häusern flüchten, nur um sofort von Laserstrahlen, die vom Himmel auf sie gerichtet wurden, zu Asche verbrannt zu werden. Ich hörte die Schreie kleiner Kinder, die ihren Eltern entrissen wurden, und das Wehklagen von Frauen, die nackt und wie blind durch verlassene Straßen irrten. Tausende von Menschen wurden in Arbeitslager gepfercht und warteten auf die Massentransporte in andere Landstriche dieses neu aufgeteilten Imperiums. Ausgemergelt, mit dem gleichen leeren, starren Blick wie die Kinder, standen sie regungslos da. Nicht die hohen Stahlmauern, die sie umschlossen, machten sie zu Gefangenen, sondern der Raub ihrer Individualität und der Mord an ihrer Geschichte. Die Leinwand wurde hell von lodernden Flammen, gewaltige Berge brennender Bücher und Papiere, deren Rauch den Himmel verfinsterte. Eine mehrstöckige Verbrennungsanlage wurde mit allen möglichen Artefakten aus der Alten Welt beschickt, wertvolle Informationen wurden binnen Sekunden vernichtet. Ich sah zu, wie das, was von eurer Welt übrig war, verbrannte und zerschmolz, bis uns nichts mehr blieb, was uns an euch erinnerte. Bis auf jene Reste natürlich, in Sicherheit gebracht von Menschen, die bereit waren, zu sterben für das, was sie verloren hatten.

EINUNDDREISSIG

Ich weiß nicht mehr, wie ich nach Hause gekommen bin. Vielleicht haben Homer und Lilith mich getragen, vielleicht bin ich auch selbst gegangen. Vielleicht war es draußen schon hell, oder vielleicht war es noch Nacht. Was ich weiß, ist, dass Homer mich auszog und ins Bett legte, denn dort nahm ich meine Umgebung zum ersten Mal wieder bewusst wahr und hörte die vertrauten Geräusche des Hauses, die mich wie jeden Morgen weckten.

Homer saß am Bett und beobachtete mich voller Sorge. Er stand auf und trat auf mich zu, aber ich wehrte ihn mit einer Geste ab. Ich wollte von niemandem berührt werden, nicht einmal von ihm. Aber ehe ich die Sprache wiederfand und ihm erklären konnte, was ich empfand, trat Sengita ein, als ob sie schon eine ganze Weile horchend an der Tür gestanden und auf die ersten Lebenszeichen aus dem Schlafzimmer gewartet hätte. Ich konnte Joachims Augen durch den Türspalt funkeln sehen.

Sengita machte sich an meinem Bett zu schaffen, strich die Laken glatt und schüttelte die Kissen auf. »Was du da oben gesehen hast, war nur ein winziger Tropfen im Ozean. Du kannst noch viel mehr sehen, wenn du willst.«

Wieder versuchte ich, etwas zu sagen, doch es gelang mir nicht – ich brachte nur ein schwaches Fiepen hervor.

»Ach, haben wir ein kleines Mäuschen im Haus?«, scherzte sie, aber ich fand ihre Bemerkung nicht witzig.

»Das kriegen wir schon wieder hin«, beruhigte sie mich.

»Ich werde sicher irgendetwas auftreiben, was in dem Fall hilft. Bis dahin versuchst du am besten gar nicht erst zu reden. Ruh dich einfach aus und denke über das nach, was du gesehen hast, und was es alles bedeutet.«

Die nächsten Tage verbrachte ich in einer Art Trance. Ich stand morgens mechanisch auf, dann zog ich mich an und ging langsam nach unten, stumm, aber voller Unruhe. Stundenlang saß ich regungslos am Küchentisch, um dann auf die Veranda zu gehen, wo ich mit vor der Brust verschränkten Armen stand und den Vögeln zusah, nicht selten den ganzen Nachmittag lang. Ab und zu ging ich zum Pavillon, wo ich lange saß und über den Garten hinweg auf die Türme und Kuppeln des Hauses blickte oder die Stelle anstarrte, wo Mariam gelegen hatte. Manchmal schlenderte ich durch die endlosen Zimmerfluchten des Hauses und suchte die Stellen auf, zu denen es mich als Kind immer hingezogen hatte. Es sollte über eine Woche vergehen, bis ich mich wieder dazu aufraffen konnte, in der Bibliothek Zuflucht zu suchen.

Dort nahm ich Bücher von den Regalen und blätterte darin, las aber nicht die Texte. Stattdessen entzifferte ich die Kalligraphie der Larven: die Spritzer, die manche Seiten zierten wie eine neue, exzentrische Schrift; die sepiafarbenen Landkarten aus Teeflecken; eine Spur, die von einer Träne stammen mochte; kleine rote Tropfen – Wein, oder vielleicht Blut? Manchmal fielen gepresste Blumen oder platt gedrückte Insekten von den Seiten, die Blütenblätter und Flügel ganz vertrocknet. Fahrkarten der Transportsysteme Amerikas und seiner Kolonien versteckten sich zwischen den Seiten, und einmal fiel der blutbefleckte Finger eines weißen Seidenhandschuhs aus einem Kochbuch heraus.

Ich konnte mich nicht konzentrieren, und so streifte ich ziellos durch das Labyrinth der Bibliothek. Die Regale schienen endlos; immer, wenn ich glaubte, alle Abteilungen erkundet zu haben, entdeckte ich wieder eine neue. Für eine Abteilung war ein eigener Buchwächter eingeteilt – ein Mann aus dem Dorf, der mich während des Krieges immer wegen meines Umgangs mit den Soldaten gescholten hatte. Hier waren sämtliche Bücher mit Ketten gesichert; man konnte sie nur um eine knappe Armeslänge vom Regal wegnehmen und musste sie an Ort und Stelle lesen. Die Bände in den oberen Regalen konnte man sich nur auf der Leiter stehend ansehen. Es waren die ältesten Bücher in der Bibliothek, und sie galten als die kostbarsten von allen. Manche waren älter als die ältesten Ölbäume und in Sprachen verfasst, die seit Jahrhunderten tot waren und schon im alten Imperium nicht mehr benutzt worden waren. Unter den argwöhnischen Blicken des Wächters nahm ich eines aus dem Regal, das mich durch seinen schwarzen Ledereinband mit Goldprägung anzog. Die dünne, aber starke Kette, die Spuren einer Reparatur aufwies, rasselte, als ich das Buch aufschlug. Ich atmete tief ein, sog den berauschenden Duft ein, der von den Seiten aufstieg. Es war der Geruch der Zeit und eines uralten Handwerks, das längst in Vergessenheit geraten war. Der kunstvoll gearbeitete Kalbsledereinband war abgegriffen, und Teile des Rückens waren bereits zu Staub zerfallen. Ich hielt das Buch mit der gleichen Mischung aus Angst und Verzückung, mit der ich einst meine neugeborene Schwester im Arm gehalten hatte. Auf dem Einband war ein goldenes Kreuz eingeprägt.

Lange stand ich da und hielt die Nase in das Buch. Ich las nicht, ich atmete nur seinen ganz besonderen Duft ein, der das Bild des Schreibers in mir heraufbeschwor, wie er in seiner einsamen Zelle saß und auf die cremefarbenen neuen Pergamentseiten vor sich starrte, eher er beim Kerzenschein mit schwarzer Tinte Worte für die Zukunft niederschrieb. Der Buchwächter hatte bisher in diskretem Abstand von mir gestanden, war aber näher getreten, als ich in dem Buch zu blättern begann. Er hüstelte und schaute mir über die Schulter.

»Hübsches Ding, was?«

Ich roch ranziges Öl und rückte von ihm ab.

»Dieses Buch ist was ganz Besonderes«, fuhr er fort. »Das Pergament ist aus der Haut eines tot geborenen Kälbchens gemacht. Es war so kostbar, dass man ein und dasselbe Pergament wieder und wieder benutzte, und wenn du genau hinschaust, kannst du die Buchstaben des alten Texts durchscheinen sehen wie Schatten.«

Ich fragte mich, wie ich ihm beibringen sollte, dass ich nicht sprechen konnte, doch er wartete gar nicht erst auf eine Antwort, sondern begann sich sogleich in allen Einzelheiten über die ihm anvertrauten Kostbarkeiten in der Abteilung der angeketteten Bücher auszulassen.

»Schau's dir nur an, ist doch ein echtes Schätzchen, was? Hat sich seit dem neunten Jahrhundert gehalten. Kannst du dir das vorstellen? Nicht mal die Gesellschaftsdirektoren werden so alt.« Er kicherte, schlug das Buch auf, das geschlossen nicht größer als seine Hand war, und holte tief Luft. »Hast du gewusst, dass für ein Buch von dreihundert Seiten an die hundertfünfzig Häute verbraucht wurden und dass die Tinte aus Galläpfeln hergestellt wurde und dass sie damals mit Federn geschrieben haben, die von Gänsen oder Schwänen stammten? Verblüffend, was? So einfache Werkzeuge, und alles ganz leicht zu beschaffen, aber alle zusammen haben sie so etwas Wundervolles wie das hier geschaffen. Ein Kopist schrieb den Text, und ein Illuminator malte die Bilder. Manchmal haben sie nur kopiert, und manchmal haben sie auch etwas Neues geschaffen, wie das hier. Diese Art Buch wurde Psalter genannt. Da stehen Sachen über ihre Gottheiten drin. Viel weiß ich ja nicht über die alten Sitten und Glaubensvorstellungen, aber das Wunderbare ist, wie sie die Bücher illustriert haben. Sieh doch nur. Umwerfend, absolut umwerfend!«

Wir betrachteten gemeinsam die handgemalte Illustration, die eine halbe Seite bedeckte. Die Farben waren leuchtend und glänzten, wie frisch aufgetragen. Das Bild zeigte einen Mann in einer merkwürdigen Tracht, umgeben von verschiedenen Tieren, die ich noch nie gesehen hatte, manche mit Flügeln und langen, gerollten Zungen oder mit gezackten Mäulern, die Feuer spien. Die Bäume waren in einem kraftvollen Grün gemalt, und den Himmel zierten Wolken, die sich wie Wellen kräuselten.

»Sieh dir dieses Blattgold an! Fantastisch. Feiner als eine Fischschuppe. Und da wir gerade von Fisch sprechen – für die Pigmente haben sie einen Leim gemischt, der aus der Schwimmblase des Hechts gewonnen wurde. Da muss man erst mal drauf kommen! Dieses Blau – hast du schon mal so ein Blau gesehen? Das ist Lapislazuli, ein Halbedelstein, der zu einem Pulver zerrieben wurde. Sagt man jedenfalls – und das Rot, da könnte man meinen, der Künstler hätte sein eigenes Blut dafür genommen.«

Er schlug eine andere Seite auf. An den Rand hatte jemand auf Föderesisch folgende Worte geschrieben: »Am Anfang schuf Gott Himmel und Erde. Und die Erde war wüst und leer, und es war finster auf der Tiefe; und der Geist Gottes schwebte auf dem Wasser. Und Gott sprach: Es werde Licht! und es ward Licht.« Was für wunderschöne Worte, dachte ich.

Homer ließ mich in Ruhe, obwohl ich manchmal merkte, wie er mir folgte und darauf Acht gab, dass mir nichts zustieß. Aber ich war ihm nicht böse; seine Nähe beruhigte mich vielmehr. Manchmal glaubte ich auch Sengitas Glöckchen zu hören oder sah Manos' Schatten aus der Küche huschen.

Ich war ganz froh, nicht sprechen zu müssen. Hätte ich es gekonnt, dann hätte ich über das, was ich gesehen hatte, reden müssen, es vielleicht gar beschreiben, und ich hätte es nicht ertragen, mir dabei zuzuhören. Ich gewöhnte mich daran, dass die Leute mir Zettel zusteckten und ich ihnen meine Antworten aufschrieb. In Sengitas Botschaften ging es meist um meine Gesundheit, und sie gab mir kleine Pillen. Manos stellte Fragen zum Essen, und manchmal legte sie mir heimlich süße Leckereien ans Bett, die in meinem Mund zergingen. Homer steckte mir Briefchen zu, in denen stand: »Bitte, lass mich dich halten«, doch ich war noch nicht so weit.

Eines Tages, als ich allein nach unten ging, fand ich eine Nachricht. Der Kommissar war da gewesen und würde es später noch einmal versuchen. Es sah nach Sengitas Handschrift aus, und ich wusste, dass sie ihm nicht erlaubt hätte, in der Küche zu warten. Es machte mich misstrauisch, dass die Gesellschaft mich so völlig vergessen zu haben schien, und von meinen Eltern hatte ich auch immer noch keine Nachricht. Der einzige Mensch, von dem ich etwas erfahren könnte, war der Kommissar, und deshalb war ich enttäuscht, dass ich ihn verpasst hatte.

Gewöhnlich ging ich früh zu Bett, aber an diesem Tag wollte ich bis spät in die Nacht unten bleiben. Das Haus war leer, und ich saß in der Küche und vermisste meine Eltern. Die Collage von Bildern, die sich in mein Hirn eingebrannt zu haben schien, und die Schuldgefühle wegen Mariams Tod lasteten immer noch schwer auf mir. Und jetzt wusste ich, dass ich allein damit fertig werden musste.

Ich starrte die Muster im Holz der Tischplatte an. Mir war aufgefallen, dass mein visuelles Wahrnehmungsvermögen sich geschärft hatte, seit ich nicht mehr sprechen konnte, wie um den Mangel wettzumachen; ich konnte jetzt Details und Farben sehen, die ich vorher nicht bemerkt hatte. Die Maserung des Küchentischs war dunkel, was darauf schließen ließ, dass die Platte aus einem alten Baum geschnitten war. Ich fuhr mit dem Finger Hephzibahs Initialen nach, die sie einmal in einem Wutanfall in das Holz geritzt hatte. In der Maserung waren rotbraune Wirbel zu erkennen, und wenn ich sie lange genug anstarrte, sahen sie aus wie leuchtende Gesichter. Ich versank noch tiefer in die Betrachtung des Holzes, verlor mich in seinen verschlungenen Strudeln und Wirbeln, da hörte ich plötzlich irgendwo im Haus eine Frau leise singen. Ich stand auf, um nachzusehen, woher der Gesang kam. Die Stimme war mir unbekannt, und sie sang in einer der »Bibliothekssprachen«. Das Timbre war kehlig und tief, und obwohl ich die Worte nicht verstand, wusste ich, dass sie von Sehnsucht und Verlangen sang, und ich fühlte, wie ich mich mit einem Mal von all den Gedanken löste, die mich bedrückten. Mir war, als folgte ich einem wunderschönen Vogel und müsste dazu die Erde hinter mir lassen. Die Stimme schwang sich auf, und ich fühlte mich magisch angezogen von ihrer Verheißung, die mich aus meiner Traurigkeit riss. Langsam ging ich auf das Zimmer zu, in dem meine Eltern oft saßen, wenn sie ungestört sein wollten; die Tür war geschlossen, doch ich hörte die Stimme der Frau jetzt noch lauter, begleitet von einem Chor von Männerstimmen, die mich zu rufen schienen. Ich griff nach der Klinke und öffnete die Tür. Das Zimmer war dunkel, und als ich eintrat, ging vor mir ein blaugrüner Funkenregen nieder, und ich spürte, wie Insekten mein Gesicht streiften. Ich stieß einen Schrei aus, der mich nach den Tagen des Schweigens schockierte. Meine Augen gewöhnten sich an die Dunkelheit, und dann sah ich eine Gestalt vor mir stehen. Eine einzelne Männerstimme sang zu der Musik, und ich trat näher.

Homer streckte die Arme nach mir aus, als ich auf ihn zuging. Winzige Lichtpunkte schwebten über uns, als er mich an sich zog. Ich schlang die Arme um seine Taille und vergrub mein Gesicht in seiner Halsbeuge, und Erleichterung durchflutete mich. Mir war nicht bewusst gewesen, wie sehr er mir gefehlt hatte.

»Glühwürmchen«, flüsterte er. Er hielt mich im Arm und begann, die Hüften zu wiegen. »Sind sie nicht wunderschön?«

Der Klang meiner Stimme, wenngleich noch heiser und brüchig, überraschte uns beide. »Wo hast du die her? So etwas habe ich ja noch nie gesehen.«

Ich begann, mich im Takt mit ihm zu bewegen.

»Das hier ist nicht ihr natürlicher Lebensraum. Sie ziehen ein feuchteres Klima vor, aber ein Freund hat sie mir beschafft. Die Musik habe ich mir aus der Bibliothek genommen, ohne dass jemand etwas merkte. Ich weiß, du magst es, wenn ein Mann voller Überraschungen steckt.«

Wir bewegten uns im Rhythmus der Musik durchs Zimmer.

»Warum warst du so abweisend zu mir?«, flüsterte er, während er seine Hüften an meine presste.

»Das war keine Absicht, Homer. Ich wollte dir nicht wehtun. Ich war zu beschäftigt mit meinen eigenen Gedanken und mit dem Versuch, die schrecklichen Dinge zu verarbeiten, die du und Lilith mir gezeigt habt.«

Er fuhr mit den Fingern durch mein Haar und küsste mich auf den Scheitel.

»Es gibt da noch weitaus Schlimmeres, aber wir haben beschlossen, dich damit zu verschonen. Du weißt schon sehr viel aus den Büchern, die du gelesen hast. Ich kenne niemanden, der so schnell lesen kann wie du.«

»Ich glaube, ich kann nichts mehr lesen. Ich sehe mir jetzt nur noch die Bilder an und atme den Geruch des Papiers ein.«

Wir verfielen in Schweigen. Ich wusste, was er als Nächstes sagen würde. Es war die eine Frage, die ich am meisten gefürchtet hatte.

»Wirst du dich uns anschließen?«, fragte er leise.

ZWEIUNDDREISSIG

»Hör mir gut zu, Jephzat. Das ist unsere einzige Chance. Der Kommissar hat gelogen, als er von dem Friedensvertrag sprach. Das Wasserland droht damit, uns die Trinkwasserzufuhr zu sperren oder das ganze Land zu überfluten. Du weißt, was das heißt. Die Ölbäume werden vernichtet werden, und das bedeutet für uns alle das Ende.«

Ich dachte an den alten Mann, der seine Bäume liebte, als wären sie seine leiblichen Kinder. Ihren Tod würde er nicht überleben.

»In ein paar Tagen haben wir eine Versammlung«, drängte Homer mich weiter. »Eine sehr wichtige Versammlung. Entscheidend wichtig sogar. Die Ereignisse überstürzen sich. Du musst kommen.«

Ich machte mich von ihm los. Die Stimme der Sängerin strebte einem Höhepunkt entgegen, unterlegt mit einem tosenden Schlagzeugwirbel.

»Ich muss gar nichts. Du hörst dich haargenau an wie Hephzibah; sie hat mir auch immer gesagt, was ich zu tun hätte.«

Ich wäre gerne wütend gewesen, doch stattdessen spürte ich, wie sich meine Kehle zuschnürte, als die Frau zu einer neuen Melodie ansetzte. Das Tempo war schneller, die Chorstimmen drängend. Die Sängerin war jetzt eine Frau, die voller Ungeduld nach ihrem Geliebten rief. Allmählich wurde ich von ihrer Stimmung angesteckt.

»Was sagt sie?«, fragte ich, um Zeit zu gewinnen.

»Komm, komm zu mir. Ich weiß, ich habe dich abgewiesen, aber jetzt sehe ich, wie sehr ich im Irrtum war. Das Rad dreht sich, und ich öffne mich dir wie eine Blume.«

Ich gab ihm einen sanften Knuff in die Rippen. »Das hast du jetzt erfunden!«

Er begann zu lachen und wirbelte mich durchs Zimmer, schneller und schneller, bis das Leuchten der Glühwürmchen zu einem Ring aus türkisfarbenem und aquamarinblauem Licht wurde, wie eine Krone über unseren Köpfen. Seine starken Arme, sein Atem in meinem Gesicht, der Geruch seines Schweißes, vermischt mit seinem Parfum, all das schien mich auf einen Schlag von allem Kummer, aller Hoffnungslosigkeit zu befreien. Aber ich wusste auch, dass es nur ein kurzer Aufschub war …

Manos klaubte die Fischinnereien zusammen, ging damit auf die Veranda und warf sie ins Gras.

»Tu das nicht – oder willst du, dass sämtliche Katzen im Umkreis von ein paar Kilometern an unsere Tür kratzen?«, schalt ich sie. »Von dem Gestank ganz zu schweigen.«

Manos streckte nur die Nase in die Luft, wie es ihre Gewohnheit war, wenn sie etwas zu hören bekam, was ihr nicht passte.

»Wo ist denn dein Freund?«

»Frag mich nicht.«

»Dann sag mir auch nicht, was ich mit dem Fisch machen soll!«

Wir benahmen uns beide kindisch, und wir wussten es, aber die Eintönigkeit des Lebens im Haus und das endlose Warten auf Nachrichten zermürbten uns allmählich.

»Wenn deine Eltern hier wären …« Sie brach ab, als sie meinen Gesichtsausdruck sah. Ich trat gegen den Türpfosten und lehnte mich dann trotzig dagegen.

Es war, als hätte ich meine Familie verloren und eine andere dafür bekommen. Manos, Sengita und Homer kamen regelmäßig vorbei, brachten Essen und kochten, nahmen die schmutzige Wäsche mit und brachten sie gewaschen zurück, putzten für mich und – so kam es mir vor – beobachteten mich auf Schritt und Tritt.

»Du bist noch schlimmer als die Gesellschaft, dauernd spionierst du mir nach.«

»Und wenn wir nicht mehr kämen, was würdest du dann tun?«

»Ich würde es überleben. Ich bin schließlich kein Kind mehr.«

»Das stimmt, aber du wärst einsam, und wir mögen dich nun mal.«

Ich ging auf sie zu und nahm sie in die Arme. Ich wusste, dass ich sie verletzt hatte. »Tut mir leid, Manos. Ich bin bloß ein bisschen angespannt. Ich halte diese Warterei nicht aus.«

»Die Warterei worauf?«, fragte sie, während sie energisch die Schuppen von den Fischen kratzte. Die toten Augen waren wie kleine schillernde Murmeln.

»Nachrichten von meinen Eltern, von der Gesellschaft. Ich hänge völlig in der Luft.«

»Sonst noch etwas?«

Ich fragte mich, worauf sie wohl anspielte. Wartete sie wie Homer auf meine Entscheidung, ob ich den Lesenden beitreten wollte oder nicht, oder wusste sie, dass Hephzibah noch am Leben war und dass ich verzweifelt auf ihre Wiederkehr wartete? Ich vermutete, dass sie meine wahren Gefühle für Homer auszuloten suchte, beschloss aber, ihr keine Antwort zu geben.

Manos erriet meine Stimmung und lächelte mitfühlend. »Warum setzt du dich nicht raus auf die Veranda? Es ist ein herrlicher Nachmittag. Du kannst da draußen jetzt die Blüten riechen. Das wird dir helfen, dich zu entspannen. Ich bringe dir Tee.«

Auf der Veranda standen mehrere Sessel, aber ich wählte den, in dem Vater immer am frühen Abend saß und seine selbst gemachte Limonade schlürfte. Ich schüttelte die Kissen auf, und dabei flatterte ein Zettel auf den Boden. Ich hob ihn auf und entfaltete ihn, weil ich dachte, es sei vielleicht eines von Homers Briefchen aus der Zeit, als ich nicht sprechen konnte. Doch diese Schrift kannte ich nicht. »Geh in den Bunker«, stand da.

Ich zerriss den Zettel in kleine Fetzen und ging über den Rasen, bis ich zwischen den Zitronenbäumen stand und vom Haus aus nicht mehr gesehen werden konnte. Dort verscharrte ich die Botschaft, bevor ich weiter zum Bunker ging.

Ich war mir jetzt sicher, dass die Nachricht vom Kommissar kam. Aber der schroffe Ton verwunderte mich, und die Handschrift war die einer Person, die nicht die Schule der Gesellschaft durchlaufen hatte – sie war ungleichmäßig und schief.

Im Bunker legte ich die Hand auf die Wand aus gepresster Erde, und der Monitor erschien. Zu meiner großen Freude sah ich meine Eltern Seite an Seite sitzen. Sie konnten mich sehen, denn sie lächelten und blickten mir direkt in die Augen. Sie sahen gut aus, und ich hatte den Eindruck, dass Dolores zugenommen hatte. Wir fingen alle gleichzeitig an zu reden, und dann lachten wir.

»Ich fange mal an«, sagte Vater. »Die Gesellschaft sagt, wir dürfen bald nach Hause, aber vorher müssen wir noch ein wenig an unserem Projekt arbeiten.«

Ich wusste, dass ich keine Fragen zu diesem Projekt stellen durfte, weil es nicht ausgeschlossen war, dass die Gesellschaft unser heimliches Gespräch belauschte.

»Wie geht es dir?«, fragte Dolores. »Du strahlst ja richtig, und deine Haut glänzt ganz rosig. Was hast du denn gemacht?«

»Gar nichts.« Ich lachte. »Das ist nur die viele frische Luft und Sengitas Tee.«

Ich sagte ihnen, dass es mir gutgehe und dass Sengita und Manos für mich sorgten. Homer erwähnte ich nicht. Ich fragte Vater, ob er irgendwelche Aufgaben für mich habe, wenngleich es nach der Zerstörung des Labors nicht mehr viel gab, was ich hätte tun können – ich hatte noch nicht einmal den Inhalt der Zylinder untersuchen können.

Ich merkte, wie meine Stimme zu versagen drohte, als ich ihnen erzählte, dass ich ihr Zimmer aufgeräumt und Hephzibahs Kristalle in einem Fenster mit Blick aufs Meer aufgestellt hatte, wie sie es mir gesagt hatten. Vater schüttelte den Kopf, und einen Moment lang dachte ich, er würde in Tränen ausbrechen.

Dolores rieb sich hektisch das Gesicht, als sie mir erzählte, dass sie sich mit ein paar alten Freunden getroffen hätten. Ihre Stimme klang angespannt.

»Wir müssen dir etwas zeigen«, sagte Vater und bückte sich, sodass ich nur noch seinen Scheitel sah.

Mit einiger Mühe hob er eine große Bronzeschale auf seinen Schoß. Sie hatte links und rechts je einen Griff, und ich sah gleich, dass ihr Reiz in der Schlichtheit der Form lag. Vater drehte die Schale so, dass ich das Innere sehen konnte, ein glattes, rundes Becken.

»Das ist eine so genannte Springbrunnen-Klangschale. Sie kommt aus einem Land, das früher China hieß, und stammt aus dem achten Jahrhundert.« Die Schale war sogar noch älter als das Buch, das ich kürzlich in der Abteilung mit den angeketteten Büchern bewundert hatte.

»Schau genau hin, Jephzat«, wies Vater mich an und griff hinter sich. Aus einem Krug goss er Wasser in die Schale, bis sie zu etwa drei Vierteln gefüllt war. Dann spuckte er in die Hände und begann, die beiden Griffe mit den angefeuchteten Handflächen rhythmisch zu reiben. Ein tiefer, vollklingender Ton stieg aus der Schale auf. Das Summen erfüllte den Bunker, und während die Schale sang, hielt Vater sie so, dass ich die kleinen Wellen sehen konnten, die sich an vier gleich weit voneinander entfernten Punkten auf dem Wasser gebildet hatten. Dann begann es scheinbar zu kochen, kleine Tropfen spritzten in die Luft. Während das Summen weiter anhielt, schossen plötzlich von den vier Punkten Wasserstrahlen in die Höhe; sie wuchsen zu einer Fontäne an, so hoch, dass sie Vaters Gesicht verdeckte.

»Man nimmt an, dass die Vibrationen genau die Frequenzen hervorrufen, die nötig sind, um stehende Wellen zu erzeugen«, erklärte Dolores. Vater stellte das Reiben an den Griffen ein, und sofort stürzte die Fontäne in sich zusammen wie blitzschnell schmelzendes Eis.

Vater sagte noch etwas, aber die Verbindung war plötzlich gestört. Der Ton wurde von einem Knistern überlagert, und die Gesichter der beiden lösten sich in Fragmente auf. Ich schlug mit der Faust an die Wand, doch dadurch wurde es nur noch schlimmer. Das Bild verschwamm, und dann war es plötzlich still. Wir hatten uns noch nicht einmal verabschieden können.

Ich wollte gerade alles abschalten, als ich ein leises Gemurmel vernahm. Verblüfft starrte ich auf den Bildschirm und machte die Umrisse einer Gestalt aus, die allmählich schärfer wurden – es schien sich jedoch um eine Person zu handeln, nicht zwei. Mir wurde eiskalt bei der Vorstellung, dass mein Vater oder meine Mutter abgeführt worden war – vielleicht hatten sie sich die Schale ja illegal beschafft und waren dabei ertappt worden. Das Bild wurde klarer, und eine Frau blickte mir entgegen – nicht meine Mutter, es war ein junges Gesicht, das Haar straff zurückgebunden, hohe Stirn und hohe Wangenknochen, und ein ironisches Lächeln auf den Lippen, von denen sich eine Narbe wie eine feine Ader zur Nase zog. Ich hielt erregt den Atem an, als eine ruhige, wohlbekannte Stimme mich ansprach …

Plötzlich hatte ich Angst, das Ganze könnte nur ein Trick sein und das Bild könnte so schnell wieder verschwinden, wie es aufgetaucht war. Ich ging näher an den Bildschirm heran. Hephzibah hatte sich verändert; sie war reifer geworden, was nicht nur an ihrer Haut zu erkennen war, sondern auch am Ausdruck ihrer Augen und der Form ihres Mundes.

Es ist merkwürdig, wie einem in bedeutsamen Momenten oft die albernsten, banalsten Fragen in den Sinn kommen.

»Hast du dir die Haare geschnitten?«, fragte ich.

»Stell mir nicht solche Fragen, Jephzat«, erwiderte sie scharf, und ich kam mir sofort dumm vor. »Wir haben keine Zeit …«

»Geht es dir gut?«, unterbrach ich sie. »Du wirst gefangen gehalten, nicht wahr?«

Ich beobachtete, wie ein leicht amüsiertes Lächeln ihre Ernsthaftigkeit untergrub. »Es geht mir gut, Jephzat. Mehr noch – ich bin nie glücklicher gewesen. Ich habe eine wunderschöne Tochter. Aber hör zu: Ich will, dass du mich besuchen kommst und deine kleine Nichte kennen lernst. Es ist alles organisiert. Es wird keine Probleme mit der Föderation geben. Sogar für den Transport ist gesorgt. Die Einzelheiten werden dir später noch mitgeteilt.«

Ich berührte den Bildschirm, wie um ihre Haut zu befühlen. »Geh noch nicht. Erzähl mir, was passiert ist, seit du uns verlassen hast. Es kommt mir vor, als wäre es eine Ewigkeit her. Du fehlst mir, Hephzibah. Du weißt, dass Dolores und Vater weg sind. Es heißt, das Wasserland würde unsere Trinkwasserversorgung sperren oder uns gar überfluten. Hast du …«

Sie unterbrach mich mit einer Geste, und ich bemerkte eine Bewegung hinter ihr. Ihr Gesicht begann zu verblassen, während sie mir eine Kusshand zuwarf.

»Ich muss jetzt Schluss machen. Wir sehen uns bald. Vergiss nicht – es ist alles vorbereitet.«

Ich saß im Halbdunkel des Bunkers, das Gesicht in den Händen vergraben.

DREIUNDDREISSIG

Das Haus war leer, als ich zurückkehrte. Auf der Veranda brannte ein kleines Licht, obwohl die Dämmerung noch nicht hereingebrochen war. Ich wusste, dass Manos es dort hingestellt hatte, weil sie fürchtete, ich könnte in ein dunkles Haus zurückkommen. Ich saß noch eine Weile draußen, atmete den Blütenduft ein und sah die Fledermäuse über die Baumwipfel hinweggleiten. Auf dem Tischchen neben dem Sessel standen eine Tasse mit kaltem Tee und eine kleine Schüssel Oliven, und ich konnte gebackenen Fisch riechen. Aber ich konnte nichts essen. Das Wiedersehen mit Hephzibah hatte mich zu sehr aufgeregt und mir auch Angst gemacht. Wie hatte sie es geschafft, mir die Nachricht zukommen zu lassen?

Ich vergaß die Zeit, während ich über die jüngsten Ereignisse nachsann und vergeblich nach Antworten auf meine vielen Fragen suchte. Schließlich ging ich zu Bett, ließ aber das Licht auf der Veranda brennen für den Fall, dass Homer in der Nacht zurückkam.

Der Morgen graute, als ich aus einem traumlosen Schlaf erwachte. Das Haus kam mir düster und still vor. Jetzt hatte ich wirklich Hunger, aber ich beschloss, vor dem Frühstück noch alle Läden zu öffnen. Ich hatte die ganze Zeit nur die Küche, das große Wohnzimmer und mein Schlafzimmer benutzt, und als die Morgensonne durch die Fenster strömte, war ihr Licht wie der Anstoß zu den häuslichen Alltagsritualen, und meine Stimmung hob sich ein wenig. Doch als ich die Läden in den

Zimmern meiner Eltern und Hephzibahs öffnete, purzelte die Sonne herein wie ein Akrobat, der plötzlich entdeckt, dass gar keine Zuschauer da sind, und mitten in der Bewegung innehält.

Enttäuscht, dass von Homer immer noch nichts zu sehen war, ging ich in mein Zimmer zurück, um mich zu waschen und anzuziehen. Ich spritzte mir Rosenwasser auf die Haut für den Fall, dass er sich irgendwo versteckt hatte und mich überraschen wollte. In der Küche stocherte ich ein wenig in dem gebackenen Fisch herum, fand aber dann, dass es dafür noch zu früh sei. Ich füllte ein Glas mit Wasser und trank es in einem Zug aus, dann begann ich, in den Schränken nach irgendetwas zu suchen, das ich zum Frühstück essen könnte. In diesem Moment bemerkte ich die Blutlache am Boden direkt vor mir. Mit wachsendem Entsetzen sah ich zu, wie der dunkle Fleck immer größer wurde. Das Blut rann unter einer Schranktür hervor. Ich ging in die Hocke, und vom Boden stieg mir ein scharfer, metallischer Geruch in die Nase. Meine Hand zitterte, als ich sie nach dem Türgriff ausstreckte. Da sprang die Tür plötzlich auf, und ich prallte erschrocken zurück.

Es ist absurd, wie das Grauen manchmal mit dem Banalen Hand in Hand gehen kann. Zuerst glaubte ich, ein Wachsmodell vor mir zu haben, das irgendwie der Vergangenheit entrissen worden war. Ich konnte nicht begreifen, wie es dem Künstler gelungen war, Homers strahlend blaue Augen so lebensecht nachzubilden. Sie mussten aus einer Art Glas sein – aber die Haut sah auch so echt aus. Ich streckte die Hand aus, um die Haare zu berühren, die mit geronnenem Blut verkrustet waren. Sein Gesichtsausdruck war friedlich, nur der Mund war ein wenig verzogen – der Ansatz zu einem Schrei vielleicht. Wilde, unkontrollierbare Schluchzer schüttelten mich, fielen über mich her wie Räuber, die mir den letzten Rest Verstand nahmen. Ich stand auf, sodass die grässliche Erscheinung meine Schienbeine anstarrte. Ich riss mir die Kleider vom Leib und ging wieder in die Knie, um die Hände in die Blutlache zu tauchen und es mir auf die Haut und in die Haare zu schmieren. Ich nahm den blutigen Teller, auf dem sein Kopf lag, aus dem Schrank. Er war so schwer, dass ich ihn kaum halten konnte. Ich starrte in Homers blicklose Augen und zwang mich, ihn ein letztes Mal zu küssen. Dann setzte ich ihn behutsam auf dem Tisch ab. Jetzt erst gestattete ich mir zusammenzubrechen. Schreiend rannte ich hinaus in den Garten und lief blindlings immer weiter, nackt und blutbeschmiert wie ich war. Ich wusste nicht, wohin ich lief, aber irgendwann fand ich mich im Dorf wieder, und dann stand ich vor Sengitas Tür und hämmerte mit beiden Fäusten an das raue, unnachgiebige Holz.

»Sengita, Sengita!«, schrie ich. »Homer ist tot! Ermordet. S-s-sie haben ihm den Kopf abgeschlagen. Das Blut … da war so viel Blut …« Meine Stimme versagte unter der Last der Worte, ich konnte nicht weiterreden.

Ich wusste in diesem Moment nicht, dass die Dorfbewohner schon aus ihren Häusern gestürzt waren, um mir zu helfen, denn Sengita öffnete die Tür und zog mich ins Haus, ehe die Ersten mich erreichen konnten.

Es war das einzige Mal, dass ich Sengita sprachlos erlebte. Sie nahm mich in die Arme, brachte mich ins Zimmer und hüllte mich in eine Decke. Dann zog sie mich auf einen Haufen Kissen herunter, hielt mich einfach nur im Arm und wiegte mich sanft, während ich mir die Augen aus dem Kopf weinte. Das Poltern an der Tür ignorierten wir. Ich weiß nicht, wie lange wir so dagelegen haben, aber irgendwann schlug Sengita vor, ich solle mich waschen. Ich weigerte mich; Homers Blut war alles, was mir von ihm geblieben war, und es bedeutete, dass er mich noch nicht verlassen hatte.

Ich konnte nicht nach Hause zurückgehen. Sechs Tage verbrachte ich wie im Delirium in Sengitas Haus, hörte Stimmen und Schritte, das Kommen und Gehen von Besuchern. Ich hörte einen Mann flüstern, dass der Rest von Homers Leiche gefunden worden sei, und ich empfand Erleichterung. Er war wieder ganz. Irgendwann gelang es Sengita doch, mich zu waschen. Ich sah zu, wie das Blut herabfloss, und weinte über diesen allerletzten Abschied von meinem Geliebten, als ich nackt vor dem Spiegel stand. Es war, als ob eine Fremde mir entgegenblickte. Ich war dünner geworden, aber da war noch eine andere, nachhaltigere Veränderung, die von innen kam. Es war, als sei ein Teil von mir zusammen mit Homers Blut abgewaschen worden, und ich kam mir leer und schutzlos vor. Mir war alles gleichgültig.

Dieses Mal war es das Meer, das mich rettete. Stundenlang saß ich auf der Hafenmauer, genoss das beruhigende Auf und Ab der Gezeiten und ließ mich von dem Spiel des kristallklaren Lichts auf dem Treibholz und dem Gekräusel der Wellen einlullen. Mir war, als sei ich unsichtbar geworden. Das Wenige, was von mir übrig geblieben war, hatte sich in die Luft erhoben und war weit hinausgeflogen, bis an den Horizont.

Mein einziger Trost war die Gewissheit, dass Sengita Homers Abschied so würdevoll gestaltet hatte, wie sie nur konnte, und dass er nun in jener lieblich duftenden Kammer lag, umgeben von den Kristallen. Ich wusste auch, dass sie auf dem kühlen Steinboden neben ihm lag und auf die Geräusche seines Körpers lauschte, während er sich in Staub verwandelte. Aber ich konnte einfach nicht dabei sein.

VIERUNDDREISSIG

Ich brachte es nicht fertig, auch nur in die Nähe der Küche zu gehen, aber Manos marschierte schnurstracks hinein mit den Taschen, die sie für ihren Aufenthalt im Haus gepackt hatte. Sie machte die Tür hinter sich zu, und ich hörte sie herumlärmen, Schranktüren aufreißen und zuknallen und mit Geräten hantieren. Nach einigen Minuten kam sie wieder heraus.

»Es ist sauber gemacht worden. Man sieht nichts mehr, keine Blutspuren, gar nichts.«

»Es tut mir leid, Manos. Ich kann es immer noch nicht ertragen. Ich gehe jetzt spazieren. Aber bleib bitte hier. Du kannst im Zimmer meiner Eltern schlafen.«

Sie machte die Tür wieder zu, und ich ging hinaus zum Pavillon. Die Sonne schien heiß, und ich schwitzte, als ich dort ankam. Der Boden war gekehrt worden, die Kissen entfernt. Dichte Vorhänge aus Jasmin, die einen betörenden Duft ausströmten, hingen nun vor den Fenstern und ließen kein Licht herein. Ich setzte mich mitten auf den Boden und steckte den Kopf zwischen die Knie. Ich schloss die Augen, und in der Dunkelheit hörte ich nur das Geräusch meines eigenen Atems. Nach einer Weile hob ich den Kopf und sah eine große schwarze Spinne zur Tür rennen, wo sie in der Wiese verschwand. Mit einem Anflug von Neid schaute ich ihr nach. Ich wünschte, ich wäre auch frei zu gehen, wohin ich wollte, dann wäre ich vielleicht zu Hephzibah gefahren und hätte sie besucht. Bei ihr hätte ich wieder in meine alte Rolle als ihr

Mädchen für alles schlüpfen und so tun können, als wäre alles so wie immer. Homers Tod war eine Warnung gewesen – irgendjemand wusste über die Lesenden und die Bibliothek Bescheid. Ich hatte den starken Verdacht, dass sein Mörder und der Schreiber der Nachricht ein und dieselbe Person waren. Beide Ereignisse waren so rasch aufeinander gefolgt …

Plötzlich hörte ich laute Stimmen aus der Richtung des Hauses. Der Kommissar! Ich ging hinaus in den Garten und schlich mich unauffällig zum Haus zurück in der Hoffnung, dass er mich nicht gleich sehen würde. Er stand mit Manos auf der Veranda. Als er mich durch die Bäume erspähte, winkte er mir zu, doch ich erwiderte den Gruß nicht. Ich holte tief Luft, als ich auf die beiden zuging. Irgendwie brachte ich ein Lächeln zustande, als er sich an mich wandte.

»Ich suche Homer. Hast du ihn gesehen?«

Ich fing einen Blick von Manos auf und sah sie kaum merklich den Kopf schütteln, als ob sie mich beschwören wollte, nichts zu sagen. Ich folgte ihrem Rat.

»Nein. Wieso?«

»Ich muss mit ihm reden, das ist alles. Wenn du ihn siehst, sag ihm doch, dass er zu mir kommen soll. Es ist nichts Wichtiges. Die Gesellschaft schickt uns noch mehr Arbeiter, und ich muss einiges mit ihm besprechen.«

Manos und ich blieben stumm. Ich sah ihm an, dass er eine Einladung zum Tee erwartete, und als klar war, dass er sie nicht bekommen würde, wischte er sich den Schweiß von der Stirn und wandte sich zum Gehen.

Manos begleitete ihn noch bis zum Ende des Gartenpfads und sah ihm nach, als er den Weg hinunter ins Dorf einschlug. Als sie zurückkam, räusperte sie sich und sah mich an. Ihre blasse Haut war von der kurzen Zeit, die sie der Sonne ausgesetzt gewesen war, schon mit Sommersprossen gesprenkelt.

»Mehr Arbeiter. Wo wollen sie die denn alle unterbringen?«

»Im Haus ist reichlich Platz.«

»Dann haben wir aber ein Problem«, meinte Manos. Sie wirkte beunruhigt.

Wir verfielen beide wieder in Schweigen, während wir über die gravierenden Folgen nachdachten, die es haben könnte, wenn Fremde die Zimmer durchsuchten.

»Ich esse nichts, Manos. Ich werde für eine Weile verschwinden.«

Ich wollte nichts von den Büchern sagen, aber sie wusste, wo ich hinwollte, und schenkte mir einen verständnisvollen Blick.

Ich ging den Flur entlang, der zur Bibliothek führte, und erinnerte mich an das erste Mal, als Homer mich dorthin mitgenommen hatte. Ich spürte förmlich, wie er den Arm um mich gelegt hatte, und rief mir den Geruch seiner Haut ins Gedächtnis. Meine Kehle schnürte sich zu, und ich unterdrückte ein Schluchzen. Er hatte gewollt, dass ich mich den Lesenden anschloss, und ich hatte ihn durch meine ausweichende Antwort enttäuscht. Jetzt war es zu spät.

In einer Ecke saß jemand vor einem Buch und schrieb eifrig. Als ich näher trat, erkannte ich Lilith. Sie zog die Oberlippe hoch und entblößte ihre winzigen Zähne.

»Ich lerne die Sprache des alten Imperiums – Englisch«, sagte sie, »damit ich die Bücher lesen kann, die noch nicht übersetzt wurden. Später kann ich dann vielleicht selbst welche übersetzen.«

Ich trat nervös von einem Fuß auf den anderen. Ich wusste nicht, ob sie schon von Homers Tod gehört hatte.

»Es tut mir leid«, sagte sie leise. »Er war ein guter Mann, und sehr engagiert. Sein Tod ist ein großer Verlust für die Lesenden. Er hat sich gewünscht, dass du dich uns anschließt.«

»Er hat die Bücher geliebt. Manchmal schien es mir, als

hätte er sie alle gelesen, weil er so viel wusste.« Ich merkte, wie die Erinnerungen in mir aufstiegen und mich zu überwältigen drohten.

»Hat er dir von der Versammlung erzählt?«

»Ja, und ich habe ihm gesagt, ich würde mir noch überlegen, ob ich komme.«

»Und wirst du kommen?«

»Vielleicht«, antwortete ich vage.

»Sie ist vorverlegt worden. Wir müssen jetzt schnell handeln. Es wird gemunkelt, dass die Wassergesellschaft unser Land überfluten oder uns komplett von der Wasserversorgung abschneiden will. Und dann gilt es, sich über die neuen Arbeiter Gedanken zu machen; sie werden ins Dorf kommen, und wir können ihnen nicht trauen. Es gibt auch möglicherweise einen Verräter in unseren Reihen, der in regelmäßigem Kontakt mit der Gesellschaft steht. Sie wird bald von Homers Tod erfahren, und dann werden wir alle Schwierigkeiten bekommen.« Sie fuhr sich mit zitternder Hand über die Kehle und sah zu mir auf. »Ich weiß, dass du mich nicht magst, aber ich möchte dir sagen, ich glaube, dass du sehr wertvoll für uns sein wirst. Jetzt, da Homer nicht mehr da ist, brauchen wir jemanden wie dich. Du hast einen wichtigen Kontakt, der sehr nützlich für uns sein könnte. Und wenn du wissen willst, wer es ist, dann komm zu der Versammlung und finde es heraus.«

Ich verlor die Geduld mit ihr und ihren kryptischen Bemerkungen und ließ sie sitzen. Sie wandte sich wieder ihrem Buch zu und formte mit den Lippen lautlos Worte, die ich noch nicht verstehen konnte.

Ich ging in die Mayana-Abteilung und nahm einen der größeren Bände aus dem Regal. Als ich das Buch aufschlug, blickte mir Mayas Gesicht entgegen. Sie lächelte müde, und die Falten um ihre Augen ließen darauf schließen, dass dieses Porträt aufgenommen wurde, als sie älter war und schon die Übernahme des sterbenden Imperiums durch die Konzerne miterleben musste. Sie war eine bemerkenswerte Frau gewesen, mit einer riesigen Anhängerschaft und weltweitem Einfluss. Sie und ihre Anhänger hatten unseren Planeten wiederbelebt, aber sie hatten die Megakonzerne nicht daran hindern können, die Welt zu schaffen, in der wir heute lebten. Wie hatte es mit uns so weit kommen können, fragte ich mich, als ich in ihre unruhigen Augen blickte. Homer war nur ein weiteres Opfer eines grausamen Totentanzes, der schon seit Jahrhunderten über die Erde hinwegfegte, und sein Tod hätte mich nicht überraschen dürfen; unser Planet hatte sich längst in ein Leichenhaus verwandelt. Ich hatte genug Geschichtsbücher gelesen, um zu wissen, dass ich die Dinge zu sehr vereinfachte, aber der Zorn ist ein scharfes Skalpell, das leicht bis auf die Knochen der Ungerechtigkeit schneidet.

»Das muss endlich aufhören.« Ich ertappte mich dabei, wie ich mit Mayas Bild redete. Plötzlich wurde das Licht schwächer, und ich sah Homer vor mir stehen. Ich trat auf ihn zu; mein Herz krampfte sich zusammen – war sein Tod vielleicht nur ein böser Traum gewesen? Er hob die Hand und wies auf ein Regal über mir. Dann verschwand er wieder. Von Verzweiflung übermannt, sackte ich an die Bücherwand gelehnt zusammen; ich konnte nicht glauben, was ich gerade gesehen hatte. Nach einer Weile raffte ich mich auf, holte eine Leiter und stieg zu dem Regal hinauf, das er mir gezeigt hatte. Ich sah, dass alle Bücher in dieser Sektion vom Wasser handelten. Wahllos zog ich eines heraus, setzte mich auf die oberste Leiterstufe und begann zu blättern. Eine Abbildung sprang mir ins Auge, und ich blätterte zurück zum Foto einer chinesischen Klangschale, ganz ähnlich der, die meine Eltern mir gezeigt hatten. Die Bildunterschrift war mit »Springbrunnen-

Waschschüssel mit Fischen, Ming-Dynastie (1368–1644)« übersetzt. Worin mochte die Verbindung bestehen?

Sogleich machte ich mich auf in eine andere Abteilung der Bibliothek und fand ein Regal mit Büchern über China. Ich las mehrere Stunden lang, bis meine Augen schmerzten. China, so erfuhr ich, war ein uraltes Reich im Osten, das viel zur frühen kulturellen Entwicklung der Menschheit beigetragen hatte. So war dort zum Beispiel das Papier erfunden worden. Das Land war auch in den ersten Wasserkrieg verwickelt gewesen. Im frühen 21. Jahrhundert hatten die Gletscher im Himalaja abzuschmelzen begonnen, und um die Mitte des Jahrhunderts wurden die Ebenen, die einst von sieben großen Flüssen bewässert worden waren, nach und nach überflutet. Ich sprach die Namen der Flüsse nach, fasziniert von ihrem exotischen Klang: Ganges, Indus, Brahmaputra, Mekong, Salween, Jangtse und Gelber Fluss. Laut einem Buch hatte der Himalaja das größte Wasserreservoir außerhalb der so genannten Polkappen beherbergt, und als auch diese zu schmelzen begannen, wurden viele Länder, darunter China, von katastrophalen Überschwemmungen heimgesucht, da die vom Schmelzwasser angeschwollenen Flüsse über die Ufer traten.

Dann trat der gegenteilige Effekt ein. Nachdem die Wasserspeicher versiegt waren, die jene großen Flüsse gespeist hatten, trockneten diese aus. Um die Jahrhundertwende waren sie zu kümmerlichen Rinnsalen geworden, die Berge zu einer unpassierbaren Kette aus heißen, kahlen Felsformationen. Die Streitereien zwischen den verschiedenen Ländern mündeten im ersten Wasserkrieg, in dem China und Indien die größten Aggressoren gewesen zu sein schienen. In eurer Zeit wurden Kriege um die alten fossilen Energiereserven geführt. Es ist merkwürdig, wie die Geschichte sich wiederholt. Wer in den betroffenen Regionen nicht in den Kriegen umgekommen war, starb an Durst oder Hunger. Kein Wunder also, dass die Entdeckung der Formel zur Trinkwasserherstellung von so entscheidender Bedeutung war. Sie hatte letztendlich den Planeten gerettet.

Liliths Worte tönten mir noch in den Ohren, als ich in die Wohnung zurückging. »Wir sehen uns bei der Versammlung«, hatte sie nur gesagt, als ich die Bibliothek verließ. In meinem Schlafzimmer hob ich eines von Homers Hemden vom Boden auf. Ich drückte es an meine Brust, und dann vergrub ich das Gesicht darin und sog ihn so gierig ein, als läge er noch in meinen Armen.

War seine Erscheinung in der Bibliothek nur ein Produkt meiner Einbildung gewesen – oder vielleicht ein grausamer Trick, ein gespeichertes Abbild, das irgendjemand reproduziert hatte, um mich zu manipulieren? Homer hatte mich zu der Abteilung mit Büchern zum Thema Wasser geführt, und meine Eltern hatten mir eine Schale gezeigt, die wie durch Zauberei Wasserwellen erzeugte. War die Klangschale ein Hinweis darauf, in welche Richtung ihre Forschungen gingen? Ich stöhnte, als ich mich ins Bett fallen ließ. Bisher hatte ich ein einfaches Leben geführt, von strengen Vorschriften eingeengt; ich hatte mich in einer Welt bewegt, die nach allen Seiten hermetisch abgeschlossen war, doch seit Hephzibahs Weggang war sie zu einem Ort ohne Grenzen geworden, mit fließender Geometrie. Ich erkannte mich selbst nicht wieder, weder in meiner von Gewalt überschatteten jüngsten Vergangenheit noch in meiner Zukunft, die sich vor mir ausdehnte und schneller entwirrte als jedes Omen.

Während ich dalag und leise in mich hineinschluchzte, hörte ich Manos ins Zimmer kommen und nachsehen, ob ich schlief. Ich machte die Augen nicht auf und atmete ruhig, als ob ich friedlich schlummerte. Sie kam auf mich zu und strich mir mit der Hand über die Stirn, ehe sie wieder ging. Ich lag still da, als hätte mich ihre Berührung geheilt, doch sie hatte mich noch tiefer in meine Trauer stürzen lassen, und das Bett bebte von meinen Schluchzern bis zum Morgen.

Eines Nachmittags gegen Ende derselben Woche traf ich Sengita im Pavillon an. Sie blickte hinaus auf den bewaldeten Hang, der zur Bucht abfiel. Auf ihrem Gesicht lag ein Ausdruck tiefer Melancholie. Vielleicht war es die Hitze, die sie so still und nachdenklich machte; jedenfalls hing sie ihren Gedanken nach und bemerkte mich nicht.

»Hallo, Sengita – geht es dir gut?« Beim Klang meiner Stimme fuhr sie auf, sagte aber nichts.

»Wenn du etwas auf dem Herzen hast, dann sag es mir bitte«, beharrte ich. »Ist es Homer?«

»Ja, es ist Homer, und noch vieles mehr.«

»Es ist schwer, wenn man einen Menschen verliert und weiß, dass man ihn nie wiedersehen wird.«

»Ich weiß, ich weiß – das musst du mir nicht erzählen.«

Ich dachte an ihren Sohn, auch er ermordet von den Wassersoldaten.

»Ich habe dir etwas mitgebracht.« Sie kramte in einer ihrer Taschen, und dann hielt sie mir eine Halskette aus Feuerkristallen hin. Sie funkelten wie eine Reihe winziger Sonnen.

Ich hielt den Atem an, als ich sie mir um den Hals legte.

»Das sind Homers Kristalle«, erklärte sie überflüssigerweise.

Die Kristalle fühlten sich kühl an. Ich hielt sie fest, während ich mich zu ihr hinunterbeugte und ihr einen Kuss auf die Wange gab.

»Sei nicht kindisch«, sagte sie schroff und stieß mich weg. »Sei einfach nur dankbar, dass du noch eine Erinnerung an ihn hast.«

Sie schluckte krampfhaft – ein Riss in der Mauer ihres unterdrückten Schmerzes. In diesem Moment wurde mir klar, dass ihre Trauer um Homer vielleicht ebenso tief empfunden war wie meine.

»Was hast du mit der Asche gemacht?«

»Ich habe sie bei mir. Ich dachte, wir könnten sie unter den Ölbäumen verstreuen.«

Wir gingen langsam zu den Terrassen und wählten einen der ältesten Bäume aus. Als wir vor seinem runzeligen Stamm standen, holte Sengita einen kleinen Stoffbeutel hervor und gab ihn mir. Ich hielt ihn an die Brust und schloss die Augen, dann öffnete ich ihn und schüttelte das feine Pulver mit ausgestrecktem Arm heraus. In diesem Moment wehte eine leichte Brise durch die Zweige und erfasste die Asche, sodass sie mit den Blütenblättern vermischt zu Boden sank. Ich begann zu singen: »Komm, komm zu mir. Ich weiß, ich habe dich abgewiesen, aber jetzt sehe ich, wie sehr ich im Irrtum war. Das Rad dreht sich, und ich öffne mich dir wie eine Blume.«

Ich sang die ganze Zeit, bis ich wieder allein im Haus war, die Kristalle wie eine kalte Hand um meinen Hals.

FÜNFUNDDREISSIG

Sengitas Schweigen bereitete mir allmählich Sorgen. Sie hatte mich schon einige Tage nicht mehr im Haus besucht, also ging ich ins Dorf, um sie zu suchen. Dort sah ich sie an der Hafenmauer stehen und mit finsterer Miene aufs Meer hinausstarren. Sie begrüßte mich, sagte aber weiter kaum ein Wort.

Ich ging nach Hause, wo Manos mich im Garten erwartete. Sie hatte einen Schirm zum Schutz vor der Sonne aufgespannt.

»Du machst dir Sorgen um Sengita, nicht wahr?«

»Ja. So habe ich sie noch nie erlebt. Ich habe nicht gewusst, dass ihr Homer so viel bedeutet hat.«

»Es ist nicht Homer.«

»Was ist es dann?«

Manos bedeutete mir, ihr ins Haus zu folgen. Wir setzten uns in das Zimmer, in dem Homer und ich zum letzten Mal miteinander geschlafen hatten. Ich vermied es, den abgelaufenen Teppich anzuschauen, auf dem wir fast die ganze Nacht zusammen gelegen hatten.

»Joachim ist tot.«

Ich schluckte krampfhaft. Ich konnte nicht glauben, was sie gerade gesagt hatte.

»Wieder ein Mord?«

»Gewissermaßen …«

»Und wer …« Ich sah Manos an und bemerkte ihre erschrockene Miene.

»Nur ich und ein, zwei andere Lesende wissen davon. Du

darfst es niemandem erzählen, weder deinem Vater noch deiner Mutter, und vor allem nicht deiner Schwester.«

»Aber Hephzibah ist doch tot!«, protestierte ich; dann ließ ich mich in den Stuhl zurückfallen und wartete darauf, dass sie ihre Erzählung fortsetzte. Sie räusperte sich.

»Wir haben den Rest von Homers Leiche in den Küchenschränken versteckt gefunden, verteilt auf die unteren Regale. Es sah aus, als hätte der Täter nicht höher hinauflangen können. Von dem Moment an, als Sengita das bemerkte, hatte sie Joachim in Verdacht. Er hatte sich schon seit einiger Zeit sonderbar benommen, war plötzlich verschwunden oder hatte sich in seinem Zimmer eingesperrt. Mehrmals versuchte sie, ihm zu folgen, aber es gelang ihm immer, sie abzuhängen, was erstaunlich ist, weil er doch nicht besonders gut zu Fuß war. Vor zwei Tagen hat sie dann sein Zimmer durchsucht und dabei ein Kleidungsstück von Homer gefunden, ganz steif von getrocknetem Blut, und einen Audiotransmitter, der offenbar direkt mit deiner Schwester verbunden war. Sie fand auch einige Sachen, die deiner Schwester gehörten, Kleider und … intime Sachen.« Manos wirkte verlegen. »Sie fand auch ein Umhängetuch von dir, das blaue, das du so gerne getragen hast. Es war zerschnitten. Sengita verstaute alles wieder da, wo sie es gefunden hatte, und sagte kein Wort zu Joachim, als er nach Hause kam. Sie war zu dem schrecklichen Schluss gekommen, dass ihr Enkel nicht nur Homer ermordet hatte, sondern auch in Hephzibah verliebt war, und das schon eine ganze Weile.«

Ich erinnerte mich, wie Hephzibah mir voller Panik erzählt hatte, dass Joachim sie mit den Soldaten im Pavillon gesehen habe, und ich fragte mich, ob er auch hinter den Büschen gelauert hatte, als ich zugesehen hatte, wie sie Mariam erstickte. Aber ich behielt meine Mutmaßungen für mich und ließ Manos fortfahren.

»Als Joachim an jenem Abend nach Hause kam, bereitete Sengita ihm einen Trank, der ein heftiges Fieber auslöste. Sie ließ alle wissen, dass er krank sei, worauf der Kommissar zu Besuch kam, weil er fürchtete, es könne sich um den Beginn einer Epidemie handeln. Du weißt ja, wie nervös ihn alles macht, was mit Krankheiten zu tun hat. Aber es gelang Sengita, ihn zu beruhigen, und nachdem er gegangen war, rieb sie Joachim im Schlaf mit einer ihrer Salben ein, die ihm die Zunge löste. Er wachte kurz auf und begann, in seiner gewohnten unverständlichen Art zu brabbeln – unverständlich für jeden außer Sengita. Er wiederholte immer wieder den Namen deiner Schwester und sagte, du hättest sie weggeschickt und müsstest dafür bestraft werden. Er war dir gefolgt, und er wusste von dem geheimen Raum mit den Büchern in eurem Haus. Er schilderte, wie er in das Labor eingebrochen war, und erklärte, das mit dem Feuer sei ein Unfall gewesen. Sengita behauptet, er habe nicht gesagt, was ihn dazu getrieben hat, aber vermutlich tat er es aus purer Bosheit, um sich an dir zu rächen. Danach schlief er ein – und wachte nicht mehr auf. Sengita hat ihn auf See beigesetzt, damit er bei seinem Vater und seiner Mutter ist. Das Dorf glaubt, er sei an dem Fieber gestorben.«

Es schmerzte mich, dass Sengita das letzte Mitglied ihrer Familie verloren hatte, und es beschämte mich, dass ich ihre Trauer um den Verlust nicht in dem Maß teilen konnte, wie ich es ihr schuldig zu sein glaubte. Ich hatte mich in Joachims Gegenwart nie wohl gefühlt, obwohl er manchmal recht nett zu mir gewesen und als kleines Kind oft auf meinen Schoß geklettert war. Mein Unbehagen hatte nichts mit seinem sonderbaren Aussehen, seiner Sprechweise oder seinen merkwürdigen Angewohnheiten zu tun. Es lag an der Art, wie er mich mit seinen stechenden Augen anstarrte und dabei die Zähne bleckte. Das, was er Sengita in seinen letzten Augenblicken erzählt hatte, bewies, er hatte gewusst, dass Hephzibah noch am Leben war, und es hätte mich nicht überrascht, wenn er es auch gewesen wäre, der mir den Zettel zugespielt hatte. Wenn dem so war, dann musste er Anweisungen von Hephzibah bekommen haben, und sie musste ihm von unserem Bunker erzählt haben.

»Hat Joachim sonst noch etwas über meine Schwester gesagt?«, fragte ich Manos rasch.

»Wenn ja, dann hat Sengita es mir nicht gesagt. Stell dir nur vor – er und verliebt in deine Schwester. Ich frage mich, wie lange das schon ging. Der Kerl hatte es wirklich faustdick hinter den Ohren.«

Ich hörte aus Manos' Bemerkung die Andeutung heraus, dass Hephzibah Joachims Gefühle erwidert haben könnte.

»Ich glaube nicht, dass meine Schwester sich auch nur im Geringsten für Joachim interessiert hätte. Er war doch kaum mehr als ein Kind«, erwiderte ich entrüstet. Manos begann laut zu lachen.

»Joachim war weit mehr als ein Kind. Sein Schwanz war so lang, dass er ihn sich am Oberschenkel festbinden musste. Was konnten die Frauen im Dorf sich Besseres wünschen als so einen Riesenschwanz, dessen Besitzer nur unverständliches Kauderwelsch redete? So konnte das Geheimnis nie auffliegen. Keine, die sich ihn als Liebhaber nahm, musste sich je schämen oder befürchten, dass jemand ihnen auf die Schliche kommen würde.«

Manos sah mich herausfordernd an, aber ich war zu müde, um mit ihr darüber zu streiten, ob meine Schwester mit Joachim ins Bett gegangen war. Vielleicht hatte sie es tatsächlich getan, und vielleicht hatte seine daraus resultierende Eifersucht diese Lawine unerklärlicher Ereignisse ausgelöst. Es tat mir so leid für Sengita, und das milderte vorübergehend meinen Schmerz um Homer. Joachim war alles, was Sengita von ihrer Familie geblieben war, und sie hatte ihn geopfert, um die Lesenden – und mich – nicht zu gefährden. Ich ging mit Manos hinaus; ich wollte nicht allein in diesem Zimmer bleiben. Ich sagte ihr, sie müsse nicht aufbleiben, bis ich zurückkäme, doch ich verriet ihr nicht, dass ich eine Freundin besuchen wollte.

SECHSUNDDREISSIG

Ich musste lange und laut an Sengitas Tür hämmern, und die Hände taten mir schon weh, als sie endlich öffnete und mich einließ. Sie schien sich zu freuen, mich zu sehen, und führte mich gleich in die Küche. Die Läden waren geschlossen, obwohl es draußen taghell war, und es war ziemlich kühl im Zimmer. Ich fröstelte und hoffte, sie würde mich auffordern, mich mit ihr auf die Terrasse zu setzen, doch sie stand einfach nur mit verschränkten Armen an der Spüle und starrte mich an.

Ihre Augen waren verquollen vom Weinen, und ich konnte Kampfer riechen.

Ich erzählte ihr, dass Manos mir berichtet hatte, was passiert war, und sagte ihr, wie leid es mir tat. Aber ich schalt sie auch, weil sie mir ihren Verdacht nicht anvertraut hatte, und entschuldigte mich dafür, dass ich mit meinem eigenen Kummer so beschäftigt gewesen war, dass ich ihren gar nicht bemerkt hatte.

Als ich geendet hatte, schwieg sie noch eine Weile, starrte mich aber weiter unverwandt an, bis ich ihrem Blick nicht mehr standhalten konnte.

»Manchmal, Jephzat, müssen wir Opfer bringen für eine Sache, die wichtiger ist als unsere eigenen Angelegenheiten. Wir müssen an unsere Geschichte denken und dafür sorgen, dass sich bestimmte Dinge niemals wiederholen.«

»Wir haben keine Geschichte«, höhnte ich.

»Wenn man den Gesellschaften glaubt, dann haben wir

keine, bis auf das, was sie uns erzählen. Die Welt, in der wir leben, ist nicht mehr als eine Erfindung der Gesellschaft. Aber wir sind Lesende, und wir wissen es besser.«

Mir fiel auf, dass sie mich schon zu den Lesenden zählte. Und sie hatte Recht. Ich war eine Lesende; ich las alles, was ich in die Finger bekommen konnte, aber das machte mich noch nicht zu einem aktiven Mitglied der Organisation.

»Soweit ich es beurteilen kann, geht es in der Geschichte, wer auch immer sie erzählt, stets um die Unterwerfung eines Volkes durch ein anderes oder aber um die Versuche der Unterworfenen, sich zu befreien.« Mein neu erworbenes Wissen hatte mich zynisch gemacht.

»Genau«, rief Sengita und schlug sich entzückt auf die Schenkel. Sie ermunterte mich eifrig gestikulierend zum Weiterreden, drängte mich regelrecht dazu, aber ich wollte jetzt nicht über historische Fragen diskutieren.

»Hat Joachim wirklich …?«, begann ich, aber sie unterbrach mich sofort.

»Erwähne nie wieder seinen Namen! Es regt mich zu sehr auf. Er ruht jetzt in Frieden draußen im Meer, wo sein Platz ist, bei seinem Vater und seiner Mutter, und mehr gibt es dazu nicht zu sagen.«

Mein Blick fiel auf einen Haufen Sachen, die in ein Tuch eingeschlagen in einer Ecke nahe der Tür lagen.

»Die kommen auch noch weg. Nichts von ihm wird bleiben«, sagte sie streng, doch in ihren Augen standen plötzlich Tränen. Sie ging zu einem Schrank und zog eine Schublade auf.

»Es gibt eine Menge zu tun«, sagte sie, während sie ein Blatt Papier herausnahm. »Wir können es uns beide nicht leisten, von morgens bis abends immer nur zu jammern und zu klagen.«

Sie gab mir ein Bild von Maya. Anders als das Porträt, das

ich kürzlich in der Bibliothek gesehen hatte, zeigte dieses eine wesentlich jüngere Frau mit langen Haaren und einem trotzigen, kantigen Unterkiefer, der ausgeprägter schien als auf den anderen Aufnahmen, die ich kannte.

Ein Schreckenslaut entfuhr mir, als mir klar wurde, was ihre Jugend, ihre Frisur und ihr Gesichtsausdruck in dieser Aufnahme zweifelsfrei belegten: Ich blickte auf mein eigenes Spiegelbild. Ich sah Sengita an; meine Hände zitterten.

»Ich weiß schon, du musst gar nichts sagen.« Sie nahm mir das Bild ab und betrachtete es eingehend. »Du siehst ihr so ähnlich, dass man euch für Schwestern halten würde, nicht für Mutter und Tochter.«

Meine Knie wurden ganz weich. Sengita musste mich stützen, als sie mich auf die Terrasse führte und auf einen Stuhl setzte.

Die Sonne blendete mich, und ich schloss die Augen. Dolores' Gesicht tauchte aus der Dunkelheit auf.

»Ich habe schon eine Mutter. Maya kann unmöglich meine Mutter sein. Die Ähnlichkeit ist geradezu unheimlich, aber ich verstehe nicht, wie sie meine Mutter sein könnte, außer natürlich …«

Ich verstummte, als ich die biologischen Möglichkeiten bedachte. Zu Mayas Zeit hatten sich viele Frauen ihre Eizellen herausnehmen und einfrieren lassen. Heute werden sie den Neugeborenen direkt entnommen. Oft überlebten die Eizellen die Spenderinnen, und manche hatten über ein Jahrhundert lang in so genannten Ovula-Schutzräumen überlebt. Ich hatte von Experimenten gelesen, die kurz vor und nach Mayas Tod durchgeführt worden waren und bei denen menschliche Eizellen zum Klonen von Individuen benutzt wurden, die gegen Giftstoffe und Krankheiten immun waren. Diese wurden erfolgreich in den expandierenden Produktionszentren eingesetzt, und ich vermutete, dass viele derer, die im

Weltraum umgekommen waren, aus solchen Experimenten stammten und mit Mängeln behaftet waren, die sie entbehrlich erscheinen ließen.

Die Eizellen waren auch eine wesentliche Komponente der »Fleischfarmen«, auf denen Organe und Körperteile für die so genannte »Biologische Optimierung« gezüchtet wurden. Die Embryonen, die aus den Eizellen entstanden, wurden allerdings nicht nur zur Ausrottung alter Krankheiten eingesetzt, an deren Stelle ohnehin stets neue, noch bösartigere zu treten schienen. Sie lieferten zudem das genetische Material für eine Reihe von Anwendungen, insbesondere als Teil des alten »Für-die-Ewigkeit-gebaut«-Programms, das den Privilegierten eine erfreuliche Lebensspanne von weit über hundert Jahren schenkte. Wie nicht anders zu erwarten, war um die Zeit von Mayas Tod die Gentechnik bereits sehr viel weiter entwickelt als unsere Fähigkeit, sie vernünftig einzusetzen.

Sengita saß mit dem Rücken zum Meer und erzählte mir die Geschichte meiner Geburt.

»Zu deinem Glück war die Gesellschaft, der Mayas Eizellen anvertraut worden waren mit dem Auftrag, sie zu vernichten, nicht vorsichtig genug. Einem jungen Wissenschaftler, der Maya sehr gut gekannt hatte, gelang es, sie zu retten, und er ging ein hohes persönliches Risiko ein, indem er sie in Sicherheit brachte. Der junge Mann wurde älter; er träumte insgeheim davon, die Maya-Bewegung wiederzubeleben, und dachte, dass vielleicht ein Kind Mayas helfen könnte, der Sache einen neuen Anstoß zu geben. Er befruchtete mehrere der Eizellen mit seinem Sperma, aber nur eine überlebte die volle Schwangerschaftsdauer, und so wurdest du als Tochter einer Leihmutter und eines biologischen Vaters geboren.

Er lebte damals mit seiner Frau in Ferat, und zum Glück schöpfte die Gesellschaft keinen Verdacht hinsichtlich deiner genetischen Abstammung. In jener Zeit musste man grundsätzlich die Genehmigung des so genannten Programms für Fruchtbarkeit und Verbesserung der Arbeitskraftressourcen einholen, aber deine Eltern hatten die Zeugung als natürlich registrieren lassen und beantragten eine biologische Geburt, womit die übliche frühzeitige Entfernung aus dem Mutterleib und die Erstellung des genetischen Fingerabdrucks in deinem Fall entfiel. Es bedeutete auch, dass es für deine Eltern leichter war, das genetische Copyright-Gesetz zu umgehen, mit dem sich die Föderation, wie du weißt, das Eigentum an der genetischen Veranlagung jedes Einzelnen sichern kann. Ich glaube, die Gesellschaft hatte damals alle Hände voll mit gewissen umstürzlerischen Aktionen im Norden zu tun, bei denen Teile ihrer Technologie durch Sabotageakte beschädigt wurden. Darunter litt der bürokratische Apparat.« Sie grinste zufrieden. »Dabei handelte es sich natürlich um einen der ersten Schläge der Lesenden gegen die Föderation. Wie nicht anders zu erwarten, wurde alles vertuscht, und es kam zu Vergeltungsmorden, aber dennoch war die Organisation vorübergehend erschüttert.

Du warst nach einhelliger Überzeugung ein entzückendes Kind, wenngleich es hieß, deine Mutter sei merkwürdig distanziert dir gegenüber. Dein Vater liebte dich über alles, aber er wäre nicht der Mann, der er ist, wenn er nicht seine Pläne, eine neue Bewegung ins Leben zu rufen, schnell wieder aufgegeben hätte. Es war, als hätte ihn deine Geburt seines revolutionären Eifers beraubt, und ich glaube, das hatte etwas mit deiner unheimlichen Ähnlichkeit mit Maya zu tun. Es schien, als sei ihm diese Verbindung genug, als brauche er nichts weiter, um die Erinnerung an sie und ihre Energie heraufzubeschwören.

Kurz nach deiner Geburt hörte ich zum ersten Mal das Gerücht, wonach Maya eine postume Tochter hätte. Anfangs weigerte ich mich, es zu glauben. Es schien so unglaublich traurig, dass sie so lange nach ihrem Tod zum ersten Mal Mutter geworden sein sollte. Maya und ich hatten gemeinsam an der Grünen Revolution gearbeitet, und es hatte nichts gegeben, was wir uns nicht teilten, einschließlich unserer Männer. Wir waren wie Schwestern – wahre Schwestern, die füreinander da waren, so wie es früher einmal war. Es gab nichts, was ich über sie nicht wusste, oder sie über mich. Es war schlimm, sie zu verlieren, noch schlimmer, als einen Sohn und einen Enkel zu verlieren.

Als ich daher hörte, dass sie irgendwo eine Tochter hätte, machte ich mich gleich auf die Suche nach dir. Zu dieser Zeit war ich schon eine Lesende. Ich hatte zu den ersten Büchersammlerinnen gehört und geholfen, Verstecke für sie zu organisieren, anfänglich in den alten unterirdischen Behausungen. Im Lauf der Jahre rettete ich Tausende von Büchern, Musikaufnahmen und Disketten in der alten Technologie, meistens direkt unter den Augen der Gesellschaften.

Ich hatte deinen Vater schon zu Mayas Lebzeiten gekannt, wenn auch nur flüchtig, und eine Freundin erzählte mir, er habe ein Kind, das aussähe wie Maya. Also machte ich mich auf den Weg, um mir das mit eigenen Augen anzuschauen. Damals war ich auch schon dabei, mir einen guten Ruf als Heilerin aufzubauen. Die Föderation war mit meinen Methoden nie einverstanden gewesen, aber die Präsidenten der Gesellschaften und ihre Lakaien hatten alle schon davon profitiert, und so war es kein Problem für mich, eine unbeschränkte Reiseerlaubnis zu erhalten.

Ich sah dich aus einem großen Gebäude in Ferat kommen, einem von denen, die noch aus dem alten amerikanischen Imperium erhalten geblieben sind. Du hieltest die Hand deines Vaters fest umklammert, und du hast dich nach mir umgedreht, als ihr an mir vorbeigingt, mit deinem kleinen lächelnden Maya-Gesicht. Mir stockte der Atem, und mir war einen Moment lang ganz schwindlig. Du warst damals etwa zwei Jahre alt.

Später nahm ich Kontakt zu deinem Vater auf. Es ärgerte ihn, dass ich hinter sein kleines Maya-Geheimnis gekommen war, aber was konnte er schon tun? Ich glaube, er war erleichtert, als sie ihn ins Olivenland schickten, um dort mit Dolores zu arbeiten. Er dachte, er könnte mich so abschütteln, aber ich folgte ihm – ganz legal natürlich. Ich kam, um dich im Auge zu behalten. Und ich sah dich heranwachsen und mit jedem Tag Maya ähnlicher werden.

Von Anfang an hatte ich gewollt, dass du den Lesenden beitrittst, aber ich musste warten. Ich konnte dir die Bibliothek nicht zeigen, als du noch klein warst. Kinder können keine Geheimnisse bewahren, und ich wollte nicht, dass dein Vater und Dolores etwas erfuhren. Sie arbeiten bisweilen sehr eng mit Vertretern der Gesellschaft zusammen, und ich wollte sie nicht in Gefahr bringen. Die Bibliothek ausgerechnet in dem Haus unterzubringen, das sie später bezogen, war natürlich ihrer Sicherheit nicht gerade dienlich, was? Aber wir mussten die Bücher irgendwo unterbringen, und damals schien es wirklich eine gute Wahl zu sein. Die Bücher waren dort gut versteckt und im Trockenen; wir konnten die Temperatur regulieren und konnten sie durch einen Tunnel, der vom Dorf zu eurem Haus hinaufführt, problemlos erreichen. Deine Eltern verließen selten ihre Wohnung, und nur du und Hephzibah streunten durch das ganze Haus – zwei kleine Kinder, die uns niemals finden würden. Ich muss gestehen, ich habe gebetet, dass du die Bücher irgendwann entdecken würdest. Nicht zusammen mit Hephzibah, sondern allein; dann hätte ich dich bei der Hand nehmen und dir Geschichten vorlesen können, hätte vielleicht sogar ein bisschen Musik spielen und mit dir dazu tanzen können. Das war etwas, was ich mit Joachim nie tat. Manchmal müssen wir unseren eigenen Instinkten vertrauen – wenngleich ich mir eingeredet hatte, dass ich ihn nicht in Gefahr bringen wollte. Das Leben ist schon komisch, was, Jephzat? Er war es letztendlich, der unsere Sicherheit gefährdete. Vielleicht war es Hephzibahs Weggang, der ihn von einem bemitleideten Kind in einen eifersüchtigen Mann verwandelte.

Ich sah also zu, wie du größer wurdest, und ich wartete. Irgendwann erfuhren einige der Lesenden im Olivenland von deiner Herkunft. Sie waren hocherfreut, dich in ihrer Nähe zu wissen. Wir gaben alle auf dich Acht, während du an der Seite deiner verdorbenen Schwester heranwuchsest. Ich lachte mir immer ins Fäustchen, wenn ich diese stolze kleine Madame sah. Ha! Wenn eine von euch beiden etwas von einer Königin hatte, dann du. Das Einzige, was ich im Leben bedaure, ist, dass ich Dolores bei *ihrer* Geburt geholfen habe und nicht bei deiner.«

Ich lauschte gebannt. Nie hatte ich Sengita so lange reden und ihre Worte mit solcher Sorgfalt wählen hören. Ihr Gesicht war gerötet, und ihre Stimme klang lebhafter als sonst. Ihre Geschichte bewegte mich, und ich berührte die Kristalle um meinen Hals leicht mit den Fingern.

»Die Sache mit Homer tut mir unendlich leid, Jephzat. Niemand hätte das verhindern können. Wir haben immer gewusst, dass wir gefährdet sind, aber nicht so. Nicht auf diese Weise. Niemand verdient einen solchen Tod. Ob du es glaubst oder nicht, die Techniken, die die Gesellschaft bei ihren Mordanschlägen anwendet, sind noch gnädiger.

Homer war ein guter Mann. Wir haben keinen Anführer, wir treffen unsere Entscheidungen demokratisch, aber hätten wir jemals einen gebraucht, dann wäre die Wahl auf ihn gefallen. Nicht auf mich – ich bin schon zu alt, und ich habe schon zu viel gesehen. Es heißt, Erfahrung mache weise, aber in den meisten Fällen benebelt sie nur den Verstand und lässt uns allzu lange zögern, wenn wir zwischen einem Kummer und einem anderen abwägen müssen – oft mit fatalen Folgen. Die Erfahrung hält sich zu lange mit irrelevanten Erinnerungen auf.«

Sengita schien plötzlich auf ihrem Stuhl zusammenzusacken, als ob ihr alles zu viel sei. Ich streichelte ihre Hand und ermunterte sie fortzufahren.

»Homer war noch ein junger Mann, als er zu uns stieß. Die Gesellschaft hatte ihn wegen seiner Körperkraft und seines Wissens um die bösartigen Krankheiten, von denen die Bäume seit einiger Zeit befallen wurden, hierhergeschickt. Trotz der neuen Kreuzungen und der genetischen Veränderungen ging es einigen der jüngeren Bäume schlecht. Das ist der Grund, weshalb er mit den Dorfbewohnern und dem Kommissar nicht viel zu tun hatte: Er wohnte draußen bei den zuletzt angepflanzten Hainen und hatte ein kleines mobiles Labor, von dem aus er seine Befunde an die Gesellschaft schicken konnte. Natürlich setzte er es als Lesender auch für unsere Zwecke ein.«

»Davon hat er mir nie etwas gesagt«, flüsterte ich.

»Das ist doch nur zu verständlich, oder? Du hattest dich geweigert, den Lesenden beizutreten, und wir mussten befürchten, dass du ein Sicherheitsrisiko darstelltest. Du bist zwar Mayas Tochter, aber du hast immer noch deinen eigenen Kopf. Der manchmal nicht richtig nachdenkt! Sein Auftrag von der Organisation lautete, dich dazu zu bringen, uns beizutreten.«

Ich fühlte mich, als hätte jemand mir aus großer Entfernung einen Speer in die Brust geschleudert. Ich rang nach Luft, wie von einem heftigen Anfall gepackt, während Sengita Wasser in ein Glas goss und es mir reichte.

Als ich wieder sprechen konnte, fragte ich verbittert: »Soll das heißen, dass wir nur deshalb zusammen waren, weil wir zusammenkommen *mussten*? Er musste mich verführen, weil das seine Chancen erhöhte, mich zum Eintritt in den Kreis der Lesenden zu bewegen. War ich wirklich nur Teil seines ›Auftrags‹?«

»Nein, Jephzat. Wie er es anstellte, dich zu überzeugen, war ganz und gar seine Sache, damit hatten wir nichts zu tun. Er wollte von sich aus mit dir zusammen sein. Er hat dich nicht nur verführt, um dich dazu zu bewegen, eine Lesende zu werden. Sein Absicht war lediglich, dir die Bibliothek zu zeigen und dich dann deiner Lektüre zu überlassen, bis du die Wahrheit erkennen würdest und nicht mehr umhinkönntest, dich uns anzuschließen. Jephzat, jeder Narr konnte sehen, dass er von dir ganz und gar hingerissen war, und ich kann dir sagen, dass das uns allen ziemliche Sorgen gemacht hat. Wenn Menschen sich – soll ich es in der Sprache des alten Imperiums sagen? –, wenn sie sich verlieben, kann es leicht passieren, dass der Verstand aussetzt.«

»Du glaubst, dass er in mich verliebt war«, hauchte ich.

»Ganz bestimmt. Und du in ihn. Im Grunde deines Herzens weißt du doch, dass er aus freien Stücken mit dir zusammen sein wollte – außer, wenn du dich wieder einmal geweigert hattest, uns beizutreten. Das hat ihn verärgert. Er konnte nicht begreifen, wie du dir nach den letzten Tagen, nach allem, was du gelesen und gesehen hattest, immer noch mehr Bedenkzeit erbitten konntest. Offen gestanden, ich war auch enttäuscht. Vielleicht war ich unfair dir gegenüber, vielleicht habe ich von dir zu viel erwartet, weil du Mayas Tochter bist, aber du schienst nicht den gleichen Hunger, die gleiche Sehnsucht nach Veränderung zu haben wie sie, die gleiche Sehnsucht nach Revolution und der Freiheit, die sie bringen wird. Stell dir vor, wie es wäre, frei zu sein! Jephzat, wir brauchen dich. Du musst uns zusammenführen. Mit deiner Hilfe können wir die Unterstützung der Mayaner gewinnen; wir können mit unserer Bewegung an die Geschichte anknüpfen und ihr neue Hoffnung geben. In den letzten Jahren sind wir nur mühsam vorangekommen. Manche unserer besten Mitglieder, die sich in hohe Ämter in der Gesellschaft vorgearbeitet hatten, sind eliminiert worden. Die Menschen werden an dich glauben, sie werden dir vertrauen, so wie ihre Vorfahren Maya vertraut haben.«

In meiner Brust war noch immer ein dumpfer Schmerz, als ich aufstand, um zu gehen. Sengita blieb, wo sie war, und begleitete mich nicht zur Haustür. Ich ging durch die Kammer, in der Mariam einst gelegen hatte, und ich fragte mich, ob auch sie eine Lesende gewesen war. Eines Tages würde ich mir gestatten, um Homer so zu trauern, wie diejenigen, die Mariam geliebt hatten, um sie trauern mussten. Es war, wie Vater sagte, ein universelles Gesetz.

Ich spazierte langsam am Hafen entlang und sah die Abenddämmerung am Horizont heraufziehen. Ein Königreich aus Wolken senkte sich auf eine Fläche aus schillerndem Quecksilber. Plötzlich vernahm ich ein Flüstern. Es schien aus der Hafenmauer zu kommen und mich langsam einzuhüllen wie ein Nebel. Zuerst war es kaum hörbar, doch dann konnte ich eine Stimme ausmachen, eine Kinderstimme, wie mir schien. »Die Versammlung ist morgen in einer Woche um drei Uhr früh in der Bibliothek. Bringe nichts mit und begrüße niemanden mit Namen.«

Ich blickte mich um, konnte aber niemanden sehen. Sengitas Tür war geschlossen, die Fensterläden ebenso. Die Boote, die am Landungssteg im Wasser tanzten, waren alle vertäut und leer.

SIEBENUNDDREISSIG

Wenn eine Akrobatin genau an dem Punkt landet, den sie anvisiert hat, dann kann sie noch längst nicht genau erklären, wie sie dorthin gekommen ist. Während sie durch die Luft wirbelt und auf ihren Zielpunkt zurast, hat sie ein elegantes Gefüge aus unabhängigen Variablen im Kopf, das ihr eine präzise und sichere Landung garantieren wird. Das Einzige, was sie nicht genau identifizieren kann, ist, wie und in welcher Reihenfolge diese Variablen vorkommen. Wo und wie sie landet, hängt vom Verlauf der Flugphase ab: Jede leichte Drehung eines Hand- oder Fußgelenks beeinflusst die Präzision des Abschlusses. Aber für den Zuschauer sind ihre Überschläge und Verdrehungen nichts als eine Demonstration von instinktiver Behändigkeit, Rhythmus und Grazie.

Ich kann mich nicht an den genauen Moment erinnern, in dem ich beschloss, eine Lesende zu werden.

Das ist ungewöhnlich, weil ich normalerweise sehr gewissenhaft bin, was Anfänge betrifft. Ich wünschte, ich hätte Homer noch sagen können, dass ich mich der Bewegung zum Sturz der Föderation anschließen würde. Ich hätte ihm gerne gesagt, dass ich nicht länger ein Instrument der Gier der Föderation sein wollte und dass ich auch nicht mehr vor den hässlichen Wahrheiten der Geschichte die Augen verschließen wollte. Ich konnte nicht länger ruhig dastehen und zusehen, wie Menschen jedes Mal, wenn sie in der geheimen Bibliothek eine Seite umblätterten, ihr Leben riskierten. Was mich bisher zurückgehalten hatte – meine Sorge um die Sicherheit meiner Eltern und meiner Schwester –, war plötzlich verflogen, und ich war nicht mehr der Meinung, dass es egoistisch wäre, sich zu opfern. Ich sandte ihm eine stille Botschaft: »Ich habe es getan. Jetzt bin ich endlich eine Lesende!«, und ich stellte mir sein lächelndes Gesicht vor.

Dann ermahnte ich mich, dass es eine gefährliche Ablenkung war, wenn ich immer noch so tat, als sei Homer noch am Leben. Es war vielleicht töricht von ihm gewesen, in seiner Sanftmut auf Joachim hereinzufallen und sich von ihm abstechen zu lassen, aber im Geiste konnte ich seine tiefe Stimme hören, die mich fragte: »Willst du um jeden Preis überleben?«

Bis zur Versammlung würde ich keinem Menschen erzählen, dass ich eingewilligt hatte, mich den Lesenden anzuschließen. Sie würden es wissen, wenn sie mich dort sahen. Ich wollte nicht, dass Manos oder Sengita dachten, ich hätte die Entscheidung nur wegen der Enthüllungen über meine biologische Mutter getroffen. Maya blieb mir so fremd wie eine ferne Galaxie, und die Tatsache, dass wir die gleichen Gene hatten, löste in mir keine sentimentalen Regungen aus. So sagte ich nichts zu Manos oder Sengita und verbrachte den größten Teil meiner Zeit in der Bibliothek. Gelegentlich suchte ich auch den Bunker auf, aber Manos schalt mich wegen meiner Unvorsichtigkeit. Homers Tod und die Enthüllungen über Joachim bedeuteten, dass wir alle noch wachsamer sein mussten. Ich ging also dazu über, meine Besuche im Bunker auf die frühen Morgenstunden zu beschränken, bevor es hell wurde. Ich blieb nie lange, wartete aber stets voller Hoffnung auf irgendein Lebenszeichen auf dem Bildschirm. Doch nie tat sich etwas.

Einmal, als ich in die enge Kammer einstieg, stieß ich plötzlich gegen einen Eindringling. Es brannte kein Licht – die unbekannte Person hatte wohl die Erschütterungen gespürt, die meine Schritte verursachten, und es ausgeschaltet. Ich hörte jemanden im Dunkeln fluchen und erkannte sofort die Stimme.

»Lilith, was in aller Welt tust du denn hier?«

»Ich habe auf dich gewartet«, gab sie gereizt zurück, während ich mich auf den Platz neben ihr zwängte. Sie hatte einen winzigen Gegenstand in der Hand, den sie vor den Bildschirm hielt. Ein leises Summen war zu hören.

»Ich habe jedes Recht, hier zu sein«, sagte ich. »Das ist unser Privatbesitz. Du bist hier widerrechtlich eingedrungen.«

»Nichts ist mehr privat. Wir müssen versuchen, deine Schwester dazu zu bringen, mit dir Kontakt aufzunehmen. Ich sende ein kleines Signal aus, von dem ich hoffe, dass sie es empfängt. Keine Sorge, du hast nichts zu befürchten.«

Der Bildschirm wurde hell. Lilith wandte sich ab, kletterte rasch die Leiter hinauf und verschwand. Bevor sie die Luke schloss, zischte sie mir noch zu: »Später wird man dir alles erklären.«

Das Leuchten des Bildschirms wurde intensiver, und dann sah ich Hephzibah. Sie war gerade dabei, sich noch ein wenig zurechtzumachen, als wüsste sie nicht, dass ich sie schon sehen konnte. Jemand strich ihr die Haare glatt, und ein zweites Händepaar massierte ihr Öl in die Wangen, bis sie glänzten.

»Hephzibah«, rief ich, »was ist da los? Was machen diese Leute mit dir?«

Sie verharrte reglos und blickte zu mir auf, als wäre ich gerade in ihr Zimmer geplatzt.

»Du weißt doch, dass ich schon immer sehr eitel war, Jephzat. Ich möchte eben immer möglichst gut aussehen, auch für dich. Hast du etwas von unseren Eltern gehört?«

»Nicht mehr, seit wir zuletzt gesprochen haben.«

»Gibt es sonst irgendetwas Neues?«

»Nein«, antwortete ich. Ob es nun wegen der jüngsten Ereignisse war, oder weil ich jetzt eine Lesende war, jedenfalls zögerte ich, Hephzibah irgendwelche gefährlichen oder belastenden Informationen anzuvertrauen.

»Na, du bist ja heute ganz besonders gesprächig. Kopf hoch, liebe Schwester. Bald kannst du deine kleine Nichte kennen lernen. Ich werde dir Bescheid sagen, wenn es so weit ist. Aber versuch nicht wieder, Kontakt mit mir aufzunehmen. Ich melde mich bei dir.«

Sie warf mir eine Kusshand zu, und das Bild verblasste. Sie hatte mich nicht gefragt, wie es mir ging, und meine neue Halskette hatte sie auch nicht bemerkt.

Ich beschloss, mich vorläufig vom Bunker fernzuhalten, und verbrachte stattdessen mehr Zeit in der Bibliothek. Ich las die ganze Nacht und verschlief dann den größten Teil des Tages. In meinem Bett schlief ich nur selten – ich ertappte mich zu oft dabei, wie ich die Hand nach Homer ausstreckte. Manos suchte mich oft in den Zimmern nahe der Küche. Manchmal fand sie mich auch auf der Veranda, wo ich frierend auf dem Boden lag, oder in eine Decke eingerollt im Pavillon. Die Küche mied ich nach wie vor, und ich aß immer mit Manos und Sengita an einem Tisch, den wir auf die Veranda gestellt hatten. Ihre unruhigen und besorgten Blicke irritierten mich ebenso sehr wie die Insekten, die unsere Teller umschwirrten. Oft ließ ich mein Essen stehen und spazierte durch die Zitrushaine, oder ich erklomm die Terrassen, die sich hoch über der Bucht erhoben, und dabei grübelte ich stundenlang darüber nach, ob es möglich war zu lieben, ohne Narben davonzutragen, oder ob die Toten im Jenseits eine neue Heimat fanden.

Wenn ich in die Bibliothek ging, steckte ich immer einen

kleinen Block ein und machte mir beim Lesen ausführliche Notizen. Eines Abends traf ich den Buchwächter, der mir damals die Abteilung mit den angeketteten Büchern gezeigt hatte, und ich bat ihn, mir noch mehr alte Texte über die Erschaffung der Erde zu zeigen. Er war begeistert und sah mir zu, wie ich mit der Leiter von einem Regal zum nächsten zog und mit behandschuhten Händen die Bücher herauszog, die er mir empfohlen hatte. Manche waren noch nicht übersetzt, aber bei meinem nächsten Besuch präsentierte er mir handgeschriebene Übersetzungen einiger der kürzeren Texte. Einer, der mich ganz besonders interessierte, fand sich in dem Fragment eines sehr alten Buches, das nur noch aus ein paar Seiten dünnen, leise nach Gewürzen duftenden Pergaments bestand. Ich wusste nicht, ob es sich wirklich um eine heilige Schrift oder um die Interpretation eines Gelehrten jener Zeit handelte, aber das war nicht weiter wichtig. Es war die darin enthaltene Idee, die mich faszinierte. »Brahma schuf diese Welt mit dem Klang des … [hier folgte ein unübersetzbares Wort], und dieser Klang kann auch von einer großen Flut nicht zerstört werden. [Hier hatte irgendein hungriges Insekt den Text unleserlich gemacht] … beginnt es sich aus sich selbst heraus zu bewegen und erzeugt die ursprüngliche Vibration des entstehenden Universums. Diese ursprünglichen Schöpfungsklänge können … [hier war eine Ecke abgerissen].« Ich blätterte behutsam um und las die Übersetzung: »Aus dem Urklang heraus manifestierte sich die gesamte Schöpfung, zusammengesetzt aus den fünf Elementen, als da sind: Raum, Luft, Feuer, Erde und Wasser.«

Ich klappte das Buch vorsichtig zu, endlich zufrieden mit der Richtung, in die meine Forschungen mich führten.

ACHTUNDDREISSIG

Eine Woche und einen Tag nach Sengitas Enthüllungen kam Manos um halb drei Uhr morgens in mein Zimmer und war überrascht, mich fertig angezogen zu sehen.

»Du kommst also mit?«

»Ja«, antwortete ich lässig, obwohl ich vorgehabt hatte, allein hinzugehen und sie zu überraschen. »Ich glaube, es wird allmählich Zeit, findest du nicht?« Sie grinste breit und hielt mir die Hand hin. Arm in Arm gingen wir durch das dunkle Haus zur Bibliothek.

Vor uns konnte ich schon Leute durch die Tür schlüpfen sehen. Wir folgten ihnen. Die Gestalten verschwanden hinter den geschwungenen Regalen, und ich hörte ein vielstimmiges Gemurmel. Als wir um die Ecke bogen, erblickten wir weit über hundert Menschen. Die meisten hockten auf den Leitersprossen und lehnten sich mit dem Rücken an die Bücher. Wie Vogelschwärme, die an steilen Klippen kleben, besetzten sie die Wände der Bibliothek. Alle Augen waren auf eine kleine Gruppe gerichtet, die in der Mitte stand und auf uns zu warten schien. Als wir auf die Gruppe zutraten, wurde es schlagartig still.

»Willkommen bei den Lesenden von Olea«, rief eine Stimme irgendwo über mir. Die Leute applaudierten.

Sengita, die in der Gruppe stand, kam auf mich zu und bat mich, in einem der alten Korbsessel Platz zu nehmen, die in einer Reihe aufgestellt waren. Manos blieb stehen.

Sengita zog einen Zettel aus einer ihrer Taschen – sie hatte also erraten, wie ich mich entscheiden würde – und begann, davon abzulesen.

»Wir heißen Jephzat bei den Lesenden willkommen. Es ist ein Willkommen, das längst überfällig ist, aber sicherlich wird jeder der hier Anwesenden einsehen, dass es kein leichter Weg war, der sie zu dieser Entscheidung geführt hat.«

»Leicht war es für keinen von uns«, warf jemand ein.

Sengita ignorierte die Bemerkung und fuhr fort. »Jephzat ist ein besonders wichtiger Neuzugang in unseren Reihen, nicht nur wegen ihrer vielen Stärken, sondern auch, weil sie eine direkte Nachfahrin Mayas ist.« Die Leute wurden unruhig und tauschten fragende Blicke aus. Ich fürchtete schon, dass der eine oder die andere von der Leiter fallen würde. »Sie ist, wie einige von euch bereits wissen, Mayas leibliche Tochter.«

Verblüfftes Schweigen war die Reaktion, und alle musterten aufmerksam mein Gesicht. Dann, als habe das, was sie sahen, sie zufriedengestellt, begannen sie erneut zu klatschen. Der Applaus schwoll an und klang immer überzeugter. Manche trampelten gar mit den Füßen auf den Leitersprossen herum. Viele der Gesichter um mich herum waren mir vertraut. Einige hatte ich schon als Lesende oder Buchwächter in der Bibliothek gesehen, andere kannte ich seit meiner Kindheit, aus dem Unterricht in der Gesellschaftsschule außerhalb des Dorfes. Sie lächelten, wenn unsere Blicke sich trafen. Ich erkannte sogar einige Gesichter aus der feindseligen Menge wieder, die mich damals im Dorf umzingelt hatte, und auch sie lächelten, wenn auch verlegen, als ob sie sich schämten. Wieder andere waren Fremde, die aus anderen Teilen des Olivenlandes angereist sein mussten und dabei ihr Leben riskiert hatten. Ein Mann salutierte, als mein Blick ihn streifte. Gegenüber von mir bemerkte ich Lilith; sie hockte mehrere Regale über dem Boden auf einer Leiter.

Schließlich bat Sengita um Ruhe. »Wir müssen uns wie üblich beeilen, um unsere Tagesordnung durchzubringen, allerdings könnte die heutige Sitzung etwas länger dauern als sonst.« Alle schauten mich an, und ich senkte verlegen den Blick.

»Aber zunächst möchte ich, dass wir für einen Augenblick unseres geliebten und mutigen Mitkämpfers Homer gedenken, der vor kurzem ermordet wurde. Er wird uns als Märtyrer für die Sache stets in Erinnerung bleiben.« Einige der Lesenden wischten sich die Tränen aus den Augen, und eine Gruppe von Frauen seufzte unisono. Dann begann ein langsamer, stetiger Rhythmus, die Bibliothek zu erfüllen, zu dem sich ein leiser, aber immer weiter anschwellender Sprechgesang gesellte. Mit jedem gemeinsamen Ausatmen wurde Homers Name wiederholt und wurde zu einem hypnotisierenden Refrain. Die Menschen begannen, sich im Takt zu wiegen, und manche stießen dabei Bücher von den Regalen, die polternd auf dem Boden landeten. Schließlich blies Sengita in ihre Pfeife, und erneut trat Stille ein.

Dann schwenkte ein alter Mann in der Mayana-Abteilung ein Tuch. »Wir haben gehört, dass die Gesellschaft noch mehr Arbeiter schickt. Werden wir die Bibliothek auflösen müssen, bevor sie kommen? Und Homers Mörder, wer immer es gewesen ist, war doch bestimmt ein Agent der Gesellschaft. Wie können wir sicher sein, dass sie nicht schon von unseren Plänen weiß?«

Kopfnicken und Zungenschnalzen begleiteten seine Rede. Eine kräftige Frau, die mit zwei Männern und mehreren Kindern am Dorfrand wohnte, klatschte laut in die Hände, um Sengita auf sich aufmerksam zu machen.

»Was ist dran an diesem Gerücht, dass das Wasserland uns die Wasserzufuhr sperren will? Ich habe auch gehört, dass es versuchen könnte, uns zu überschwemmen. Was ist davon wahr, und was wird die Gesellschaft dagegen tun?«

»Vergiss die Gesellschaft! Die hat das Gerücht wahrscheinlich selbst in die Welt gesetzt, um uns so einzuschüchtern, dass wir einem neuen Krieg zustimmen, durch den das Wasserland abgelenkt werden soll«, warf eine ungeduldige Stimme ein. Ich blickte mich um und sah einen groß gewachsenen jungen Mann, kaum älter als Lomez. Er trug goldene Ohrringe, das Erkennungszeichen der Fischer.

Ich erhob mich von meinem Stuhl, und der junge Mann trat zur Seite, um mich durchzulassen. Ich wollte neben Sengita stehen, weil ihre Nähe mir Sicherheit gab. Ihre Miene war düster, als sie die Hand hob und das Wort ergriff.

»Meine lieben Mitlesenden, ich war von der ersten Stunde an dabei, und seit ich eine Lesende bin, steht für mich fest, dass ich euch stets die reine Wahrheit sagen muss. Wahrheit ist das Fundament, auf das Mut und Loyalität bauen können. Mein Enkel, der Letzte meiner Familie, war der Agent, von dem du sprichst. Aber ich glaube nicht, dass er im Auftrag der Gesellschaft handelte – nein, es war sein Herz, das ihn dazu trieb. Er tötete aus fehlgeleiteter Liebe.«

Und dann erzählte sie der Versammlung, wie sie Joachims Leben ein Ende gesetzt hatte – und warum. Die Leute beugten sich vor und schwiegen betroffen.

Dann richtete sich eine hochgewachsene Frau auf ihrer Leiter auf und wandte sich, unsicher auf der Sprosse balancierend, an die Runde.

»Wir wollen uns vor dem Mut unserer lieben Schwester verneigen. Sie hätte ebenso gut nichts sagen können; sie hätte ihn am Leben lassen und irgendwo in den Bergen verstecken können.«

»Es stand ihr nicht zu, Homers Tod zu rächen«, protestierte Lilith lautstark, mit einer Stimme wie eine misstönende Glocke. »Der Beschluss hätte kollektiv gefasst werden müssen. Die Sache hätte unter den Lesenden des Olivenlandes diskutiert werden sollen. Wenn wir solche Entscheidungen individuell und nicht kollektiv fällen, dann sind wir keinen Deut besser als die Gesellschaftseliten, die bei ihren Entscheidungen auf nichts und niemanden Rücksicht nehmen außer auf ihre Bankkonten. Wenn wir eine Veränderung herbeiführen wollen, dann müssen wir sie auch gemeinsam leben.«

Ungefähr die Hälfte der versammelten Lesenden klatschte und jubelte, doch der Beifall brach abrupt ab, als Sengita wieder das Wort ergriff.

»Ich entschuldige mich für das, was ich getan habe. Es war nicht leicht, wie ihr gewiss einsehen könnt, aber ich wusste, dass die Zeit in diesem Moment der alles entscheidende Faktor war. Ich habe von einer zuverlässigen Quelle aus dem Kreis der Lesenden des Wasserlandes erfahren, dass Hephzibah noch nicht weiß, dass ihre Schwester mit uns Kontakt aufgenommen hat. Dies ist schließlich Jephzats erste Versammlung, und Joachim ist jetzt tot. Aber sehr bald schon hätte Joachim Hephzibah informiert, und Jephzat wäre direkt in die Falle gelaufen.«

Ein Rascheln wie von Mäusen, die durchs Stroh huschen, erhob sich, als ringsum die Frauen sich mit dem Rocksaum die Tränen aus den Augen wischten. Sengitas leidende Miene verriet, welche Überwindung dieses Geständnis sie gekostet hatte, und so beschloss ich, die Aufmerksamkeit der Versammelten von ihr abzulenken.

»Ich weiß aus zuverlässiger Quelle, dass die Gesellschaft zusammen mit anderen Mitgliedern der Föderation bestrebt ist, die Wasserformel für sich selbst zu entdecken«, begann ich. Meine Stimme klang sicherer, als ich mich fühlte, während ich den Blick über die mit Zuhörern besetzten Regale schweifen ließ. »Ich weiß zum Beispiel, dass meine Eltern schon seit einiger Zeit daran arbeiten.« Ich hielt inne, als die Lesenden aufgeregt untereinander zu tuscheln begannen.

Sengita rief sie zur Ordnung. »Wir werden die ganze Nacht hier hocken, wenn ihr jedes Mal zu schwatzen anfangt, sobald jemand irgendetwas sagt.«

Die Gespräche verstummten, und alle Blicke richteten sich auf mich, als wäre ich im Begriff, ein Wunder zu vollbringen.

»Ich bin Mayas Tochter, das ist wahr, und ich weiß, dass ihr aus diesem Grund eine Menge von mir erwartet. Aber ich bin nicht meine Mutter, und ihr sollt nicht denken, dass alles, was ich anpacke, von Erfolg gekrönt sein wird oder dass alles, was ich vorschlage, automatisch das Richtige ist. Ich will, dass ihr selbstständig entscheidet, und ich verlasse mich darauf, dass ihr mich warnt, wenn ich in die falsche Richtung losstürme. Aber ich bin bereit, alles zu tun, was ihr von mir verlangt.«

Die Ersten begannen zu nicken, als hätten sie begriffen, was ich zu sagen versuchte.

»Ich habe meine eigenen Ideen zum Thema Wasserproduktion. Homer hat mich an die richtige Stelle geführt. Ich glaube, ich könnte dahinterkommen, wie es gemacht wird.«

»Wir wollen ja deine Idee nicht abtun«, sagte eine kleine Frau, indem sie vortrat. Ihr Haar war kurz, ihre Röcke lang und weit. Ich kannte sie nicht. Mit ihren hellbraunen Augen blickte sie in die Runde. »Aber die Zeit haben wir nicht. Seit wir die Wahrheit über unsere Vergangenheit herausgefunden haben, arbeiten wir, die Lesenden, am Sturz der Föderation. Unsere Nachrichtenquellen sind hervorragend, und wir haben Waffen gesammelt, manche davon recht alt, aber immer noch funktionstüchtig. Doch wir müssen *jetzt* zuschlagen. Die Wassergesellschaft ist machtgieriger denn je, und sie bedroht den gesamten Planeten. Ihre Pläne zur exklusiven Besiedlung des Weltraums sind schon weit gediehen, und wenn sie sich einmal des Systems zur Weltraumverteidigung und militärischen Kommunikation der Föderation bemächtigt hat, wird sie uns alle in der Hand haben. Wir wissen bereits von diesem Plan, der zuverlässigen Geheimdienstquellen zufolge binnen Wochen in die Tat umgesetzt werden wird. Aber auch wir haben unsere Pläne.«

Die Frau nickte Sengita zu und nahm dann wieder ihren Platz ein. Als sie sich umdrehte, bemerkte ich die Tätowierung auf ihrem Nacken.

Sengita übernahm das Wort von der Frau. »Danke, Ruth. Du hast natürlich Recht. Seit langem schon suchen wir nach einem Weg, in den Besitz der Wasserformel zu gelangen. Wenn es uns Lesenden gelingt, sie zu finden, dann wird die Föderation uns aus der Hand fressen. Das wird das Ende der Unterdrückung sein und die Geburt der Freiheit aus der Sklaverei.«

Von hoch oben auf einem Regal in der Lexika-Abteilung rief ein Buchwächter mit wütender Stimme: »Wir wissen, was das Ergebnis sein wird. Aber wir wüssten gerne, wie und wann wir es *machen* werden, damit wir endlich unser Leben in Freiheit beginnen können.«

Sengita wirkte verärgert; sie wischte sich mit dem Ärmel den Schweiß von der Stirn. »Wenn ihr mich vielleicht einmal ausreden lasst, dann kann ich euch sagen, dass eine unvorhergesehene Entwicklung uns das Tor zum Wasserland weit aufgestoßen hat. Deshalb werden wir unverzüglich eine Person dorthin schicken, die die Wasserformel an sich bringen und die Sabotage der Wasserproduktionszentren anführen soll. Diese Person hat Beziehungen zu den höchsten Kreisen, die ihr den Zugang zu den von uns benötigten Informationen erleichtern werden.«

Ich sah den alten Mann an und fragte mich, ob er wohl der Lesende mit den wichtigen Kontakten im Wasserland war. Doch er starrte mich nur an, ebenso wie Manos und Sengita und einige andere, die um mich herumstanden. Ich spürte, wie die Blicke der versammelten Lesenden mich durchbohrten. Und da wurde mir schlagartig klar, was das bedeutete.

»Ihr meint doch nicht etwa ...«, sagte ich ungläubig lachend.

»O ja, Tochter der Maya, du bist es«, sagte Sengita leise und unendlich würdevoll.

»Das kann ich nicht tun. Ich kenne niemanden im Wasserland. Ich hatte nichts mit den Soldaten zu tun, als sie hier waren.«

»*Du* nicht«, sagte eine Frau. »Aber deine Schwester.«

Es war Lilith. Ich wandte mich zu ihr um.

»Wie meinst du das?«

Sie sprang von ihrem erhöhten Platz herunter, wobei ihre Zöpfe wie kleine Flügel flatterten. »Anders, als du uns allen weismachen wolltest, war die Leiche, die der arme Lomez aus dem Meer gefischt hat, nicht die deiner Schwester. Es war jemand anderes, und der Tod dieser Frau ermöglichte es deiner Schwester, mit den Wassersoldaten zu fliehen. Du glaubtest, deiner Schwester einen Gefallen zu tun, als du ihr Beihilfe zum Mord an dieser Frau geleistet hast, aber in Wahrheit sind es die Lesenden, die davon profitieren werden. Und das ist dein Glück, denn es dürfte deine Gewissensbisse ein wenig lindern, falls du überhaupt welche hast.« Sie schob ihr Gesicht dicht vor meines. »Hast du wirklich geglaubt, Sengita wäre so dumm, dass sie die Leiche nicht erkennt?« Sie bedachte mich mit einem verächtlichen Blick. »Netter Versuch, ›Schwester‹.«

Sengita trat vor mich und schob Lilith zur Seite.

»Das ist jetzt alles vorbei und vergangen; wenden wir uns lieber der Gegenwart zu. Hephzibah lebt mit dem Sohn des Präsidenten der Wassergesellschaft zusammen. Er war einer der Offiziere, die sie hier kennen gelernt hat, und er ist der Vater ihres Kindes, das auf natürliche Weise zur Welt kam, was es noch kostbarer macht. Unter den Wasserleuten gilt sie als genetisch rein. Hephzibah ist jetzt eine sehr mächtige Frau, und sie ist der Schlüssel zur Formel. Du bist ihre Schwester, und sie wird dich mitten ins Herz des Wasserlandes führen. Wegen der strengen Sicherheitsmaßnahmen war es für unsere Lesenden bislang sehr schwierig, dorthin zu gelangen. Aber du, Jephzat, wirst Zugang zu Bereichen haben, von denen selbst die Agenten der Föderation nur träumen können.«

Ich konnte sehen, dass Lilith es genoss, mich so schockiert zu sehen.

»Wir haben schon alles geplant«, sagte sie an die Lesenden gewandt. »Homer hat alles vor seinem Tod noch ausgearbeitet. Ich habe seine Anweisungen, und jeder von uns hat dabei seine besondere Rolle. Jeder muss wissen, was er oder sie zu tun hat, und sobald wir diesen Raum verlassen haben, dürfen wir kein Wort mehr darüber verlieren. Lesende aus der ganzen Föderation werden an diesem letzten Schlag beteiligt sein. Wenn der Plan scheitert, sind wir alle verloren.«

Ich atmete tief durch, und ich spürte, wie mein Herz raste. Es überraschte mich selbst, wie sehr ich bereits Feuer und Flamme für den Plan war, obgleich ich noch nicht wusste, was er beinhaltete. Ich gab zu, dass Hephzibah schon Kontakt mit mir aufgenommen hatte, erwähnte aber nicht, auf welchem Weg sie das getan hatte.

»Sie möchte, dass du sie besuchst, und hat schon alle Vorbereitungen getroffen«, sagte Sengita. »Wir wissen darüber Bescheid, und wir wissen auch, dass dein Besuch für die nächsten Tage geplant ist. Wann genau, ist uns nicht bekannt, aber der Kommissar wird die Information aus der Zentrale der Olivengesellschaft bekommen und sie dir überbringen. Die Gesellschaft hat Hephzibahs Antrag zugestimmt, der auch den Segen des Wasserpräsidenten hat. Man will im Moment keinen Ärger mit dem Wasserland riskieren, und die

Aufklärungsabteilung der Gesellschaft wird auf dich zukommen, um dich als Spionin zu engagieren. Du wirst zustimmen, und sie werden dir die notwendige Ausrüstung zur Verfügung stellen. Das Wasserland wird dich abholen lassen, und du wirst deine Schwester in einem Restaurant treffen. Dann wird sie dich in ihr Haus in der Hauptstadt bringen. Von dem Moment an, da du das Dorf verlässt, wird dein Leben ständig in Gefahr sein. Doch unterwegs werden dich Lesende beschützen. Es werden nicht nur solche aus dem Olivenland sein, manche kommen auch aus anderen Teilen der Föderation. Es gibt auch Wasser-Lesende – einige sind heute hier anwesend. Wenn du bei deinem Besuch dort den einen oder anderen wiedererkennst, lass es dir nicht anmerken, und gehe nicht davon aus, dass deine Schwester nur dein Bestes will. Die Gründe, weshalb sie dich angeblich sehen will, sind nur vorgeschoben. Vertraue ihr nicht, und auch niemandem in ihrer engeren Umgebung. Lass dich nicht von der Suche nach der Wasserformel ablenken. Du wirst nur vier Tage Zeit haben.«

Ich musste die Stimme erheben, um mir mit meiner Frage Gehör zu verschaffen. »Wenn ich scheitere, wird der Aufstand dann trotzdem stattfinden?«

Anstelle einer Antwort zog Sengita mich an sich und umarmte mich herzlich. Dann erklärte sie, dass am Ende jeder Versammlung ein Lesender bestimmt wurde, der eine kurze Passage aus seinem Lieblingsbuch vorlesen durfte. Heute Nacht war ich die Auserwählte.

Ich musste mir einen Weg durch die Menge bahnen, um das Buch zu finden, das ich mir ausgesucht hatte. Ein junges Mädchen trat zur Seite, als ich danach griff. Ich hielt den Band zärtlich in den Händen, während ich an meinen Platz zurückkehrte. Nachdem ich die Seite gefunden hatte, bat ich Lilith, die Stelle zunächst auf Englisch vorzutragen. Sie nahm das

Buch mit einer angedeuteten Verbeugung, als fühlte sie sich geehrt. Dann räusperte sie sich.

>»Süß ist der Nutzen eines widrigen Schicksals,
>Der Kröte gleich, die giftig ist und hässlich,
>Trägt's doch im Kopf ein kostbares Juwel;
>Dies unser Leben, frei vom Weltgetriebe,
>Findet im Baum sein Wort, im Bach sein Buch,
>In seinen Steinen Predigten, in allem Gutes.«

Diejenigen, die die Sprache des alten Imperiums verstanden, applaudierten stürmisch. Lilith gab mir das Buch zurück, aber ich hätte es gar nicht gebraucht, denn ich kannte den föderesischen Text schon auswendig. Ich schloss die Augen. Als ich geendet hatte, war es ganz still im Raum. Dann spürte ich, wie eine Hand meine Halskette berührte, dann eine zweite und eine dritte. Die Menschen erwiesen Homer die letzte Ehre. Manche umarmten mich und küssten mich auf die Wange, andere nahmen meine Hand und berührten sie mit den Lippen. Mir war nicht ganz wohl dabei, aber Sengita tröstete mich. »Bilde dir nicht zu viel ein«, flüsterte sie mir ins Ohr. »Ihre Verehrung gilt Maya, nicht dir. So nahe wie durch dich kommen sie nie mehr an sie heran, außer durch ihre Bücher.«

Noch lange, wie mir schien, stand ich da und nahm die Huldigungen entgegen für die Mutter, die ich nie gekannt hatte, und für den Geliebten, den ich nicht lange genug gekannt hatte. Schließlich verteilten sich die Menschen auf die verschiedenen Abteilungen der Bibliothek, um ihre Anweisungen in Empfang zu nehmen. Sie hörten mit ausdruckslosen, unbewegten Gesichtern zu, wohl wissend, dass die Aufträge, die ihnen erteilt wurden, ihren Tod bedeuten konnten. Lilith nahm mich beiseite und gab mir meine Instruktionen. Sie ließ mich alles mehrmals wiederholen, um ganz sicherzugehen. Wie die anderen verzog ich keine Miene, und ich stellte auch keine Fragen. Was mir aufgetragen war, würde unvorstellbare Veränderungen bewirken, und es würde, davon war ich überzeugt, die Opfer der Kriege endlich an einen Ort des ewigen Friedens bringen.

NEUNUNDDREISSIG

Es kam, wie Sengita es vorausgesagt hatte. Der Kommissar stand eines Tages mit meinen Anweisungen und den erforderlichen Papieren für meine Reise ins Wasserland vor der Tür. Ich war gerade in meinem Zimmer, um mich auf die Abreise vorzubereiten, als ich seine Stimme unter dem Fenster hörte.

Er hatte abgenommen; die Haut an seinem Hals hing in schlaffen Falten herab, und seine Augen wirkten riesig und aufgequollen. Er schien auch nervös und zupfte immerzu an seinem rechten Ohrläppchen. In feierlichem Ton überbrachte er die Nachricht von meinem bevorstehenden Aufbruch, wobei er mit seinen hervorquellenden Augen aufmerksam meine Reaktion beobachtete. Ich heuchelte Schock und Überraschung und versuchte, eine untröstliche Miene aufzusetzen. Ich wolle nicht das Haus zurücklassen, in dem ich fast mein ganzes Leben verbracht hatte, sagte ich. Er entgegnete, ich könne mich glücklich schätzen, dass ich so lange an ein und demselben Ort hatte bleiben dürfen und dass ich nicht in ein Arbeitslager verbannt würde. Das sei, wie er betonte, ein Privileg, das nur denjenigen gewährt werde, die gute Arbeit für die Gesellschaft leisteten.

»Und im Übrigen«, setzte er hinzu, »geht es deinen Eltern sehr gut. Ich habe heute Morgen mit ihnen gesprochen, und sie senden dir herzliche Grüße. Man hofft, dass sie bald zurückkehren können.«

Ich glaubte ihm nicht. Er hatte Anweisung von der Gesellschaft, mir das zu sagen, und die Nachricht enthielt nichts, was mich Hoffnung schöpfen ließ. Ich fragte ihn, wie lange ich voraussichtlich im Wasserland bleiben würde.

»Nicht länger als zwei Wochen. Jemand hat deinen Besuch verlangt, ich weiß nicht, wer. Die Gesellschaft verrät mir solche Dinge nicht, aber ich vermute, dass es im Zusammenhang mit dem Projekt steht, an dem du mit deinen Eltern gearbeitet hast.« Er legte mir die Hand in den Nacken, und ich zuckte zusammen. »Du bist klug, wunderschön und der Gesellschaft treu ergeben – kein Wunder, dass du so gefragt bist.«

Er zupfte sich wieder am Ohrläppchen und senkte die Stimme. »Ich habe Anweisung, dir von der Gesellschaft mitzuteilen, dass sie wichtige Arbeit für dich im Wasserland hat.« Er packte mich fest am Ellbogen und zog mich vom Haus weg. »Die Gesellschaft zählt dich zu ihren wertvollsten Mitarbeiterinnen«, flüsterte er mir ernsthaft ins Ohr.

»Das kommt sehr plötzlich und überraschend«, erwiderte ich sarkastisch.

Er drückte meinen Ellbogen so fest, dass mir die Tränen in die Augen traten. »Wenn die Gesellschaft dich braucht, darfst du keine Fragen stellen. Du wirst uns sehr nützlich sein, wenn du einmal im Wasserland bist; du wirst in der Lage sein, uns allerhand wertvolle Informationen zukommen zu lassen.«

»Was wollen Sie wissen?«

»Wir wollen genau wissen, wie man an die Quelle des Wasserherstellungs-Projekts herankommt. Soweit wir informiert sind, gibt es nur einen einzigen Ort, an dem alles künstliche Wasser für die ganze Welt erzeugt wird. Das Wasser wird durch Rohrleitungen zu den diversen Kunden transportiert, unter anderem auch zu uns. Wir wollen wissen, wie die Wasserversorgungsleitung vom Wasserland zum Olivenland genau verläuft, damit wir Maßnahmen ergreifen können, um die

Quelle und die gesamte Strecke zu schützen, ehe wir wieder bedroht werden.«

»Und wenn ich Nein sage?«

Der Kommissar lockerte seinen Griff und lächelte, als ob es ihm Spaß machte, mir zu sagen, dass ich meine Eltern wahrscheinlich nie wiedersehen würde, wenn ich mich weigerte. Dann zog er einen dünnen Silberdraht aus der Tasche, nicht länger als ein Fingernagel und kaum dicker als ein Haar.

»Streck den linken Arm aus«, befahl er.

Ich gehorchte und zuckte zusammen, als er mir den Draht vorsichtig oberhalb des Ellbogens unter die Haut schob.

»Wozu ist das gut?«

»Dieser Draht ermöglicht es der Gesellschaft, deinen Standort jederzeit präzise zu orten, und er übermittelt auch genaue Informationen über den Standort. In diesem Moment würde sie zum Beispiel die genaue Anzahl der Bäume um uns herum kennen, ihre Arten, ihre Höhe, die Zusammensetzung des Bodens, auf dem wir stehen, was wir anhaben … sogar die Anzahl der toten Hautschuppen, die von uns abfallen.«

»Kann die Gesellschaft mit diesem Implantat auch hören, was wir sagen?«

»Im Moment nicht, aber wenn du die besagte Person im Wasserland triffst und die Geräte abgestimmt werden, wird alles, was ihr sagt, abgehört werden.«

Wir gingen zum Haus zurück, wobei er weiter unentwegt auf mich einredete. »Viel Glück«, sagte er und beugte sich zu mir herab. »Das wirst du dort drüben gebrauchen können. Nach allem, was ich gehört habe, ist es nichts weiter als ein riesiges Wasserreservoir mit ein paar schwimmenden Städten darauf. Klingt unangenehm feucht und kalt, wenn du mich fragst.«

Ich lehnte mich zurück, als ich sah, dass er mich küssen wollte, und drehte den Kopf zur Seite, sodass er das Gleichgewicht verlor und ins Straucheln geriet. Ich unternahm keinen Versuch, ihn aufzufangen, als er vornüberkippte und der Länge nach ins Gras fiel. Ich lachte mir ins Fäustchen.

Manos kam aus dem Haus gerannt und warf mir strenge Blicke zu, während sie ihm aufzuhelfen versuchte. Er klopfte sich die Erde von der Soutane, funkelte mich böse an, machte auf dem Absatz kehrt und marschierte schnellen Schritts ins Dorf zurück.

Manos sah mich an, ein verschmitztes Lächeln auf den Lippen. »Du musst aufpassen, wie du mit dem Kommissar umspringst. Es ist nicht ratsam, sich diesen Mann zum Feind zu machen.«

»Ich reise in ein paar Stunden ab – wenn ich zurückkomme, werden er und Seinesgleichen nicht mehr hier sein.«

»Na also, so was höre ich doch immer gerne«, sagte Manos unerschrocken und wandte ihr Gesicht von der Sonne ab.

Ich beschloss, einige persönliche Gegenstände für Hephzibah mitzunehmen, wie ihr Haarpflegeset, einige Parfumflakons und ein paar bestickte Umhängetücher. Mariams Kristalle gab ich Manos und trug ihr auf, sie in Sengitas Haus an einem Fenster mit Blick aufs Meer aufzustellen. Dann machte ich einen kurzen Spaziergang zu den Olivenhainen. Unter dem alten Baum, wo ich Homers Asche verstreut hatte, stand ich und blickte durch die knorrigen Äste in einen kobaltblauen Himmel auf. Ich wusste nicht, ob ich je wiederkehren würde; ich hatte das Gefühl, schon gar nicht mehr da zu sein, und wenn ich je wiederkäme, wäre es so, als besuchte ich ein neues, unbekanntes Land. Rasch ging ich zum Haus zurück, und der Boden unter meinen Füßen war mir schon so fremd, dass ich ins Straucheln geriet.

Manos ging mit mir in mein Zimmer. Sie hatte ein kleines Päckchen mitgebracht, das wir zusammen öffneten. Es enthielt eine Art Membran, fein wie Gaze. Manos breitete sie auf dem Boden aus, und ich stellte mich darauf und zog sie mir über den Körper, sodass sie mich bedeckte wie eine zweite Haut. Sie war sogar noch leichter als meine eigene Haut und wurde eins mit ihr.

»Ich hoffe, dass Lilith und ihre Freunde uns da keinen Bären aufgebunden haben«, sagte Manos und begann einige der Eigenschaften der künstlichen Haut aufzuzählen, wie um sich zu versichern, dass auch alles stimmte: der Schutz vor Druckabfall in einem Vakuum sowie vor Strahlung und Giftstoffen, die Luftdichtheit der Membran und ihre isolierenden Eigenschaften bei extremen Temperaturen und Kontakt mit elektrischem Strom. Ich wusste zudem, dass die plastische Mikrostruktur es ermöglichte, mit der zweiten Haut zu tauchen und auch – dank ihrer, wie Lilith es genannt hatte, »Fischeigenschaften« – im tiefen Wasser zu atmen. Das war auch gut so, hatte ich erwidert, da ich keine gute Schwimmerin war.

Ich legte mir ein graues Tuch lose um die Schultern und strich den fliederfarbenen Rock glatt, der mir bis auf die Knöchel reichte. Manos bürstete mein Haar und ließ es offen über meinen Rücken fallen, während wir auf der Veranda standen und zu dem Luftbuggy aufschauten, der wie eine Sternschnuppe herabschoss. Die Sonne blitzte auf dem glänzenden Metall seiner Hülle, als er über die Oliventerrassen schwebte und schließlich auf der versengten Fläche landete, wo einst das Labor gestanden hatte.

Ich nahm meine Tasche und wandte mich zu Manos um. Sie drückte mich fest an sich.

»Pass gut auf dich auf, und gib Acht, dass niemand dir deine Tasche wegnimmt oder dir beim Auspacken zusieht. Vergiss nicht, du bist die Schwester der mächtigsten Frau des Wasserlandes. Deine Verwandtschaftsbeziehungen sind dein Schutz – vorläufig jedenfalls.«

»I love you, Manos«, sagte ich auf Englisch, und sie lachte. Ich wandte mich ab.

Allein in der winzigen Kabine, starrte ich aus dem Fenster, das die ganze Front des Buggys und einen Teil des Bodens einnahm. Ich klammerte mich an die Haltestange an meiner Seite, als sich der Buggy elegant in die windstille Luft erhob. Er schwebte eine Weile über dem Haus, und das Land lag unter mir ausgebreitet wie eine topografische Karte. Ich sah nach unten und erblickte Manos, eine winzige Gestalt, die mir immer noch zuwinkte. Die Dorfstraßen lagen wie kleine Arterien zwischen den Häusern, und ich sah Menschen zu mir aufschauen und sich die Hände schützend über die Augen halten. Dann flog der Buggy mit mir dicht über die Wasserfläche hinweg und hinaus aufs offene Meer. Ich blickte mich immer wieder um, bis ich das Dorf nicht mehr sehen konnte. Nur das Haus reckte sich trotzig über die Baumwipfel hinaus wie ein letzter Gruß.

VIERTES BUCH

Die Revolution ist kein Zuckerschlecken.
Die Revolution ist ein erbitterter Kampf
auf Leben und Tod
zwischen der Vergangenheit und der Zukunft.

Fidel Castro

VIERZIG

Abgesehen von den zwei Jahren, die ich als Kind in Ferat gelebt hatte, war ich nie aus unserem Dorf herausgekommen. Ich hatte auch nie den Wunsch verspürt, im Gegensatz zu Hephzibah, die sich schon immer danach gesehnt hatte, die große Welt kennen zu lernen. Und jetzt ließ ich Haus und Dorf hinter mir, getrieben von Kräften, die sich meinem Einfluss entzogen.

Der Luftbuggy wendete über dem Wasser und steuerte auf das Land und den Hafen von Olea zu. Die Ansiedlung streckte ihre Tentakel bis zum Meeresufer aus, ein Chaos aus Hochhäusern, alten Villen und kleinen Bungalows. Die riesigen Laugenfässer, in denen die Oliven nach der Ernte eingelegt wurden, um ihnen den bitteren Geschmack zu nehmen, wirkten wie die weit aufgesperrten Schnäbel von Vögeln im Nest. Hier und da sah ich auch unbebaute grüne Flächen. Ich klammerte mich an meinem Sitz fest, als der Buggy herabstieß, wie um mir eine bessere Sicht zu verschaffen. Gruppen von Menschen kamen zwischen den riesigen, niedrigen Gebäuden hervor, in denen die Maschinen zur Verarbeitung der Oliven und des Öls untergebracht waren. Ich konnte den eigenartigen Geruch riechen, der über der ganzen Stadt hing, eine Mischung aus Lösungsmitteln und Fruchtmasse, und später, als wir schon etwas außerhalb waren, den schwachen Duft des frisch gepressten Olivenöls. Staunend betrachtete ich die Olivenhaine, die sich schier endlos unter mir erstreckten, zum Teil noch in ihrem Blütenkleid. Wasserspeicher, aus denen die Bäume mittels Rohren bewässert wurden, funkelten wie feuchte Augen.

Erst nach einer Weile begann die Landschaft, sich zu verändern, und ich flog über eine hohe, offenbar unbewohnte Felsregion. Es war heiß im Luftbuggy, und ich wurde allmählich schläfrig. Ich muss eine Zeit lang eingenickt sein, denn als ich wieder aufwachte, flog ich über eine Ebene mit spärlicher Vegetation, in der hie und da ein paar Gebäude standen, meist in dicht gedrängten Gruppen, umschlossen von hohen Mauern – Einrichtungen der Föderation, wie ich vermutete; dazwischen versprengte Waldstücke und leere Straßen, die zu verlassenen Städten mit eingefallenen Dächern führten, bedeckt mit einer Schicht aus orangefarbenem Staub. In der Ferne schienen gebrochene, rostige Rohrleitungen wie lange, dünne Arme die weiten, öden Sandflächen zu umschlingen. Ich blickte umher und konnte weit und breit kein Meer mehr sehen, nur die endlosen Felsformationen hinter mir. Der Buggy stieg höher, bis ich über den Wolken war und die Erde unter mir nicht mehr sehen konnte. Wieder schlief ich ein und träumte von der Bibliothek; still und dunkel lag sie da, und Fledermäuse hingen an den leeren Regalen.

Als ich erwachte, war die Innenbeleuchtung des Buggys eingeschaltet, und die Fensterscheibe war nicht mehr durchsichtig. Zuerst dachte ich, es sei Nacht, tatsächlich aber hatte sich das Glas als Schutz vor der Sonne dunkelblau verfärbt.

Ich fröstelte in der klimatisierten Kabine und starrte das Spiegelbild meines Gesichts vor mir auf der dunklen Scheibe an. Im Kopf ging ich noch einmal Liliths Instruktionen durch und versuchte, mir vorzustellen, wie es sein würde, wenn ich Hephzibah nach so langer Zeit wieder gegenüberstand. Mein Magen verkrampfte sich in banger Erwartung.

Nach einer Weile wies mich eine Stimme darauf hin, dass ich mich auf die Landung vorbereiten solle, und dann ging der

Buggy auch schon in den Sinkflug, der mir die Eingeweide durcheinanderbrachte. Das Glas wurde wieder transparent, und ich drückte die Nase an die Scheibe, um die Metropole zu bestaunen, die sich unter mir ausbreitete. Es war jetzt Abend, und der Sonnenuntergang wurde von einem spektakulären Abendrot begleitet. Vor mir lag eine Stadt, die aussah, als sei sie aus Feuerkristallen erbaut. Erst später wurde mir klar, dass es die aus durchscheinendem Material errichteten Gebäude waren, die den letzten Schein der Abendsonne reflektierten.

Ich schloss die Augen, als der Buggy auf eine Zusammenballung von Türmen hinabschoss, die aus der Mitte eines großen Sees ragten. Das Ufer war mit grünen und purpurroten Pflanzen bewachsen. Als ich wieder hinaussah, schwebte ich über dem Flachdach eines der Türme. Die Automatenstimme kündigte an, dass die Landung nun unmittelbar bevorstehe. Als wir näher kamen, erkannte ich, dass der Turm offenbar eine Wasserfontäne umschloss, die in seiner Mitte emporschoss bis dicht unter das Dach, das wie ein Deckel aus Kristall auf dem obersten Stockwerk auflag. Dort, so wurde mir nun klar, würde ich landen. Ich war froh um die Gurte, die mich am Sitz festhielten, als der Buggy rasend schnell auf das Turmdach hinabschoss. Als sich nach der Landung die Kapsel öffnete und der Gurt gelöst wurde, hatte ich immer noch das Gefühl zu fallen.

Ich hielt meine Tasche gut fest, während zwei Gestalten mir aus dem Buggy halfen. Sie standen vor mir, groß und hager und vollkommen regungslos. Ich versuchte, mich zu sammeln. Als ich den Blick senkte, sah ich das schäumende Wasser von unten gegen den Glasboden schlagen. Ein leichter Wind zerzauste mein Haar, während ich den Kopf hob und über die sternförmige Stadt hinausblickte, die sich wie ein loderndes Feuer zu unseren Füßen ausbreitete.

Ich sah in das Gesicht einer der beiden Gestalten, die wartend dastanden, und wusste nicht, ob ich es mit einem Mann oder mit einer Frau zu tun hatte. Die Person hatte kurze, dunkle Haare, die fettig am Kopf klebten, und ihre Augenbrauen waren zu feinen Strichen gezupft. Die Haut schimmerte karminrot, als ob auch sie den lodernden Himmel reflektierte. Die Haut der zweiten Person war blasser, und mir fiel auf, dass ihre Hände geschwollen aussahen, mit langen, dicken Fingern. Sie trugen beide sehr dicht anliegende Kleidung – hochgeschlossene Jacke und hautenge Hose –, und es war schwer zu erkennen, ob eine der beiden Brüste hatte. Sie starrten mich an, offenbar fasziniert vom Anblick meiner Haare, die ebenso wie mein Rock im Wind flatterten. Eine – einer? – warf neugierige Blicke auf meine Halskette, und ich hielt schützend die Hand davor, ehe ich ihnen die vorgeschriebenen Einreisedokumente übergab. Beide studierten die Papiere sorgfältig.

Erst als eine der Gestalten das Wort ergriff, wurde mir klar, dass es sich um eine Frau handelte.

»Willkommen im Wasserland. Ich hoffe, Sie hatten eine bequeme Reise.«

»Danke«, erwiderte ich und lächelte zaghaft. »Es war sehr angenehm.«

»Folgen Sie uns bitte«, sagte die andere mit einer ebenfalls weiblichen und nicht minder förmlichen Stimme. Sie sprachen Föderesisch mit einem singenden Akzent, den ich im Olivenland noch nie gehört hatte.

Als wir über eine Treppe in den Turm hinunterstiegen, verloren die Gesichter meiner Begleiterinnen ihre Farbe und schimmerten nun transparent wie Wasser. Erst in diesem Moment, als ich in das hell erleuchtete Gebäude hinabstieg, hatte ich das Gefühl, dass meine wahre Reise endlich begonnen hatte.

Die Stufen waren aus einem weichen Material gefertigt, das nachgab, wenn man darauf trat, und dann zurückfederte, und der Eindruck, dass sie immer weiter in die Tiefe führten, bis unter die Erde, rief eine ferne Erinnerung an andere Treppenhäuser in hohen Gebäuden in mir wach. Die Wände waren wie aus Mattglas, fühlten sich jedoch warm an und reflektierten Schatten und kleine Wellen, so, als stünde das ganze Gebäude unter einem Wasserfall. Nachdem wir es betreten hatten, war die Wassersäule, die ich im Inneren des Turms hatte aufsteigen sehen, plötzlich verschwunden. Das Geländer war mit kunstvollem Schnitzwerk verziert, das Meerestiere und exotische Pflanzen darstellte. Das war der einzige Teil des Gebäudes, der irgendwelchen Zierrat aufwies – alles andere war symmetrisch und schlicht, und es gab kaum Farben. Je tiefer wir stiegen, desto stärker hatte ich das Gefühl, mich durch eine Flüssigkeit zu bewegen, und als ich am Fuß der Treppe ankam und meinen Führerinnen in ein Zimmer folgte, spürte ich einen Widerstand an meinen Beinen, als wate ich durch Wasser. Ich blieb stehen und schüttelte mich kräftig, um das Gefühl loszuwerden.

»Jetzt geht's mir schon besser. Ich habe mich bloß etwas seltsam gefühlt«, sagte ich. »Muss wohl am Flug liegen.« Ich lächelte ihnen zu.

Eine meiner Begleiterinnen reagierte mit einem warmen, strahlenden Lächeln, das mich überraschte. Es ließ ihr perfektes Gebiss sehen – vollkommen ebenmäßig bis auf einen Zahn, der bunt angemalt zu sein schien.

»Entschuldigen Sie«, sagte ich so höflich, wie ich nur konnte, »aber ist das ein dekorierter Zahn, den Sie da haben?«

Stolz zog sie ihre Oberlippe hoch, damit ich den Zahn besser sehen konnte. Ich betrachtete das Bild, das auf den weißen Schmelz gemalt war, eingehend. Hephzibah blickte mir entgegen, eine kunstvolle Miniatur, gerahmt von weißen Zähnen und gesundem, rosigem Zahnfleisch.

»Wir sind die persönlichen Leibwächterinnen Ihrer

Schwester«, erklärte meine Begleiterin. »Wir sind stolz, ihr dienen zu dürfen, und wir tragen alle ihr Bild irgendwo am Körper. Das demonstriert unsere Loyalität und unsere bedeutende Stellung innerhalb der Gesellschaft. Kommen Sie, wir sind jetzt am Kontrollpunkt angelangt.«

Ich stand in der Tür des Raumes und zögerte noch einen Moment. Er war leer bis auf eine Reihe breiter, cremefarbener Sessel entlang der Wände. Der Boden war transparent, und direkt darunter blubberte türkisfarbenes Wasser. Zögernd tat ich einen Schritt ins Zimmer und fürchtete fast, nasse Füße zu bekommen.

»Wir müssen Ihre Tasche durchsuchen, bevor Sie Ihre Schwester treffen können«, sagte eine der beiden.

Erschrocken packte ich den Griff meiner Tasche noch fester.

»Ich habe nur das Nötigste dabei, was ich für meinen Besuch brauche, und dazu ein paar Geschenke für meine Schwester – Sachen, an denen sie hängt und die sie damals nicht mitnehmen konnte.« Ich war überrascht, wie viel Autorität in meiner Stimme lag. »Es sind persönliche Gegenstände, und ich bin sicher, dass sie sehr verärgert wäre, wenn irgendjemand anders sie anfasste.«

Die beiden wechselten unsichere Blicke.

»Ich habe natürlich Verständnis für Ihr Bedürfnis nach Sicherheit, und es liegt ganz und gar an Ihnen, aber ich weiß, dass meiner Schwester ihre Privatsphäre äußerst wichtig ist. Das haben Sie bei Ihrer Arbeit für sie sicherlich auch schon bemerkt. Hören Sie auf meinen Rat und gefährden Sie nicht Ihre privilegierte Stellung wegen einer solchen Banalität.«

Mein gewagtes Spiel ging auf.

»Sie hat Recht«, sagte die Frau mit dem bemalten Zahn. Die andere verharrte einen Augenblick lang schweigend; dann wandte sie sich widerstrebend zur Tür um.

Ihre Haut schimmerte bläulich im Licht, das durch den Fußboden fiel, als sie den Raum wieder verließen. Ich seufzte erleichtert auf, als wir wieder im Treppenhaus waren und weiter nach unten gingen. Das Gebäude schien menschenleer – nie kam uns jemand entgegen oder überholte uns, und das einzige Geräusch war das unserer Schritte auf den federnden Stufen.

Wir waren von der Stelle, wo der Buggy gelandet war, nicht mehr als vier Treppen hinuntergestiegen, als eine der Frauen meine Hand nahm und mich zu zwei Türen am Treppenabsatz führte, die sich automatisch öffneten und den Blick in einen kleinen, hell erleuchteten Raum freigaben. Ihre Kollegin trat ein, und wir folgten. Die Türen schlossen sich, und ich hatte das Gefühl, mit hoher Geschwindigkeit zu fallen, obgleich ich keine Luftbewegung spürte. Dann gingen die Türen wieder auf, und wir betraten ein großes Zimmer. Es war in einem mir fremden Stil eingerichtet, und die Wände waren hier nicht wie Mattglas, sondern terrakottafarben getüncht. Ich sah einige rustikale Holzmöbel, aber auch rostige schmiedeeiserne Stühle mit cremefarbenen Kissen, die kunstvoll im Raum verteilt waren. Durch Fenster aus ungefärbtem Glas, die vom Boden bis zur Decke reichten, sah man das Panorama der Stadt, die jetzt nicht mehr feurig glänzte, sondern eine Galaxie strahlend weißer Lichter war.

»Hier werden Sie die Mutter der Gesellschaft treffen«, sagte eine der Frauen, indem sie mich zu einer Gruppe von Stühlen in einer Ecke am Fenster führte. »Es ist eines unserer besten Restaurants. Das Essen ist sehr gut.«

Die beiden Leibwächterinnen ließen mich allein in dem Raum zurück, mit meiner kostbaren Tasche zu meinen Füßen. Wenige Minuten später brachte mir eine von ihnen ein Tablett mit heißem, starkem Kaffee, Milch und Zucker. Sie stellte es vor mir auf den Tisch und wandte sich mit einem übertriebenen Lächeln auf den Lippen zur Tür um. Ich schenkte mir eine Tasse Kaffee ein und lehnte mich zurück, um meine Umgebung in Augenschein zu nehmen. Bald schon kratzte ich nervös die Stelle an meinem Arm, wo der Kommissar mir den Draht eingesetzt hatte.

Der Kaffee war schon kalt, als die Türen sich teilten und meine Schwester den Raum betrat.

EINUNDVIERZIG

Erleichtert registrierte ich, dass sie allein war, und mit pochendem Herzen stand ich auf, um sie zu begrüßen. Sie beschleunigte ihren Schritt, blieb dann aber abrupt stehen und ließ die Augen über mich wandern wie zwei Suchscheinwerfer. Falls sie geschockt oder enttäuscht war, ließ sie es sich nicht anmerken. Ich sah zu, wie ihr Mund sich langsam zu einem Lächeln weitete. Es war wie ein Signalfeuer, das uns beiden das Zeichen gab, einander um den Hals zu fallen. Wir hielten uns fest umschlungen, und als ich den Kopf schluchzend an ihre Schulter legte, roch ich einen leisen Mimosenduft. Sie wiederholte immer wieder meinen Namen und schlang meine Haare um ihre Finger, um mich dann fest an den Armen zu packen und einen Schritt zurückzutreten. Wir musterten uns gegenseitig von Kopf bis Fuß und kicherten ausgelassen.

»Du hast dich verändert«, sagte sie munter. »Du hast abgenommen. Steht dir gut.«

Ich drehte sie herum, sodass sie mir den Rücken zuwandte, und rief: »Du hast dir ja gar nicht die Haare geschnitten, wie ich gedacht hatte!«

Sie zupfte leicht an ihrem üppigen Haar, das im Nacken kunstvoll hochgesteckt war.

»Hier tragen die Frauen ihr Haar traditionell sehr kurz und flach an den Kopf angelegt; die Männer übrigens auch. Ich habe mich von Anfang an geweigert, mir die Haare abschneiden zu lassen, obwohl Riffa, mein Mann, und sein Vater mir deswegen ständig in den Ohren gelegen haben. Ich glaube, sie wollen, dass ich mich meiner Umgebung und den Menschen hier so weit wie möglich angleiche. Ich habe mich auch durchaus bemüht, aber die Haare lasse ich mir nicht abschneiden. Ich bin ja schon immer eine Rebellin gewesen, Jephzat, auch wenn ich diese Seite meines Charakters jetzt nur noch in Nebensächlichkeiten ausleben kann.«

Sie hatte sich tatsächlich Mühe gegeben. Ihre Augenbrauen waren zwei fein gezupfte Bögen, und die Augen darunter wirkten heller und grüner als früher. Sie trug einen Rock, der ihr bis zu den Knien reichte, aber keine Strümpfe, was mich an die nackten Beine und die hochhackigen Schuhe der Frauen aus früheren Epochen erinnerte, die ich in dem Film gesehen hatte. Ihre Jacke glich denen ihrer Leibwächterinnen, nur dass der Stoff silbrig schimmerte, wenn das Licht darauf fiel. Ihre Schuhe waren flach, eng geschnitten und knöchelhoch. Ich ließ eine Bemerkung über die Farbe fallen – sie waren knallrot.

»Ein kleiner Farbklecks springt hier gleich ins Auge, nicht wahr? Manchmal scheint einem alles hier so blass und verwaschen, und wo es Farben gibt, verändern sie sich rasch oder verblassen.« Sie nahm meine Hand. »Du wirst verstehen, was ich meine, wenn du erst eine Zeit lang hier bist. Riffa findet, dass ich mich ziemlich auffällig kleide, aber ich habe ihm erklärt, dass ich diese optische Enthaltsamkeit nicht gewohnt bin. Ich brauche Farben um mich herum – unsere Kleider, die Stoffe, die Straßen, die Blumen, die sich um das Haus ranken, die Zitronen …« Sie brach ab, als ob die Erinnerungen sie traurig machten.

»Vermisst du das Olivenland, Hephzibah?«

Sie ignorierte meine Frage, nahm die Hände von meinen Schultern und stellte sich neben mich, um sich bei mir unterzuhaken.

»Ich glaube, es wird Zeit, dass wir etwas essen. Es ist ein Tisch für uns am Fenster gedeckt, damit du sehen kannst, wie schön die Stadt bei Nacht ist.« Ich nahm meine Tasche, und sie führte mich zu einer tieferen Ebene des Lokals, wo sie sich behände zwischen gedeckten Tischen hindurchschlängelte, an denen jedoch niemand saß.

Aus dem Nichts tauchte ein Kellner auf und rückte uns die Stühle zurecht, zuerst für Hephzibah, dann für mich. Er trug eine strenge schwarze Jacke über einem weißen Hemd, was in meinen Augen seltsam aussah; mit seiner Uniform, seinen hohen Wangenknochen und den geschwollenen Augen erinnerte er mich an die Soldaten aus dem Wasserland. Ich zuckte zurück, als er sich vorbeugte und mir eine Serviette auf den Schoß legte. Hephzibah forderte ihn auf, uns den Wein zu bringen. Sie hatte schon immer diesen Kommandoton in der Stimme gehabt, selbst als Kind. Ich sah dem Kellner nach, als er davonging, flink und undurchschaubar. Hephzibah lächelte mir zu und spielte mit einer Schüssel voll blasser, zarter Blüten, die nach Mandeln dufteten.

»Der Krieg ist vorbei. Entspanne dich.«

Dann sagte sie mir, dass sie das Menü schon ausgewählt habe. »Ich weiß, was du gerne isst, und deshalb habe ich den Koch angewiesen, einige Gerichte eigens dir zu Ehren zu kreieren.«

Der Kellner schenkte uns aus einer Kristallkaraffe Weißwein ein. Wir hoben die Gläser.

»Ich hoffe, du wirst eine wunderbare Zeit hier verbringen, Jephzat, und ich bin sicher, dass du Riffa und seinen Vater Bolgez mögen wirst. Ich weiß, dass sie alles tun werden, damit du dich hier wie zu Hause fühlst.«

Plötzlich legte sie beide Hände auf ihre Serviette, als fürchte sie, sie könne herunterfallen. Ich fragte, warum das Restaurant so leer war.

»Weil ich hier bin, Jephzat«, antwortete sie nur.

»Dumme Frage«, witzelte ich, da mir keine andere Erwiderung einfallen wollte.

Während wir auf unser Essen warteten, wurde ich es zunehmend leid, die Ereignisse seit ihrem Weggang zu verfälschen oder zu zensieren: Homer, die Bibliothek und die Bücher, die ich gelesen hatte; die Gräuel, von denen ich erfahren hatte; Sengita und Joachim. Ich musste mich immer wieder daran erinnern, dass ich als Lesende im Wasserland war und dass mein Wiedersehen mit Hephzibah nur ein Mittel zum Zweck war. Ich hatte den unbändigen Wunsch, ihr alles anzuvertrauen, und fühlte mich eingeengt durch die Verpflichtung zur Täuschung und Verschwiegenheit, die mein Auftrag mit sich brachte. Ich sagte mir, dass es doch nicht so schwer sein könne – schließlich war es kaum ein Unterschied zum Alltag unter dem Regime der Gesellschaft. Aber nun hinterging ich Hephzibah, und ich wünschte mir inständig, ich wäre allein, damit ich sie nicht anlügen musste, indem ich ihr all diese Dinge verschwieg, und damit mir Sengitas Warnungen nicht länger in den Ohren tönten.

»Wie ist es dir ergangen, seit du uns verlassen hast, Hephzibah?«, fragte ich und blickte auf das Gericht hinunter, das mir in diesem Moment serviert wurde. Ich bemerkte, dass es mich eher an einen Blumenstrauß als an eine Mahlzeit erinnerte. Das fand sie lustig, und ich hörte mit Freude, wie ihr Lachen den Saal erfüllte. Wir griffen nach unserem Besteck, und während wir aßen, erzählte Hephzibah mir ihre Geschichte.

Sie war mehrere Tage lang mit den Soldaten unterwegs gewesen. Dreimal waren sie in einen Hinterhalt geraten, und als sie in Olea ankamen, war nur noch die Hälfte von ihnen am Leben.

An dieser Stelle unterbrach ich sie, um ihr die eine Frage zu stellen, die mir auf den Nägeln brannte: »War es die Idee der Soldaten, Mariam zu töten? Oder deine?«

»Meine, ganz allein meine. Denk dran, wie verzweifelt ich war, Jephzat.« Ihre Antwort klang so, als bekenne sie sich zu einem verblüffenden Trick, bei dem irgendetwas verschwindet, ohne dass man weiß, wie es gemacht wurde.

»Riffa könnte keiner Fliege etwas zuleide tun. Er weiß nichts davon, also erwähne es nicht in seiner Gegenwart.«

Sie fuhr munter mit ihrer Erzählung fort, als wäre nichts geschehen, und sie vertraute mir an, dass bei ihrem täglichen »Spiel« Riffas Zahl öfter gefallen war als die der anderen, weshalb sie es von Anfang an für wahrscheinlich gehalten hatte, dass er der Vater ihres Kindes war. Sie hatte den Eindruck gehabt, dass er sich freute, als sie es ihm sagte. Sein Militärdienst sollte enden, wenn sie Olea erreichten, das zu dieser Zeit von Wassersoldaten wimmelte.

Riffa legte Wert darauf, Hephzibah nicht als Kriegsgefangene zu präsentieren, und er bereitete sie gründlich vor, bevor er sie seinem Vater vorstellte. Sie machte sich Sorgen, weil sie nicht die erforderlichen Genehmigungen der Föderation besaß, doch Riffa versicherte ihr, das sei kein Problem. Warum sollte es auch eines sein? – sein Vater war schließlich der Präsident. Inzwischen hatte sie sich der Mode des Wasserlandes angepasst und manche seiner Gepflogenheiten übernommen. Außerdem hatte sie zugenommen – besonders um die Taille. Sie schilderte mir, wie nervös und aufgeregt sie angesichts ihrer bevorstehenden Aufnahme in die Elite der Föderation gewesen war. Aus Sicherheitsgründen könne sie mir leider nicht alles sagen, meinte sie, doch zugleich betonte sie, dass sie mir mehr vertraue als irgendwem sonst. Der Präsident hatte gesagt, er könne sie nicht in seine Familie aufnehmen, solange nicht durch Tests bestätigt sei, dass sein

Sohn der Vater des Kindes war, das sie erwartete. Das war, so versicherte Hephzibah mir, das einzige Mal, dass sie echte Angst gehabt hatte. Es bestand natürlich die Möglichkeit, dass er nicht der Vater war, auch wenn sie mit ihm öfter geschlafen hatte als mit allen anderen. Sie gestand, dass sie ebenso erleichtert wie hocherfreut gewesen war, als sie das positive Testergebnis erfuhr. Ihre neue Familie freute sich ganz besonders, weil es seit mindestens zwei Generationen keine genetischen Modifikationen mehr gegeben hatte. Das verlieh dem Kind, das sie erwartete, eine hochgeschätzte Reinheit.

»Es hätte eine Hightech-Geburt nach dem neuesten Stand der Wissenschaft sein können«, sagte Hephzibah, während sie einen Bissen von ihrem Fischfilet abschnitt. »Aber ich habe auf der natürlichen Methode bestanden. Das wird hier nie gemacht, und ich musste eigens Frauen von anderswo holen lassen, die mir halfen. Ich hatte schon daran gedacht, Sengita kommen zu lassen, aber weil sie meistens so üble Laune hat, habe ich es mir anders überlegt.«

Dann begann sie, in Erinnerungen zu schwelgen, und erzählte in warmen Worten von unserer Kindheit. Wir lachten zusammen über alte Geschichten und spotteten über den Kommissar, und Hephzibah imitierte einige der Dorfbewohner, darunter Sengita, mit ihren hochgezogenen Augenbrauen und ihrer strengen Miene. Es war, als wären wir nie getrennt gewesen, als hätte sich nichts geändert. Ich begann, mich ein wenig zu entspannen.

»Hast du denn schon einen hübschen Dorfburschen gefunden?«, fragte sie verschmitzt.

Ich konnte ihr nicht sagen, dass der bloße Gedanke, von einem anderen Mann als Homer berührt zu werden, mich abstieß. »Nein«, sagte ich, während ich eine Garnele sauber in zwei Hälften zerlegte. »Und ich habe auch kein Interesse. Ich war zu sehr damit beschäftigt, mich um das Haus zu kümmern und mir Sorgen um dich und unsere Eltern zu machen, als dass ich mich mit so etwas hätte abgeben können.«

»Es ist schon komisch – du hast dich noch nie allzu sehr für Jungs interessiert. Ich musste immer das Flirten für dich übernehmen.

Riffa hat einen sehr gut aussehenden älteren Bruder, Gabriel«, fuhr sie fort. »Er ist ein wenig faul, aber er ist ein echter Wasser-Patriot. *Wenn* er arbeitet, dann sehr hart, allerdings nicht sehr beständig; und er liebt die Gesellschaft von Frauen. Ich glaube, ihr zwei würdet euch sehr gut verstehen.«

»Ich bin nicht hier, um mir einen Mann zu angeln«, entgegnete ich knapp. »Ich bin hier, um dich zu sehen und meine Nichte kennen zu lernen.«

Hephzibah seufzte. »Es war ja nur ein Versuch. Ich dachte, du wärst vielleicht ein bisschen einsam, das ist alles.«

»Es gibt Wichtigeres im Leben als Männer«, sagte ich mit gekünsteltem Optimismus.

»Ich weiß, dass du Riffa mögen wirst«, sagte sie, da sie zu spüren schien, dass ich das Thema wechseln wollte. »Er spricht nicht viel, aber er ist ein sehr tiefgründiger Denker, genau wie du, und er kann sehr lustig sein. Ich kann es gar nicht erwarten, ihn dir vorzustellen. Und seinen Vater. Er behandelt mich wie die Tochter, die er niemals hatte.«

Ich fragte sie, ob sie vorhabe, im Wasserland zu bleiben. Sie schien überrascht.

»Selbstverständlich! Du glaubst doch nicht im Ernst, dass ich noch mal zurückwill? Das könnte ich nicht ertragen. Das Olivenland ist doch tiefste Provinz. Kein Mensch in der Föderation würde freiwillig dorthin ziehen, was in gewisser Weise auch sein Gutes hat – so konnten wir innerhalb gewisser Grenzen tun und lassen, was wir wollten. Aber hier kann ich wirklich tun, was mir gefällt. Ich bin hier im Zentrum der

Macht, und ich kann nach Belieben Regeln aufstellen und brechen – solange Bolgez nichts dagegen hat.«

»Er scheint dich sehr zu mögen.«

Sie reagierte mit einem leisen, anzüglichen Lachen. »Das kann man wohl sagen.«

Ich wandte mich ab und blickte über die Stadt hinaus, die sich unter uns ausbreitete, strahlend und doch zerbrechlich, als könnte sie unter der leisesten Berührung zerfallen. Wir waren immer noch sehr hoch oben, und von unserem Fenster aus konnte ich sehen, dass kein anderes Gebäude so hoch war wie der Turm, auf dem ich gelandet war. Das Gitternetz von Wasserwegen, das die Stadt in Blocks aufteilte, war mit Lichterketten eingefasst, doch auf dem Wasser fuhren nur wenige Boote; allerdings zogen am Himmel mehrere Luftbuggys langsam vorüber. Ich seufzte und dachte an Glühwürmchen in einem geschlossenen Raum. Hephzibah zeigte mit ihrer Gabel auf mich, plötzlich wild entschlossen, mich mit Fakten über das Wasserland zu füttern.

»Das Land hat weniger als ein Viertel der Fläche des Olivenlandes, aber sieh dich mal um!«, sagte sie und deutete stolz in Richtung des Horizonts, der in der Ferne schimmerte. »Die ganze Stadt ist auf Wasser gebaut. Sie schwimmt, aber davon merkt man nichts. Sie ist an einem winzigen Stück Land verankert.«

Ihre Augen waren jetzt unnatürlich strahlend und hart, aber ich beschloss, es einfach zu riskieren.

»Wo sind die Zentren der Wasserproduktion?«, fragte ich.

Sie wies aus dem Fenster hinaus in die Nacht. »Oh, die sind nicht im Stadtzentrum, und übrigens gibt es nur ein einziges Produktionszentrum. Es ist gigantisch. Wenn du brav bist, zeige ich es dir bei unserem Rundgang. Ich bin sicher, dass Bolgez nichts dagegen haben wird. Ich muss dich allerdings warnen – die Sicherheitsvorschriften sind sehr streng, und er wird dir nicht gestatten, über den Besucherpunkt hinauszugehen.« Sie beugte sich über den Tisch, und in ihren Worten lagen der ganze Stolz und Patriotismus einer Eingeborenen des Wasserlandes. »Dies ist die Hauptstadt des mächtigsten Landes der Föderation, und das allein wegen des Wassers. Wir können tun und lassen, was wir wollen, weil wir die Einzigen sind, die wissen, wie man Wasser erzeugt, und der Rest der Föderation verachtet uns deswegen. Wir können alles machen, was wir wollen!«

»Zum Beispiel?«

»Das Olivenland überschwemmen, zum Beispiel.«

Mein Mund war plötzlich trocken. »Das ganze Land?«

»Ja. Warum nicht?«

Ich hob fassungslos die Stimme. »Die Antwort darauf wirst du ja wohl kennen.«

Sie presste die Lippen aufeinander, und ich spürte deutlich die Spannung zwischen uns. Ich wartete auf eine Antwort, die nicht kam, und wir verfielen in Schweigen. Schließlich legte ich mein Besteck hin.

»Ich kann nichts mehr essen. Ich glaube, ich bin zu müde.«

»Natürlich, es war ein langer Tag. Wenn du willst, können wir gleich gehen.«

Ich nickte, und sie rief den Kellner, der unsere Teller nahm und dann noch einmal wiederkam, um uns Wein nachzuschenken. Wir lehnten beide ab, und Hephzibah stand auf. Der Kellner wich zurück und folgte uns unterwürfig zur Tür. Er erbot sich, meine Tasche zu tragen, doch ich drückte sie fest an mich, als wäre sie mein einziger Freund auf der Welt.

ZWEIUNDVIERZIG

Ich war es nicht gewohnt, auf dem Wasser zu reisen, und als wir an Hephzibahs neuem Zuhause ankamen, war mir schlecht. Wir waren in einer Sekunde von fast ganz oben bis ins Erdgeschoss des Turmes gefallen. Unten wartete ein schnittiges, flaches Boot auf uns, und ein weiteres Mal wurde ich in einem führerlosen Fahrzeug festgeschnallt, das mich rasend schnell zu einem unbekannten Ziel transportierte. Hephzibah saß regungslos neben mir und wies mich nur ab und zu auf Sehenswürdigkeiten hin, während wir über das dunkle Wasser der schnurgeraden Kanäle dahinschossen, vorbei an hohen, hell erleuchteten Gebäuden. Erst als sich unsere Fahrt verlangsamte und wir einen hohen, gemauerten Kai ansteuerten, bemerkte ich die kleine Flotte von Booten, die uns eskortiert hatten. Sie schlossen zu uns auf, und die Besatzungen der auffällig schwer bewaffneten Fahrzeuge beobachteten uns aufmerksam, als man uns aus dem Boot half. Ich ergriff die Hand des Mannes, der über mir stand, und als ich den Kopf hob, blickte ich in Pedros tiefbraune Augen. Er war ein Freund von Lomez, ebenfalls ein Fischer – und ein Lesender aus dem Olivenland. Rasch senkte ich den Blick, und ich wagte es nicht, ihn ein zweites Mal anzuschauen, doch ich war erleichtert zu wissen, dass ich nicht allein war. Hephzibahs Leibwächterinnen führten uns zu einem inselartigen Gebäudekomplex, umgeben von einer hohen Mauer und einem Graben, angefüllt mit schäumendem Wasser.

»Wenn du da reinfällst, schmilzt du!«, flüsterte Hephzibah

mir ins Ohr. Ihre Stimme schien in meinem Kopf widerzuhallen, und ein Schauder durchfuhr mich, als wir über eine Brücke in einen Hof traten, der von kristallenen Häusern mit großen Kuppeldächern umgeben war. Als ich hinter mir ein Geräusch hörte, drehte ich mich um und sah, wie die Brücke hochgezogen wurde und die Mauer dicht verschloss. Uniformierte Sicherheitskräfte patrouillierten im Hof, und scharfe Laserstrahlen durchschnitten die Dunkelheit.

Ich folgte Hephzibah in das größte Gebäude des Präsidentenpalasts und fand mich in einer riesigen, hell erleuchteten, sechseckigen Vorhalle. Die Wände schienen einen tanzenden Regenbogen zu reflektieren, und der Boden war mit alten Teppichen ausgelegt. Hephzibah bedeutete mir, ihr in einen anderen Raum zu folgen, noch größer als der erste, mit einer runden Decke, die wie ein Meer von Blasen aussah, und einem Fußboden wie eine einzige Wasserfläche. Sämtliche Oberflächen flackerten wie von Mondlicht beschienen und warfen Schatten auf unsere Gesichter. Durch eine gläserne Wand erblickte ich einen Garten mit riesigen, angestrahlten Blumenvasen und Kletterpflanzen. Auf einem der vielen Sofas, die im Raum verteilt standen, lag ein Mann. Er setzte sich auf, als er uns eintreten sah, und erhob sich dann, um uns zu begrüßen.

»Darf ich vorstellen – das ist Riffa«, sagte Hephzibah und schenkte ihm ihr strahlendstes Lächeln, wofür er sich mit einer liebevollen Umarmung bedankte. Anschließend begrüßte er mich mit einer leichten Verbeugung und hieß mich überschwänglich in seinem Haus und seinem Land willkommen.

Ich hatte ihn sofort als den Offizier erkannt, der an dem bewussten Tag neben Hephzibah gestanden und Mariam beobachtet hatte, bevor ich mit ihr zum Pavillon gegangen war. Etwas kleiner als seine Kameraden, jedoch breitschultriger und mit kräftigerer Brust, hatte er die gleiche aufgedunsene Haut wie sie. Durch das aufgeschwemmte Gesicht trat sein

Kinn weniger deutlich hervor, als man es bei seinem stämmigen Körperbau erwartet hätte. Ich hatte ihn als einen sehr stillen Mann in Erinnerung, der seine Umgebung aufmerksam beobachtete. Einmal hatte Vater ihn dabei ertappt, wie er in einem Raum, den Dolores manchmal als Arbeitszimmer benutzte, in ihren persönlichen Sachen stöberte. Er hatte sehr höflich reagiert und versprochen, es nie wieder zu tun. Der Krieg, hatte er hinzugefügt, verleite einen zu Handlungen, die man normalerweise verabscheuen würde. Hinterher hatte Vater gesagt, der junge Mann tue ihm richtig leid.

»Ich glaube, wir sind uns schon einmal begegnet«, sagte ich brüsk.

»Ja. Aber von dir habe ich damals nicht viel gesehen. Du hast dich die meiste Zeit in deinem Zimmer eingesperrt.«

Seine Worte waren freundlich, ganz im Gegensatz zu meiner eigenen abwehrenden Bemerkung. Hephzibah warf mir einen irritierten Blick zu.

»Nun, das ist alles vergangen und vergessen«, sagte sie mit Nachdruck. »Riffa und ich sind stolz, dich hier zu haben. Ich habe ihn schon ganz verrückt gemacht, weil ich ständig von dir gesprochen habe.«

Er reagierte nicht auf ihre Worte, obwohl sie ihn ansah, als erwartete sie eine Bestätigung. Stattdessen wandte er sich zum Gehen, nachdem er sich noch einmal vor mir verbeugt hatte, und bedeutete Hephzibah, ihm zu folgen.

»Du musst sehr müde sein«, sagte er mitfühlend. »Es war ein langer Tag für dich. Das Wasserland ist ganz anders als das deine, und es ist eine große Veränderung für dich. So viele neue Eindrücke. Morgen wirst du unsere wunderschöne Tochter kennen lernen, aber jetzt musst du erst einmal schlafen.«

Mein Zimmer erinnerte mich an das Deck eines Schiffes, mit den Baldachinen, die wohl aus alten Segeln gefertigt waren, von Wind und Wetter gezeichnet und mit Salzwasserflecken übersät; dazu der Fußboden aus abgetretenen Holzdielen, die vermutlich aus einem der alten Schiffe herausgerissen worden waren, die ich auf Bildern in Büchern gesehen hatte. Das Bett war niedrig und schlicht, und ich ließ mich sogleich darauf fallen. Ich sank in die weiche Matratze ein, und während ich so dalag, spürte ich plötzlich eine leichte Bewegung. Es war, als triebe ich auf sanften Meereswellen dahin. Während mir die Augen schon zufielen, erinnerte ich mich daran, dass meine Tasche neben mir am Boden stand. Widerstrebend stand ich auf. Bevor ich mich schlafen legte, musste ich noch einige Dinge erledigen.

Als ich die Tasche öffnete, stieg ein Potpourri von Gerüchen auf, die mich wie an einem Seil in die Vergangenheit zurückzerrten: der Moschusgeruch von altem Pergament, der Duft von Mimosen, Olivenöl und Zitronen, der Geruch von Homers Schweiß in dem Sarong, den er zuletzt getragen hatte. Ich begann, einige der Sachen auszupacken, und hoffte dabei inständig, dass die Lesenden gute Arbeit geleistet und dafür gesorgt hatten, dass ich nicht überwacht und abgehört werden konnte. Laut Lilith würden die Agenten des Wasserlandes nur ein virtuelles Abbild von mir sehen, das sich völlig »unverdächtig benahm«.

Ich legte meine Kleider heraus und machte mich fertig zum Schlafengehen. Dann nahm ich Hephzibahs Sachen aus der Tasche und platzierte sie auf dem kleinen Tisch neben dem Bett. Ich bedauerte, dass ich kein Geschenk für meine Nichte hatte. Den Rest packte ich nicht aus, sondern nahm die ganze Tasche mit unter die Bettdecke. Schließlich hüllte ich mich in Homers Sarong, und wieder einmal überwältigte mich die Trauer und wollte mir nicht mehr von der Seite weichen.

Ich war schon fast eingeschlafen, als ich hörte, wie die Tür aufging. Mein Herz begann zu rasen. Die Tür wurde wieder geschlossen, und ich hörte jemanden atmen. Schritte näherten sich meinem Bett. Ich spürte, wie mein ganzer Körper sich vor Panik verkrampfte, und ich schwitzte. Keiner der Lesenden hatte mir gesagt, wie ich reagieren sollte, wenn panische Angst mich zu lähmen drohte. Ich machte die Augen nicht auf, auch nicht, als ich merkte, wie jemand die Decke zurückschlug. Erst als ich das Mimosenparfum roch, konnte ich mich entspannen.

»Hephzibah!«, flüsterte ich. »Was ist denn los?«

Zu Hause war sie immer nur zu mir ins Bett gekommen, wenn sie traurig war oder wenn sie einen Albtraum gehabt hatte. Noch warm von einem anderen Bett, schmiegte sie sich stumm in meine Arme.

»Ich konnte nicht schlafen«, sagte sie schließlich.

Wir lagen schweigend da und genossen die beruhigende Nähe eines vertrauten Körpers. Ihr volles Haar fiel lose auf das Kissen.

»Gefällt dir dein Zimmer?«, fragte sie.

Sie erzählte mir, dass sie es speziell für mich entworfen habe. Sie habe sich gedacht, es würde mich an den Hafen erinnern.

»Ist das nicht ein bisschen übertrieben?«, erwiderte ich. »Für einen Gast, der nur ein paar Tage bleibt, meine ich?«

Sie setzte sich abrupt auf; in ihren Augen schimmerten Tränen.

»Oh, du bleibst doch länger als nur ein paar Tage. Ich lasse dich nicht so schnell wieder gehen. Ich will, dass es wieder so ist wie früher.«

Ihre heftige Reaktion beunruhigte mich. Ich zog sie zu mir auf die Kissen herunter und versuchte, sie zu trösten, wie ich es immer getan hatte, als wir Kinder waren.

»Erzähl mir die Geschichte, wie ich auf die Welt gekommen bin«, sagte sie. Sie rückte näher an mich heran und schlang ihre Beine um meine.

Ich starrte sie an und wunderte mich, wie eine erwachsene Frau noch ein so kindliches Gesicht haben konnte. Später lag ich noch wach, während sie an meiner Seite schlief. Ich blickte zu den Segeln auf und wartete darauf, dass ein Wind sie erfasste. So sehr Hephzibah sich auch danach sehnte, unsere Vergangenheit festzuhalten: Ich wusste, dass sie längst unwiederbringlich verloren war.

DREIUNDVIERZIG

Als ich am Morgen aufwachte, war Hephzibah nicht mehr da. Ich hörte Stimmen hinter der Tür und stand auf, um mich zu waschen. Jemand hatte mir Kleider über einen Stuhl gehängt. Sie entsprachen der Mode des Wasserlandes und sahen teuer aus. Ich mochte den silbergrauen Anzug nicht, zog ihn aber Hephzibah zuliebe dennoch an. Der Stoff war weich und dehnbar, doch den knappen, einengenden Schnitt fand ich gewöhnungsbedürftig. Er betonte meine Figur, und ich fühlte mich schutzlos, wie nackt. Die Schuhe gefielen mir allerdings gut; sie waren smaragdgrün und reichten mir bis über die Knöchel.

Niemand, der mir dabei zusah, wie ich meine Tasche abschloss, hätte bemerkt, wie ich dabei einen winzigen Gegenstand herausnahm und ihn unter den Nagel des Mittelfingers meiner linken Hand schob. Ich verstaute die Tasche unter dem Bett, schlug Hephzibahs Sachen in ihr Tuch ein und verknotete es, wie wir es als Kinder gemacht hatten, wenn wir picknicken gegangen waren. Es klopfte an der Tür. Ich trat unsicher auf den Gang hinaus, wo ich von einer der Leibwächterinnen – es war die mit dem bemalten Zahn – erwartet wurde. Sie grüßte mich höflich und erklärte, sie sei von Hephzibah geschickt worden, um mich zum Esszimmer zu geleiten, wo mir das Frühstück serviert würde. Wir gingen los, und sie warf einen Seitenblick auf meinen Anzug.

»Das steht Ihnen gut«, sagte sie. »Jetzt sind Sie ein richtiger Wassermensch.«

Als wir das Esszimmer betraten, eilte Hephzibah, die der gleichen Meinung zu sein schien wie ihre Leibwächterin, mit ausgebreiteten Armen auf mich zu.

»Du siehst fantastisch aus!«

Sie wandte sich an Riffa, der schon eifrig mit seinem Frühstück beschäftigt war. »Seit sie hier ist, habe ich es kaum erwarten können, sie aus diesen furchtbaren Kleidern herauszubekommen. Sieht sie nicht gut aus, Riffa? Ganz wie eine von uns.«

Riffa reagierte nur mit einem flüchtigen Lächeln, und so wandte sie sich an meine Begleiterin: »Findest du nicht auch, Kehmet?«

Kehmet nickte und zog sich diskret in eine Ecke zurück. Ich drückte Hephzibah das prall gefüllte Tuch in die Hand.

Sie nahm es widerstrebend und löste rasch den Knoten. Dann fixierte sie die Sachen eingehend – ihr Haarpflegeset, die Parfumflakons und die Tücher –, rührte aber nichts davon an. Sie schien verärgert.

»Warum hast du mir das Zeug mitgebracht?«

»Ich dachte, du hättest vielleicht gerne etwas, was dich an zu Hause erinnert«, entgegnete ich betroffen.

»Ich brauche nichts, was mich an zu Hause erinnert. Dafür habe ich ja dich.«

Sie rief Kehmet, gab ihr die Mitbringsel und trug ihr auf, sie wegzubringen. Dann schien sie plötzlich Mitleid mit mir zu haben und sagte: »Das war wirklich lieb gemeint. Sei nicht beleidigt. Ich war nur überrascht, die Sachen zu sehen. Sie wirken hier irgendwie fehl am Platz, findest du nicht?«

Niemand schien meine Enttäuschung zu registrieren. Riffa drehte sich zu mir um und deutete auf den Platz neben sich. Hephzibah lief ruhelos im Zimmer auf und ab und verplante den Tag für mich. Die Sonne strömte durch eine transparente Wand herein und hob den Kupferglanz in ihrem Haar hervor. Sie war ähnlich gekleidet wie am Vortag, nur dass der Stoff diesmal tief bronzefarben war und die Knöpfe golden. Sie wirkte älter und eleganter in diesen Kleidern, aber sie engten ihre natürliche, athletische Grazie ein.

»Wenn du mit dem Frühstück fertig bist, bringe ich dich zu deiner Nichte. Bolgez lässt sich entschuldigen; er kann leider nicht mit dir frühstücken. Er ist geschäftlich verhindert.«

Riffa schnaubte. »Hephzibah, du weißt doch, dass er niemals frühstückt.«

»Ich wollte nicht, dass Jephzat glaubt, der Präsident ignoriert sie.«

Riffa blickte zu ihr auf, lächelte und drückte ihre Hand. »Du bist ständig damit beschäftigt, an andere zu denken und alles zu organisieren. Ich weiß gar nicht, wie wir früher ohne dich zurechtgekommen sind. Sogar Bolgez sagt, dass du ihm das Leben leichter gemacht hast.« Er wandte sich an mich. »Sie weiß besser, wie diese Gesellschaft funktioniert, als ich selbst.«

»Das liegt daran, dass du dich nicht dafür interessierst, Riffa. Du willst immer nur mit deinem Weltraumspielzeug spielen.«

Er kicherte. »Was ist denn daran so verkehrt? Im Weltraum liegt die Zukunft. Das weißt du auch. Aber der Unterschied zwischen uns beiden ist, dass du ihn erobern willst, während ich ihn erforschen will.« Er begann, nervös mit den Fingern auf den Tisch zu trommeln. »Es ist eine Sache, den Planeten Erde zu regieren, und eine ganz andere, das Universum zu beherrschen. Wir wissen immer noch nicht, was uns da draußen erwartet.«

»Das ist ja das Spannende daran«, sagte Hephzibah, entschlossen, das letzte Wort zu haben.

Stumme Gestalten bedienten uns, während Hephzibah hektisch mit den Frühstückssachen hantierte, Anweisungen erteilte und gelegentlich jemanden ausschimpfte. Sie schien alle zu dominieren, einschließlich Riffa, der seine Umgebung offenbar gar nicht wahrnahm und seinen eigenen Gedanken nachhing, während er aß.

Er hörte Hephzibah immer noch nicht zu, als sie uns beiden ihre Pläne für den Tag erläuterte.

»Nachdem du deine Nichte gesehen hast, machen wir eine kleine Stadtrundfahrt, und am Abend gibt Bolgez ein feierliches Diner zu deinen Ehren. Ich habe die Garderobe für dich ausgesucht, und auch ein wenig Schmuck.« Sie beäugte verächtlich meine Kristalle. »Die wirst du jedenfalls nicht tragen.«

Wir gingen einen breiten Korridor entlang und dann eine geschwungene Treppe hinauf. Ich schaute zu den hohen Decken auf, die einen verwirrenden Anblick boten; es sah aus, als ob ein klarer Fluss über uns hinwegströmte, in dem bunt schillernde und hell glitzernde Objekte schwammen. Als wir im nächsten Stockwerk ankamen, dachte ich, wir würden nun über diesen wirbelnden Strom weitergehen, aber stattdessen erblickte ich nun stehendes Wasser unter meinen Füßen.

Vor einer Tür blieb Hephzibah stehen und öffnete sie leise, wobei sie den Finger an die Lippen legte. Das Zimmer war die nächste Überraschung: hohe, leuchtend rosa und blaue Wände mit einem Wandgemälde, auf dem ein großer gelber Bär zu sehen war, der seine Tatze in ein Glas Honig steckte.

Eine Frau mit einem Baby auf dem Arm trat lächelnd auf uns zu. Ihr Gesicht reflektierte die Farben der Wände, und ihr Teint war merkwürdig gelb, als sie mir das Bündel reichte. Ich blickte in das vollkommene kleine Gesicht meiner Nichte, mit dem Rosenknospen-Mündchen, das in der Luft saugte, als läge es noch an der Brust. Ihre leuchtend grünen Augen blickten zu mir auf, und sie duftete leicht nach frischer Milch und

Mimosen. Ich drückte sie an mich und legte einen Finger in ihre kleine Hand mit den winzigen Grübchen. Ich hatte plötzlich einen Kloß im Hals, als ihre zarten Finger sich um meinen schlossen.

Hephzibah lachte, und die Frau applaudierte.

»Oh, sehen Sie nur! Sie lächelt Sie an. Sie liebt ihre Tante schon jetzt.«

Das Baby begann, in meinen Armen zu zappeln, und streckte einen Fuß aus dem Wickeltuch heraus. Als ich es dort kitzeln wollte, sah ich die winzigen Hautlappen zwischen ihren Zehen, wie Schwimmhäute. Hephzibah bemerkte meinen faszinierten Blick und deckte den Fuß rasch wieder zu.

Ich trat an das Fenster, das vom Boden bis zur Decke reichte, und hielt meine Nichte so, dass sie die Aussicht mit mir genießen konnte. Wir blickten auf einen langen Garten, durch den sich kleine Bäche schlängelten, mit Bäumen und blühenden Sträuchern dazwischen. Direkt unter dem Fenster entdeckte ich mehrere Ölbäume, und ich sah drei Männern zu, die einen der Pfade entlangschlenderten. Es war fast wie zu Hause.

Einer der Männer, der etwas kleiner war als seine Begleiter, drehte sich um und blickte zum Fenster auf, als ob ich ihn gerufen hätte. Er lächelte ein wenig verkrampft und ging dann weiter.

»Siehst du die Olivenbäume, Kleine?«, sagte ich und zeigte mit dem Finger auf die grünen Zweige unter uns. »Deine Mutter und ich sind auf solche Bäume geklettert, als wir klein waren, aber die waren größer als diese hier. Wenn du ein bisschen älter bist, kannst du auch auf die Bäume klettern.«

Ich wurde plötzlich gewahr, dass Hephzibah neben uns stand. Sie nahm ihr Baby und liebkoste seine zarten Bäckchen. Mutter und Tochter blickten einander gierig in die Augen. Noch nie hatte ich Hephzibah so zärtlich mit irgendeinem

Menschen umgehen sehen. Ich hatte von ihr Zuneigung erfahren, wie auch Dolores, besonders, als Hephzibah ein kleines Mädchen gewesen war. Sie hatte uns umarmt und gedrückt, hatte uns kleine Geschenke oder Steine gebracht, in Blätter eingewickelte Oliven und mit Gras zusammengebundene Sträußchen. Ich hatte auch gesehen, wie sie Riffa verliebt angelächelt und ihn leicht im Nacken gekrault hatte, aber die Art und Weise, wie sie ihr Kind mit Zärtlichkeit überschüttete, erinnerte mich an die Definition des Wortes »Liebe«, die ich in einem der alten Wörterbücher gefunden hatte. Ihr Baby war ihr Ein und Alles, und ich konnte sehen, dass sie in diesem Moment so von ihrer Tochter in Anspruch genommen war, dass ihre unmittelbare Umgebung für sie nicht mehr existierte. Ich bedauerte nicht, dass ich keine Kinder hatte – so wie ich vorher nie das Bedürfnis gehabt hatte zu verreisen, so hatte ich auch noch nicht den Wunsch, selbst Mutter zu werden. Ich weiß also nicht, was diese wilde, heftige Eifersucht auslöste, die mich plötzlich überkam wie ein Anfall von Heißhunger. Ich wandte mich an meine Schwester, als mir bewusst wurde, dass ich sie noch gar nicht nach dem Namen meiner Nichte gefragt hatte.

»Ich habe sie Mariam genannt«, antwortete Hephzibah, und in ihren Augen blitzte kalter Triumph. »Ich habe nur auf den richtigen Moment gewartet, um es dir zu sagen.« Mein Kopf drehte sich, und mir wurde übel. Das Mysterium meiner Liebe zu ihr, das mich gefangen gehalten hatte, war der befreienden Logik des Hasses gewichen.

VIERUNDVIERZIG

Der Pilot lenkte das geschlossene Boot in einen breiten Kanal mit hohen Ufern, und Hephzibah begann sofort aufmerksam, ihre Umgebung zu beobachten. Im Morgenlicht hatte die Stadt etwas von einem Gesicht unmittelbar nach einem Weinkrampf – von aller Leidenschaft reingewaschen. Mein Gehör schien plötzlich ungewöhnlich scharf, und ich hatte das Gefühl, dass mir sämtliche Geräusche der ganzen Stadt in den Ohren tönten. Das Boot glitt langsam durch eine breite Wasserstraße, gesäumt von Rasenflächen und Reihen von Bäumen, die so getrimmt und beschnitten waren, dass sie Speeren ähnelten. Ich blickte zu den hohen, eleganten Gebäuden auf, die vom Ufer in die Höhe schossen. Ein blauer Himmel spiegelte sich in opaken Türmen und Hochhäusern. Sie erhoben sich aus niedrigen Bauten, die in der Nähe wirbelten wie Wasserstrudel.

Bald schloss sich uns eine Flottille von bewaffneten Booten an, die Kanonen diskret auf die Ufer gerichtet. Wellen klatschten an die Rümpfe, und ich hörte die Rufe von Menschen, die sich in Pulks am Kanalufer versammelten. Sie sprachen Föderesisch, doch ihre Worte gingen zum Teil in dem Tumult um uns herum unter.

»Was sagen sie?«, fragte ich.

»Sie rufen nach mir.«

»Aber wieso denn?«

Hephzibah starrte mich an. »Weil ich die Mutter der Gesellschaft bin. Das ist es, was sie rufen. Aus irgendeinem

Grund scheinen die Wasserleute mich ins Herz geschlossen zu haben«, fuhr sie herablassend fort. »Das liegt zum Teil daran, dass Bolgez mir recht viele öffentliche Auftritte zugesteht. Aus Gründen, auf die ich jetzt nicht näher eingehen will, hat es in der Familie seit Generationen keine bedeutenden Frauen mehr gegeben – bis ich kam, versteht sich.« Ich konnte sehen, wie sie es genoss, mir dies zu erzählen. »Bolgez sorgt dafür, dass ich regelmäßig auf den Bildschirmen der Gesellschaft zu sehen bin. Er glaubt, dass die Menschen sich mit mir besser identifizieren können als mit Riffa, der ständig mit den Gedanken irgendwo in der Ozonschicht ist ...«

»Läuft das mit den Bildschirmen hier genauso wie bei uns zu Hause?«, fragte ich. »Ich meine, dass sie nicht nur zur Verbreitung der Gesellschaftspropaganda eingesetzt werden, sondern auch, um die Arbeiter in ihren Wohnungen auszuspionieren?«

Sie gab mir ein Zeichen, dass ich meine Stimme senken solle, und blickte nervös in Richtung des Piloten, der mit dem Rücken zu uns saß.

»Bolgez sagt, dass es hier keine Überwachung in diesem Ausmaß gibt. Im Wasserland ist alles viel weiter entwickelt. Die Programme sind unterhaltsamer. Anders als zu Hause sehen sich hier die Arbeiter die Sendungen tatsächlich an.«

Es überraschte mich, wie bereitwillig sie offenbar alles glaubte, was Bolgez ihr sagte, und ich musste mir Mühe geben, um nicht sarkastisch zu klingen. »Es ist also nicht nur Gesellschafts-Sprech?«

»Nein, eigentlich nicht. Sie sehen uns gerne. Die Leute sind ganz wild nach Bildern von uns. Riffa bei seinen Forschungen zum Beispiel, oder ich mit Mariam im Arm, Bolgez in seinem Büro und dergleichen mehr. Ich habe vorgeschlagen, dass wir dich in unsere Familie aufnehmen könnten. Du wärst bestimmt sehr beliebt als Schwester der Mutter der Gesellschaft. Ich werde es auch Bolgez vorschlagen. Im Gegensatz zum Rest der Föderation steht er auf Familie.«

Die Flottille umzingelte uns wie ein Rudel Hunde, als das Boot unter einer Brücke durchfuhr. Ich hörte das hallende Geräusch von tropfendem Wasser und die Schritte der Menschen über uns. Wie konnte meine Schwester glauben, dass ich in dieser Welt leben wollte?

Hephzibah nahm meine Hand. »Denk nicht so viel nach. Davon bekommst du nur Kopfschmerzen. Lehn dich einfach entspannt zurück und genieße die Stadt.«

Sie reichte mir ein Glas mit eisgekühltem Champagner, der aus dem Nichts gekommen zu sein schien, und wandte sich dann ab, um den Menschen zuzunicken, die inzwischen die Wasserstraße säumten und Flaggen der Wassergesellschaft schwenkten. Ich hörte die Wellen an den Bootsrumpf schwappen und vernahm die Geräusche von Landfahrzeugen, obwohl ich sie nicht sehen konnte, das Seufzen der Aufzüge, die in den Häusern auf und ab fuhren, und den Wind, der in den Schluchten zwischen den hohen Gebäuden, heulte, obgleich die Luft um uns herum unbewegt war. Mein Blick schweifte über die fantastische Kristallarchitektur einer Stadt, die erbaut worden war als Ausdruck des Reichtums und der Macht des Unternehmens, dem sie gehörte, und ich sehnte mich unwillkürlich nach den kleinen, schlichten Häusern unseres Dorfes und dem Silbergrün der Ölbäume zurück.

Hephzibah lächelte und winkte weiter den Menschen zu, während sie mit mir sprach. »Hier im Wasserland hat man die föderesische Sprache den hiesigen Bedürfnissen angepasst. Es wurden nur drei Farbwörter beibehalten, die in etwa Grün, Rot und Blau entsprechen. Wenn die Welt alle Farben verliert, wird das Gehör entsprechend schärfer, und Töne gewinnen an Bedeutung. Sie haben hier viele Wörter für alle möglichen Geräusche; ich muss zugeben, dass ich immer noch

Mühe habe, sie mir alle zu merken.« Sie legte die Hand ans Ohr. »Wir sind schon vor einer ganzen Weile unter der Brücke durchgefahren, aber kannst du noch das Echo der Wassertropfen hören?«

Ich lauschte angestrengt, und tatsächlich, inmitten der konstanten Geräuschkulisse der Stadt konnte ich noch immer das regelmäßige Tropfen des Wassers von der Brücke vernehmen, nur schwächer als zuvor. Ich blickte mich um, doch von der Brücke war nichts mehr zu sehen.

»Das Wort, das sie für das Geräusch dieser Tropfen benutzen, beschreibt zugleich seine Frequenz, seine Amplitude und seine Tonhöhe. Ziemlich kompliziert, wie man sieht.«

Wie auf ein Stichwort brach die Menge am Ufer erneut in tosenden Jubel aus.

»Wird dir das alles nicht irgendwann zu viel?«, fragte ich.

»Ich liebe es. Aber das ist noch gar nichts. Du solltest mal sehen, wie sie uns zu Füßen liegen, wenn ich mich mit Bolgez zeige. Im Moment gehöre ich noch zur zweiten Kategorie. Man muss schon Präsident sein, um die richtig großen Mengen anzuziehen.«

»Das ist ganz anders als im Olivenland«, erinnerte ich sie. »Da lässt sich der Präsident so gut wie nie sehen. Ich finde es auch besser so. Weißt du noch, wie einmal bei einem seiner seltenen Auftritte das ganze Dorf in die Stadt gekarrt wurde, um die jubelnde Menge größer erscheinen zu lassen? Ich wusste nicht, wozu das gut sein sollte – es konnte ihn ja doch niemand sehen. Er ist nur einmal an uns vorbeigesaust, umringt von seinen Leibwächtern. Erinnerst du dich noch an die Fähnchen, die sie uns gegeben haben, und wie du geweint hast, weil die Wachmänner sie uns hinterher wieder abgenommen haben? Ich glaube kaum, dass danach mehr Oliven auf den Bäumen gewachsen sind.«

Sie ignorierte meinen Sarkasmus.

»Sieh mal da!«, rief sie und deutete auf einen schwer bewachten niedrigen Kuppelbau nahe dem Wasser. »Dort verbringt Riffa den größten Teil seiner Zeit.«

»Was macht er denn da?«, fragte ich. Ich stellte mir vor, wie der ernsthafte Riffa die Galaxien erforschte, ganz wie ein kleines Kind, das staunend einen Fremden betrachtet.

Die Menschenmengen lichteten sich, und Hephzibah hörte auf zu winken. Wir befanden uns jetzt offenbar in einem Hochsicherheitsviertel, das die wichtigsten Büros der Gesellschaft beherbergte. »Im Moment beschäftigt er sich mit Gravitationslinsen. Du weißt wahrscheinlich besser als ich, was das bedeutet.«

»Möchtest du vielleicht, dass ich es dir erkläre?«

Sie nickte bedächtig. »Ja, ich glaube schon. Ich traue mich nie, Riffa direkt zu fragen, weil er nicht denken soll, dass ich ein rückständiges Olivenmädchen bin. Wenn ich wenigstens einen Teil von dem verstehen könnte, was er sagt ...« Sie trommelte mit den Fingern auf der Bootswand herum, während ich mich angestrengt daran zu erinnern versuchte, was ich über Riffas Lieblingsthema gelesen hatte.

»Schon seit langem gibt es Aufzeichnungen über identische Galaxien. Man nimmt an, dass sie das Resultat von so genannten Gravitationslinsen sind, die auftreten, wenn das Licht einer fernen Galaxie auf dem Weg zur Erde nahe an einer anderen Galaxie vorbeikommt.« Ich hielt inne, um zuzusehen, wie zwei der bewaffneten Boote aus dem Verband ausscherten und eine Anlegestelle ansteuerten. »Die Masse der dazwischen liegenden Galaxie verzerrt die Bahn des Lichts und lässt mehrere Abbilder der fernen Galaxie von unterschiedlicher Helligkeit entstehen.«

»So etwas Ähnliches wie eine zusammengesetzte Fata Morgana im Weltraum?«, fragte Hephzibah.

»Nicht ganz, eher wie eine Spiegelung auf dem Wasser.«

»Ich begreife nicht, welchen Wert solche Informationen haben sollen. Das einzig Wichtige ist doch wohl, dass wir wissen, wo die Planeten sind und wie wir sie erreichen können.«

»Aber darum geht es ja gerade. Für einen Raumfahrer ist es von größter Wichtigkeit zu wissen, dass er tatsächlich sein gewünschtes Ziel ansteuert und nicht etwa eine optische Täuschung.«

Der Pilot drehte sich auf seinem Sitz um und hob eine Hand. Hephzibah sah mich an, sie wirkte ein wenig angespannt. »Jetzt kommt der beste Teil der Tour«, sagte sie. »Halt dich nur gut fest.«

Hephzibah kreischte aufgeregt, als das Boot zu ruckeln begann und von irgendeiner Kraftquelle, die sich unter uns befand, unter Wasser gezogen wurde. Ich klammerte mich an ihr fest und bedauerte augenblicklich, den Champagner getrunken zu haben. Um uns herum blubberte das Wasser, und in meiner Panik bemerkte ich, dass wir immer noch von den Begleitbooten umringt waren, die sich nun noch dichter an unser Fahrzeug drängten. Ihre Nähe, die mich bisher eher gestört hatte, empfand ich plötzlich als beruhigend. Hephzibah schlang den Arm um meine Taille. »Jetzt ist es nicht mehr weit«, sagte sie und meinte damit wohl unseren Abstieg. Die Luftblasen waren inzwischen verschwunden, und wir trieben in sauberem, klarem Wasser, von Sonnenlicht durchflutet. Anfangs war es noch ganz still, und dann setzte ein gedämpftes Geräusch ein, das sich wie Trommeln anhörte. Ich wandte mich zu Hephzibah um.

»Herzschläge«, sagte sie, meine Frage vorwegnehmend. »Das sind die Herzschläge der Arbeiter.«

Der Steuermann lenkte das Boot an einer Reihe von Fassaden vorbei. Es schien sich um die unteren Stockwerke der Gebäude zu handeln, die wir während unserer Kanalfahrt am Ufer gesehen hatten, aber genau konnte ich das nicht feststellen. Hinter den Fenstern sah ich Menschen umhergehen und zu uns hinausschauen. Die dumpfen Schläge wurden immer lauter und klarer, und ich hörte auch die Geräusche der Boote, die durch das Wasser schossen, dazu Stimmen, wie in einem großen Saal. Winzige silbrige Fische flitzten um uns herum, und der Boden um die Gebäude herum war mit Felsbrocken übersät, die mit verschiedenen Arten von Tang bewachsen waren. Wir gondelten durch die Straßen einer Stadt, die wie ein Spiegelbild derjenigen an der Oberfläche wirkte; tatsächlich aber handelte es sich um eine eigenständige Unterwasserstadt. Gestalten in künstlichen Häuten, wie ich eine trug, schwammen durch Schächte in die Gebäude hinein und aus ihnen heraus. Einige von ihnen hatten Schwimmhäute zwischen den Fingern, und diese bewegten sich deutlich schneller durchs Wasser als die anderen. Ihre Gesichter konnte ich nicht sehen, da sie eng anliegende Masken trugen, mit dünnen Schläuchen, die aus den Nasenlöchern kamen und am Hals in die künstliche Haut mündeten. Ihre Körper waren klein und stromlinienförmig, beinahe fischartig, und ihre ausladenden Bewegungen waren von einer Anmut, die an ein Wasserballett erinnerte. Manche wandten sich einander zu, als ob sie sich unterhielten, doch ich konnte nicht erkennen, auf welche Weise sie kommunizierten. Mehrere Trupps pflückten Muscheln von den Fundamenten und den Felsen, und ich sah Taucher mit langen, spitzen Stangen zwischen ihnen umherschwimmen und die Arbeiter damit stechen und stoßen. Die Getroffenen krümmten sich im Wasser wie vor Schmerz.

»Ist es notwendig, die Arbeiter so zu behandeln?«, fragte ich.

»Manchmal. Du weißt ja, wie faul sie sein können.«

Hephzibah versuchte nun, meine Aufmerksamkeit zum anderen Fenster hinauszulenken, und ich drehte unwillig den

Kopf, angewidert von dem, was ich gesehen hatte, und betrübt wegen ihrer offensichtlichen Duldung dieser Praktiken. »Sieh nur diese wundervollen Farben!«, rief sie. »Ich bin unheimlich gerne hier unten. Nur hier kann man das wahre und volle Spektrum sehen.« Unbeirrt begann sie, die Namen der einzelnen Kreaturen aufzuzählen, die uns umschwirrten.

»Da drüben! Ein Ocker-Seestern«, sagte sie und zeigte auf einen dunkel gefärbten Seestern, der an einer Felsspalte hing. Ein orangefarbener Fisch schoss an uns vorbei. »Sehr schmackhaft – der Zinnober-Felsenbarsch. Und der violette dort ist ein jüngeres Exemplar derselben Art.« Wir bestaunten eine Traube orangefarbener Seeanemonen mit weißen Tupfen, und ein Fransenkopf lugte mit seinen Glubschaugen aus einem angestoßenen Keramiktopf hervor. Ich hätte meine Schwester gerne gefragt, ob sie ihr Wissen über das Leben im Meer aus Büchern der Alten Welt hatte, beschränkte mich stattdessen aber lieber auf bewundernde Kommentare. Hephzibah hatte schon immer Schmeicheleien der Wahrheit vorgezogen, und dies war nicht die passende Gelegenheit, sie zu fragen, ob sie ihr Wissen auf legale Weise erworben hatte.

Die Geräusche wurden zu einem gedämpften Getöse, als wir plötzlich in die Dunkelheit eintauchten. In der Kabine leuchteten Lampen auf, und im Schein eines Strahlers am Heck waren feine Drähte zu erkennen, die sich vom Grund in die Höhe zogen und über uns in der Dunkelheit verschwanden. Die Temperatur fiel, während wir um die Drähte herummanövrierten, und ich fröstelte. Hephzibah sah mich an und lächelte mitfühlend.

»Keine Sorge – die Stadt ist auf einer Reihe schwimmender Plattformen erbaut, und wir tauchen gerade unter der größten davon durch. Die Plattformen sind mit diesen Drähten gesichert, aber wie du vorhin gesehen hast, haben manche der Gebäude auch ein festes Fundament.«

Die klaustrophobische Dunkelheit zerrte an meinen Nerven, und ich merkte, wie ich trotz der Kälte unter meiner zweiten Haut schwitzte. Ich war erleichtert, als endlich über uns wieder Licht durch die Wasseroberfläche drang. Erneut hörte ich die Trommelschläge; die ganze Kabine hallte davon wider – und dann begriff ich, dass es unser eigener beschleunigter Pulsschlag war. Unwillkürlich hob ich die Stimme, um das Wummern meines Herzens zu übertönen.

»Wohin fahren wir?«, fragte ich. Ich hatte plötzlich Angst und rückte näher an meine Schwester heran.

»Zum Wasserproduktionszentrum. Bolgez ist mit deinem Besuch dort einverstanden. Allerdings haben wir Anweisung, uns höchstens zehn Minuten dort aufzuhalten. Du hast großes Glück.«

Ich hoffte, dass Hephzibah nicht bemerkt hatte, wie sich mein Puls beschleunigte, als ich spürte, dass wir uns dem eigentlichen Quell des Lebens näherten.

FÜNFUNDVIERZIG

Ich wusste, dass wir ins offene Meer hinausfuhren, als ich sah, wie der Grund unter uns sich in Sediment verwandelte. Das Wasser trübte sich vorübergehend, und ich spürte, wie eine Strömung uns von der Seite erfasste. Zu unserer Linken fiel eine mit Wedeln von aufgequollenem Seegras bewachsene Felsklippe jäh in eine pechschwarze Schlucht ab. Vor uns ragten in der Ferne Felsen auf, und ich blickte mich staunend um: Das Wasser um uns herum wimmelte plötzlich von Leben. Wir glitten durch Wolken von Larven, Plankton und zarten Seestachelbeeren. Schwärme bunter Fische brachen aus Dickichten von Seetang hervor und umspielten unser Boot. Tausende silberner Sardellen, ihre Bewegungen zu einer Wolke synchronisiert, stießen auf uns herab und schwammen dann rasch davon. Partikel, die wie aufgewirbelter Staub aussahen, trieben mit den Strömungen, und mehrere Haie, jeder dreimal so groß wie unser Boot, folgten uns träge.

Hephzibah deutete auf einen Schwarm Quallen. Ich kannte sie von zu Hause, wo die angespülten Kadaver am Strand lagen wie Ballons, aus denen die Luft entwichen war. Hier im Meer trieben sie elegant dahin und durchkämmten das Wasser nach Beute mit ihren langen Tentakeln, die an geisterhaften, pulsierenden Glocken hingen. Meine Schwester drückte die Nase an die Verglasung des Bootes. »Komisch, dass gerade die schönsten Kreaturen oft das tödlichste Gift verspritzen«, bemerkte sie und lachte leise in sich hinein, als amüsiere sie sich über einen Witz, den nur sie verstand.

Ich schätzte, dass wir nicht tiefer als hundert Meter unter der Oberfläche waren, denn es sickerte immer noch Licht zu uns durch. Erst nach einer Weile sanken wir tiefer. Hephzibah hielt mich fest im Arm, als die Temperatur in der Kabine erneut sank. Der Pilot drehte sich zu uns um und erklärte, dass wir nun über eine tiefe Meeresschlucht hinwegfuhren. Ich spähte in die Tiefe, sah aber nur undurchdringliche Finsternis. Bald spürte ich, wie meine zweite Haut sich fester um meinen Körper spannte, und ich fühlte mich eingeengt, obwohl ich immer noch frei atmen konnte. Hephzibah legte ihren Kopf auf meine Schulter und döste ein wenig, während ich wach blieb und mich neugierig umblickte.

Ich stieß Hephzibah an, als ich sah, wie sich lange Tentakel um unser Boot rankten, als wollten sie uns an den Meeresgrund fesseln. Es waren lange, zylindrische Membranen, wie weiche, flexible Röhren, in denen eine klare Flüssigkeit pulsierte.

Hephzibah schüttelte den Schlaf ab. »Ah, das sind die Wasserleitungen. Manche sind wirklich riesig. Sie befördern das Wasser zu den verschiedenen Gesellschaften.« Sie tippte dem Piloten auf die Schulter und wies ihn an, uns die Leitung zum Olivenland zu zeigen.

Er wendete das Boot, und wir fuhren geradewegs auf ein weiteres gewaltiges Knäuel von Röhren zu, die um uns herum wucherten wie Wurzeln. Sie wiegten sich sanft im Wasser, und Fische wuselten zwischen ihnen umher. Ab und zu dehnte die Membran sich aus, und ich sah, wie eine Hand von innen dagegendrückte, oder erhaschte einen Blick auf einen Schatten, der durch die Röhren schwamm. Kleinere Leitungen schlangen sich um die großen wie Kapillargefäße.

»Durch diese Leitungen fließt das Wasser, mit dem das Olivengeschäft am Leben gehalten wird.«

»Ich finde, sie sehen nicht sehr robust aus«, sagte ich. Am

liebsten hätte ich die Membran mit dem Finger angestoßen, um mich selbst von der Qualität des Materials zu überzeugen.

»Wir haben ein Material entwickelt, das sogar einem Meteoriteneinschlag standhält. Es kann nicht reißen, und es ist so dehnbar, dass es sich jeder beliebigen Wassermenge anpasst.«

Ihr demonstrativer Stolz auf die Leistungen ihrer Wahlheimat, des Wasserlandes, machte mich wütend. Sie hatte anscheinend nicht das geringste Problem damit, sich auf die Seite derer zu schlagen, die ihrem Heimatland und ihrem Dorf zu schaden trachteten. Mein Zorn trieb mich dazu, sie noch einmal mit der Frage zu bedrängen, die mir nicht mehr aus dem Sinn gegangen war, seit sie das Thema bei unserem gemeinsamen Abendessen angeschnitten hatte.

»Was ist an den Gerüchten dran, die im Olivenland kursieren, wonach es Pläne gibt, uns die Wasserzufuhr abzuschneiden oder uns zu überfluten?«, fragte ich und beobachtete aufmerksam ihre Reaktion.

Ehe sie antwortete, hörte ich die flinken Bewegungen der Fische im Wasser, das Platzen winziger Luftbläschen und Hephzibahs Seufzer, der tief aus ihrer Brust kam.

»Wie ich schon sagte, es stimmt, dass Pläne existieren, das Olivenland zu überfluten«, bestätigte sie und wandte sich zu mir um. In ihren Augen spiegelte sich das Wasser um uns herum mitsamt seinen Bewohnern.

»Aber warum denn nur, Hephzibah? Was hat das Olivenland den Wasserleuten getan?«

»Nichts, gar nichts – aber darum geht es nicht.«

»Aber worum geht es dann, Hephzibah?« Ich kratzte an dem Draht in meinem Arm und unterdrückte meine Wut.

»Bolgez sagt, dass wir der Föderation jetzt zeigen müssen, wer der Boss ist. Es hat schon zu viel Verrat und Intrigen gegeben, und wir können der Föderation nicht mehr vertrauen. Alle ihre Mitglieder sind hinter der Wasserformel her, und sie würden alles tun, um sie in ihre gierigen Finger zu kriegen. Und obendrein hält ihre lächerliche Bürokratie unser Programm zur Weltraumbesiedlung auf. Wir haben sogar den Wasserpreis niedrig gehalten, um es für alle leichter verfügbar zu machen. Aber jetzt wollen wir allen Gesellschaften demonstrieren, dass sie uns viel dringender brauchen als wir sie.«

»Dann war das also Bolgez' Idee! Eine ganze Region absaufen zu lassen, um anschließend die Flagge eurer eigenen Gesellschaft zu hissen?«

Nichts von all dem, was die Lesenden im Olivenland mir gesagt hatten oder was ich bisher erlebt hatte, konnte mich auf ihre folgenden Worte vorbereiten. Hephzibah hob das Kinn und straffte den Rücken, als ob das, was sie nun sagte, ihr zur Ehre gereichte. »Es war nicht Bolgez' Idee. Es war meine. Ich habe es vorgeschlagen. Anfangs hat er noch gezögert, denn er ist ein vorsichtiger Mann. Aber nachdem ich mit ihm darüber gesprochen hatte, begriff er, wie sinnvoll es ist. Er erkannte, dass es zu größeren Dingen führen würde, die allen Menschen auf der ganzen Welt Nutzen bringen.«

Dabei zog sie ihre zu dünnen Strichen gezupften Augenbrauen hoch, und sie sprach mit der gleichen genüsslichen Boshaftigkeit wie damals vor vielen Monaten, als sie mir ihre Intimitäten mit den Soldaten enthüllt hatte. Wieder einmal litt ich unter den Grausamkeiten jener Hephzibah, die ich doch immer geliebt hatte, und ich erkannte sie nicht wieder in der erbarmungslosen jungen Frau, die nun zu mir sprach.

»Welchen Nutzen hat denn Land, das durch eine Flut praktisch weggeschwemmt oder durch eine Dürre ausgetrocknet wurde?«, erwiderte ich halbherzig, da ich schon wusste, dass mit Logik in diesem Stadium nichts mehr auszurichten war. »Diese alten Bäume würden sich nie mehr erholen«, fuhr ich fort. »Sie wären für immer verloren. Und was noch wichtiger ist – was wird aus den Menschen? Was ist mit

Sengita und Manos? Was ist, wenn Vater und Dolores dann wieder zu Hause sind? Wirst du dastehen und zusehen, wie sie alle von den Fluten in den Tod gerissen werden?«

»Manchmal müssen Opfer gebracht werden für das Wohl der gesamten Welt, und außerdem werden Vater und Mutter ohnehin bald hier bei uns sein. Es wird alles so sein, wie es immer war, nur dass wir dann alles tun können, was wir wollen.« Sie fuhr herum und starrte mich an. »Du weißt, dass das Olivenland unsere Eltern als Geiseln festhält, für den Fall, dass diese ›Gerüchte‹, wie du sie nennst, sich bestätigen. Deswegen wurden sie weggebracht. Die Gesellschaft wird die Hände heben und sagen: ›Überschwemmt uns nicht, denn wir haben Hephzibahs Eltern.‹ Sind sie wirklich so dumm zu glauben, dass das Bolgez beeindrucken würde? Wenn er sich einmal dazu entschlossen hat, dann wird er es auch durchziehen, ohne Rücksicht auf Verluste.«

Dann sah sie mich beschwichtigend an. »Mach dir keine Sorgen, unsere Eltern werden spätestens morgen Abend hier sein. Dafür haben meine Drohungen gesorgt.«

Ich wünschte, die Erleichterung darüber, dass meine Eltern sehr bald in Sicherheit sein würden, hätte den eiskalten Schauer der düsteren Vorahnung vertreiben können, der mir schon den Mund auszutrocknen begann.

»Ich kann nicht bei dir bleiben, Hephzibah«, sagte ich betrübt. »Das weißt du selbst. Ich muss zurückgehen, und dann wirst du mich in den Tod schicken.«

Zorn blitzte in ihren Augen auf. »Du sollst auch nicht für eine Sekunde denken, dass du nach Hause zurückkehren wirst. Du bleibst hier bei mir. Du kannst mir bei meiner Arbeit für die Gesellschaft helfen. Du bist der klügere Kopf von uns beiden; was dir fehlt, ist nur der Ehrgeiz. Aber wenn du erst einmal die Früchte meiner Vision erlebt hast, wirst du deine Meinung ändern.« Sie packte meine Arme. »Es wird besser sein als vorher, Jephzat. Jetzt habe ich Mariam, und wir beide können für sie eine neue Zukunft erschaffen.«

Ich senkte meine Stimme, damit der Pilot mich nicht hören konnte. »Du kannst mich nicht kaufen, Hephzibah; das kannst du nicht. Ich werde nicht deine Gefangene sein.«

Sie schwieg eine Weile und starrte ihr Spiegelbild in der Kabinenabdeckung an.

»Du hast keine Wahl, Jephzat«, sagte sie schließlich. »Du hast keine Wahl.«

Wir ließen das Gewirr von Wasserleitungen hinter uns und tauchten in die Dunkelheit ein. Es war vollkommen still, als wären alle Meeresbewohner geflüchtet. Auch unseren Herzschlag oder unsere Atemgeräusche konnte ich hier nicht mehr hören. Ich hatte das befremdliche Gefühl, in einem Vakuum zu schweben. Dann setzten die Schwingungen ein.

Ich wollte mich an Hephzibah festhalten, brachte es aber nicht fertig. Um meinen Abscheu zu überwinden, stellte ich mir sie als die Spielkameradin meiner Kindheit vor, die ich vergöttert hatte, und blendete die schöne Frau aus, die neben mir saß, ihr Gesicht im Halbdunkel blass und nachdenklich.

Ich wurde etwas ruhiger; mein Kopf war wie benebelt. Das Wasser begann, wellenartig zu schimmern, wie in einer Reaktion auf die Schwingungen, die unsere Kabine erfasst hatten.

»Wir sind jetzt ganz nahe dran«, sagte Hephzibah und ergriff meine Hände. Jetzt schien das Wasser zu phosphoreszieren, als würde es von den Vibrationen stimuliert. Ich konnte meine Erregung kaum im Zaum halten, als das Boot plötzlich schneller wurde und weiter in die Unterwasserströmungen hinabtauchte, bis die eigentümliche Meeresnacht uns ganz umschloss.

Es dauerte eine Weile, bis ich einen winzigen Lichtpunkt vor uns ausmachen konnte, reglos wie ein Fixstern in der

Finsternis. Das Boot steuerte darauf zu, und der Lichtpunkt wurde immer größer und heller, bis wir einen der schwer bewachten Eingänge des Wasserproduktionszentrums erkennen konnten. Hier herrschte reger Verkehr; Wasserfahrzeuge fuhren durch die tunnelartige Öffnung ein und aus, und es wimmelte von bewaffneten Tauchern, die schwer mit Überwachungsgeräten beladen waren. Ich spürte immer noch die Schwingungen, die durch meinen Körper gingen, und fragte mich, ob sie der Grund waren, weshalb ich mich plötzlich so voller Energie fühlte.

»Ziehen sie diese Show ab, weil die Mutter der Gesellschaft gerade mit ihrer Schwester angekommen ist?«, fragte ich mit Blick auf die hektischen Aktivitäten draußen im Wasser.

»Nein, es ist immer so. Es gibt keinen Ort auf der Welt, der so schwer befestigt und bewacht ist wie das Wasserproduktionszentrum. Du wirst jetzt Verblüffendes zu sehen bekommen, Jephzat.«

Das Boot fuhr in den Tunnel ein und glitt in eine Kammer, die sich hinter uns sofort fest verschloss. Wir legten an einer Stelle an, die hochtrabend als »Ankunftspunkt des Präsidenten« bezeichnet wurde. Ich stieß einen Seufzer der Erleichterung aus, als die Abdeckung der Kabine zurückgeklappt wurde, und meine Klaustrophobie legte sich. Viele Hände streckten sich uns eifrig entgegen, um uns auf den Kai zu helfen.

Wir wurden zügig in einen mit bequemen Sesseln eingerichteten Raum geleitet, in dem es nach Kaffee duftete. Vier Männer und eine Frau traten vor, um uns zu begrüßen. Es amüsierte mich, wie unterwürfig sie sich vor uns verneigten. »Wir heißen die Schwester der Mutter der Gesellschaft willkommen«, sagte einer der Männer. Ein anderer legte uns Blumenkränze um den Hals, und ich lächelte huldvoll, obwohl mir der intensive Geruch, der von den frischen Blüten aufstieg, augenblicklich unangenehm war.

Alle fünf verbeugten sich immer wieder, während ich ihnen überschwänglich dankte. Hephzibah knuffte mich in die Rippen, worauf ich sofort verstummte. Sie machte mich mit dem Direktor des Zentrums bekannt – es war der Mann, der uns willkommen geheißen hatte. Als Direktor, so ließ er mich wissen, bekleide er einen höchst privilegierten Posten, der mit sehr viel Verantwortung verbunden sei. Die Verantwortung sei so groß, sülzte er, weil die Zukunft des gesamten Planeten vom reibungslosen und sicheren Funktionieren des Zentrums abhänge; und so besorgt sei er um den Fortbestand der Menschheit, dass er manchmal nachts kein Auge zutue. Hier warf er Hephzibah einen bewundernden Blick zu und lächelte affektiert. »Selbstverständlich ist die Mutter der Gesellschaft uns allen ein leuchtendes Vorbild. Seit ihrer Ankunft ist die Wasserproduktion um achtzehn Prozent gestiegen, und ich versichere Ihnen, das ist kein Zufall.« Kleine Schweißperlen erschienen auf seiner Oberlippe, und er wischte sich die Stirn. Sein Atem roch nach gärendem Klärschlamm, und ich musste mir Mühe geben, nicht zu würgen.

Hephzibah neigte den Kopf leicht in Richtung des Mannes und klatschte in die Hände, wie um eine Entourage von Bediensteten herbeizurufen. »Marcel, meine Schwester und ich wissen Ihren freundlichen Empfang zu schätzen, und ich darf Ihnen und Ihren Mitarbeitern den Dank des Präsidenten für die hervorragende Arbeit übermitteln, die Sie hier leisten.«

Das Quintett lächelte selig und verbeugte sich simultan wie Grashalme im Wind, um sich dann zu entfernen.

Hephzibah blieb gelassen und ruhig. Sie führte mich zu einer der Sitzgruppen, wo wir Platz nahmen und uns Süßigkeiten und Kaffee servieren ließen. Ich warf meine Girlande auf den Boden. Die Schwingungen waren noch stärker geworden und machten mich ganz nervös. Seit wir aus dem Wasser aufgetaucht waren, war mein Gehör nicht mehr so empfindlich, und ich war mir nicht ganz sicher, ob ich nicht ein leises Summen in der Ferne vernahm.

Marcel tauchte wieder auf und umschwirrte uns wie eine Fliege. »Es gibt im Moment nur eine einzige Quelle der Wasserproduktion«, hub er an. »Wenn wir einmal in der Lage sind, sie zu vervielfältigen, werden wir in der ganzen Föderation Wasserproduktionszentren errichten.«

»Und auch im Weltraum?«, wollte ich wissen.

»Selbstverständlich«, antwortete Hephzibah.

Marcel wirkte nervös, als er uns einen schmalen weißen Korridor entlangführte, und begann, flüsternd auf Hephzibah einzureden. Eine ganze Schar schwer bewaffneter Leibwächter schloss sich uns an; sie waren alle groß gewachsen und drahtig, mit hervortretenden Fischaugen und rauer, schuppiger Haut, die aussah, als wäre sie von einem Ausschlag befallen. Wir wurden in einen fensterlosen Raum eskortiert. In der Mitte stand ein Tisch mit einem Modell des Zentrums in verkleinertem Maßstab.

Ich konnte sehen, dass das Gebäude hauptsächlich aus einer riesigen, lichtundurchlässigen Kuppel mit mehreren Auslassöffnungen bestand. Ich vermutete, dass das Wasser in die Kuppel gepumpt wurde, doch Marcel erklärte, dass die Kuppel sich mit dem Wasser, das darunter produziert wurde, ausdehnte. Von der Kuppel führten mehrere frei schwimmende Leitungen zu einer Reihe von Speichern auf dem Festland.

»Die Speicherung unseres Wassers ist äußerst wichtig«, sagte Marcel. »Wir lagern unser Wasser in riesigen Behältern, die hitze- und lichtundurchlässig sind und das Wasser auf diese Weise frisch halten. Die Kuppel selbst ist gegen Sonneneinstrahlung isoliert. Für den Konsum innerhalb des Wasserlandes mischen wir unser Produkt gerne mit Flusswasser, um es mit Mineralien und Spurenelementen anzureichern.«

Marcel sprach von seinem Wasser mit geradezu rührender

Leidenschaft, und er sah mir gespannt zu, als ich ein Glas davon probierte. Als ich mich lobend äußerte, lachte er entzückt. Das Wasser schmeckte anders als das, welches wir im Olivenland zu trinken bekamen – angenehmer und erfrischender, aber auch irgendwie flach. »Das ist eine Kostprobe unseres so genannten jugendlichen Wassers. Manche ziehen das Wasser vor, das den ganzen Kreislauf von den unterirdischen Regionen hinauf in die Atmosphäre und wieder zurück auf die Erde durchlaufen hat. Aber es ist gewöhnungsbedürftig, und es ist auch sehr teuer. Für unseren eigenen Bedarf mischen wir meist die beiden Sorten, aber das, was Sie gerade getrunken haben, kommt direkt von der Quelle.«

Er entschuldigte sich dafür, dass ich als Besucherin aus Sicherheitsgründen über diesen Raum hinaus keinen Zutritt hätte. »Es müssen besondere Vorsichtsmaßnahmen getroffen werden, ehe man sich der Kuppel nähert, weil sich sonst das Wasser im Körper zu reproduzieren beginnt – mit fatalen Folgen. Peng!« Er lachte schrill.

Ich deutete auf das Modell und fragte, welche der Leitungen den Vorratsbehälter für das Olivenland speiste. »Diese hier«, antwortete Marcel. Ich folgte der Richtung, in die sein Finger zeigte, und studierte die Details eingehend. Ich wusste, dass mein Leben und das vieler anderer davon abhing.

»Und wie wird das Wasser nun genau produziert?«, fragte ich so unbedarft, wie ich nur konnte.

Es war eine ganze Weile still, während Marcel Hephzibah ansah und auf ihre Erlaubnis wartete, die Frage zu beantworten. Sie nickte kaum merklich, worauf er mir bedeutete, noch näher an das Modell heranzugehen, und mich fragte, was ich dort sehe. Erst als ich mich direkt über die Kuppel beugte, sah ich die winzige schwarze Kugel, die in ihrer Mitte rotierte, frei auf dem Wasser schwimmend.

»Wir nennen es die Sphinx. Irgendjemand hat den Namen

vorgeschlagen, und er gefiel uns. Wir haben sogar mit dem Gedanken gespielt, uns von Wassergesellschaft in Sphinxgesellschaft umzubenennen, aber wir wissen nicht, wo das Wort herkommt und was es bedeutet.«

»Es ist ein sehr schönes Wort. Ganz bestimmt ist es nicht föderesisch.«

Darauf trat ein unbehagliches Schweigen ein. Ich hatte den Verdacht, dass es ein Lesender in ihren Reihen war, der das Wort vorgeschlagen hatte; ein Wort, auf das er bei seiner heimlichen Lektüre in einer der Bibliotheken gestoßen war. Aber wieso ausgerechnet dieser Name?

Die Schwingungen schienen urplötzlich von meiner Brust aufzuwallen und meinen Schädel zu füllen wie eine Flutwelle, die in eine Höhle schwappt. Ich wandte mich zum Gehen. Ich hatte genug gesehen und gehört, und ich wollte mich nicht durch übertriebene Neugier verdächtig machen.

Die Wachen traten zur Seite, um Hephzibah Platz zu machen, und schlossen dann erneut den Ring um uns. Wir gingen zum Boot zurück und fuhren durch den Tunnel wieder hinaus in die lichtlosen Tiefen des Ozeans. Vor meinem inneren Auge sah ich die große Kuppel, die sich hinter uns erhob wie ein angeschwollener Halbmond, und die Sphinx, die darin ihre elliptischen Bahnen zog wie ein gefangener Miniaturplanet.

SECHSUNDVIERZIG

Ich weiß nicht, was ich mehr fürchtete: die Rolle, die ich gegenüber den Gästen spielen sollte, oder das Abendessen selbst. Nachdem ich mich schnell gewaschen und angekleidet hatte, frisierte ich mein Haar sorgfältig nach der Wasserlandmode, sodass es kürzer aussah und dicht am Kopf anlag. Die Creme, die ich im Bad fand, legte ich allerdings nicht auf; sie versprach, meiner Haut die »Brillanz« zu verleihen, »die jede Frau begehrt« – doch ich traute den Inhaltsstoffen nicht, genauso wenig wie den Absichten des Spenders oder der Spenderin, wer immer es gewesen sein mochte. Bevor ich mein Zimmer verließ, tauschte ich die Halskette aus Homers Kristallen gegen das Rubinkollier, das Hephzibah mir gegeben hatte.

Sie kam mich abholen. Meine Schwester sah umwerfend aus in ihrer silbrig-durchscheinenden Bluse, die sie offen trug, sodass man das eng anliegende Mieder sehen konnte, das die obere Hälfte ihrer Brustwarzen frei ließ. Ihr Rock lag eng an den Oberschenkeln an und endete unterhalb der Knie in einem Rüschensaum. Sie balancierte auf hohen Schnallenschuhen, die im gleichen Blauton gehalten waren wie der mit Pailletten besetzte Rock. Ihr üppiges Haar war wie meines zurückgesteckt, doch ein paar lose Strähnen fielen ihr über die Ohren, die mit reinen, funkelnden Kristallen geschmückt waren.

Sie führte mich auf eine breite Terrasse, an die sich ein Garten mit einem großen Teich voller Wasserlilien anschloss. Libellen schwebten über dem Wasser, und aus einer Ecke des Rasens drang leise, schmachtende Musik. Duftender Rauch hing in der Luft, als wir uns um einen polierten Mahagonitisch versammelten, in dem sich das Licht von Kandelabern spiegelte. Hephzibah ließ den Blick stolz über die Szene schweifen.

»Alles für dich, Jephzat«, sagte sie. »Alles nur für dich, meine geliebte Schwester. Alles, was im Wasserland Rang und Namen hat, ist hier versammelt, um dich willkommen zu heißen.«

»Jephzat, darf ich dir meinen Vater, den Präsidenten, vorstellen?«, sagte Riffa, indem er sich aus dem Schatten seines Vaters löste. Ich erkannte den Mann, den ich vom Fenster des Kinderzimmers aus gesehen hatte, sofort wieder. Im nächsten Moment befanden sich meine Arme im Klammergriff seiner massigen, kräftigen Hände. Seine Lippen verzogen sich zu einem steifen, verkrampften Lächeln.

»Hephzibah, du hast mir ja gar nicht gesagt, wie wunderschön deine Schwester ist.« Seine Stimme war merkwürdig hoch, fast feminin. »Und sie lernt auch sehr schnell. Obwohl sie erst so kurze Zeit hier ist, sieht sie fast schon aus wie eine Wasserfrau.«

Ich rang mir ein dankbares Lächeln ab, während Bolgez einen jüngeren Mann an seine Seite zog. »Das ist mein anderer Sohn, Gabriel. Ein stattliches Mannsbild, findest du nicht?«

Peinlich berührt von der Frage, mied ich den Blick des Mannes, an dessen Seite ich den ganzen Abend sitzen sollte, und wünschte nur, es wäre nicht so. Im Gegensatz zu Riffa sah Gabriel seinem Vater sehr ähnlich. Er hatte den gleichen großen Kopf, allerdings mit feinem, dunklem Haar, das er kurz geschnitten trug und mit einer öligen Pomade an den Schädel geklatscht hatte, die einen stechenden Geruch ausströmte. Seine Ohren waren zu klein und standen vom Kopf ab wie

Flossen, und seine Lippen waren dünn und schlaff. Seine Haut hatte einen Stich ins Aschgraue, selbst im warmen Schein der Kerzen. Ich prallte zurück, als er plötzlich die Arme um mich schlang und mich festhielt. Er musterte mein Gesicht mit halb geschlossenen Augen.

»Wir haben uns schon sehr darauf gefreut, dich kennen zu lernen. Hephzibah hat uns so viel von dir erzählt«, sagte er in einem Föderesisch, das ich besser verstehen konnte als das der anderen Einheimischen, was darauf hindeutete, dass er anderswo aufgewachsen oder zur Schule gegangen war. Seine Stimme war tief und wohlklingend, ganz anders als die seines Vaters, und er hielt einen Arm um meine Taille geschlungen, während er sprach. Ich konnte mir durchaus vorstellen, dass viele Frauen ihn trotz seines wenig attraktiven Äußeren verführerisch fanden.

Nun stellte Bolgez mich drei führenden Vertretern des Militärs vor, die alle für ihre Heldentaten mit hohen Orden dekoriert worden waren. Ich konnte sehen, dass ihre Pupillen nicht auf Helligkeitsschwankungen reagierten, sondern stets geweitet blieben. Ich kam neben einer Generalin zu sitzen, und mir fiel auf, wie aufmerksam sie mich beobachtete, als verstehe sie nicht alles, was ich sagte, und müsse den Rest an meiner Mimik und Gestik und an meinen Lippen ablesen. Ich vermutete, dass sie alle »biologisch optimiert« waren.

Bolgez schob zwei weitere Gäste auf mich zu. »Ich möchte dir zwei Mitglieder unseres Direktoriums vorstellen. Sie haben eine wichtige Besprechung mit der Föderation verlassen, nur um heute Abend hier bei uns sein zu können.«

Ich bin von Natur aus schüchtern, und so fiel es mir umso schwerer, meine anfängliche Nervosität abzulegen und mit den Gästen ins Gespräch zu kommen. Hephzibah gab sich größte Mühe, mir meine Befangenheit zu nehmen, und Riffa lächelte mir über den Tisch hinweg verständnisvoll zu. Ich hatte meine Schwester noch nie so selbstsicher erlebt; sie flirtete mit jedem. Ein General, ein breitschultriger Mann mit manikürten Händen, der mich die ganze Zeit fast unentwegt beobachtet hatte, stellte mir eine Frage zur »Nachkriegs-Olivenernte«. Ich ignorierte das Gelächter, das seiner Bemerkung folgte, und antwortete mit trotzigem Stolz, dass der Krieg kaum Auswirkungen auf uns gehabt habe. Jetzt liefen die Geschäfte wieder normal; allerdings sei es nicht sehr klug von der Gesellschaft gewesen, ihren mächtigen Nachbarn so zu reizen.

»Es wird noch sehr viel schlimmer kommen«, sagte die Generalin neben mir und rief einen Kellner, um sich Wein nachschenken zu lassen.

Es war plötzlich still, während wir alle zusahen, wie sich ihr Glas rubinrot färbte.

»Das stimmt«, quäkte Bolgez, »aber jetzt ist nicht der passende Moment für diese Diskussion.«

Er fragte mich, was ich von Hephzibahs Plänen hielte, wonach ich im Wasserland bleiben sollte.

»Das ist eine wunderbare Idee«, log ich. »Ich habe noch einmal gründlich darüber nachgedacht, seit Hephzibah mir heute Morgen zum ersten Mal den Vorschlag gemacht hat, und ich habe erkannt, dass es ein Segen für mich wäre, wenn ich das rückständige Leben im Olivenland hinter mir lassen könnte. Ich hoffe, dass ich euch von Nutzen sein kann, und ich werde Hephzibah und ihrer neuen Familie helfen, wo und wie ich nur kann.«

Hephzibah lächelte übers ganze Gesicht und hob ihr Glas, offenbar ohne jedes Gespür für den aufgesetzten Ton meiner Rede. Alle folgten ihrem Beispiel, und die Gläser klirrten, während mein Name aus vielen Kehlen über die Terrasse hallte.

Auf großen Silbertabletts wurde das Essen aufgetragen,

und eine ganze Armee von Kellnern bediente uns aufmerksam. Ein exquisiter Gang nach dem anderen wurde herbeigebracht. Als mir ein Teller mit farcierten Krabben serviert wurde, blickte ich auf, um dem Kellner zu danken. Ich weiß nicht, wie es mir gelang, meinen Schock zu verbergen, als ich Lilith erkannte. Ihre Zöpfe waren verschwunden, und ihre neue ölige Kurzhaarfrisur betonte ihre fuchsartigen Züge. Statt ihres alten, exzentrischen Outfits trug sie eine eng anliegende Kelluniform. Sie hielt den Kopf gesenkt, während sie an den übrigen Plätzen servierte, und ich war froh, dass unsere Blicke sich nicht trafen; Hephzibah hätte sicherlich auch das kleinste Zeichen des Wiedererkennens in unseren Augen registriert.

Der Schock wurde nach und nach von der Erleichterung darüber verdrängt, dass ich nicht allein war – und von einem plötzlichen Hustenanfall, der die Aufmerksamkeit der ganzen Gesellschaft auf mich zog. »Schenkt ihr Wasser nach«, befahl Hephzibah.

Als mein Anfall sich gelegt hatte, beugte sich Riffa zu mir herüber. »Hast du gewusst«, fragte er ernst, »dass Wasser ein Gedächtnis hat?«

»Was man von den meisten von uns nicht gerade behaupten kann«, sagte Hephzibah wie aus der Pistole geschossen, und alles lachte.

Aber Bolgez wies seinen Sohn zurecht. »Ich glaube nicht, dass die außergewöhnlichen Eigenschaften unseres Wassers unseren Ehrengast sonderlich interessieren, findest du nicht auch, Riffa? Wir wollen doch nicht zu viele von unseren Geheimnissen verraten.«

»Aber sie gehört doch zur Familie«, protestierte Riffa.

»Noch nicht«, entgegnete Bolgez scharf, und damit war die kurze Phase meiner Zugehörigkeit zum engsten Kreis der Wasserlandelite auch schon beendet.

Die Bediensteten servierten noch weitere Gänge, doch ich wagte es immer noch nicht, in Liliths Richtung zu blicken. Das Kerzenlicht flackerte in der warmen Luft, und die Geräusche der Stadt schwappten über die dichte Mauer, die uns umgab. Bisweilen hatte ich Mühe, den Gesprächen zu folgen, weil die Stimmen von Fremden, die sich irgendwo in der Ferne unterhielten, immer wieder an meine Ohren drangen.

»Das Gute an den kleineren Gesellschaften wie der Olivengesellschaft – die ja schließlich aus Tochtergesellschaften hervorgegangen sind – ist, dass sie so wenig Ehrgeiz haben«, sagte Bolgez. »Das Schlechte ist, dass sie wie diese kleinen Köter sind, die einem nach den Waden schnappen und dabei in ihrer Hartnäckigkeit viel lästiger sind als jeder große Hund.«

»Die Präsenz der Olivengesellschaft im Weltraum ist äußerst begrenzt«, fügte einer der Generäle selbstgefällig hinzu.

»Vielleicht, aber sie weiß um den Wert von Grundbesitz im Kosmos, ebenso gut wie der Rest der Föderation«, meinte Hephzibah.

»Wir müssen eben einfach dafür sorgen, dass wir die Ersten sind und gleich einen bleibenden Eindruck hinterlassen«, sagte Bolgez, und die Gäste kicherten.

Riffa schlug mit dem Löffel an seinen Teller. »Das Einzige, was uns aufhält, ist, dass wir die Formel noch nicht reproduzieren können. Wasser in großen Mengen ins Weltall zu transportieren ist teuer und zeitaufwendig.«

»Aber Jephzat ist ja hier, um uns zu helfen, das Problem zu knacken«, sagte Hephzibah. »Deswegen hat sie sich bereit erklärt, bei uns zu bleiben.« Alle Augen starrten mich an.

Bolgez beugte sich zu mir herüber, plötzlich wieder die Aufmerksamkeit selbst. »Hephzibah hat mir so viel über dich erzählt – von deiner Arbeit mit deinen Eltern, und dass du uns möglicherweise helfen könntest.«

Bevor ich antworten konnte, wandte Gabriel sich lachend

an mich. »Du solltest dir noch etwas von diesem Olivenöl über deinen Salat gießen, das wird nämlich ab Morgen Mangelware sein.«

Seine Worte ließen mir das Blut in den Adern gefrieren, doch seltsamerweise begann ich, hysterisch zu lachen, und konnte gar nicht mehr aufhören. Alle anderen fielen ein, verstummten aber, als sie sahen, wie mir die Tränen über die Wangen strömten. Einige Sekunden lang herrschte verlegenes Schweigen. Dann spürte ich plötzlich einen stechenden Schmerz an der Spitze des Mittelfingers meiner linken Hand. Ich legte meine Serviette auf den Tisch, entschuldigte mich und entfernte mich eilig von der Tafel.

Im Weggehen hörte ich noch, wie Gabriel eine Bemerkung über meinen Unterhaltungswert fallen ließ. Aber ich musste dringend zurück in mein Zimmer. Der Alarmsender aus meiner Tasche, den ich mir unter den Fingernagel geschoben hatte, hatte mich gerade darauf aufmerksam gemacht, dass in diesem Moment jemand meine Sachen durchwühlte. Ich machte mich also darauf gefasst, einen Eindringling in meinem Zimmer anzutreffen. Es war dunkel, als ich die Tür aufstieß und die Umrisse einer kauernden Gestalt erblickte. Es war Kehmet, und sie machte sofort das Zeichen, das Lilith mir als Losung genannt hatte. Ich hatte nichts zu befürchten. Erleichtert ließ ich mich neben ihr auf das Bett sinken.

»Wo ist Lilith?«, fragte sie.

»Immer noch unten beim Servieren.«

»Wir müssen schnell handeln«, sagte Kehmet und öffnete meine Tasche. »Morgen Nachmittag werden sie das Olivenland überfluten.«

Ich wollte sie nach weiteren Einzelheiten fragen, doch in diesem Moment kam Lilith ins Zimmer gestürzt.

»Ich habe nur ein paar Sekunden, dann muss ich wieder zurück«, flüsterte sie atemlos und packte meinen Arm. Sie zog den dünnen Silberdraht heraus und klemmte sich eine kleine Lupe vors Auge.

»Ich programmiere ihn so um, dass die Olivengesellschaft irreführende Informationen erhält. Damit sind sie eine Weile beschäftigt, und wir haben sie vom Hals.

Alles ist vorbereitet«, fuhr sie hastig fort. »Du weißt, was du zu tun hast, Jephzat, und wir zählen auf dich. Wir haben Lesende aus allen Teilen der Föderation präpariert, die nur auf ihren Einsatz warten. Jeder kennt seine Rolle ganz genau; ein paar warten auch im Wasserproduktionszentrum darauf, dir zu helfen. Andere sind in den größten Kommunikationszentralen und Militärstützpunkten der Föderation postiert. Das Wichtigste ist, dass du die Wasserformel an dich bringst und hierherschaffst. Kehmet und Pedro werden dich begleiten. Marcel wird Dienst haben, wenn du dort eintriffst. Er gehört nicht zu uns, aber du wirst schon wissen, wie du ihn beschwatzen kannst, da bin ich mir sicher.«

»Aber sie können uns doch vom Weltraum aus erwischen. Sie haben da oben ein komplettes hoch technisiertes Arsenal, und sie können jeden unserer Schritte verfolgen.« Ich war vor Angst wie gelähmt.

Lilith schien es zu spüren. Sie packte mich an den Schultern, als wollte sie mich wachrütteln. »Du darfst die Macht der Lesenden nicht unterschätzen. Wir sind stärker und klüger als die Föderation, weil wir das erforderliche Wissen besitzen. Wir wissen, dass zum Leben mehr gehört als das, was sie uns mit ihrer Propaganda eintrichtert. Wir sind aus ihrem Gefängnis der Unwissenheit ausgebrochen. Wir wissen, was sie uns angetan hat und was sie uns immer noch antut. Aber wenn der morgige Tag vorüber ist, werden wir endlich keine Sklaven mehr sein.«

Sie nahm die Hände behutsam von meinen Schultern.

»Denk an die Bücher, Jephzat. Dank an das, was sie dir beigebracht haben. Wenn du uns nicht traust, dann traue den Erzählungen.«

»Es ist nur eine kleine schwarze Kugel«, sagte ich wie in Trance. »Aber wir müssen sie haben. Wir müssen sie haben.«

Gabriel klatschte und pfiff, als ich auf die Terrasse zurückkam, und als ich mich gesetzt hatte, versuchte er, meine Hand unter dem Tisch zwischen seine Beine zu ziehen. Ich riss sie weg und registrierte, wie Hephzibah lächelnd in unsere Richtung schaute, als wären wir in ihren Augen nur zwei ungezogene Kinder. Während wir schweigend weiteraßen, dachte ich, wie unangenehm laut doch ein Essen mit Silberbesteck und Porzellantellern war, verglichen mit dem dezenten Kratzen von Olivenholzlöffeln in Olivenholzschüsseln. Ich gab mir größte Mühe, das Bild der Dorfbewohner aus meinem Kopf zu verdrängen, wie sie sich verzweifelt an die Ölbäume klammerten, während das Wasser schon durch die Äste rauschte.

Es schien eine Ewigkeit zu vergehen, bis ich mich endlich in mein Schlafzimmer zurückziehen durfte; aber immerhin hatte ich Gabriels Annäherungsversuche erfolgreich zurückgewiesen. Ich wusste, dass ich mich ausruhen sollte, bis ich aufgerufen wurde, und so zog ich mich aus und schlüpfte in meiner zweiten Haut unter die Bettdecke. Doch vor Angst und Anspannung krampfte sich mir der Magen zusammen. Nach einer halben Stunde nickte ich endlich ein, wurde aber von Babygeschrei geweckt. Ich dachte, es müsse wohl Mariam sein, also zog ich mir etwas über und ging hinaus auf den Flur, um nachzusehen. Die Beleuchtung war gedämpft, und aus dem Garten konnte ich das Geräusch von fließendem Wasser hören.

Als ich das Kinderzimmer betrat, fand ich Mariam wach in ihrem Bettchen, während das Kindermädchen in der anderen Zimmerecke lag und fest schlief. Die Kleine streckte die Arme nach mir aus, und ich hob sie hoch, drückte sie fest an mich und versuchte, sie in den Schlaf zu singen. Sie starrte mich mit großen Augen an, bis irgendwann ihre Lider schwer wurden und ich sie behutsam in ihr Bettchen zurücklegte. Immer noch leise singend, streichelte ich ihre Stirn und ihre Wangen. Sie war so zart und sah so friedlich aus, dass ich mich gar nicht von ihr trennen konnte. Meine Liebe zu ihr überwältigte mich. Dann fiel mir ein, dass ich nach unserer Erhebung nicht in der Lage sein würde, Mariam zu beschützen, und erneut musste ich gegen die aufsteigende Übelkeit ankämpfen.

Der Gedanke beschäftigte mich immer noch, als ich die Tür des Kinderzimmers vorsichtig hinter mir zumachte. Während ich im Flur stand und lauschte, ob meine Nichte nicht wieder aufgewacht war, hörte ich plötzlich Geräusche, die von jenseits des Treppenabsatzes kamen. Ich sah, dass dort eine Tür nur angelehnt war, und schlich mich lautlos an. Im schwachen Licht konnte ich den Rücken einer nackten Frau ausmachen, die rittlings auf einem im Bett liegenden Mann saß. Die Frau bog den Rücken durch, sodass ihr Haar an ihrem Rückgrat herabfiel. Dann hörte ich den Mann vor Lust aufstöhnen. Ich trat von der Tür zurück, angewidert, aber nicht überrascht. Es waren Hephzibah und Bolgez. Als ich wieder in meinem Zimmer war, wurde mir plötzlich klar, dass es meine Schwester mit dem Mann trieb, der das effizienteste Arbeitslager in der ganzen Föderation leitete – und das machte mich entschlossener denn je, meine Mission zu erfüllen.

Zum ersten Mal, seit ich das Olivenland verlassen hatte, erfasste mich wahre Begeisterung, und die Aussicht auf Rache war eine enorme Motivation.

FÜNFTES BUCH

Ich habe mir das Paradies
immer als eine Art Bibliothek vorgestellt.

Jorge Luis Borges

SIEBENUNDVIERZIG

Die ersten Jahre meines Lebens verbrachte ich in einer Gesellschaft, die ihr wohl als feudal bezeichnen würdet, doch tatsächlich lebe ich in einer Zeit, die technologisch sehr viel höher entwickelt ist als eure.

Wir haben es weit gebracht, seit das angeschlagene amerikanische Imperium und seine Verbündeten einen vergeblichen Versuch unternahmen, der Umweltverschmutzung, die sie selbst auf unserem Planeten verursacht hatten, durch die Gründung einer Basis auf dem Marsmond Phobos zu entfliehen. Winzig im Vergleich zu unserer Erde, wies Phobos schon bald die höchsten Quadratmeterpreise im ganzen Sonnensystem auf, und das trotz des Staubs, der dort hüfthoch liegt. Wir haben inzwischen gelernt, die Schwerkraft zu simulieren, was zu einem Boom im interstellaren Verkehr geführt hat; und auf verschiedenen Planeten gibt es bereits kleine, permanente Ansiedlungen. Die galaktischen Städte, von denen Bolgez und Hephzibah geträumt haben, existieren noch immer nicht, doch unser Wissen über den Kosmos übertrifft das eure bei weitem. Natürlich hat das Konzernimperium unsere Galaxis mehr oder weniger genauso behandelt wie sein Vorgänger die Erde – nämlich als seinen privaten Hinterhof, wo man die Wäsche aufhängen und den Müll abladen kann. Aber zum Glück bilden sich, während ich dies schreibe, immer neue Galaxien. Der Landhunger der Menschheit will ja schließlich gestillt werden.

Doch wie weit unsere Technologie euer Fassungsvermögen

auch übersteigen mag, es gibt immer noch eine Konstante, die uns eint. Es ist nach wie vor die Unvorhersehbarkeit des Todes, die unsere scheinbar so ungleichen Welten verbindet.

In den frühen Morgenstunden wurde ich von lautem Geschrei und Wehklagen überrascht. Ich war schon wach und bereit zum Aufbruch, und ich wartete nur noch auf Kehmet. Vorher hatte ich schon das spezielle Kommunikationssystem angelegt, das wie ein Netz von Adern unter meiner zweiten Haut verlief, und ich streckte und beugte unentwegt meine Muskeln, da ich schon ahnte, welchen Belastungen mein Körper bald ausgesetzt sein würde.

Ich wurde nervös, als ich draußen auf dem Flur hektische Schritte hörte. War eine der Lesenden enttarnt worden? Und wo blieb Kehmet? Ich hatte es gerade geschafft, mich anzuziehen, als die Tür aufgestoßen wurde und Hephzibah hereinstürzte, völlig aufgelöst und mit wirrem Haar.

»Bolgez ist tot!«, schrie sie und warf sich in meine Arme.

»Was? Wie ist das passiert? Vor ein paar Stunden beim Abendessen hat ihm doch noch nichts gefehlt.«

»Ich weiß es nicht. Als sein Dienstmädchen ihm seinen Morgentee brachte, dachte sie, er schliefe noch. Aber als sie dann mit seinem Frühstück wiederkam, schlief er immer noch, was sehr ungewöhnlich ist. Sie versuchte, ihn zu wecken – und da merkte sie es.«

Sie begann wieder zu schluchzen, und ich versuchte, sie zu trösten, während meine Gedanken sich schon überschlugen.

»Du solltest dich jetzt waschen und anziehen«, sagte ich. »Als Mutter der Gesellschaft musst du stets deine Würde und Selbstbeherrschung bewahren. Es gibt Dinge, die jetzt getan werden müssen, und du musst sie tun. Riffa und Gabriel scheinen mir nicht gerade die fähigsten Zeitgenossen zu sein.« Ich wusste, dass sie genau das hören wollte.

Sie schüttelte sich, tupfte sich die Tränen von den Wangen und fasste sich wieder. Ein glasiger Schimmer trübte ihre Augen, und ich fühlte mich plötzlich an ihren Blick erinnert, nachdem sie Mariam ermordet hatte.

»Du hast Recht«, sagte sie. »Die Direktoren müssen informiert werden. Als der ältere Sohn wird Riffa die Gesellschaft kommissarisch führen, bis er vom Vorstand offiziell gewählt wird, was eine reine Formalität ist. Die Direktoren denken wohl, dass er sich leicht von ihnen beeinflussen lassen wird, aber da haben sie die Rechnung ohne mich gemacht!« Ihr Blick war jetzt triumphierend. »Wir müssen auch die Arbeiter informieren und für Riffa als ihren neuen Führer werben.«

Ich trat auf sie zu.

»Hast du ihn getötet, Hephzibah?«, fragte ich leise.

Meine Frage schien sie weder zu überraschen noch zu kränken. Sie reagierte nur mit einem vieldeutigen Lächeln, und mir war klar, dass mir als einer Fremden, die gerade erst aus einer verfeindeten Nachbargesellschaft angekommen war, sehr leicht die Schuld in die Schuhe geschoben werden könnte.

»Man wird feststellen, dass er eines natürlichen Todes gestorben ist. Da bin ich mir sicher«, sagte sie ohne zu zögern, als hätte sie meine Gedanken gelesen. »Ich habe vergessen, wie gut du mich kennst. Habe ich nicht eine überzeugende Show hingelegt? Hoffen wir, dass ich das noch über die nächsten Tage durchziehen kann. Vergiss nicht, was ich gestern gesagt habe – dass du mir helfen sollst, die Gesellschaft zu führen. Ich wette, du hast nicht gedacht, dass es schon so bald sein würde.«

Ich beschloss, sie hinzuhalten, konnte mir aber die eine entscheidende Frage nicht verkneifen: »Ich nehme an, dass du wegen des Todesfalles die Überflutung des Olivenlands stoppen wirst?«

»Nein, natürlich nicht. Es ist jetzt wichtiger denn je, dass wir unsere Pläne zügig umsetzen. Die Föderation soll nicht glauben, dass Bolgez' Nachfolger ein rückgratloser Schwächling ist.«

Ich wollte meine Zeit nicht damit vergeuden, sie anzuflehen, es sich anders zu überlegen. Vielmehr musste ich ihr vorspiegeln, dass meine Bereitschaft, alles für sie zu opfern, ungebrochen war.

»Was ist mit Riffa?«

»Ach, Riffa wird mir praktisch die Regierungsgeschäfte überlassen, damit er weiter den Kosmologen spielen kann, oder was immer er sich zu sein einbildet.« Sie trat noch näher an mich heran, und in ihren Augen blitzte boshafte Siegesgewissheit. »Es gibt in der Gesellschaft viele, die mich an der Spitze sehen wollen. Sie wissen, dass ich den nötigen Ehrgeiz habe, um die Wassergesellschaft zum Zentrum des Universums zu machen. Sie wissen, dass Bolgez mich schon als seine Nachfolgerin aufgebaut hat.«

»Du tust, was du nicht lassen kannst«, sagte ich leise, als mir klar wurde, dass ich das kleine Mädchen, das meine Schwester einmal gewesen war, für immer verloren hatte.

»Ich muss jetzt gehen und mich fertig machen«, sagte sie mit vor Aufregung bebender Stimme. »Unsere Eltern werden morgen eintreffen. Sie sind schon unterwegs.«

Da wusste ich, dass Mariams Tod nur der Anfang gewesen war.

Nachdem sie gegangen war, tauchte plötzlich Kehmet im Zimmer auf, als ob sie es nie verlassen hätte. Im fahlen Morgenlicht wirkte ihr Gesicht bleich und fleckig.

»Gehen wir«, sagte sie. »Wir müssen die Situation ausnutzen. Da draußen herrscht schon das totale Chaos.«

Ich sagte ihr, dass Hephzibah den Präsidenten getötet hatte, doch Kehmet zeigte sich nicht überrascht, und da nun nichts mehr zu sagen blieb, hängte ich mir die Kette aus Homers Feuerkristallen um den Hals. Kehmet bat mich eindringlich, sie abzulegen, doch ich ignorierte sie und schlich mich leise aus dem Zimmer.

Ich wagte nicht, an die Möglichkeit des Scheiterns zu denken, als wir in den Garten hinaustraten. Lilith hatte mir vor meiner Abreise ins Wasserland erklärt, dass Gruppen engagierter Lesender Jahre in Tunneln tief unter der Erde verbracht hatten, wo sie sich gründlich auf diese letzte Konfrontation vorbereitet hatten. Ihr Tag war nun gekommen.

Wie Tänzer, die einer strengen Choreographie folgten, löste sich eine kleine Gruppe von Wachleuten – unter ihnen Pedro – von ihren Kameraden und eskortierte uns unauffällig zu der Mauer, die den Komplex umschloss. Aus den Gebäuden hinter uns waren Stimmen zu hören, und Luftbuggys landeten auf dem grünen Rasen. Wo vorher Ruhe und strenge Ordnung geherrscht hatten, war jetzt das Chaos ausgebrochen.

Es war nicht schwer, von der Insel wegzukommen. Ich ließ die Wachleute wissen, dass ich in Hephzibahs Auftrag handelte. Sie sprachen uns ihr Beileid aus und öffneten dann die Passage in der Mauer, um uns hinauszulassen. Es war der Teil, vor dem ich mich am meisten gefürchtet hatte; ich hatte den schäumenden Graben nicht vergessen, den wir überqueren mussten.

Pedro und ich wechselten Blicke; wir hatten beide erkannt, wie rasch sich Bolgez' Tod schon zu unserem Vorteil auszuwirken begann. Wer würde seinen plötzlich unsicher gewordenen Posten riskieren, indem er sich mir widersetzte – der Schwester der Frau, die dem neuen Präsidenten am nächsten stand? Es waren weniger Patrouillen unterwegs, als wir erwartet hatten – wir vermuteten, dass sie alle vor den Bildschirmen standen und auf die neuesten Meldungen über das Hinscheiden des Präsidenten warteten. Aus der ganzen Stadt drangen klagende Stimmen an unsere Ohren, zu denen sich das endlose Heulen der Sirenen auf den breiten Kanälen gesellte. Eine strenge Männerstimme beschallte aus Lautsprechern die ganze Stadt und mahnte die Bevölkerung, Ruhe zu bewahren und ihre Arbeit fortzusetzen. Manche trotzten dem Aufruf, und an den Ufern der Wasserwege bildeten sich bereits Trauben von Menschen, die verwirrt umherblickten oder sich große Mühe gaben, einen gramgebeugten Eindruck zu machen.

Wir stiegen rasch in unser Boot, das zur Flotte des Präsidenten gehörte, und ließen uns gleich darauf lautlos ins Wasser gleiten. Der Pilot merkte nichts und setzte seine Fahrt fort. Wir tauchten bis zum Grund hinab, wobei unsere Ausrüstung uns vor Überwachungsfrequenzen und Radarfallen warnte. Ich wusste, dass viele der Überwachungssysteme schon von unseren »Maulwürfen« so manipuliert worden waren, dass wir das Zentrum ohne Probleme erreichen konnten. Pedro schwamm voran, und wir folgten. Mühelos glitten wir durch das Seegras, das sich wie ein Netz auf unsere Gesichter legte. Tausende winziger Fische umzingelten uns, und ich verlor die anderen aus den Augen. Als die Schwärme sich verzogen wie die Wolken nach einem Gewitter, wurde ich plötzlich von einem Strudel erfasst und zum Eingangstunnel eines großen Gebäudes gezogen. Ich versuchte, gegen den Strom anzuschwimmen, wurde aber immer stärker von der hell erleuchteten Öffnung angesogen. Ich hörte eine Stimme, die wie ein Zittern durch meine Haut lief.

»Keine Panik. Wir kommen schon.«

Ich war kurz davor, vom Bauch des Gebäudes verschluckt zu werden, als jemand mir den Arm um den Hals legte und mich zurückriss. Ich wehrte mich und trat so fest zu, wie ich nur konnte, und wir wälzten uns in einem Unterwasser-Ringkampf, bis ich plötzlich Pedros Stimme vernahm. »Um Himmels willen, es ist Kehmet – hör auf, dich zu wehren!«

Danach schwammen wir dicht nebeneinander, wie Fische im Schwarm. Kehmet zeigte mir die Röhre, der ich folgen sollte und die mich mitten ins Wasserzentrum führen würde. Es war eine der Versorgungsleitungen für das Olivenland, und ich musste dem Drang widerstehen, mich umzudrehen und in die andere Richtung zu schwimmen. Während ich paddelte, lenkte ich meine Gedanken an andere Orte; ich sah mich aus einem Reservoir auftauchen und über Terrassen mit Ölbäumen hinwegblicken, während Homer und Mariam mir Handtücher und einen flauschigen Bademantel reichten. Die ganze Zeit spürte ich die Unterstützung von Kehmet und Pedro.

Als ich das Zentrum endlich erreichte, war ich völlig erschöpft. Meine Muskeln brannten wie Feuer, und ich zog schon seit einer Weile meine Beine beim Schwimmen nach wie eine Qualle ihre Tentakel. Umso erleichterter war ich, als ich endlich das Ende der Röhre erreichte. Ich versuchte, auf die Plattform darüber zu klettern, doch das Wasser strömte mit solchem Druck aus der Leitung, dass es mich auf den Meeresgrund zurückdrückte. Ich wich seinem Strudel aus, schwamm im Kreis zum Eingang des Zentrums zurück und zwängte mich durch einen abgedichteten Riss, der wie eine Narbe aussah. Einige Sekunden lang strömte Wasser durch die Öffnung, bis sie sich hinter mir geschlossen hatte, doch zum Glück fand ich mich in einer trockenen, schwach beleuchteten Kammer wieder. Augenblicklich begann mein Körper anzuschwellen, wie eine schnell reifende Frucht. Das Gefühl war zunächst noch angenehm, irgendwie erregend und sinnlich, wurde aber bald unbehaglich. Doch Pedro wartete schon auf mich mit einer kleinen, bitteren Pille, die er mir in den Mund steckte. Sie absorbierte meinen Speichel, und ich verzog das Gesicht, doch wenigstens würde die Pille das Wasser in meinem Körper daran hindern, sich zu replizieren, bis ich platzte.

»So weit, so gut«, sagte Pedro angespannt. »Es läuft alles wie geplant. Du weißt, was du zu tun hast.«

Ich merkte, dass er nervös war, und mir wurde plötzlich bewusst, wie jung er noch war. Sein Gesicht – er hatte sich glatt rasieren müssen, als er das Sicherheitssystem des Präsidenten infiltrierte – wirkte weich und verletzlich wie das eines Babys.

»Hast du den Direktor des Zentrums ausgeschaltet?«, fragte ich.

»Mach dir seinetwegen keine Gedanken. Er ist die geringste deiner Sorgen. Alles verläuft bislang nach Plan. Wir haben die Überwachungszentren der Föderation erobert.« Er grinste, und sein Gesicht glühte vor Eifer. »Ich glaube, wir werden es schaffen.«

»Hast du gehört, was aus meiner Schwester geworden ist?«, fragte ich besorgt, ohne zu ahnen, dass um die Kuppel herum schon eine erbitterte Schlacht zwischen den Lesenden und den Angestellten des Zentrums tobte.

»Mach dir keine Sorgen deswegen. Es ist zu einem Schusswechsel gekommen; mehr weiß ich auch nicht.«

Er hielt meinen Arm gepackt, und ich fragte ihn, ob die Lesenden sich an mein Versprechen erinnern würden, Hephzibah und Mariam zu verschonen.

»Jetzt ist nicht der Moment, sich Sorgen zu machen«, wiederholte er streng. »Wir sind nahe am Ziel, Jephzat. Konzentriere dich darauf, es zu erreichen.«

Er führte mich über eine Art Sims um die Basis der Kuppel herum und durchschnitt fachmännisch die Membran einer unbenutzten Leitung. Sie führte ebenfalls aus dem Inneren der Kuppel, war aber am äußeren Ende versiegelt. Ich schlüpfte hinein und arbeitete mich langsam vor, indem ich mich mit den Händen an der Außenhaut abstützte und gegen das herausquellende Wasser ankämpfte. Auf diesem Wege würde ich schließlich ins Innere der Kuppel gelangen – es war die einzige Möglichkeit, sich Zugang zu verschaffen.

Bald nahm ich ein langsames, rhythmisches Pulsieren wahr, das von allen Seiten zu kommen schien. Zuerst dachte ich, es sei das Geräusch der Pumpen, die das Wasser aus der Kuppel trieben, doch es strahlte eine fremdartige, nicht-mechanische Energie aus. Die Wellen durchdrangen meinen Körper, als ob sie die Funktion meines Herzens übernehmen wollten. Es war eine sanfte Kraft, die mich in einen Zustand ebenso tiefer wie unerwarteter Gelassenheit zu versetzen schien. Ich war überrascht und ein wenig besorgt – es war, als ob das Pulsieren mich von allem inneren Aufruhr der letzten Tage befreite. Zum ersten Mal seit Mariams Tod erlebte ich ein Gefühl absoluten inneren Friedens, und es widerstrebte mir plötzlich, diesen verführerischen Ort der Ruhe zu verlassen. Ich spürte, wie meine Glieder schwer wurden und eine Starre mich erfasste, und ich schüttelte mich, um mich aus der Trance zu reißen. Ich versuchte, mich an die Titel der Bücher zu erinnern, die ich gelesen hatte. Das gab mir Kraft, und Sekunden später schob ich mich durch die enge Abdichtung der Röhre und fand mich unter der Kuppel wieder.

Die Abdichtung schloss sich hinter mir, und ich hörte den Alarm nicht, der sogleich ertönte, als ich in die Umarmung des Wassers eintauchte. Ich war so erleichtert darüber, es geschafft zu haben, dass ich im Wasser umherschwamm wie ein verspielter Fisch und mich um die eigene Achse drehte, wie ich es als Kind immer getan hatte, wenn ich im Meer gebadet hatte. Ich füllte ein kleines Fläschchen mit dem Wasser und ließ mich eine Weile treiben und vom Wasser tragen. Und dann sah ich sie.

Direkt vor mir drehte sich die Sphinx langsam in ihrer festen Umlaufbahn. Sie gab eine Art leises Seufzen von sich, einen überirdischen Ton, der durch das Wasser drang. Ich schwamm auf die Kugel zu, vorübergehend jeglicher Erinnerung beraubt. Ich musste gegen das Pulsieren der Sphinx ankämpfen, das nun mit großer Wucht durch meinen Körper lief wie ein tiefer Orgelton. Jetzt war ich mit der größten Gefahr für mein Überleben konfrontiert: Ich vergaß, wie man Angst hat. Wie ein flüchtiger Funke schoss mir ein Bild durch den Kopf von Bäumen, die in Meeresfluten versinken, und sofort begann ich, mit den Beinen zu rudern. Ich umkreiste die Sphinx mehrmals wie ein Hai seine Beute und kam ihr dabei stetig näher. Dann griff ich nach der Kugel und zog einmal daran. Es war, als ob ich eine reife Frucht von einem Baum pflückte.

Ich schwamm und schwamm; wie lange, weiß ich nicht mehr. Ich wusste nicht mehr, wo ich herkam oder wohin ich wollte. Ich sank zum Boden des Kuppelbaus und ließ mich entlangtreiben, und irgendwie schien die Sphinx mir den Weg zu weisen … Während ich durch das Wasser glitt, brachte ich Sterne zur Welt, ritt auf dem Rücken von Meteoriten, durchquerte das Universum im Auge von Sonnenstürmen, hielt die abkühlenden Krusten von Planeten in meinen Händen und wiegte Galaxien in meinen Armen. Ich empfand keine Angst, nur eine tiefe Sehnsucht, und einen kurzen Augenblick lang begriff ich die Unendlichkeit des Universums, frei von den Fesseln der Sprache oder der menschlichen Gestalt.

Es war Pedro, der mich wieder auf die Erde zurückholte.

»Was zum Teufel tust du da?«, zischte er. »Glaubst du, wir haben den ganzen Tag Zeit?«

Ich hatte das Gefühl, aus einem tiefen Schlaf gerissen worden zu sein, und ich nickte, während ich noch ganz schwach den Rhythmus des beruhigenden Pulsierens spürte. Ich hielt die Sphinx schützend an meine Brust, als wäre sie ein neugeborenes Baby. Sie war nicht größer als die Spanne einer menschlichen Hand, und jetzt, da ich das Wasser verlassen hatte, konnte ich ihr volles Gewicht spüren – nicht schwerer als ein Entenei. Ich weigerte mich, sie an Pedro weiterzugeben. Solange sie sich außerhalb ihres eigenen, sich selbst vermehrenden Wassers befand, hatte die Sphinx keinen Effekt auf die im Körper enthaltene Flüssigkeit. Ich hielt sie fest in den Händen, bis wir wieder in der Stadt waren. Die Sphinx war mein.

An den Rückweg habe ich nur wenige Erinnerungen; ich weiß noch, dass um uns herum Leichen im Wasser trieben und die Arbeiter aus den Gebäuden ausbrachen und in Scharen aus den Tunnels geschwommen kamen. Hier und da versuchte jemand, in Panik zu fliehen, wurde aber sogleich von mehreren Schwimmern umzingelt und in die Mangel genommen, bis das Blut sich wie Rauch im Wasser kringelte. Ein Boot, dessen Wasserland-Wappen schon übermalt worden war, tauchte zu uns hinab und brachte uns an die Oberfläche.

Ich war nicht vorbereitet auf den Anblick der Scharen von Menschen, die schon die Straßen und Wasserwege säumten. Die Leute benutzten alles, was sie auftreiben konnten, um zum Präsidentenpalast zu paddeln. Manche schwenkten Fahnen, andere hielten Bücher hoch, während sie uns lachend zujubelten. Frauen hoben ihre kleinen Kinder auf die Schultern, wenn wir vorbeikamen, und Männer warfen uns Kusshände zu. Ab und zu waren »Maya, Maya!«-Rufe zu hören, und Tausende bunter Tücher wurden in die Luft geworfen.

Als wir schließlich die Präsidenteninsel erreichten, war der Lärm unbeschreiblich. Die Menschen streckten die Hände aus, als könnten sie mich durch die Hülle des Bootes hindurch berühren. Pedro und seine Kollegen bildeten einen Ring um mich herum, falls die Menge das Boot stürmen sollte, und ich saß in der Mitte, hielt meinen kostbaren Schatz im Arm und dachte bereits mit Schrecken an die Konsequenzen unserer Aktionen. Mein Kopf schmerzte von dem Getöse um mich herum, und inmitten der Scharen von Menschen litt ich unter der schlimmsten Form von Einsamkeit. Das beruhigende Pulsieren der dunklen Kugel hatte aufgehört; jetzt flatterte sie wie ein überlastetes menschliches Herz, als wollte sie mein eigenes nachahmen.

ACHTUNDVIERZIG

Von dem Moment an, als ich aus dem Boot ausstieg, war klar, dass alle um mich herum überzeugt waren, ihre neu gewonnene Freiheit mir zu verdanken. Ich saß auf der Terrasse und lauschte den Jubelfeiern der Menschen, die überall in der Stadt in Scharen zusammenströmten. Wieder konnte ich nur Wortfetzen aufschnappen, die der Wind wie aufgewirbelten Staub von den äußersten Bezirken herbeizuwehen schien. Die Worte forderten lautstark meine Aufmerksamkeit, doch ich konnte keinem von ihnen einen Sinn entlocken. Von den zerbrochenen Fenstern der Türme um uns herum blickten die Menschen auf uns herab und winkten. Bisher hatten sämtliche Fenster mit Blick auf Bolgez' befestigte Insel verdunkelt werden müssen, um seine Privatsphäre zu schützen. Jetzt winkte ich zurück. Ich simulierte eine Freude, die ich nicht empfand – noch hatte ich nicht in Erfahrung bringen können, wie Hephzibah und Mariam von den Lesenden behandelt worden waren.

Mein Blick fiel auf die jungen Ölbäume, die um die Terrasse herum gepflanzt worden waren, und ihre Nähe tröstete mich. Im Schatten der größeren Bäume wurden Leichen aufgebahrt und mit Tüchern bedeckt. Ab und zu waren Jubelrufe zu hören, wenn jemand den Namen einer weiteren Gesellschaft verkündete, die in unsere Hände gefallen war. In den Gärten wimmelte es von Lesenden, und ich wünschte mir mehr als alles andere in der Welt, dass Homer hätte dabei sein können. So blickte ich nur über die improvisierte Leichenhalle hinweg, legte die Hand leicht auf seine Kristalle und wandte mich ein letztes Mal an ihn.

»Homer, mein geliebter Homer. Es wird dich freuen zu erfahren, dass die gesamte Föderation, durch ihre eigene Machtfülle zur Selbstzufriedenheit verführt, mit Hilfe der drei wirksamsten Waffen in den Händen der Lesenden gestürzt worden ist – Wissen, Unberechenbarkeit und Wagemut. Und danke, dass du mich dazu inspiriert hast, meinen Teil dazu beizutragen.«

Kehmet hatte mir geraten, mich ein wenig auszuruhen, und war mit Lilith verschwunden, um ihren bemalten Zahn durch einen mit rein weißem Schmelz ersetzen zu lassen. Ich war mir sicher, dass zur gleichen Zeit Tausende winziger Porträts von Hephzibah und ihrer Wasserfamilie heimlich entfernt wurden. Es war sowieso eine lächerliche Idee gewesen, dachte ich. So eitel, und so ganz nach dem Geschmack meiner Schwester.

Ich wünschte nicht, dass meine Familie in irgendeiner Weise schlecht behandelt wurde, und hatte das auch deutlich gesagt. Lilith hatte nur zustimmend genickt und mir mitgeteilt, dass es ihnen an nichts fehlte; sie würden in einem als Familienwohnung geeigneten Teil des Gebäudes festgehalten. Anschließend fragte ich sie nach dem Olivenland.

»Es gehört jetzt dem Volk«, sagte sie. »Der Präsident und die Direktoren hatten es schon aus Angst vor der Flut verlassen. Sie hielten sich im Norden auf, als Gäste der Föderation, und hatten kein Problem damit, die Arbeiter ihrem Schicksal zu überlassen. Die Föderation hatte natürlich nie die Absicht, das Wasserland an der Überflutungsaktion zu hindern. Sie hatte einfach Angst und hätte lieber zugesehen, wie die Wassergesellschaft uns vernichtete, als eine ernsthafte Konfrontation zu riskieren. Außerdem wollte sie Zeit gewinnen, weil sie hoffte, deine Eltern würden doch noch die Wasserformel finden.«

»Ich nehme an, dass unsere Bibliothek von nun an allen offenstehen wird«, sagte ich. Die Vorstellung, dass Scharen von Menschen die Bibliothek bevölkern und ihre Ruhe stören würden, dass sie die Bücher grob anfassen und möglicherweise sogar stehlen würden, war mir ein Horror.

Ein kühles Getränk wurde mir serviert, dazu Obst, Honig und ein paar Scheiben frisch gebackenes Brot, doch ich hatte keinen Appetit. Da spürte ich plötzlich, wie zwei warme Hände sich auf meine Schultern legten. Ich wusste sofort, wem sie gehörten, und fuhr herum. Sengita lachte schallend, während sie mich hochzog, um mich an ihre Brust zu drücken und abzuküssen. »Ich hätte nie geglaubt, dass ich dich noch einmal wiedersehen würde«, rief sie voller Freude und schwang die Hüften, sodass die Glöckchen an ihrer Weste klingelten und ihre Röcke flogen. Ich spürte, wie meine Augen feucht wurden, als ich ihr bei ihrem Tanz zusah, der immer wilder und rasender wurde. Sie trug keine Perücke, doch ich sah, dass jetzt ein dunkler Flaum ihren Schädel bedeckte; das tätowierte Symbol auf ihrer Stirn wirkte auffälliger als früher, als ob ein Licht darauf schien. Sie streckte die Arme nach mir aus, und ich tanzte mit ihr und hielt dabei die Sphinx hoch – unsere Siegestrophäe.

»Das ist es also«, murmelte sie gedankenverloren. »Das ist es, was dem Wasserland seine Macht gegeben hat.«

Plötzlich zog sie ihre Hände zurück, als hätte sie sich verbrüht.

»Das kommt nicht von unserer Erde!«, rief sie erschrocken. Sie neigte den Kopf zu der Kugel, als ob sie auf ihren Rat lauschte. »Wie sollen wir das denn replizieren?«, fragte sie.

»Ich glaube, ich kenne die Geheimnisse, die darin verborgen sind. Es ist, als hätte ich sie immer schon gekannt. Aber das kann warten. Zuerst muss ich noch etwas anderes erledigen.«

Ich wählte unter den Lesenden eine aus, die mich begleiten sollte. Es war ein junges Mädchen, das nicht nach Art des Olivenlandes gekleidet war; mit ihren engen Ärmeln, dem hohen Halsausschnitt und dem kürzeren, einlagigen Rock schien sie aus einem der Industriezentren im Norden zu kommen. Ihre Augen lagen tief in den Höhlen, und ihre Nase war flach und glatt, wie ein von den Elementen blank gescheuerter Stein. Sie wirkte nervös und hielt den Blick gesenkt. Ich fragte sie, ob sie mich zu meiner Schwester führen würde. Sie schien sehr verängstigt und verharrte reglos, bis Sengita ihr einen Schubs gab.

Nach einigen Augenblicken des Zögerns führte sie uns in einen Trakt des Präsidentenkomplexes, den ich noch nicht kannte. Die Menschen grüßten uns im Vorbeigehen. Manche versuchten, nach meinen Kleidern zu greifen oder mir die Hand zu schütteln, aber Sengita wimmelte sie alle höflich lächelnd ab.

»Du bist sehr beliebt!«, sagte sie lachend zu mir. In diesem Moment blieb das Mädchen vor einer Tür stehen und schien zu zögern. Zwei bewaffnete Wachen lehnten lässig an den Türpfosten und begrüßten uns wie alte Freunde, was Sengita sichtlich verärgerte. Sie korrigierte die Haltung der Wachen, strich ihnen die schmuddelige Kleidung glatt und fuhr ihnen durch die Haare. Dann glitt die Tür auf, und ich wurde von einer Frau ins Zimmer geführt, die ich als Mariams Kindermädchen wiedererkannte. Ich wandte mich an Sengita und bat sie, mir meine Tasche zu holen.

Hephzibah saß gegenüber in der Ecke des Zimmers vor einer riesigen Glaswand, die den Blick auf Bäume und einen über Kristallfelsen stürzenden Wasserfall freigab. Das Fenster war von schweren, antiken Stoffen umrahmt, und das weiche Abendlicht schien auf Hephzibahs Haar, das ihr offen über die Schultern fiel. Zu ihren Füßen lag Mariam wach in einem Körbchen.

Ein vertrauter, mir unendlich teurer Geruch stieg mir in die Nase – und dann fiel mir auf, dass ich so auf das Wiedersehen mit meiner Schwester konzentriert gewesen war, dass ich keinen Blick für die anderen Wände übrig gehabt hatte, die vom Boden bis zur Decke mit Büchern bedeckt waren. Überrascht und verwirrt sah ich Hephzibah an, die inzwischen aufmerksam mein Gesicht und die Sphinx musterte, die ich fest im Arm hielt. Ich trat auf die Regale zu und fuhr mit den Fingern über die Buchrücken, und ein altbekannter Wonneschauer überlief mich.

Ich spürte Hephzibahs Atem in meinem Nacken.

»Die waren einmal im Besitz einer berühmten Schauspielerin des zwanzigsten Jahrhunderts, und jetzt gehören sie alle mir. Die größte Sammlung von Büchern über Kostüme und Kostümbildnerei in der ganzen Föderation.«

Ich fuhr herum, um sie zu verbessern. »Du meinst, in der *ehemaligen* Föderation.«

Sie fing an zu lachen, doch es war ein freudloses, hohles Lachen, das mich frösteln ließ und Mariam verstörte, die sogleich zu wimmern begann. Das Kindermädchen wollte sie nehmen, doch Hephzibah eilte hinzu und stieß sie grob zur Seite. Dann packte sie Mariam und drückte sie fest an sich.

»Rühr mein Kind nicht an!«, schrie sie die Frau an, doch die erwiderte ihren Blick mit dem Selbstbewusstsein derer, die jetzt auf der Seite der Sieger stand. »Untersteh dich! Ich will nicht, dass du sie mit deinen schmutzigen Händen anfasst. Du Verräterin! Du hast uns beide verraten. Komm uns ja nicht zu nahe, hörst du? Und du auch nicht. Bleibt mir vom Leib.«

Ich dachte, sie würde in Tränen ausbrechen, doch stattdessen rang sie ein paar Sekunden lang um Fassung, und ich sah betroffen und voller Abscheu zu, wie sie sich zu voller Größe aufrichtete und gelassen auf mich zuschritt.

»Ich muss dir etwas zeigen, Schwester. Das wird eine feine Überraschung.«

Sie beugte sich über meine Schulter und hauchte die Ecke eines Regals an, worauf sich eine Wand der Bibliothek öffnete.

»Ist das nicht toll?«, meinte Hephzibah, während sie in ein angrenzendes Zimmer trat, das sofort hell erleuchtet wurde. Mir stockte der Atem, und vor Entsetzen blieb mir der Mund offen stehen. Der lang gezogene, niedrige Raum war angefüllt mit Figuren, die wie aufrecht stehende, kopflose Leichen aussahen. Sämtliche Wände waren mit antiken Stoffen aller Art behängt: bestickte Seide, mit Gold durchwirkter Brokat, leicht gesteppter Toile, Bahnen glänzenden Samts, feinster Satin, bunt bedruckte Baumwollstoffe. Auf dem Boden lagen Stoffreste umher, und die Schaufensterpuppen, die in zwei langen Reihen nebeneinanderstanden, waren mit den verschiedensten und exotischsten Kostümen bekleidet, alle aus den edelsten und kostbarsten Stoffen gefertigt. Ich sah Spitzenkragen, fein wie Spinnweben, und Mieder, genäht mit haarfeinem Garn und mit Schleifen geschmückt. Manche Röcke waren mit Reifen versteift, andere bestanden aus Lagen kostbaren Samts oder aus leuchtend bunter Seide, die in langen Bahnen um die Puppen gewickelt war.

Hephzibah führte mich langsam durch den Mittelgang, während sie die Geschichte der Kostüme und einige der verwendeten Nähtechniken erläuterte. Es war, als sei das Zimmer immer noch ihr privates Reich, als hätte sich nichts verändert. Noch verwirrt von dieser unverhofften Einweihung in Hephzibahs neues Hobby, betrachtete ich die Arbeitstische, die mit Nadeln, Scheren, Schneiderkreide, Schnittmustern aus Papier und Stoffballen übersät waren. Es sah aus, als wären die Menschen in größter Eile von ihren Arbeitsplätzen geflohen und hätten ihre Werkzeuge zurückgelassen. Auf manchen der Stoffballen und auf den Arbeitsflächen bemerkte ich Blutflecken. Dann legte Hephzibah Mariam behutsam in einen leeren Nähkasten, der am Boden stand, und verschwand hinter einem schweren Brokatvorhang.

Wir warteten – sehr lange, wie mir schien.

Als sie wieder auftauchte, hielt ihr kleines Publikum den Atem an. Sie trug ein Kleid aus einer anderen Epoche. Stolz stand Hephzibah vor uns, ein surreales Traumbild in einer juwelenbesetzten schwarzen Samtjacke über einem Kleid, aus grauem Satin gefertigt und fantasievoll in allen Farben bestickt. Die Taille des Mieders war länglich zugespitzt, was sie noch größer und schlanker wirken ließ. Ein Kragen aus feinster filigraner Spitze erhob sich steif hinter ihrem Kopf, und die Ärmel waren gebauscht, mit fein gearbeiteten Aufschlägen. Auf dem Kopf trug sie ein kleines Diadem, ihre Finger waren schwer mit Ringen beladen, und auf ihrer Brust ruhten Reihen von Perlen. Unter dem weiten Rock schauten spitze bestickte Schuhe hervor.

»Ist das nicht wunderschön?«, sagte sie mit einer Stimme, die irgendwie nicht nach ihr klang. »Es interessiert mich nicht, was die Bauern getragen haben. Ich rette und rekonstruiere die Kostüme der alten Könige und Königinnen, der Prinzen und Prinzessinnen, der Kaiser und Kaiserinnen, der Zaren und Zarinnen. Das sind die einzigen, die es wert sind, wieder zum Leben erweckt zu werden.«

Ich zuckte die Achseln. Ihre privilegierte Stellung ermöglichte ihr eine Beziehung zur Vergangenheit, die extravagant und selbstsüchtig schien, verglichen mit meiner Lektüre oder Mirans schlichtem Respekt vor seinen Bäumen. Wir alle versuchten, jeder auf seine Weise, die gekappten Verbindungslinien zu unserer Herkunft neu zu knüpfen. Ihre selbstverliebte Nonchalance löste eine dämonische Wut in mir aus. Ich legte die Sphinx auf den Tisch, packte Hephzibah am Kragen und fauchte sie wütend an. Doch es war nicht die Heftigkeit meiner Rage, die sie zurückweichen ließ, sondern ihre Verblüffung über meine plötzliche Wandlung.

»Du verwöhntes, nichtsnutziges Biest! Ich werde nicht mehr für dich da sein, Hephzibah, jedenfalls nicht so, wie du mich gerne hättest. Ist dir das klar? Was immer man dir gibt, es ist nie genug. Du willst dir immer größere und noch größere Stücke von mir nehmen, bis nichts mehr übrig ist. So machst du es mit allen. Du wolltest mich hierbehalten wie eine Gefangene, als deine Sklavin, nicht wahr? Aber das kannst du nicht mehr. Es ist vorbei.«

Hephzibah trat ein paar Schritte auf mich zu, doch ich wich nicht von der Stelle.

»Weißt du, warum ich deine Nichte Mariam genannt habe?«, zischte sie. »Ich wollte, dass du, wenn du mich hier besuchst – und ich wusste ja, du würdest sofort gerannt kommen, wenn ich nur ein Wort sagte –, immer und überall den Namen der Frau hören würdest, die zu ermorden du mir geholfen hast. Jeden Tag solltest du daran erinnert werden, was du für mich getan hast, an unser kleines Geheimnis. Das ist die unsichtbare Kette, die uns aneinanderbindet, und das Opfer, das du nie wirst vergessen können. Aber stattdessen hast du dich mit diesen Lesenden zusammengetan und sie mir vorgezogen.«

Ich bereute meinen Zornesausbruch nicht, fürchtete aber plötzlich die Konsequenzen und wich zurück.

»Ich hatte keine Wahl, Hephzibah. Und jetzt bin ich mir meiner Sache sogar noch sicherer.«

»Sie benutzen dich nur, Jephzat. Erkennst du das denn nicht? Du kommst ihnen gelegen als eine neue Galionsfigur, als eine zweite Maya. Du bedeutest diesen Leuten nicht halb so viel wie mir. Sie wollten dich nur benutzen, weil du meine Schwester bist, und um durch dich an die Wasserformel zu kommen. Du bist ein Dummkopf. Das bist du schon immer gewesen. Ich bin der einzige Mensch, der dich wirklich gern hat.«

Mariam hatte angefangen zu weinen, und als ich hinging, um sie zu trösten, lief Hephzibah rasch zum Tisch und schnappte sich die Sphinx.

»Wir können das gemeinsam machen, Jephzat. Du musst nicht alles mit diesen Leuten teilen. Sie denken, sie wissen alles, nur weil sie ein paar alte Bücher gelesen haben.«

»Gib sie mir wieder, Hephzibah.« Ich sprach leise und ging dabei auf sie zu. Sie versuchte davonzulaufen, behindert durch ihre ausladenden Röcke und Unterröcke. Ich jagte sie, mit Mariam im Arm, und stieß im Vorbeilaufen die kostümierten Schneiderpuppen um. Als ich meine Schwester endlich eingeholt hatte, war sie schon von drei Lesenden überwältigt worden. Während sie sich vergeblich von den Händen loszureißen suchte, die sie abführten, drehte sie sich zu mir um und schleuderte mir entgegen: »Was willst du mit mir machen, Jephzat? Mich töten – oder mich für immer in Ketten legen?«

NEUNUNDVIERZIG

Es dauerte eine Weile, bis ich wieder reden und unter Menschen gehen konnte. Ich wollte nur eins: meine kleine Nichte im Arm halten – doch sie blieb bei Hephzibah. Ich war aufgewühlt und fand keine Ruhe, bis ich schließlich darum bat, zu meiner Schwester gebracht zu werden. Ich konnte sie nicht anschauen – ich wollte ihre Demütigung nicht mit ansehen. Aber als ich den Blick zum Fenster wandte, konnte ich ihr Spiegelbild sehen. Ich sagte ihr, sie sei frei und dürfe mit Mariam gehen, wohin sie wolle; es würde ihr alles Nötige zur Verfügung gestellt, aber ich wolle sie nie wiedersehen. Sie liebkoste das Köpfchen ihrer Tochter und küsste sie zärtlich, doch sie sah mich nicht an, als ich ging.

Später machte Sengita mir Vorhaltungen. Es sei töricht von mir, sie laufen zu lassen, sagte sie.

»Ich hatte Angst vor dem, was ich Hephzibah hätte antun können«, erklärte ich ihr. »Wenn ich es über mich gebracht hätte, ihrer Hinrichtung zuzustimmen, so hätte ich mir vielleicht einreden können, dass es ja nur sehr wenig mit mir zu tun habe. Ich hätte die Wunden ja nicht gesehen, das Blut, die Leiche. Ich hätte ihr die physischen Verletzungen schließlich nicht selbst beigebracht. Aber selbst wenn ich sie nicht tötete, selbst wenn niemand sonst es täte, ich wäre dennoch schuldig. Ich würde den Mord an meiner Schwester in Betracht ziehen – nicht so, wie ich es jetzt tue, als eine Möglichkeit, sondern als einen Wunsch. Durch Mariams Tod ist mir klar geworden, dass es schon die Absicht ist, die uns korrumpiert, nicht nur der Akt an sich.«

»Du redest wirres Zeug, Jephzat! Ich verstehe kein Wort von dem, was du sagst! Indem du sie gehen lässt, tust du genau das, was du immer schon für dieses Mädchen getan hast, und wieder einmal hast du ein Stück von dir selbst geopfert.«

»Was opfere ich denn, wenn ich ihr die Freiheit gebe?«, fragte ich leise.

»Das weißt du jetzt noch nicht.«

Ich seufzte. »Aber sie ist meine jüngere Schwester. Wenn ich mich zwischen Gerechtigkeit und Liebe entscheiden muss, wähle ich allemal die Liebe.«

Sengita lächelte. »Das ist deine Entscheidung, Jephzat. Ich kann nicht dein Gewissen sein.«

Ihre Worte hatten mich unsicher gemacht. »Sie ist meine jüngere Schwester. Ich bin für ihr Wohl verantwortlich. Sie wird schon zurechtkommen. Sie ist eine Überlebenskünstlerin.«

Und so lernte ich, nach meinem Verlust nicht im Sumpf der Traurigkeit zu versinken. Nach Hephzibahs Weggang und Homers Tod hatte ich begriffen, dass es das Beste war, den Kummer in Schach zu halten, etwa so, wie man die Erde an den Oliventerrassen mit großen Steinen befestigt, damit sie nicht abrutscht und die Wurzeln frei legt.

Und nun war ich bereit, meinen Eltern zu begegnen. Man hatte sie in den hohen Turm gebracht, in dem ich Hephzibah damals zum ersten Mal gesehen hatte.

Das Abendlicht tauchte die Stadt bereits in zarte korallen- und malvenfarbene Schatten. Überall wehten Fahnen mit Bildern von Büchern, Tauben, Schwertern und aufgehenden Sonnen. Aus den Fenstern hingen Tücher mit Mayas Porträt, und überall waren Slogans an die Wände gekritzelt, die Freiheit, Frieden und Wahlfreiheit forderten. »Wir wollen unsere Vergangenheit zurück!« und »Wir wollen unsere Heimat zurück!« zählten zu den beliebtesten. Von unserem Luftbuggy aus konnten wir die Menschenmassen zum Turm strömen sehen, in Booten, zu Fuß oder dicht gedrängt in erbeuteten Fahrzeugen der Gesellschaft. Ich suchte die Menge nach Hephzibahs Gesicht ab. Als wir landeten, war die Luft erfüllt von Pfeifen und Trommeln und Sprechgesängen, vermischt mit dem Gemurmel aufgeregter Stimmen und den Rufen von Kindern.

Zum zweiten Mal nahm mich Kehmet hier in Empfang, doch diesmal trug sie lose, weichere Kleidung und wirkte entspannter als bei meiner Ankunft im Wasserland. Sie sagte, dass einige Lesende, die bei der Erhebung in vorderster Front aktiv gewesen waren, darauf warteten, mich kennen zu lernen. Man erwarte auch von mir, dass ich die Replikation der Wasserformel demonstrierte.

»Was wollen denn die vielen Menschen hier?«, fragte ich.

Kehmet und Sengita wechselten einen ungläubigen Blick.

»Das weißt du nicht?«, fragten sie im Chor. »Sie sind gekommen, um dich zu sehen und unseren Sieg zu feiern.«

Ich wurde von Menschen umringt, aber auch diesmal ließ ich mir meine Tasche von niemandem abnehmen – und auch nicht die Sphinx.

»Man könnte meinen, die Kugel da ist dein Liebhaber«, spöttelte Sengita.

Ich wurde in den Aufzug geführt, vorbei an farbenfrohen Schildern mit Willkommensgrüßen. Wir sausten in den sechsten Stock hinunter und betraten einen großen Saal, dessen Boden und Decke aus transparentem, von Wasser durchflossenem Material bestanden. Der ganze Raum war von Licht durchflutet.

Meine Eltern saßen Seite an Seite auf einem Sofa, in dem

sie fast zu versinken schienen. Ich sah, dass sie verwirrt und völlig durcheinander waren, und eilte sofort auf sie zu. Ihre unübersehbare Erleichterung und Freude über das Wiedersehen mit mir rührte mich. Mein Vater sprang auf, und ich spürte, wie seine gebeugten Schultern bebten, als er mir schluchzend um den Hals fiel. Wir hielten einander lange umschlungen, bis er endlich meiner Mutter Platz machte. Sie wirkte zögerlich, als sei sie von den Ereignissen überwältigt, doch dann breitete sie die Arme aus. Sie schien kleiner geworden zu sein, seit ich sie zuletzt gesehen hatte, und ein nie gekanntes zärtliches Gefühl durchströmte mich. Ich sah in ihr plötzlich nicht mehr die Mutter, die sich verächtlich von mir distanzierte, sondern eine Frau, die sich aus Liebe zu meinem Vater dazu entschlossen hatte, mich zur Welt zu bringen.

Sie berührte meine Halskette aus Feuerkristallen.

»Hephzibah?«, flüsterte sie angstvoll.

»Nein, jemand anderes. Hephzibah ist in Sicherheit.« Mehr brachte ich nicht hervor.

»Wir sind frei!«, rief plötzlich irgendjemand im Saal voll impulsiver Freude. »Wir sind frei! Die Gesellschaften sind tot. Ich kann es gar nicht glauben.«

Im ganzen Saal brach lauter Jubel los. »Die Gesellschaften sind tot!«, skandierten sie.

Ich versuchte, das Stimmengewirr zu übertönen, und schon nach meinen ersten Worten wurde es still im Saal.

»Wir haben die Freiheit, über all das zu diskutieren, was wir in den Bibliotheken entdeckt haben, und dies ist der Beginn einer neuen Blüte der Bildung«, verkündete ich. »Ihr dürft jetzt die Sprachen der alten Länder sprechen, die ihr heimlich gelernt habt, ihr könnt ungehindert die Wörter und Namen verwenden, die ihr bisher nicht auszusprechen wagtet, und die Märtyrer, deren Namen bisher geheim geblieben sind, sollen neben Maya öffentlich anerkannt werden. Föderesisch wird nicht mehr die offizielle Sprache sein. Wir werden uns auf unsere eigenen Sprachen zurückbesinnen.«

Der Jubel der Menge draußen vor dem Gebäude brandete plötzlich durch die Fenster herein, als hätten sie mitgehört. Aber im Saal waren alle still, als würden ihnen die Folgen ihrer Handlungen gerade erst so richtig bewusst.

Eine junge Lesende vergrub das Gesicht in den Händen und fing an zu weinen. Ich drehte mich zu meinen Eltern um und sagte mit erstickter Stimme: »Jetzt werdet ihr wieder heimkehren können – in eure wahre Heimat.«

Sie saßen da wie vom Donner gerührt. Dann trat Sengita vor, um sie zu begrüßen und sie zu umarmen. Ich sah, dass es meinen Eltern ein Trost war, eine alte Bekannte aus dem Dorf hier zu sehen. Meinem Vater fiel auf, dass Manos fehlte, und er fragte nach ihr. Sengita antwortete, dass sie sich um das Haus kümmere und die Dorfbewohner abzuwehren versuche, die nun, da es nicht mehr der Gesellschaft gehörte, dort einziehen wollten. Dolores stockte der Atem – es war der erste Hinweis darauf, dass sie jetzt Flüchtlinge waren.

Ich spürte, dass mein Moment gekommen war. Die ekstatische Stimmung war nach und nach einer Atmosphäre gespannter Erwartung gewichen. Ich hatte meine Tasche in die Mitte des Saales gestellt, und alle Anwesenden beobachteten gebannt, wie ich die Bronzeschale herausnahm und sie Vater gab. Er inspizierte sie von allen Seiten.

»Sie ist noch feiner gearbeitet als die, die ich dir gezeigt habe«, bemerkte er.

Ich sagte ihm, dass sie auch nur halb so groß war und dass ich im Dorf jemanden gefunden hatte, der bereit war, eine Kopie der echten Schale für mich anzufertigen.

»Aber was willst du uns denn nun zeigen?«, wollte einer der Lesenden wissen.

»Ich werde euch zeigen, wie Wasser erzeugt wird.«

»Das ist unmöglich«, rief Dolores und trat auf mich zu. »Die besten Köpfe der Föderation haben sich lange und intensiv mit diesem Problem beschäftigt, und dein Vater und ich haben ihm unser ganzes Leben gewidmet – ohne Erfolg.«

Ich nahm ein kleines Fläschchen mit Wasser aus meiner Tasche und goss den Inhalt in die Schale. Es waren kaum mehr als ein paar Teelöffel voll, aber ich fand, es sei genug. Unterdessen begann ich, von den Schöpfungsmythen aus alten Erzählungen und heiligen Schriften zu erzählen. Die wenigen, die diese Mythen schon kannten, lauschten stumm, als ich erklärte, dass darin oft vom Schall als einer Vorstufe des eigentlichen Beginns der Evolution des Universums die Rede sei.

»Viele Menschen in den alten Ländern glaubten, dass ihre Welt durch das Wirken von Schall und Licht geschaffen worden sei. In diesen Mythen wird der Klang der Schöpfung oft als ein großer Wind beschrieben, ein tiefer Seufzer oder ein Ausdruck der Freude«, sagte ich und zitierte einen Vers als Beispiel: »›Aus der Höchsten Stille entsprang das Nada Brahman, der Klangaspekt und die Manifestation Gottes … Aus dem Urklang manifestierte sich die ganze Schöpfung, zusammengesetzt aus den fünf Elementen, nämlich Raum, Luft, Feuer, Erde und Wasser.‹«

»Was hat das alles mit der Formel zu tun?«, warf Dolores ein, die es nicht erwarten konnte, zu den wissenschaftlichen Fakten zu kommen. »Willst du damit sagen, dass die Formel irgendwie auf der Nutzbarmachung von Schwingungen beruht?«

»Warte nur ab!«, erwiderte ich geheimnisvoll. Ich wollte Zeit gewinnen und versuchte, meine Gedanken zu sammeln, ehe ich fortfuhr.

Eine alte Frau fiel mir ins Wort. Sie bestätigte die Vermutung, dass der Name »Sphinx« von einem Lesenden gewählt worden sein musste. Nur jemand, der eine Übersetzung des *Ägyptischen Totenbuchs* oder anderer Dokumente der antiken Zivilisationen gelesen hatte, sagte sie, könne mit dem Wort vertraut sein.

»Die – oder auch der – Sphinx war offenbar eine Manifestation eines Gottes mit Namen Hu, oder das ›Göttliche Wort‹. Er oder sie hauchte dem Weltall Leben ein, das von den Menschen, die Hu verehrten, allerdings der Kosmische Ozean genannt wurde.«

»Eine Neutronensuppe«, verbesserte Dolores.

»Stellt euch vor, es ist finsterer als die Nacht, und plötzlich lässt das erste Wort der Schöpfung den Äther erzittern.« Die Frau hielt die Luft an und atmete dann ganz langsam aus. »*Huoooooooo*. Der Gott hält nicht inne, bis er schließlich die Sonne geschaffen hat. Offenbar nahm das Wort Sphinx später die Bedeutung Mysterium oder Rätsel an, und genau das ist dieses Objekt dort.«

»Ihr hattet also auch Zugang zu Wörterbüchern?«, fragte ich, neugierig zu erfahren, wie andere Bibliotheken im Vergleich zu der, die ich kannte und liebte, ausgestattet waren.

»Nicht viele – und ich fürchte, dass das, was ich euch erzählt habe, möglicherweise nicht ganz korrekt ist. Aber ohne weitere Informationen können wir nie die volle Wahrheit herausfinden. Wir reden hier wahrscheinlich über eine Zeitspanne von zehntausend Jahren. Ich habe es einfach so wiedergegeben, wie ich es in Erinnerung habe.«

»Willst du damit sagen, dass eure Bibliothek so alte Bücher hatte?«, warf Pedro ungläubig ein.

»Der Originaltext war irgendwo an eine Wand geschrieben, wenn ich mich nicht irre, und wurde später auf einer Art Papier festgehalten, das sich Papyrus nannte«, sagte die alte Frau, als wäre sie eine Lehrerin und ich ihre Schülerin. »Die Informationen habe ich einer Übersetzung entnommen. Das

Thema fasziniert mich einfach, wie ihr sicherlich schon gemerkt habt.«

»Diese Geschichten sind ja bestimmt interessant und hübsch anzuhören«, warf Dolores ungeduldig ein, »aber ich sehe nicht recht, was sie mit unseren Bemühungen zu tun haben, die Formel für die Replikation von Wasser zu finden.«

Ich sah ihren entnervten Blick und beeilte mich, in meinen Erläuterungen fortzufahren. »Ich würde eine Mischung aus Sphinx-Wasser und Fluss- oder Quellwasser bevorzugen, weil dieses durch den hydrologischen Kreislauf von den unterirdischen Regionen hinauf in die Atmosphäre und zurück gegangen ist. Bei diesem Prozess wird das Wasser energetisch aufgeladen und mineralisiert. Deshalb ist irdisches Wasser wohlschmeckender und gesünder für uns Menschen. Das, was die so genannte Quelle oder die Sphinx produziert, ist destilliertes Wasser. Es ist auch süß, aber irgendwie flach im Geschmack, als hätte man Zucker oder Honig zugesetzt. Was wir hier haben, ist eine Art Vorstufe, die noch an die Umgebung auf der Erde angepasst werden und ihren hydrologischen Zyklus durchlaufen muss.«

Ich sah, wie Vater nervös auf seinem Stuhl herumrutschte, und sprach ihn direkt an. »Als du mir die Klangschale zeigtest, hast du mir damit etwas mitteilen wollen, nicht wahr? Dolores, du hast mir gesagt, dass die Schwingungen angeblich exakt die Frequenzen produzieren sollen, die zur Erzeugung stehender Wellen erforderlich sind. Wir wissen schon seit einiger Zeit, dass Wasser ein Gedächtnis hat und dass alles auf diesem Planeten und in unserem Kosmos sein eigenes Klangprofil, seine eigene Schwingung hat. Als man herausfand, dass die Zellen auch noch in extremer Verdünnung reagieren, war damit gezeigt, dass Erinnerung als Nachhall einmal gehörter Klänge verstanden werden kann.

So kam ich zu der Überlegung, dass die Formel vielleicht

im Grunde ganz einfach war: eine Schwingung, eine Schallwelle, die sich dem Wasser, das sie erzeugte, einprägte. Um es schlicht auszudrücken: Wenn die Schwingung dem Wasser einmal eingeprägt ist, funktioniert sie wie ein voll aufgedrehter Wasserhahn; und je mehr Wasser erzeugt wird, desto mehr wird die Botschaft der Quelle im wahrsten Sinne des Wortes verwässert, und umso stärker wird das Replikationsvermögen. Die Wassergesellschaft wusste zwar um die Prinzipien des Gedächtnisses von Wasser, der Verdünnung und der stofflichen Potenz, doch was sie nicht verstand, war das Wesen des Stoffes, mit dem sie es zu tun hatte. Sie wandte ihre neueste Technologie auf ihre mysteriöse Entdeckung an, konnte aber nicht ergründen, was es eigentlich *war*. Daran musste ihre ganze Forschung letztlich scheitern. Wir alle wussten nicht, was es eigentlich war, das wir zu replizieren versuchten. Und das Wasser weigerte sich, sein Geheimnis preiszugeben: Sein Ursprung entzieht sich immer noch unserem begrenzten menschlichen Fassungsvermögen.«

Ich nahm die Schale und ließ sie im Saal herumgehen.

»Die Klangschale ist natürlich nichts weiter als ein unterhaltsamer Zaubertrick – die stehende Wasserfontäne erweckt die Illusion, dass das Wasser in der Schale sich vermehrt hat. Tatsächlich wird der Effekt durch Schwingungen erzeugt, die das Wasser in einer Fontäne hochschießen lassen.«

Nun nahm ich die Sphinx aus der Tasche und hielt sie mit ausgestreckten Armen hoch, sodass alle sie sehen konnten. Ich ließ Vater und Dolores sie anfassen, aber niemanden sonst.

»Sie fühlt sich leer an«, sagte Dolores überrascht und schüttelte sie vorsichtig.

»Dieses Material ist mir unbekannt«, bemerkte Vater, während er fasziniert die schwarze Oberfläche der Kugel inspizierte.

Ich legte die Sphinx in die Klangschale. Sie passte perfekt

hinein und schwamm auf dem Wasser. Ich spuckte in die Hände und begann, die beiden Griffe zu reiben. Zunächst war das Geräusch noch kaum hörbar, aber nach und nach erfüllte das Summen der Schale den Saal. Ich spürte ein Kribbeln in den Händen, und ich hörte einen höheren Ton, wie ein Echo des Summens, das jedoch aus dem Wasser selbst zu kommen schien. Wir sahen zu, wie das Wasser um die Kugel herum anstieg, die selbst aber unbewegt und stumm blieb. Mehrere der Zuschauer hielten gebannt den Atem an.

Das Wasser stieg weiter und begann plötzlich zu spritzen, als ob die Kugel einen Sturm ausgelöst hätte. Die Sphinx begann, sich von selbst zu drehen, bis sie auf der Oberfläche des Wassers ruhte, das inzwischen den Rand der Schale erreicht hatte. Während ich die sich drehende Kugel betrachtete, hatte ich das Gefühl, von einer unwiderstehlichen Kraft in die Schale hineingezogen zu werden. Die Sphinx drehte sich immer schneller, das Wasser wurde ruhiger, und ein paar Tropfen fielen auf den Boden. Ich blickte mich im Saal um. Alle Augen waren auf die Schale gerichtet, alle Ohren lauschten dem Summen, das inzwischen fast die Geräusche der Menschenmenge draußen auf der Straße übertönte.

»Ich glaube nicht, dass die Forscher rein zufällig auf die Quelle gestoßen sind. Ich bin überzeugt, dass wenigstens einer oder eine von ihnen genau wusste, was er oder sie da tat. Anders als Lichtwellen pflanzen Schallwellen sich nicht in einem Vakuum fort. Um sich fortzupflanzen und gehört zu werden, brauchen Schallwellen Materie. Deswegen kann man Geräusche durch eine Wand hören. Im leeren Raum gibt es keine Luft, und was wir Menschen als Schall kennen, sind tatsächlich Schwingungen, die sich durch die Erdatmosphäre fortpflanzen. Aber im All existieren Gase, und diese können Schallwellen transportieren, auch wenn wir Menschen sie nicht hören können.

Ich glaube, dass die Besatzung der Raumstation damals gerade eine interstellare Gaswolke durchquerte, als ihre Instrumente dieses seltsame, überirdische Geräusch auffingen. Es war nicht etwa eine Aufnahme oder eine Kopie, die sie zur Erde mitbrachten, sondern das Geräusch oder die Schwingung selbst. Sie waren auf das gestoßen, was die Angehörigen jener alten Zivilisationen einen Schöpfungsklang oder ein Urwort genannt hätten. Vielleicht war eines der fünf Elemente, die in der Schrift genannt werden, welche ich zitiert habe, verantwortlich für die Entstehung des Wassers. Im Grunde wurde es dem Universum gestohlen und befindet sich nun hier, so lange, bis wir entschieden haben, was wir damit machen wollen.«

Mein Vater schwieg und starrte mit unergründlicher Miene die Quelle an, während ich fortfuhr.

»Im vollen Klangspektrum ist dies wahrscheinlich ein Oberton des universellen Klangstroms, der alles durchfließt«, sagte ich. »Du denkst vielleicht, ich bin verrückt geworden, Vater, und dass meine Überlegungen von all dem abweichen, was du mir beigebracht hast. Aber wenn du an die wunderbaren Klänge der Natur denkst – ist es nicht möglich, dass jede Brise, jedes Rauschen in den Zweigen dazu beiträgt, die harmonischen Obertöne des Klangstroms zu erzeugen? Und hilft es der Sequenz, wenn dies hier, was den Menschen vielleicht unbekannt ist, hinzugefügt wird? Es ist ein Eindringling.

Das ist genau das, woran Maya, meine biologische Mutter, uns immer wieder erinnert hat. Sie schrieb einmal: ›Das Grundgefüge unserer Welt hängt ganz existenziell von den subtilen und vielfältigen Harmonien ab, die von allen lebenden Wesen geschaffen werden. Im Mikrokosmos der Natur führt der Verlust eines Tons zu einer Dissonanz, die in uns eine Sehnsucht nach Harmonie auslöst. Wir leben in lauten unterirdischen Städten und Metropolen und wünschen uns doch nichts sehnlicher, als unter freiem Himmel die heilenden Klänge der Natur genießen zu können.‹«

Vater und Sengita blickten mich voller Stolz an, da sie von mir die Lösung für das Problem der Replikation erwarteten, doch in diesem Moment wusste ich, was ich zu tun hatte.

Ich nahm die Sphinx, als wäre sie ein zerbrechliches, neugeborenes Wesen, und hielt sie an meine Brust wie eine stillende Mutter. Ich ging auf die große Glastür zu, wobei ich die Schale umstieß und der Inhalt sich über meine Füße ergoss. Die Tür glitt sogleich zur Seite, als ich mich ihr näherte, und ich trat auf einen großen Balkon hinaus, der sich über die ganze Breite des Gebäudes hinzog. Er war mit üppig blühenden tropischen Gewächsen bepflanzt. Ich nahm wahr, dass einige Menschen mir gefolgt waren und hinter mir standen, während andere sich in den Stockwerken über mir aus den Fenstern lehnten, um mitzubekommen, was sich da draußen tat. Einige winkten mir zu.

Als die Menge auf der Straße mich erspähte, brach sie in laute Jubelrufe aus. »Maya, Maya!«, riefen sie wie wild. Der kleine See direkt unter mir war dicht mit Booten bepackt, und wohin ich auch blickte, drängten sich die Menschen in Scharen. Sie hielten Lichter in den Händen, und die karminrote Stadt flammte vor mir auf in Erwartung des Mondes. Ich stand da mit der Sphinx in der Hand. Die Menge verstummte und wartete darauf, dass ich das Wort an sie richtete. Doch ich sagte nichts, sondern drückte nur die Kugel mit beiden Händen fest zusammen, bis sie zerbrach wie ein Ei. Auch wenn ich es nicht hörte, spürte ich doch das verzückte Stöhnen, das in den Abend entwich. Ein ekstatischer Seufzer flog über die Köpfe der Menschen hinweg, die spontan die Hände erhoben, wie um ihn zu berühren.

Als die Sonne am Horizont versank, hörten wir über uns plötzlich die rhythmischen Klänge einer erhabenen Musik. Im schwindenden Licht spürten wir die Töne, die wie ein sanfter Regen auf unsere Haut fielen, um sich dann wie ein Wolkenbruch in unsere Körper zu ergießen. Das gewaltige menschliche Mosaik, das sich unter mir ausbreitete, begann zu summen – ganz leise zunächst –, eine kurze Notenfolge, die sich zu einem Mantra empyreischer Klänge steigerte, von denen die Wolken erzitterten. Ich begann, mich in ihrem Takt zu wiegen. Lichter flackerten, Türme schwankten, und ein leichter Wind erfasste die Bäume um uns herum. In diesem Augenblick schien es, als ob das ganze Universum tanzte.

Ebenso unvermittelt, wie das Summen begonnen hatte, brach es ab, und alle Bewegung endete. Während die Quelle himmelwärts entfloh, vernahm ich den Klang der sich entfaltenden Schöpfung; das Knistern des ersten Lichtstrahls, wie ein Feuer; das Fruchtwasser aus unserem ersten Schoß, das sich auf die Erde ergoss. Ich spürte den Schauer der ersten menschlichen Berührung.

Als die Quelle entfloh, tönte ein Beckenschlag in meiner Brust, der meine Rippen zu zersprengen und ein blutiges, pochendes Herz freizulegen schien. Ich blickte über die Menge hinweg auf den aufgehenden Mond und schwelgte in der allumfassenden Musik der Stille. Die Quelle war endlich in den unendlichen Schlund des Universums zurückgekehrt.

Zum Glück musste ich keine Rede halten. Die Menge hatte zu singen begonnen, nicht unisono, sondern in einer bunten Mischung von Rhythmen und Melodien. Sie sangen in vielen verschiedenen Sprachen der Alten Welt und klatschten oder trommelten dazu. Sie spielten auf selbst gebauten Instrumenten, die bislang verboten gewesen waren, schnalzten mit der Zunge und pfiffen. Es waren die geheimen Lieder, gelernt aus verbotenen Quellen oder in dunklen Verstecken komponiert und aufgeführt. Es waren die Lieder, für die sie bereitwillig ihr Leben hingegeben hätten. Ich stimmte ein und sang Homers Lied, während ich die Kristalle an meinem Hals umfasst hielt. Sengita trat hinter mir auf den Balkon hinaus, um mit der Menge zu feiern. Sie hielt ein kleines Bündel im Arm, eingehüllt in eines der Tücher, die ich für Hephzibah mitgebracht hatte.

»Sieh mal, das hat jemand für dich dagelassen«, sagte sie lächelnd.

Ich nahm Mariam in meine Arme und wiegte sie sanft zum Klang von tausend Schlafliedern.

DANKSAGUNG

Unverhofft kommt oft – das gilt sowohl für die Entstehung dieses Buches als auch für das Zustandekommen seiner Veröffentlichung. Es begann mit einem leeren Blatt Papier und einer Frau vor einer Schreibmaschine, die nicht die geringste Ahnung hatte, was sie schreiben sollte. Der erste Satz kam aus dem Nichts und sollte ursprünglich der Anfang einer Kurzgeschichte sein. Doch bald übernahmen die im Entstehen begriffenen Figuren das Kommando und erzählten mir ihre Geschichte.

Die Publikation des Buches ist der Tatsache zu verdanken, dass ich als Siegerin aus einem landesweiten Wettbewerb für Romanautoren hervorging, was der Traum aller unveröffentlichten Schriftstellerinnen und Schriftsteller sein muss. Ich muss mich immer noch zwicken … Zu großem Dank bin ich Diana Morgan verpflichtet, die mich dazu überredete, an dem Wettbewerb teilzunehmen, und mir immer wieder Mut machte, wenn es wieder einmal mühsam voranging, und ungeheuer wertvolle und kluge Erkenntnisse beisteuerte.

Der Wettbewerb wurde von einer Gruppe von Menschen ins Leben gerufen, die eine Leidenschaft für Bücher verbindet. Ich danke ihnen allen, ganz besonders Amanda Ross von Cactus Films, die als Erste die Idee hatte, auf diese Weise neuen Autoren auf die Sprünge zu helfen. Zu großem Dank bin ich auch Maria Rejt verpflichtet, meiner Lektorin bei Pan Macmillan, für ihren unerschütterlichen Glauben an »Die Bibliothek von Olea« und die Geduld, die sie einer Anfängerin entgegenbrachte, welche die erste Hälfte des Buches mit Unterbrechungen über einen Zeitraum von achtzehn Jahren niederschrieb, die zweite aber innerhalb einer vorgegebenen Frist von zwei Monaten. Ihre Assistentin Anna Valdinger war während der gesamten Arbeit am Text eine wertvolle und beruhigende Stimme.

Von ganzem Herzen danke ich meiner Tochter Shola, die mir immer Mut gemacht und an meine schriftstellerischen Fähigkeiten geglaubt hat, und meinem Sohn Tariq, der immer vollstes Verständnis für die Auswirkungen hatte, die die Veröffentlichung dieses Buches auf mein Leben hatte, und der sehr gut begriff, was es für mich bedeutete.

Ich glaube kaum, dass dieses Buch ohne die Unterstützung, Ermutigung und Großzügigkeit meiner Freunde je zustande gekommen wäre. Ich kann sie nicht alle nennen – ihr wisst selbst, wer ihr seid –, aber mein herzlicher Dank geht an Annette Garland, Marlene Edmonds, Margaret Kitchens und Vikki Baron für ihre praktischen und objektiven Kommentare. Ein besonderes Dankeschön auch an Vivienne Greenwell, Diane Walters, Christina Artemis, Nicola Lockey, Barbara Holloway, Diane Von Der Muhl, Ria Longuet, Gurdev und Amerjot Singh-Dhoot, Melanie Friend, Frederique Delacoste, Caroline Penn, Jenny Matthews, Rachel Carter, Wendy Simpson und Liz Coutts. Auch danke ich den Mitgliedern der Artemis Theatre Group in Bournemouth, die mir halfen, nicht den Verstand zu verlieren, und gar nicht wissen, wie viel Gutes sie getan haben.

Zoe Linsley-Thomas hat die erste Hälfte des Romans gelesen und hilfreiche Kritik geübt. Tragischerweise hat sie seine Vollendung nicht mehr erlebt. Ich bin ihr zu Dank verpflichtet für ihre Unterstützung und für ihre unbändige Lebenslust.

Dank an Tanja, Claudia und Annette für ihren heilsamen Einfluss.

Die bahnbrechenden Gedanken über energetische Naturprozesse von Vikor Schauberger (1885–1958) sind ein roter Faden, der sich durch das ganze Buch zieht. Er war seiner Zeit voraus, ebenso wie Dr. Jacques Beneviste (1935–2004), dessen umstrittenen Forschungen zum »Gedächtnis des Wassers« die Geschichte ebenfalls wichtige Impulse verdankt.

Meine entzückenden Enkelkinder Ruby und Sena Aklotsoe gehören der nächsten Generation an, die diese Erde erben wird. Sie haben die werdende Geschichte inspiriert, lange bevor sie geboren wurden.

Christine Aziz, Juli 2005

GOLDMANN

Einen Überblick über unser lieferbares Programm sowie weitere Informationen zu unseren Titeln und Autoren finden Sie im Internet unter:

www.goldmann-verlag.de

Monat für Monat interessante und fesselnde Taschenbuch-Bestseller

Literatur deutschsprachiger und internationaler Autoren

∞

Unterhaltung, Kriminalromane, Thriller, Historische Romane und Fantasy-Literatur

∞

Klassiker mit Anmerkungen, Anthologien und Lesebücher

∞

Aktuelle Sachbücher und Ratgeber

∞

Bücher zu Politik, Gesellschaft, Naturwissenschaft und Umwelt

∞

Alles aus den Bereichen Esoterik, ganzheitliches Heilen und Psychologie

Die ganze Welt des Taschenbuchs

Goldmann Verlag • Neumarkter Straße 28 • 81673 München

GOLDMANN